DANS LA VILLE
DES VEUVES INTRÉPIDES

Vous pouvez consulter le site de l'auteur à l'adresse suivante :
www.jamescanon.com

JAMES CAÑÓN

DANS LA VILLE DES VEUVES INTRÉPIDES

Traduit de l'américain
par Robert Davreu

belfond
12, avenue d'Italie
75013 Paris

Titre original :
TALES FROM THE TOWN OF WIDOWS
publié par HarperCollins Publishers, New York

Si vous souhaitez recevoir notre catalogue
et être tenu au courant de nos publications,
vous pouvez consulter notre site internet,
www.belfond.fr
ou envoyer vos nom et adresse, en citant ce livre,
aux Éditions Belfond,
12, avenue d'Italie, 75013 Paris.
Et, pour le Canada,
à Interforum Canada Inc.,
1055, bd René-Lévesque-Est,
Bureau 1100,
Montréal, Québec, H2L 4S5.

ISBN : 978-2-7144-4348-9

Ce livre est dédié à ma mère, à ma grand-mère et à toutes les femmes de la terre.

« Le jour viendra où les hommes reconnaîtront les femmes comme leurs égales, non seulement au coin du feu, mais dans les conseils nationaux. Alors, et alors seulement, verra le jour la parfaite camaraderie, l'union idéale des sexes, qui conduira à l'accomplissement le plus haut de l'espèce humaine. »

Susan B. ANTHONY

1. Place

2. Église

3. Mairie

4. Place du marché

5. École

6. Infirmerie

7. Police

8. Barbería Gómez

9. Cafetería

10. Maison d'Eloísa

11. La Casa de Emilía

12. Maison de Rosalba

13. Maison de Cleotilde

14. Maison de Virgelina Saavedra

15. Maison d'Ubaldina

16. Maison des Morales

17. Maison de Francisca

18. Maison de l'autre veuve

Bienvenidos a Mariquita
18
2
12
3
5
7
16
10
11

1

Le jour où les hommes disparurent

Mariquita, le 15 novembre 1992

LE JOUR OÙ LES HOMMES DISPARURENT commença comme un dimanche matin ordinaire à Mariquita : les coqs oublièrent d'annoncer l'aube, le sacristain ne se réveilla pas à temps, la cloche de l'église n'appela point les fidèles à assister à l'office des matines, et (comme chaque dimanche depuis les dix dernières années) une seule personne se montra à la messe de six heures : doña Victoria viuda de Morales, la veuve Morales. Celle-ci était habituée à cette routine, de même que le padre Rafael. Les toutes premières fois, cela avait été gênant pour eux deux : le petit prêtre presque invisible derrière la chaire, prononçant son homélie ; la veuve assise seule au premier rang, grande et bien en chair, complètement immobile, la tête couverte d'un voile noir qui lui descendait jusque sur les épaules. À la longue, ils décidèrent de se débarrasser de la cérémonie et prirent l'habitude de s'asseoir dans un coin à boire du café et à papoter. Le jour où les hommes disparurent, le padre Rafael se plaignit auprès de la veuve de la diminution sévère des revenus de la paroisse, et ils discutèrent des différentes façons de relancer la dîme payée par les fidèles. Après leur causette, ils convinrent de laisser tomber la confession, mais la veuve reçut néanmoins la communion. Ensuite, elle récita quelques prières avant de rentrer chez elle.

Par la fenêtre ouverte de son salon, la veuve Morales entendit les marchands ambulants essayer d'intéresser les lève-tôt à leurs amuse-gueule : « ¡ Morcillas ! » « ¡ Empanadas ! » « ¡ Chicharrones ! » Elle ferma la fenêtre, plus incommodée par l'odeur désagréable des boudins et de la friture que par les voix stridentes qui en vantaient les mérites. Elle réveilla ses trois filles et son unique fils avant de retourner à la cuisine, où elle sifflota un cantique en préparant le petit déjeuner pour sa famille.

À huit heures du matin, la plupart des portes et des fenêtres de Mariquita étaient ouvertes. Des hommes passaient des tangos et des boléros sur de vieux phonographes, ou écoutaient les nouvelles à la radio. Dans la rue principale, le premier magistrat du village, Jacinto Jiménez, et le brigadier, Napoleón Patiño, tiraient dehors sous un immense manguier une grande table ronde et six chaises pliantes pour jouer au Parcheesi avec quelques voisins triés sur le volet. Dix minutes plus tard, au coin sud-ouest de la place, don Marco Tulio Cifuentes, l'homme le plus grand de Mariquita, propriétaire d'El Rincón de Gardel, le bar de la ville, transportait dehors ses deux derniers clients ivres, un sur chaque épaule. Il les étendit sur le sol, côte à côte, avant de fermer boutique et de rentrer chez lui. À huit heures trente, à l'intérieur de la Barbería Gómez, un petit bâtiment en face de la mairie de Mariquita, don Vicente Gómez se mit à affûter ses rasoirs et à stériliser à l'alcool ses peignes et ses brosses, tandis que sa femme, Francisca, nettoyait les miroirs et les fenêtres avec des journaux humides. Pendant ce temps-là, deux rues plus bas, sur la place du marché, l'épouse du brigadier, Rosalba Patiño, marchandait à un fermier au visage rougeaud une demi-douzaine d'épis de maïs, tandis que des femmes plus âgées, sous des stores verts, vendaient de tout, de la gelée de pied de veau aux cassettes piratées de *Thriller*, de Michael Jackson. À huit heures trente-cinq, dans le champ situé en face de la maison de la veuve Morales, les frères Restrepo commencèrent (tous les sept) à s'échauffer en prévision de leur partie de football hebdomadaire, en attendant David Pérez, le petit-fils du boucher, qui possédait l'unique ballon. Cinq minutes plus tard, deux vieilles filles aux cheveux longs et aux corps un tantinet trapus firent le tour de la place, bras dessus bras dessous, en maudissant leur célibat et en repoussant à coups de pied les chiens errants qui se trouvaient en travers de leur chemin. À huit heures cinquante, à quelques centaines de mètres de la place, dans la maison à la façade verte située au milieu du pâté de maisons, Ángel Alberto Tamacá, l'instituteur, n'arrêtait pas de se tourner et de se retourner dans son lit, en nage, rêvant d'Amorosa, la femme qu'il aimait. À neuf heures moins trois minutes, dans les faubourgs de Mariquita, à l'intérieur de La Casa de Emilia (le bordel du village), doña Emilia (en personne) passa de chambre en chambre. Elle réveilla ses derniers clients, les avertit qu'ils allaient avoir de sérieux ennuis avec leurs épouses s'ils ne partaient pas à la minute même, cria après l'une des filles parce qu'elle laissait sa chambre en désordre.

Tout de suite après que neuf heures eurent sonné au clocher de l'église, alors que l'écho du dernier coup résonnait encore dans les oreilles du sacristain, trois douzaines d'hommes en uniformes verdâtres usés jusqu'à la corde surgirent de tous les points cardinaux de Mariquita, tirant des coups de fusil, et criant « ¡ Viva la Revolución ! ». Ils avancèrent lentement le long des rues étroites du village, leurs visages bronzés maquillés de noir, et leurs chemises collées par la sueur à leurs torses malingres. « Nous sommes l'armée du peuple, déclara l'un d'eux avec un mégaphone. Nous nous battons pour que tous les Colombiens puissent travailler et être payés selon leurs besoins, mais nous ne pouvons pas le faire sans votre soutien ! » Les rues s'étaient vidées ; même les animaux errants avaient fui en entendant les premiers coups de feu. « S'il vous plaît, poursuivit l'homme, aidez-nous, apportez-nous tout ce que vous pouvez. »

À l'intérieur de leur maison, la veuve Morales, ses trois filles et son fils débarrassaient la table de la salle à manger. « Il ne manquait plus que ça, grommela-t-elle. Encore une foutue troupe de guérilleros. J'en ai vraiment assez de ces bandes de gueux impies qui passent par ici tous les ans. »

Ses deux plus jeunes filles, Gardenia et Magnolia, se précipitèrent à la fenêtre dans l'espoir d'apercevoir les rebelles, tandis que le seul fils de la veuve, Julio César, s'accrochait craintivement à sa mère. Orquidea, l'aînée, regarda ses sœurs en secouant la tête d'un air désapprobateur.

Orquidea Morales avait cessé de s'intéresser aux hommes quelque cinq ans auparavant. Elle savait qu'ils ne la trouvaient pas séduisante, et à son âge – trente et un ans – elle n'était pas disposée à s'exposer à un rejet. Elle avait des oreilles en pointe, le nez crochu et une bouche trop petite pour ses grandes dents qui partaient dans tous les sens. Elle avait aussi trois verrues au menton qui ressemblaient à des raisins secs ambrés. À sa naissance, ces protubérances déplaisantes se trouvaient sur ses joues, mais, lors de sa croissance, elles avaient migré vers son menton. Elle espérait que les verrues continueraient à se déplacer et finiraient par s'installer dans une partie moins visible de son corps. Orquidea déclarait être vierge, affirmation qui avaient été confirmée de manière répétée par les hommes peu charitables de Mariquita à coups de remarques du genre : « Si toutes les vierges étaient roulées comme elle, elles le resteraient éternellement. » Elle avait hérité des seins de son défunt père : deux petits mamelons foncés disposés côte à côte sur sa poitrine plate. Mais, malgré la recommandation de ses sœurs qui lui conseillaient de bourrer de feuilles de maïs ses soutiens-gorge trop grands, elle avait décidé de ne rien porter sous ses chemisiers blancs immaculés. Orquidea n'avait ni taille ni formes. Elle était un rectangle sur pattes doté d'une personnalité tout à fait charmante, capable de s'engager dans de longs débats sur Napoleón Bonaparte ou Simón Bolívar, Shakespeare ou Cervantes, l'Islande ou la Patagonie, mais aussi sur des sujets très amusants comme la politique colombienne. Elle s'était éduquée toute seule en dévorant la plupart des livres disponibles de la petite bibliothèque de l'école de Mariquita. Malgré son érudition et sa largeur de vues, c'était une catholique dévote. Elle croyait de tout son cœur que le pape était l'envoyé du Seigneur, et son rêve le plus cher était de lui faire signer sa bible : « À Orquidea Morales, mon admiratrice la plus fervente. Bien à vous, Jean-Paul II ».

Quand elle était plus jeune, Orquidea avait eu un prétendant : un journalier nommé Rodolfo, qui pensait pouvoir améliorer sa condition en l'épousant. Mais, en 1986, lorsque la première guérilla marxiste était venue recruter à Mariquita, Rodolfo surprit Orquidea en se joignant aux rebelles. Cela la bouleversa tellement qu'elle souffrit de diarrhée pendant deux mois. Un jour, finalement, après avoir utilisé les toilettes, elle sortit des cabinets situés à l'extérieur et lança d'une voix forte et assurée : « Je viens de finir de chier mon amour pour Rodolfo ! »

Depuis lors, Orquidea n'avait plus jamais eu ni petit ami ni diarrhée.

« S'il vous plaît, sortez nous rejoindre sur la place pour discuter un coup, continuait de hurler le guérillero avec son mégaphone. Nous ne ferons de mal à personne. Nous nous battons pour vos droits, et pour ceux de tous les citoyens colombiens. » Il répéta le même couplet à maintes et maintes reprises, de plus en plus fort, mais hormis l'instituteur, deux ivrognes, une prostituée insomniaque et trois chiens errants, personne n'accepta l'invitation des rebelles.

« Est-ce que je peux y aller, mamá ? demanda Gardenia à sa mère, qui faisait la vaisselle aidée par Julio César.

— Tu as autre chose à faire qu'assister à des réunions communistes.

— Mais je n'ai rien d'autre à faire.

— Va chercher ta boîte à couture et termine la courtepointe pour la femme du maire. Nous allons avoir bientôt besoin de cet argent.

— C'est dimanche, mamá. J'ai envie de sortir.

— Tu as entendu ce que je viens de te dire, Gardenia », dit la veuve, haussant la voix aussi bien que les yeux.

Gardenia s'éloigna avec colère, laissant derrière elle une mauvaise odeur. Julio César se couvrit la bouche et le nez de ses deux mains et marmonna à travers ses doigts : « S'il te plaît, mamá, ne la contrarie pas. » Comme ses deux sœurs, Gardenia avait reçu un nom de fleur au parfum capiteux. Cependant, quand elle était irritée, triste ou perturbée, son corps dégageait une odeur passablement différente de celle qu'émet cette fleur délicate. Quel que fût le nombre de bains qu'elle prît dans de l'eau chaude parfumée à la rose, au chèvrefeuille ou au jasmin, et malgré des aspersions répétées de parfums subtils, ses pores, quand elle était énervée, exhalaient une puanteur de charogne. Le Dr Ramírez – le seul médecin de la ville – avait été incapable d'y remédier, et les charlatans que sa mère l'avait emmenée voir disaient que Gardenia était possédée par un esprit malin. Comme on ne pouvait rien y faire, la famille Morales avait appris à vivre avec cette puanteur récurrente. Malgré tout, Gardenia était une belle femme. Elle avait vingt-sept ans et elle défiait sans cesse ses sœurs de trouver le moindre bouton ou la moindre ride sur son visage. Elle avait de grands yeux noirs et des lèvres pulpeuses qui dissimulaient deux rangées de dents blanches impeccables. Ses sourcils étaient fournis et elle ne les épilait jamais, mais elle recourbait ses cils dans les grandes occasions. Son long cou délicat était paré en permanence d'un collier aromatique de clous de girofle séchés, de graines de cardamome et de bâtonnets de cannelle enfilés sur un fil de nylon transparent. Derrière son oreille gauche, elle glissait des fleurs fraîchement coupées, datura ou muguet, en fonction de l'espèce qui dégageait le plus de parfum ce jour-là. Elle tirait la langue, de façon presque involontaire, toutes les deux secondes, pour se mouiller les lèvres (un tic que les femmes pieuses de Mariquita prenaient pour un signe de luxure), mais, comme sa sœur aînée, Gardenia était vierge. Elle avait eu trois soupirants natifs de villages voisins, qui avaient tous pris leurs jambes à leur cou quand ils avaient compris l'origine de la puanteur. Même quand la deuxième guérilla était venue chercher des recrues à Mariquita en 1988, Gardenia fut une des rares femmes que les révolutionnaires lubriques, coureurs de jupons, ne se donnèrent pas la peine de courtiser.

Comme les villageois ne voulaient pas sortir de chez eux pour assister au meeting des guérilleros, les insurgés choisirent d'aller demander des contributions volontaires en faisant du porte-à-porte dans l'espoir d'inciter tout jeune homme en bonne santé à rejoindre leur mouvement. Mais seul un petit nombre de familles ouvrit sa porte. Les gens de Mariquita s'étaient lassés du harcèlement des nombreux groupes de rebelles qui parcouraient en tout sens les montagnes, réclamant de l'argent, des poulets, des cochons et de la bière, séduisant les femmes les plus naïves par leur attitude macho et leur uniforme gris-vert, gagnant leur cœur et leur virginité, pour les abandonner finalement, après une ou deux semaines, compromises, le ventre gonflé, sans grand espoir de mariage.

Quand Magnolia Morales, qui n'avait pas bougé de la fenêtre depuis l'arrivée des rebelles, avertit sa mère que les guérilleros frappaient à toutes les portes, la veuve enveloppa rapidement les restes de leur petit déjeuner dans des feuilles de plantain et laissa le petit paquet dehors sur le seuil.

« Nous devrions au moins leur donner nous-mêmes la nourriture, mamá, dit Magnolia. Ce sont des communistes, pas des chiens.

— Oh, que non, répondit la veuve avec emphase. Si j'ouvre cette porte, ils vont se mettre à nous faire un cours sur le communisme et à flirter avec vous, les filles. Absolument pas question.

— J'ai juste envie de leur parler, mamá. Je ne vais pas m'enfuir avec un guérillero.

— Parle-leur par la fenêtre », dit sa mère. Et de pousser une lourde chaise en bois contre la porte.

Magnolia Morales, la benjamine, avait vingt-deux ans, mais paraissait beaucoup plus âgée. Ses seins étaient flasques à travers les chemisiers presque transparents qu'elle aimait porter, et ses hanches étaient larges et pratiquement plates. Elle avait des jambes d'homme, poilues et musclées, qu'elle dissimulait sous des bas foncés. Il ne manquait rien à son visage : elle avait deux yeux noirs pourvus de leurs cils et sourcils respectifs, une bouche, un nez, et plein de poils indésirables. Par le passé, elle se les était épilés ainsi que son abondante moustache, mais les poils – comme les guérillas – revenaient obstinément. Finalement, elle décida de les laisser pousser à leur guise et à leur rythme, et c'est ce qu'ils firent. Les cheveux lui dégringolaient librement jusqu'à la taille, noirs et brillants.

Magnolia n'était assurément pas vierge. « Si elle avait fait payer ses faveurs à tous les hommes, elle serait millionnaire », disaient les vieilles filles. Elle avait une telle mauvaise réputation dans le village qu'elle aurait pu aussi bien se vendre. En réalité, elle n'avait pas couché avec beaucoup d'hommes, mais simplement avec les mauvais : ceux qui le racontaient. La première fois qu'elle eut vent de la rumeur, elle s'enferma dans sa chambre pendant plus de six mois, croyant que les gens oublieraient sa réputation ternie. En 1990, cependant, quand la troisième guérilla arriva dans le village, Magnolia sortit de sa réclusion, dans l'espoir de rencontrer de nouveau quelqu'un. Ce fut alors qu'elle s'aperçut que sa réputation était le moindre de ses problèmes ; les rebelles avaient persuadé la plupart des hommes célibataires de Mariquita de se joindre à la révolution. Soudain, le rêve le plus cher de Magnolia, épouser un bel homme riche, se révéla irréalisable. Même son second rêve le plus cher, épouser n'importe quel homme, parut bien lointain. Anéantie, elle s'était attardée un moment à la fenêtre de sa chambre, à regarder la vaste troupe des célibataires quitter à pied le village en compagnie des guérilleros, agitant lentement sa main en l'air, pleurant à chaudes larmes tandis que le dernier homme disparaissait de son champ de vision.

Les guérilleros, quarante au total, se rassemblèrent une fois de plus sur la place à midi. Ils s'assirent par terre à l'ombre d'un manguier pour procéder à l'inventaire de ce qu'ils avaient recueilli : deux poulets vivants, décharnés, quatre livres de riz, trois litres de Coca-Cola Light, six panelas, trois petits paquets de restes et une poignée de piécettes rouillées. Ils avaient aussi une nouvelle recrue, Ángel Alberto Tamacá, l'instituteur de Mariquita, âgé de vingt-trois ans. Il était le fils unique d'un rebelle légendaire tué alors qu'Ángel n'avait que quelques mois. Ángel avait été élevé par sa mère, Cecilia Guaraya, et son second mari, don Misael Vidales, un homme sage qui était venu s'installer à Mariquita bien des années auparavant sans rien, hormis son goitre et trois grandes caisses de livres, et qui, trois mois plus tard, était devenu le premier instituteur que Mariquita ait jamais eu. De sa mère, Ángel avait appris les bonnes manières, la discipline et la persévérance. De son beau-père, il apprit les mathématiques, la géographie, les sciences et le communisme.

À la différence de la plupart des jeunes hommes du village, Ángel n'avait pas fait son service militaire. Don Misael avait appelé quelqu'un qui avait une dette envers lui, lequel avait à son tour appelé quelqu'un d'autre, et au bout d'un nombre infini de personnes rappelant à d'autres des services non payés de retour, le nom d'Ángel finit par parvenir à un personnage influent qui l'affranchit de ses obligations envers le pays. Don Misael entreprit alors de préparer Ángel à prendre sa succession à l'école élémentaire de Mariquita. Ayant appris à deux générations entières à lire et à écrire, additionner et soustraire, multiplier et diviser, le vieil homme était fatigué. Sa vue faiblissait, de même que ses bras et ses jambes. Il n'avait aucun mal à compter les mèches de cheveux qui restaient sur sa tête luisante, et son goitre était à présent si volumineux qu'il lui avait donné un nom, Pépé, et avait envisagé de l'inscrire comme personne à charge sur sa déclaration d'impôts.

Avant d'atteindre le cap des dix-huit ans, Ángel Alberto Tamacá devint le plus jeune instituteur de Mariquita aussi bien que l'agitateur du village. Il affichait publiquement son mépris pour les deux partis politiques traditionnels et criait des slogans contre le gouvernement du moment : « Cochons de capitalistes, exploiteurs ! » Pour ses élèves, il devint « El Profe », pour le maire et le brigadier « El Loco ». Le prêtre l'appelait « El Diablo », et la plupart des hommes

« El Comunista ». Les femmes, elles, l'appelaient par divers diminutifs provocants : « Papacito », « Bomboncito », « Bizcochito », et ainsi de suite.

Le nouvel emploi d'Ángel lui donna confiance en lui et renforça ses aptitudes à diriger. Pendant son temps libre, il se mit à aller de maison en maison pour porter la bonne parole du *Manifeste communiste*. Peu après, il institua ce qu'il appelait le « Moment de Vérité », une réunion organisée le dimanche après-midi sur la place – à l'intérieur de l'école s'il pleuvait – où il évoquait les doctrines de Marx et de Lénine, lisait les discours les plus célèbres de Fidel Castro et de Che Guevara, récitait les poèmes de Neruda et chantait les chansons les plus controversées de Mercedes Sosa, Silvio Rodríguez et Violeta Parra.

Le Moment de Vérité n'attira au début qu'une poignée de gens, mais après que don Misael se fut mis à servir de la bière, il devint l'événement le plus populaire de la semaine. En quelques mois, les gens commencèrent à réciter des poèmes socialistes et des discours communistes. Ils apprirent par cœur *La Maza*, *Si se calla el cantor*, et d'autres chansons révolutionnaires pour lesquelles ils inventèrent des pas enlevés et des figures, créant une danse unique qui était un mélange de tango, de salsa et de sanjuanero. Cinq nouveau-nés furent baptisés du nom de philosophes, de rebelles et de lieux communistes légendaires : Hochiminh Ospina, Che López, Vietnam Calderón, et Trotski et Cuba Sánchez. Le terme « communisme », jadis étranger à la plupart des villageois, devint synonyme de divertissement du dimanche après-midi.

Ángel avait conscience que les villageois ne prenaient pas ses doctrines au sérieux, mais il était fier d'avoir élevé leur niveau de conscience politique. Rien ne lui faisait plus plaisir que d'entendre deux hommes plus âgés parler de Karl Marx comme si le philosophe était leur voisin immédiat, comme s'ils comprenaient et approuvaient totalement ses idées, loin d'être réduits à l'état de deux vieux ivrognes. Ángel ne put s'empêcher, cependant, d'être déçu quand, le jour des élections, après deux années d'endoctrinement, la majorité des villageois oublia temporairement

Marx et Lénine, Castro et Che Guevara, et vota pour les candidats des deux partis traditionnels.

Malgré les penchants communistes d'Ángel, apprendre qu'il se joignait aux rebelles surprit tout le monde au village, car il avait eu plusieurs occasions de s'enrôler par le passé et ne l'avait jamais fait. Personne à Mariquita ne croyait qu'El Profe, El Loco, El Diablo, El Comunista et El Bomboncito aurait le courage de franchir un pas aussi hardi. Ce qu'ils ignoraient à cette époque-là, c'était qu'Ángel avait une raison de quitter les lieux. Il était tombé amoureux d'Amorosa, une prostituée de La Casa de Emilia qui était récemment partie de Mariquita sans même un adios. Ángel était en proie aux déchirements causés par ce départ. Il n'arrivait plus ni à manger, ni à dormir, ni à penser à quoi que ce fût d'autre qu'elle. Il lui fallait partir avec les guérilleros, ou le cirque ambulant, ou les frères capucins, ou simplement disparaître avec les pluies torrentielles de novembre avant de devenir fou.

Les guérilleros se mirent à manger et à boire les sodas qu'ils avaient récupérés. Quand ils eurent fini, le commandant Pedro, un homme de haute stature au visage basané et au cou balafré d'une cicatrice parallèle à sa jugulaire, marcha lentement parmi ses troupes, fixant chaque rebelle sans dire un mot. « Matamoros, appela-t-il enfin. Laisse-moi te dire un mot. En privé. » Les deux hommes quittèrent le groupe et traversèrent la place, s'arrêtant en son centre, auprès de la statue à moitié mutilée d'un héros inconnu. Ils parlèrent à voix basse. Il était clair que l'affaire dont ils discutaient était sérieuse, dangereuse même, car les deux hommes avaient l'air tendus. Ils se serrèrent la main avec solennité et rejoignirent leurs troupes. Le commandant Pedro désigna six rebelles, y compris Ángel Tamacá, et leur ordonna de se préparer à partir. « Vous, les autres, vous suivez les ordres de Matamoros », dit-il. Cinq minutes plus tard, le commandant Pedro, Ángel et cinq autres hommes rendirent les honneurs militaires et se dirigèrent vers les montagnes.

Matamoros était un homme de vingt et quelques années, de haute taille, bien de sa personne, hormis son œil droit manquant, qu'il avait perdu trois ans auparavant, blessé par balle lors d'une confrontation avec l'armée colombienne. Les quatre dents de devant de sa mâchoire supérieure étaient couronnées d'or, comme pour compenser l'absence d'expression de son visage. Avec pareille quantité d'or dans sa bouche, chacun des ordres qu'il donnait semblait lesté d'un poids supplémentaire. Matamoros attendit dix ou quinze minutes avant de donner ses instructions à ses hommes anxieux, puis il s'empara du mégaphone et se mit à crier :

« Nous sommes très déçus par les gens de ce village… »

Les guérilleros se levèrent.

« Nous avons demandé de la nourriture, et vous nous avez donné des restes… »

Ils ajustèrent leurs sacs à dos.

« Nous avons demandé de l'argent pour continuer à combattre pour vous, et tout ce que nous avons obtenu, c'est votre petite monnaie… »

Ils vérifièrent que leurs vieux fusils étaient chargés.

« Nous avons demandé aux jeunes gens de se joindre à nous, pour nous aider à libérer notre pays de l'impérialisme, et, à part votre instituteur, tous ont détalé comme des blattes pour se terrer chez eux. »

Ils se séparèrent en escouades de cinq hommes.

« Vous êtes des couards égoïstes qui ne méritez pas que nous soyons prêts à mourir pour vous… »

Ils s'alignèrent et pointèrent leurs armes vers le ciel sans soleil.

« Écoutez-moi bien, vous tous, car je ne le répéterai pas : si vous avez plus de douze ans et que vous avez une paire de couilles entre les jambes, vous *devez* rejoindre la révolution aujourd'hui. Rendez-vous sur la place immédiatement, ou alors on ira vous dénicher et vous exécuter ! »

Et, pour finir, les guérilleros attendirent le dernier ordre de Matamoros :

« Camarades : au nom de la révolution colombienne, prenez ce qui vous appartient ! »

Les rebelles tirèrent plusieurs coups de feu en l'air, puis firent le tour du village, enfonçant les portes à coups de pied, bourrant leurs sacs de nourriture et d'argent, traînant hors de chez eux les hommes jeunes et vieux, les tirant de sous leurs lits, de l'intérieur de leurs placards ou de leurs malles, et tuant ceux qui résistaient. Le premier à se faire tuer fut don Marco Tulio Cifuentes, le propriétaire du bar, qui reçut une balle dans la jambe alors qu'il tentait de s'évader par le toit de sa maison. Dans son désarroi, Eloísa, son épouse, se jeta sur l'agresseur et le frappa à plusieurs reprises à mains nues. Cela rendit le rebelle si furieux que, dès qu'il réussit à se libérer de l'emprise de la démente, il tira deux balles dans la tête de don Marco Tulio. Deux rues plus bas, le brigadier de police Patiño et ses deux agents se précipitèrent hors de la maison du maire (où ils se cachaient) munis de leurs armes. Quand ils virent autant de guérilleros, les deux agents laissèrent tomber leurs armes sur le sol et mirent les mains en l'air. Le brigadier, cependant, réussit à tuer un rebelle d'une seule balle de son revolver. Son action héroïque lui valut en retour dix-neuf coups de feu partis de toutes les directions qui lui transpercèrent le corps. Avant de s'effondrer, le corps du brigadier se figea comme une statue au milieu d'une fontaine, arrosant le sol de jets de sang. Peu après, les hommes qui restaient – y compris le padre Rafael – sortirent craintivement de leurs cachettes et se mirent à marcher, tête baissée, mains en l'air, en direction de la place.

La veuve Morales tournait en rond dans son salon. Les yeux mi-clos et les mains jointes dans le dos, elle réfléchissait au moyen d'empêcher les rebelles de prendre Julio César, son fils de treize ans. Orquidea, Gardenia et Magnolia étaient debout dans un coin se tenant par les mains, attendant que leur mère se calmât. Soudain, la veuve eut une idée. Elle donna des instructions précises à ses trois filles et se mit à chercher la vieille robe de première communion que ces dernières avaient portée chacune à son tour. Elle la trouva chiffonnée dans une malle sous son lit. Cela fera l'affaire, se dit-elle. À cet instant, la veuve se souvint qu'il y avait un dieu et un groupe de saints vers lesquels elle pouvait se tourner dans des situations délicates, et, bien que le temps pressât, elle alluma des cierges devant les nombreuses images pieuses éparpillées dans la demeure. Elle se mit alors à dire ses prières en cherchant son fils apeuré. « Padre nuestro que estás en el cielo... ¡ Julio César ! Santificado sea tu nombre... ¡ Julio César ! Venga a nosotros tu reino, hágase tu voluntad... ¡ Julio César ! Où diable es-tu ? » Elle trouva le petit garçon maigre caché sous son lit, tremblant de tous ses membres, terrorisé. « Dépêche-toi d'enfiler ça », ordonna-t-elle, jetant sur son lit la robe blanche vaporeuse. « Dádnos hoy nuestro pan de cada día... » La veuve répétait les mots machinalement, s'interrompant toutes les deux secondes pour que Julio César se presse. Elle l'aida à remonter la fermeture Éclair dans le dos de la robe, enveloppa sa petite tête dans un fichu en soie blanche qu'elle fixa au moyen d'un diadème en plastique. Le garçon, muet, montra du doigt ses pieds nus. « Ne t'en fais pas pour les chaussures », dit-elle, avant de le pousser dans le salon.

Quand Matamoros et quatre de ses hommes pénétrèrent dans la maison des Morales, ils trouvèrent Orquidea, Gardenia et Magnolia en train de tricoter paisiblement dans le salon, tandis que leur mère faisait des conserves de goyaves dans la cuisine, et que Julio César était assis comme une petite Vierge Marie sur un rocking-chair en bois, une bible dans les mains, le cœur battant la chamade. Les quatre autres guérilleros firent le tour de la maison, troublant la tranquillité des chambres du martèlement de leurs bottes crottées, cherchant dans tous les coins des hommes assez âgés pour tirer au fusil.

« Le seul homme de cette maison était Jacobo, mon mari », dit la veuve à Matamoros, pointant du doigt une grande photo encadrée, suspendue au mur, d'un homme qui aurait pu passer pour Winston Churchill. « Il est mort d'un cancer il y a dix ans. » Elle se couvrit le visage des deux mains et pleura bruyamment entre ses doigts.

« Vous n'avez pas de fils, señora ? demanda Matamoros, regardant Julio César du coin de l'œil.

— Non monsieur, sanglota-t-elle. Dieu m'a comblé de quatre superbes filles.

— Je vois », dit-il, et il se mit à marcher de long en large, fixant à présent le garçon. Les trois filles s'angoissèrent de plus en plus, et, comme on devait s'y attendre, Gardenia se mit à exsuder ses effluves fétides. « Comment t'appelles-tu, petite ? » demanda enfin Matamoros à Julio César. Le garçon blêmit et resta la bouche grande ouverte. À cet instant, les quatre guérilleros rejoignirent leur supérieur dans le salon.

« ¡ Negativo, comandante ! cria l'un d'eux. Pas un seul homme dans cette maison.

— Alors allons-nous-en, dit Matamoros, faisant signe à tous de sortir.

— Comandante, dit l'un des rebelles, son petit visage empreint de concupiscence, est-ce qu'on peut baiser les filles ?

— Afirmativo, camarade, répliqua le commandant. C'est-à-dire, si l'odeur de merde de cette maison ne te dérange pas. » Il cracha sur le plancher. Soudain, les rebelles remarquèrent la puanteur et s'empressèrent de sortir ; tous, sauf le plus jeune, qui dénoua le bandana rouge autour de son biceps pour s'en couvrir le nez et la bouche, et qui se dirigea vers les trois filles. Indien à la peau basanée auquel il manquait une incisive à la mâchoire supérieure, il semblait n'avoir pas plus de quinze ans. Il se tenait près d'Orquidea, lui pelotant le bout des seins d'une main en tenant son vieux fusil dans l'autre.

« Ne faites pas ça s'il vous plaît, supplia Orquidea, s'écartant du garçon. Je suis vierge.

— Voilà qui est d'autant mieux », ricana le garçon, descendant sa main jusqu'à l'entrejambe. Gardenia ferma les yeux et baissa la tête. Magnolia sourit au garçon et mit de côté son nécessaire à couture, espérant être la prochaine. Mais le guérillero avait déjà tourné son regard lubrique vers Julio César qui se balançait plus vite sur le fauteuil. « Elle doit être vierge, elle aussi », dit le jeune rebelle, et de s'approcher du garçon. Les trois sœurs bondirent, poussant des cris perçants, et leur mère, qui avait prié en silence, s'écria : « Ne touchez pas ma petite fille ! » Elle courut à côté de son fils. « Faites ce que vous voulez avec les trois autres. Prenez-moi, si vous le désirez, mais pas Julia s'il vous plaît.

— Et pourquoi pas ? demanda cyniquement le garçon.

— Ce n'est qu'une petite fille. Elle n'a même pas fait sa première communion. »

Le garçon éclata d'un rire tonitruant à travers le tissu qui lui couvrait la bouche. « Eh bien, elle va la faire maintenant », dit-il, empoignant son propre entrejambe.

La veuve fut prise d'une envie soudaine de gifler le visage du garçon insolent. Mue par cette impulsion, elle s'interposa entre son fils et lui. « Je ne vous laisserai pas arriver à vos abominables fins, dit-elle d'un air déterminé.

— Señora, je vous avertis : écartez-vous.

— Vous êtes censés combattre pour nos droits, et non les violer, répliqua-t-elle, d'un ton accusateur, les mains sur les hanches. Nous, les femmes, nous avons aussi des droits, et mes filles et moi nous ferons tout ce qui est nécessaire pour nous protéger de scélérats comme vous.

— Vous, les femmes, vous n'avez rien, répondit le guérillero avec dédain. C'est ici un pays d'hommes et ce le sera toujours. » Il l'abattit d'un seul coup de poing en plein visage, en hurlant : « Approchez-vous de moi encore une fois et je vous descends ! » Il desserra sa ceinture, déboutonna son pantalon crasseux et se mit à le baisser lentement. Julio César se balançait à toute vitesse sur son rocking-chair en pleurant, tandis qu'Orquidea et Magnolia se rongeaient les ongles dans un coin. Gardenia, visiblement énervée, s'assit et s'éventa avec le bas de sa longue jupe, empoisonnant l'air de la pièce par sa transpiration. La puanteur était à présent insupportable. Le guérillero tomba à genoux et vomit. Alors qu'il était encore agité de haut-le-cœur, doña Victoria se releva, ouvrit la porte et poussa dehors à grands coups de pied nu le garçon à moitié dévêtu. Elle le regarda, lui et son fusil, rouler en bas du seuil et heurter le sol, puis referma la porte en la claquant.

À mesure que les frayeurs de Gardenia diminuaient, l'odeur disparut. La veuve fit le tour de ses enfants munie d'une bouteille d'alcool à quatre-vingt-dix degrés, la leur donnant à renifler jusqu'à ce qu'ils soient remis du choc et du dégoût. Tous quatre s'assirent autour de la table de la salle à manger, se tenant par les mains, tandis que la vieille matrone disait quelques prières, entre larmes et fous rires nerveux.

Dehors, la fusillade continuait, ponctuée de temps à autre par le cri déchirant d'une nouvelle veuve, et les pleurs d'un autre orphelin.

Lorsque les coups de feu cessèrent, une heure plus tard, la veuve Morales sortit. Le côté gauche de son visage était déjà enflé. Les femmes de Mariquita s'étaient massées des deux côtés de la rue principale, laissant un passage juste suffisant à la file d'hommes et de garçons que les guérilleros emmenaient. Ces hommes étaient les voisins et amis de la veuve Morales : ceux qui l'avaient accueillie elle, son mari et leurs deux filles aînées quand ils étaient arrivés à Mariquita en 1970 ; ceux qui lui avaient apporté des fleurs qu'ils avaient cueillies après qu'elle avait donné le jour à ses deux premiers enfants ; et, des années plus tard, ceux qui l'avaient consolée quand son mari était décédé. C'étaient les seuls hommes qu'elle avait connus en vingt-deux ans. Et ces jeunes garçons qui marchaient à côté d'eux, leurs fils cadets, étaient ceux qui s'arrêtaient chez elle pour faire leurs devoirs avec Julio César, ceux qui l'aidaient à porter son panier à provisions au retour du marché, ceux qui jouaient au football tous les dimanches matin dans le pré en face de sa maison.

La veuve vit les femmes pleurer tandis que les hommes défilaient devant elles la tête baissée. Elle vit Cecilia Guaraya donner à son vieux mari une paire de lunettes, et Justina Pérez donner au sien un dentier. Elle vit Ubaldina Restrepo donner à son plus jeune beau-fils, Campo Elías Jr., son propre chapelet. Elle en vit d'autres qui tendaient à leurs hommes des photos de famille, de la nourriture enveloppée dans des feuilles de bananier, des brosses à dents, des réveils, des lettres d'amour, de l'argent. Elle vit des femmes pleurer en serrant leur homme contre leur corps, sanglotant en les embrassant pour la dernière fois. Elles savaient qu'elles ne les reverraient jamais ; que ces maris, ces fils, ces cousins, ces neveux et amis mouraient là, maintenant, à cet instant précis, devant leurs yeux.

Dans les moments tristes, la veuve pensait toujours avec nostalgie à son défunt époux. Cette fois, cependant, elle ne pleura point. Elle remercia Dieu d'avoir donné à Jacobo le cancer qui lui avait permis de mourir chez lui, dans ses bras. Elle plaignait terriblement les autres femmes du village et ne put s'empêcher de laisser échapper un long soupir quand elle vit les deux derniers hommes disparaître dans les nuages de poussière qu'ils soulevaient en marchant.

La veuve Morales se retourna lentement. Tout aussi lentement, elle marcha vers sa maison, suivie de longs gémissements en écho. Elle entra, tint la poignée de la porte des deux mains et referma en poussant avec son front. Elle resta ainsi longtemps, à pleurer.

Son Mariquita chéri s'était mué en un village de veuves dans un pays d'hommes.

Gordon Smith, 28 ans
Reporter américain

« John R. », 13 ans
Guérillero

C'ÉTAIT DIMANCHE APRÈS-MIDI. J'étais assis dans une clairière près du camp des guérilleros, attendant John. Il avait accepté de m'y rencontrer pour une interview.

Le camp était un hameau situé dans les montagnes du pays, à environ trois jours de marche de la ville la plus proche.

John émergea soudain des bois, petit garçon enveloppé dans un uniforme gris-vert trop grand pour lui, un fusil suspendu à l'épaule. Son visage menu était luisant de sueur, éclaboussé de taches de rousseur. Une ombre de duvet au-dessus de sa lèvre supérieure annonçait une moustache à venir. Ses cheveux, pour ce que je pouvais en voir sous son chapeau, étaient noirs. Il ne paraissait pas plus de douze ans, peut-être treize. Nous nous serrâmes la main et échangeâmes des sourires.

« Assieds-toi, petit, dis-je, en lui faisant de la place sur le tronc qui me servait de siège.

— No, gracias, répliqua-t-il, en secouant la tête. Je suis bien ici. Et, au fait, je ne suis pas un petit. J'ai quinze ans. »

Sa voix n'avait pas encore mué, et il parlait fort, comme par compensation.

J'avais vu John pour la première fois lors d'un match de football qui s'était déroulé dans la même clairière deux heures plus tôt. John semblait le benjamin des deux équipes – un enfant qui jouait des tours à ses camarades. L'Enfant-Soldat, avais-je pensé, ça ferait un bon titre pour le reportage.

Mais le garçon que j'avais en face de moi n'était pas le même John que j'avais vu plus tôt. Ce dernier prétendait être plus âgé et plus grand qu'il ne l'était en réalité. Il leva une de ses jambes et tira de sa chaussette un paquet de Marlboro. Il le tapa trois fois dans la paume de sa main libre avant de m'en offrir une. J'avais arrêté de fumer depuis environ un an, mais, jugeant qu'une cigarette aiderait peut-être à briser la glace entre nous, j'en pris une. Ensuite, il présenta un briquet qui avait la forme d'un téléphone portable en plus petit.

« C'est un bon briquet, dit-il en me le tendant. Il a été fabriqué aux Estados Unidos.

— Comment le sais-tu ? » lui demandai-je. Sur le briquet, je lisais *Made in China*.

« Un gringo me l'a donné. Il est venu ici pour interviewer notre comandante. »

Je n'étais pas le premier reporter étranger à braver les dangers de la Colombie en quête d'un bon papier. Pendant les deux ans où j'ai vécu ici, j'ai rencontré un tas de gars de différents coins du monde qui interviewaient des guérilleros, des paramilitaires, des soldats de l'armée régulière, des planteurs de coca, ou bien tous ceux-là, comme moi.

« Et comment sais-tu qu'il était des Estados Unidos ?

— Il était comme toi, pâle et blond, avec des yeux bleus. Et il parlait bizarrement, comme toi. »

John et moi tirâmes quelques bouffées de nos cigarettes, mais la fumée me prit à la gorge et je me mis à tousser.

Il éclata de rire. « Haha-haha-haha-haha… »

C'était le John que j'avais vu plus tôt, le petit farceur rigolard ; ses « haha » en faisaient quelqu'un d'unique. J'éteignis la cigarette et le regardai rire jusqu'à ce que j'aie repris mon souffle.

Alors, de manière abrupte, il dit : « Je n'ai que treize ans. » Il baissa les yeux, comme s'il avait honte d'être un enfant. « Mais je ne le dis à personne. Il y a ce type qui a dit qu'il avait quatorze ans, et ils ne le respectent plus. Comme s'il fallait être adulte pour tuer. »

Quand j'avais choisi John pour mon interview, le commandant m'avait donné son dossier. D'après celui-ci, John n'avait pas encore combattu. J'en doutais. Je savais que les commandants trafiquaient les dossiers de leurs recrues, en particulier si elles étaient mineures.

« Combien de gens as-tu tués ? lui demandai-je.

— Haha. Comme si on les comptait, dit-il. Je ferme juste les yeux et tire jusqu'à ce que je n'entende plus de riposte. » Ses réponses sans hésitation me firent penser qu'il disait la vérité. « Et toi ? me demanda-t-il. Est-ce que tu as tué quelqu'un ? »

Je fis signe que non.

« Vraiment ? » John avait l'air sincèrement surpris. Il posa le fusil sur l'herbe et s'assit à côté, entourant de ses bras ses genoux pressés contre sa poitrine. Le message était clair : il n'avait plus besoin de se sentir plus âgé ou plus grand. Il avait tué des gens. Moi non.

« À quoi penses-tu quand tu es au combat ? poursuivis-je.

— La plupart du temps, je ne pense à rien, mais parfois je pense à sauver ma propre peau, tu sais. C'est ma peau ou la leur, et Dieu ne veut pas encore de moi.

— Ah, donc tu crois en Dieu.

— Sûr que oui. Je dis mes prières presque tous les soirs, et toujours avant une bataille.

— Et tu crois que Dieu t'approuve de tuer d'autres personnes ? »

Il réfléchit à ma question un instant avant de déclarer : « Je pense que Dieu ne veut pas plus que je les tue qu'il ne veut qu'ils nous tuent. »

Ensuite, je l'interrogeai sur la vie quotidienne des guérilleros, et j'appris qu'ils se levaient à quatre heures et formaient les rangs à cinq, que les tâches quotidiennes étaient distribuées à cinq heures et demie. Un groupe de deux préparait les trois repas, deux groupes de trois partaient chasser, deux groupes de quatre reconnaissaient la zone pour repérer d'éventuels envahisseurs, et le reste assurait des tours de garde. L'après-midi, ils s'entraînaient et pratiquaient le tir sur des cibles.

« Ce camp n'est rien en comparaison de celui où on s'entraîne, m'assura John. Là-bas, on apprend à tirer au revolver, au fusil et à la mitrailleuse, à repérer les avions, et à viser le fuselage au bon endroit. C'est impressionnant ! » Il expliqua tout cela de sa voix d'enfant, et je songeai de nouveau au dossier que le commandant m'avait donné. Je le tirai de mon sac à dos et relus les pages. Il disait que le vrai nom de John était Juan Carlos Ceballos Vargas et qu'il avait seize ans ; que ses parents étaient morts dans un accident de voiture quand il était bébé ; que le garçon avait passé toute son enfance dans un orphelinat, dont il avait été renvoyé à l'âge de quinze ans ; et qu'il avait rejoint volontairement la guérilla en novembre 2000. Je décidai de vérifier quelle était la part de vérité dans ce dossier.

« Est-ce que John est ton vrai prénom ? »

Il secoua la tête.

« Alors quel est-il ?

— Je ne le dis à personne.

— C'est juste, dis-je. J'aime bien John. C'est un chouette prénom.

— Ce n'est pas simplement John, répliqua-t-il. C'est John R.

— Je continue à trouver que c'est joli. C'est toi qui l'as choisi ? »

Il hocha la tête. « T'as vu *Rambo* ? » Il avait posé la question comme si le film venait de sortir.

« Je les ai vus tous les trois, avouai-je.

— Moi aussi. Il est impressionnant ! Tu te rappelles son prénom ? Celui de Rambo ? »

Je dus réfléchir un moment. Cela faisait trois ans que j'avais vu *Rambo III*. Je savais que c'était un prénom courant. Michael ? Robert ? John ?

« John ! lançai-je. Ah, j'y suis, John R. »

Il sourit. « Ma grand-mère avait une télé. Elle me laissait regarder parfois, avant qu'elle la vende. Elle s'est mise à vendre tout ce qu'elle avait pour nous acheter à manger, jusqu'à ce qu'il n'y ait plus rien à vendre dans la maison.

— Où est ta grand-mère à présent ? »

Il haussa les épaules.

« Et ton père ? Où est-il ?

— En prison. Il a pris vingt ans pour avoir tué un voisin qui nous avait volé un cochon.

— Et ta mère ?

— On lui a tiré une balle dans la tête, répliqua-t-il, d'une voix neutre, comme si c'était la seule façon dont pouvait s'achever la vie de quiconque. Cet homme que mon père a tué, il avait un fils qui était policier. Il a mis mon père en prison, puis il a tué ma mère.

— Est-ce que quelqu'un a dénoncé le policier ?

— Haha-haha, répondit-il.

— Quel âge avais-tu quand c'est arrivé ? »

Il avança sa main gauche devant mon visage, à la façon dont les petits garçons donnent leur âge. Cinq doigts.

« Et quel âge quand tu as rejoint les guérilleros ?

— Onze ans.

— Tu sais ce que c'est ? » lui demandai-je, en lui mettant devant les yeux le dossier.

Il y jeta un coup d'œil et secoua la tête. « Je ne sais pas lire. Je ne suis jamais allé à l'école.

— Écoute, je vais te le lire », lui proposai-je, et je me mis à lire chaque ligne lentement. Il écouta attentivement, mais l'expression de son visage ne changea point.

« J'aurais aimé que ça soit vrai, dit-il, après que j'eus terminé. Ça paraît bien mieux que ma vie. » Ses yeux, noirs et tristes, fixèrent les miens. J'y plongeai mon regard et vis un petit garçon apprenant à tirer au pistolet, à chasser les oiseaux dans la forêt, à réciter ses prières à genoux avant de partir à la guerre, à ouvrir le feu sur l'ennemi de quelqu'un d'autre en fermant fort les yeux. Je réduisis le dossier en une boule que je projetai au loin.

« Juste une question encore, dis-je, remarquant qu'il regardait à présent sa montre. Dis-moi pourquoi tu as rejoint les guérilleros.

— J'avais faim. »

John R. empoigna son fusil et se leva. Il était presque quatre heures de l'après-midi, et il devait prendre son tour de garde de quatre heures à huit heures.

« Promets-moi que tu ne trafiqueras pas ce que je t'ai dit pour me faire passer pour un sale type.

— Je te le promets », lui assurai-je. Pour le prouver, j'embrassai une croix formée par mon pouce et mon index, un geste d'usage courant chez les Colombiens pour indiquer qu'ils tiendront parole.

Alors il me demanda un cadeau. « N'importe quoi », dit-il.

Je regardai dans mon sac à dos. Il y avait des sous-vêtements de rechange, une brosse à dents, un tube de dentifrice pour le voyage, deux paquets de piles, de l'aspirine, des antibiotiques, un rouleau de papier hygiénique et un exemplaire mal en point de *Cent ans de solitude*, que je venais de commencer à lire. Rien que John R. aimerait avoir. Mais alors, dans la poche latérale, je trouvai un stylo, genre boule de neige, que j'avais acheté lors de mon dernier passage à New York.

« Feliz Navidad, John R., dis-je, en lui tendant le stylo.

— Navidad ? Mais on est seulement en avril.

— N'importe quel moment est bon pour fêter Noël. »

Je lui donnai le stylo en lui disant de le secouer d'avant en arrière, et le regardai contempler le Père Noël et son renne flotter doucement au-dessus d'un village miniature enneigé.

« Haha-haha. » Son visage s'éclaira. « C'est fabriqué aux Estados Unidos ?

— Je n'en suis pas certain », avouai-je.

Sa lèvre inférieure s'affaissa sous l'effet de la déception.

Je repris le stylo et l'examinai avec soin. Enfin, je découvris sur la petite bague argentée qui séparait les deux parties du stylo, gravés en toutes petites lettres, les trois mots que John R. voulait entendre.

« Si, dis-je. "Made in USA". »

Il me remercia quatre ou cinq fois, tourna les talons et se dirigea vers le camp, secouant le stylo tout en marchant, répétant sans cesse ses haha-haha, jusqu'à ce que son corps fluet disparût dans les bois.

2

Le maire qui ne savait pas gouverner

Mariquita, le 29 octobre 1993

PENDANT PLUS D'UNE SEMAINE, Rosalba avait observé le ciel avec attention. Chaque fois, les nuages et le soleil, la lune et les étoiles, tout au-dessus de son village, lui avaient semblé un peu plus éloignés. Aujourd'hui, alors qu'elle sortait de chez elle et regardait une fois de plus le ciel, elle jugea que ses yeux verts ne lui mentaient pas. C'était vrai : Mariquita s'enfonçait. Elle se signa et s'engagea dans la rue, en direction de la place.

Rosalba viuda de Patiño, comme elle aimait à se présenter, était la veuve du brigadier. C'était une femme accorte au teint pâle, aux bras et aux jambes graciles, à la taille menue, et au derrière le plus imposant de toutes les femmes de Mariquita. Elle portait ses longs cheveux châtains rassemblés en chignon sur la nuque et avait entre les sourcils un grain de beauté qui donnait l'impression qu'une mouche avait élu domicile sur son front. Quand elle riait – chose qui arrivait rarement depuis la mort de son mari –, elle louchait et sa bouche s'ouvrait en un ovale assez grand pour exhiber les plombages en argent de ses molaires. Elle avait quarante-six ans, mais des rides profondes autour des yeux – qui subsistaient à présent quand elle cessait de rire – et la peau fine, tavelée, de ses mains la faisaient paraître plus âgée qu'elle ne l'était.

Descendant la rue principale, Rosalba remarqua de nouveaux tas d'ordures et de gravats. Ceux-ci ne cessaient de monter de toutes parts. Avec le village qui s'enfonçait, ce n'était plus qu'une question de temps, les veuves et leurs enfants allaient se retrouver ensevelis sous les ordures. Le vieillard branlant qui venait à bord de son vieux camion branlant ramasser une fois par semaine les ordures à Mariquita avait cessé de le faire peu de temps après le jour où les hommes avaient disparu. Le trésorier et le premier magistrat de la ville étant partis, qui allait rémunérer ses services ? Certainement pas les veuves. Elles avaient d'autres priorités, comme le fait de nourrir leurs enfants et elles-mêmes.

« Maudit vieillard ! » n'arrêtait pas de dire Rosalba. Elle tourna à gauche au coin de la rue et tomba sur une nouvelle maison désertée, celle des Cruz. Depuis que les hommes avaient disparu, plusieurs femmes avaient quitté Mariquita avec les enfants qui leur restaient, leurs aïeuls et tout ce qu'elles pouvaient transporter à dos de mulet ou sur leur propre dos. En moins d'un an, la population de Mariquita avait diminué de manière significative. Des maisons abandonnées étaient brusquement apparues à tous les coins de rue, vite promises au démantèlement. Toits, portes, fenêtres, planchers, tout ce qui pouvait être démonté l'était, jusqu'à ce qu'il ne reste plus que quatre murs en pisé percés de trois ou quatre ouvertures de formes variées. Rosalba fronça les sourcils et poursuivit sa marche.

Ces derniers temps, elle avait pris l'habitude de s'asseoir sur un banc de la place pour regarder les villageoises vaquer à leurs tâches quotidiennes. De vieilles femmes indifférentes enveloppées de dentelle noire sur le chemin de l'église ; des jeunes criant de temps à autre qu'elles vendaient des arepas frais, des vêtements d'occasion, du savon, des bougies, etc. ; des enfants à moitié nus qui les suivaient, quémandant les objets qu'elles vendaient, attendant que les femmes baissent la garde pour leur dérober quelque chose, n'importe quoi, pour eux. Au bout de quelques minutes, l'ennui dégagé par cette routine se révélait insupportable, et Rosalba trouvait quelqu'un à qui parler. Aujourd'hui, elle s'assit sur un banc à demi recouvert de fientes d'oiseaux. Le banc faisait face au soleil lointain, qui perçait tout juste à travers les non moins lointains nuages du matin.

Trois femmes à l'allure biblique, vêtues de longues chemises de nuit et portant de grandes cruches d'eau, apparurent à un coin de la place. Orquidea, Gardenia et Magnolia, les sœurs Morales, étaient en route pour la rivière, située à près d'une heure de marche. Il y avait longtemps de cela, les hommes de Mariquita avaient barré et dévié un cours d'eau proche pour alimenter les cuisines et les lavoirs du village. Ce n'était plus à présent que des canaux infestés de mauvaises herbes. Une année de sécheresse inhabituelle avait tari le cours d'eau et l'aqueduc, et ruiné la majeure partie des récoltes, laissant femmes et enfants en proie à la famine aussi bien qu'à la sécheresse.

« Bonjour ! » cria Rosalba aux sœurs Morales.

Personne ne répondit.

Rosalba chercha du regard quelqu'un, n'importe qui, alentour, à qui parler ; se plaindre des mauvaises manières des trois sœurs et d'autres choses qui la tracassaient. Il n'y avait personne.

« Tout le monde doit s'activer à ne rien faire, dit-elle, pleine d'amertume en s'adressant au manguier à côté d'elle. Je n'ai jamais vu de femmes aussi passives que les veuves de ce village. La nourriture vient à manquer, et nous n'avons même pas de fumier pour fertiliser le sol. Il est vrai que nous subissons une période de sécheresse, mais nous ne pouvons pas accuser la nature de nos épreuves. Pas quand nous n'avons rien fait. Durant tout ce temps, nous sommes restées assises ici, à nous plaindre, à attendre que les nouvelles concernant notre situation critique franchissent les montagnes et parviennent à M. le Gouverneur. Que M. le Gouverneur réunisse son conseil. Que ce dernier en fasse part au gouvernement central. Que M. le Président réunisse son Parlement. Et que le Parlement autorise M. le Président à autoriser le conseil à autoriser M. le Gouverneur à autoriser quelqu'un d'autre à prêter quelque assistance à une bande de veuves stupides quelque part dans une région frappée par la sécheresse… »

Un petit troupeau de cochons à moitié affamés apparut, suivi de leur gardeuse, Ubaldina viuda de Restrepo, qui les couvrait d'injures. Elle était la veuve de don Campo Elías

Restrepo – l'un des hommes les plus riches du village – et elle l'avait perdu, ainsi que ses sept beaux-fils, lors de la venue des rebelles. Ubaldina gardait ses cochons dans un petit appentis, clôturé de fil de fer barbelé, au fond de son jardin. Elle faisait faire le tour du village aux animaux deux fois par jour afin qu'ils se nourrissent d'ordures. Elle leur avait marqué l'oreille gauche à la peinture rouge, et elle les comptait plusieurs fois par jour pour s'assurer qu'aucun n'avait été volé.

Les cochons s'arrêtaient à chaque instant pour mettre à sac tous les tas de déchets qu'ils rencontraient sur leur passage. « Avance, espèce de bête stupide ! » beuglait-elle, s'en prenant au plus décharné, qui restait bien en retrait des autres.

« Quand est-ce que j'aurai mes côtelettes, Ubaldina ? » cria Rosalba. Elle n'avait pas mangé de viande depuis plus de trois mois, même si cela faisait longtemps qu'elle avait payé le prix de deux belles côtes de porc.

« Peut-être la semaine prochaine, répondit Ubaldina. Je n'ai toujours pas vendu les oreilles et les pieds. »

Ubaldina, en possession de deux réfrigérateurs devenus inutiles après que l'électricité de Mariquita avait été coupée, ne tuait un animal que lorsque tous les morceaux avaient été vendus.

« Un désastre pour les pauvres est une aubaine pour les riches, murmura Rosalba à l'adresse de l'arbre. Tu sais combien demande cette femme cupide pour une livre de viande de ces cochons engraissés aux ordures ? Trois mille pesos ! Pour pouvoir m'en payer un peu, j'ai été obligée de louer à Vaca la chambre du fond de ma maison. La veuve du cordonnier, tu sais, l'Indienne aux grands yeux qui n'arrête pas de mâcher sa chique. Ubaldina le sait, pour sûr ! C'est moi qui le lui ai dit. Elle n'en a simplement rien à fiche. Mais je ne suis pas la seule. Tu connais Lucrecia Saavedra ? La vieille couturière ? La pauvre a dû troquer sa paire de ciseaux de réserve contre des tripes pour faire de la soupe ! »

Alors que Rosalba se plaignait ainsi à l'arbre, un petit convoi de jeeps vertes maculées de boue entra dans le village. Les femmes se précipitèrent hors de chez elles, s'imaginant qu'il s'agissait d'une aide envoyée par le gouvernement. Quinze inconnus en uniformes militaires descendirent des jeeps dans un silence total. Dans ce même silence, ils parcoururent les rues crasseuses de Mariquita, suivis de près par des enfants dévêtus et des mères qui tendaient les mains en psalmodiant : « S'il vous plaît, s'il vous plaît... » Les soldats posèrent quelques questions au padre Rafael, le prêtre (seul homme que les guérilleros n'avaient pas emmené). Ils notèrent leurs constatations sur de petits carnets. Ils prirent également des photos de la place délabrée, ainsi que du groupe important de femmes qui s'étaient massées autour des jeeps pour mendier.

Le militaire le plus âgé grimpa sur le capot de son véhicule pour essayer d'apaiser les veuves. C'était un type petit, aux cheveux blonds, d'allure repoussante. Il avait la peau moite et luisante, et le visage balafré de cicatrices de formes et de longueurs variées. « Je m'appelle Abraham, commença-t-il d'une voix douce qui ne s'accordait pas avec son apparence. Nous ne sommes pas ici pour vous présenter nos condoléances pour la perte que vous avez subie, bien que vous ayez toutes droit à notre compassion la plus profonde. Nous sommes venus évaluer les dégâts matériels causés à votre village afin que vous puissiez recevoir les dédommagements appropriés. » Il appuyait ses déclarations de gestes rapides de ses petites mains. « Malheureusement, cela prendra un certain temps avant qu'une aide quelconque puisse vous parvenir. Notre nation, voyez-vous, subit encore une autre guerre civile non déclarée. Beaucoup de villages ont été attaqués avant le vôtre par des guérillas et des groupes paramilitaires, et donc... » Malgré les nouvelles décourageantes qu'il annonçait, le petit homme paraissait avoir hypnotisé les femmes et les enfants. Tous le regardaient en extase, comme s'il allait pondre des œufs ou suer du lait. Seule une femme demeurait en pleine possession de sa raison : Rosalba viuda de Patiño.

« Nous apprécions votre sincérité, señor, lança-t-elle, interrompant Abraham. Mais, dites-nous, qui va nous procurer de la nourriture pour nous et nos enfants avant que nous ayons de la pluie ?

— J'ai bien peur de n'avoir pas de réponse à cette question, señora, mais…

— Et pour ce qui est des vêtements ? Ces hardes que nous portons vont bientôt tomber en morceaux. » Elle se tourna rapidement vers les femmes et dit : « Est-ce que nous sommes censées nous balader toutes nues comme des Indiennes jusqu'à la fin de nos jours ?

— Señora, écoutez-moi…

— Non, intervint Rosalba, lui faisant face. C'est à vous de nous écouter. Avez-vous par hasard pris des photos de nos citernes vides et de nos ordures qui s'entassent ? Avez-vous noté dans votre petit carnet que notre village est en train de sombrer ?

— Ou que cela fait un an que nous sommes privés d'électricité ? lança en écho Ubaldina, la propriétaire des cochons.

— Ou que le seul téléphone du village est hors service ? » l'apostropha Magnolia Morales du dernier rang.

D'autres femmes se mirent à crier avec colère leurs doléances, suscitant l'inquiétude d'Abraham. Celui-ci savait que, si la tempête de protestations tournait à l'émeute, lui et ses quatorze hommes ne pourraient la contrôler seuls. Non seulement les femmes étaient plus nombreuses, mais, de surcroît, leurs enfants et elles étaient affamés. Les gens étaient davantage enclins à se révolter quand ils avaient l'estomac vide.

Rosalba éclata soudain en sanglots. « Qu'allons-nous faire ? gémit-elle. Nous allons tous mourir de faim, ensevelis sous les ordures, et seuls les vautours s'en apercevront.

— Señora, dit Abraham, décontenancé par le changement d'attitude de Rosalba. Ce dont ce village a besoin, c'est d'un chef qui a de la poigne comme vous. Pourquoi n'assumez-vous pas la charge de premier magistrat jusqu'à ce que le gouvernement décide de ce qu'il convient de faire ?

— Je ne connais rien au droit civil ni aux procédures judiciaires, avoua-t-elle à Abraham, en essuyant ses larmes du dos de la main, mais mon mari était brigadier de police de Mariquita. Un homme très courageux qui a sacrifié sa vie en combattant les rebelles.

— Cela seul, repartit Abraham, fait de vous le chef idéal, celui dont ce village a besoin. »

Il ne s'attendait pas à ce que Rosalba prît sa suggestion au sérieux ; il voulait seulement mettre un terme à ses gémissements. Mais la femme, qui n'était pas habituée aux compliments, de quelque nature qu'ils fussent, le surprit en acceptant le poste. Abraham descendit de sa jeep et rédigea un document qui la désignait comme faisant fonction de maire. Puis il l'officialisa en chantant faux, et en chœur avec ses soldats, l'hymne national colombien.

Le premier jour de plein exercice de sa magistrature, Rosalba partit pour son bureau à sept heures. Elle portait un tablier blanc par-dessus sa robe noire, et transportait un balai, une serpillière et un seau rempli d'eau savonneuse. Elle avait aussi un bout de crayon fourré derrière l'oreille et, dans la poche de son tablier, un petit carnet ainsi que son pistolet. Tandis qu'elle descendait la rue principale, elle pensait aux grandes choses qu'elle ferait pour Mariquita. Chaque fois qu'une idée lui venait en tête, elle s'arrêtait, posait le matériel de nettoyage, sortait son carnet et son crayon pour l'inscrire dans la liste des priorités. *Ramener l'eau courante au village. Développer un système d'irrigation pour les récoltes. Envoyer quelqu'un à la ville, chercher de l'engrais et des semences.*

Le siège de la mairie de Mariquita était une petite maison près de la place. Sur la façade, une plaque portait encore le nom du précédent maire, Jacinto Jiménez. Les guérilleros l'avaient exécuté devant sa femme et ses enfants horrifiés, avant d'emmener son fils de dix-huit ans. La pauvre veuve de Jiménez pleura des jours durant. Et puis, un matin, elle emballa ses vêtements et ses nombreuses paires de chaussures et, en compagnie de ses deux filles, partit pour Ibagué, où elle ne tarda pas à épouser un boucher qui la rendit de nouveau heureuse. Avant son départ, elle donna à Rosalba (elles avaient été de très bonnes amies) la clé de la mairie.

La magistrate fut surprise par la facilité avec laquelle la clé tourna dans la serrure fermée depuis près d'un an. Elle poussa la porte et fut accueillie par une nuée de chauves-souris glapissantes qui avaient élu domicile dans le bureau. Elle s'écarta, dégoûtée. Les hideuses créatures virevoltèrent en tous sens et s'écrasèrent contre les murs, perturbées par le rayon de lumière pénétrant par la porte. Rosalba attendit qu'elles se calment. Alors, d'un air décidé, elle entra, déverrouilla l'unique fenêtre, l'ouvrit, et regarda la volée de chauves-souris passer en rase-mottes au-dessus de sa tête pour s'échapper du bâtiment. Elle se mit à essuyer la poussière de son bureau, s'interrompant de temps à autre dans sa tâche pour écrire dans son carnet. *Organiser des commandos de nettoyage pour balayer les ordures des rues.* Elle ôta les toiles d'araignée des coins du plafond. *Avoir une équipe de femmes pour semer du riz, du coton et du sorgho résistant à la sécheresse.* Elle redressa la bibliothèque et le portemanteau branlant, et déplaça le bureau d'un coin à un autre. *Rétablir l'électricité sept jours par semaine.* Elle balaya et lava le plancher deux fois. *Remettre le téléphone en service.* Elle rentra un superbe bégonia dans un pot de fleurs et le disposa dans un coin. *Rouvrir l'école.* Enfin, Rosalba fit brûler des feuilles d'eucalyptus pour débarrasser la pièce des mauvais esprits.

Quand elle eut terminé, Rosalba se planta derrière le vieux bureau en acajou et jeta un regard circulaire. Son bureau était à présent l'endroit le plus propre et le mieux rangé de tout le village. Elle était satisfaite. Elle cala son postérieur opulent dans le fauteuil et fit glisser ses mains sur la surface lisse du plateau du bureau. « Je vais refaire de Mariquita ce qu'il était jadis, lança-t-elle. Non, que dis-je ? Je vais le transformer en un village bien meilleur que ce que les hommes ont jamais pu créer. Je sais comment le faire. Après tout, je suis un leader-né. »

Rosalba était originaire de la ville d'Honda, au bord de la Magdalena. Alors qu'elle avait quatorze ans, sa mère mourut en s'étranglant avec une arête de poisson. Rosalba prit en charge la maisonnée et ses quatre frères cadets, répartissant les corvées entre tous les membres de la famille, des tâches les plus simples, comme peler des pommes de terre, aux travaux les plus complexes, comme moudre du maïs dans le mortier en bois. Même le benjamin des frères, qui n'avait que quatre ans, avait une mission : apporter de l'eau de la rivière pour la cuisine et le nettoyage. La mise en application stricte des règles de Rosalba lui valut le ressentiment de ses frères. Tout le monde devait être levé à six heures du matin et au lit à huit heures le soir. Une toilette quotidienne à l'éponge dans l'eau froide de la rivière était obligatoire. Les prières devaient être récitées avant chaque repas et à l'heure du coucher. Les bols de soupe fumante avalés jusqu'au bout. « Por favor » et « Muchas gracias » étaient exigés en toutes occasions, tandis que les plaintes, les bagarres et les jurons étaient tenus pour des infractions punissables.

À tous, Rosalba coupait les cheveux chaque dernier dimanche du mois, et les ongles un samedi sur deux ; elle préparait trois repas par jour pour la famille tout entière, lavait leurs vêtements et prenait soin de son petit jardin, où elle faisait pousser de la salade, de la coriandre, des oignons et des carottes. Les samedis et les dimanches, ses frères et elle se rendaient à l'école publique pour apprendre à lire et à écrire. Elle s'exerça à l'écriture cursive jusqu'à ce que celle-ci fût nette et belle.

Elle se montrait extrêmement économe à l'égard du peu d'argent que son père lui donnait, mais les autres membres de la famille n'approuvaient pas ses priorités. Alors que ses frères portaient chaque jour les mêmes vieilles chemises écossaises et les mêmes jeans, qu'ils se passaient au fur et à mesure que ceux-ci devenaient trop petits, Rosalba faisait installer des fenêtres en façade de leur hutte en torchis, et carreler le sol en terre battue. Elle s'acheta un poste de radio portatif pour écouter les informations et les feuilletons qui l'instruisirent sur le compte de riches propriétaires terriens follement amoureux de jeunes et belles servantes. Rosalba préférait les informations. Elle était courtisée par plusieurs pêcheurs, dont elle acceptait les meilleures prises, mais non les invitations à dîner ou à aller danser le dimanche après-midi. Ses espérances pour elle-même allaient bien au-delà des pêcheurs.

Il fallut que son père se remarie, quelques années plus tard, pour que sa dictature parvînt à son terme. Doña

Regina, sa belle-mère, avait ses propres règles de vie. La femme affranchit les garçons de leurs obligations et assigna toutes les corvées ménagères à Rosalba – toutes sauf le jardinage. Doña Regina était une jardinière passionnée. Rosalba trouvait sa belle-mère méchante. Comment cette femme odieuse osait-elle entrer dans sa maison récemment rénovée et lui dire que faire ? Regardez comme ses frères étaient bien élevés. Ils étaient beaucoup mieux éduqués que ne l'était la belle-mère. Cette dernière se plaignait souvent de la cuisine de Rosalba, ne disant jamais « Por favor » ni « Gracias », et elle jurait devant les frères de Rosalba. La situation empira quand doña Regina se mit à parler à son mari derrière le dos de Rosalba.

« Elle dépense la plus grande partie de l'argent en billets de loterie, mentit doña Regina. Pendant ce temps, nous devons manger du riz et des gésiers de poulet tous les jours. Regarde comme tes fils ont faim. » Elle montra du doigt le benjamin, qui était tout nu sur le sol, en train d'avaler ses propres crottes de nez. Devant pareille preuve, doña Regina fut immédiatement autorisée à gérer le budget de la famille. Elle alla acheter à manger le jour même et revint chargée de sacs pleins de bonnes choses comme ils n'en avaient pas vu depuis plus de trois ans : des steaks, des côtes de porc, du fromage et même un gâteau. Le lendemain, elle rapporta des chemises pour les quatre garçons, et une robe pour elle-même. Elle n'acheta rien pour Rosalba. Pas même des piles pour sa radio, que Regina considérait comme une dépense extravagante.

La tension entre les deux femmes ne cessa de croître et, après d'innombrables disputes et bagarres, Rosalba finit par partir un lundi matin ensoleillé. Elle ne prit que sa radio et un couteau aiguisé, et marcha vers le sud, ignorant les nombreux chauffeurs de camion qui lui offraient de l'emmener en échange de ses faveurs. Avant la fin de la journée, elle distingua un village dans le lointain : Mariquita, qui comptait à cette époque moins de cent habitants. Rosalba ne put jamais s'expliquer comment ni pourquoi, mais elle sut à cet instant précis que c'était là, dans ce village au loin, qu'elle vivrait le reste de ses jours, et que là, dans ce village, elle ne serait jamais une femme ordinaire. Jamais.

Vingt-huit ans plus tard, Rosalba se retrouvait dans le fauteuil le plus important de Mariquita, entourée des quatre murs symboliques. Le mur de gauche offrait au regard le drapeau colombien, aux bords effrangés, et aux trois couleurs fanées, presque fondues en une seule. Le mur de droite était sanctifié par un grand crucifix en bois avec un Jésus sans tête (cela faisait un bon bout de temps que les vers l'avaient grignotée). Le mur face à son bureau était orné d'une photo encadrée de l'actuel président de la République. Et celui qui se trouvait derrière elle portait une réplique des armoiries nationales, où l'on lisait « Libertad y Orden » – Liberté et Ordre.

Rosalba se leva et gagna la fenêtre. Elle se sentit découragée par ce qu'elle vit : une place délabrée entourée de manguiers à l'agonie, des bancs de pierre couverts de fientes d'oiseaux, quelques réverbères cassés et un enchevêtrement de fils qui avaient jadis amené l'électricité dans le village cinq jours par semaine, et qui se balançaient à présent inutilement entre des poteaux couverts de mousse. Elle revint à son bureau, chagrinée. Non pas tant par la vue que par elle-même. Elle avait constaté cette même ruine chaque jour de l'année passée. S'était-elle vraiment attendue à ce que la place eût un air différent, vue de la fenêtre de son bureau de magistrate ? Quelle idiote ! Mariquita ne connaîtrait d'amélioration visible que lorsqu'elle, Rosalba, mettrait en œuvre ses dons de gestionnaire. Elle était une femme forte et capable. *Avoir une équipe pour tailler et arroser les manguiers.* Elle avait toujours été celle qui prenait les décisions. *Faire nettoyer les bancs.*

Une voix au loin interrompit le cours de ses pensées. « ¡ Compañeras ! entendit-elle une femme crier. Nous souffrons toutes de la faim et de la perte de nos hommes. Remettons-nous-en au Seigneur. Lui seul peut nous sauver. » Rosalba retourna précipitamment à la fenêtre. La voix était celle de la veuve Jamarillo. Elle se tenait, légèrement courbée, dans un coin, invitant la communauté à se joindre à elle dans la récitation publique d'un rosaire. Elle portait une robe rouge et avait la taille ceinte d'un chapelet gigantesque. La magistrate était furieuse. Comment, pour commencer, la veuve Jamarillo osait-elle porter une robe rouge quand la ville tout entière était en deuil ? Et comment, en second lieu, pouvait-elle tant attendre de Dieu ? Qu'avait-Il fait pour Mariquita ? Leur village était dans une misère noire, voué à la ruine aussi certainement que la veuve Jamarillo. Et qu'avait donc fait le Seigneur pour cette femme pieuse ? Elle avait perdu toute sa famille : son mari et ses deux fils cadets avaient été fusillés par les guérilleros quand ils avaient refusé de se joindre à eux ; Pablo, son aîné, était parti pour New York depuis longtemps en quête d'une vie meilleure, et l'on n'en avait plus jamais entendu parler. La veuve Jamarillo était plus maigre et misérable que jamais. On disait même qu'elle devenait folle. Et pourtant elle était là, à beugler que seul le Seigneur pouvait sauver Mariquita... Brusquement, la première magistrate prit conscience qu'elle avait un rival très puissant – et que ce n'était pas la veuve Jamarillo. Le Seigneur en personne avait résolu de battre Rosalba.

Son défi suprême serait maintenant de convaincre les femmes d'oublier les miracles et de placer leur foi en l'unique guide en chair et en os de Mariquita. Rosalba savait qu'il lui faudrait travailler dur pour les persuader que c'était elle, et non le Seigneur, qui finirait par faire revenir l'électricité et l'eau courante à Mariquita. Elle qui rouvrirait l'école. Elle qui procurerait les semences et les engrais pour nourrir les villageoises. Rosalba regagna son bureau, redressant les épaules à chaque pas. Elle s'empara de sa liste des priorités, et, sentant la peur monter en elle, elle écrivit : *Mettre les villageoises de mon côté. Interdire à toute heure le port de vêtements aux couleurs vives.* Enfin : *Changer la plaque à l'extérieur de la mairie pour qu'on y lise « Rosalba viuda de Patiño, maire ».*

La perspective d'un affrontement avec le Seigneur était terrifiante. Jusqu'à ce jour, la relation de Rosalba avec Lui n'avait pas été totalement mauvaise. En fait, se rendre à l'église avait été la première chose qu'elle avait faite le soir de son arrivée à Mariquita, en 1964. Elle se souvenait distinctement de la façon dont le padre Bartolomé, un prêtre de quatre-vingt-treize ans, avait écouté patiemment sa triste histoire et lui avait offert un abri en échange de ses services culinaires. Rosalba mit rapidement de l'ordre dans la maison négligée du prêtre et créa un programme hebdomadaire de repas copieux, dont celui-ci chantait les louanges.

En même temps, ses yeux verts et son postérieur généreux attirèrent l'attention des trois seuls célibataires du village. Ils la voyaient tous les dimanches après-midi assise seule sur un banc de la place, lisant ou écoutant les nouvelles sur sa radio portative. Elle paraissait inapprochable dans sa robe blanche bouffante, sous le chapeau de paille que le prêtre lui avait acheté, raison pour laquelle les trois jeunes hommes se contentaient de l'observer de chez le glacier. Ce fut Rosalba qui fit le premier pas en leur montrant ses dents impeccables. Ils lui firent signe de la main. Elle ferma le livre qu'elle lisait – la vie de Jeanne d'Arc – et regarda dans la direction opposée. Les hommes, intimidés, choisirent à pile ou face celui d'entre eux qui aurait la chance de l'approcher en premier.

Vicente Gómez fut l'heureux élu. Il lissa du bout de ses doigts ses sourcils broussailleux et marcha hardiment dans sa direction. Après les salutations en bonne et due forme, il se retrouva sommé de répondre à une liste de questions auxquelles il n'était pas préparé : « Que voulez-vous être dans cinq ans ? » « Combien d'enfants aimeriez-vous avoir ? » « Laisserez-vous votre épouse gérer le budget familial ? » « Que pensez-vous des femmes qui dirigent leur maisonnée ? » « Vous prenez un bain tous les combien ? » « Est-ce que vous aimez écouter la radio ? » Vicente n'arrivait pas à comprendre pourquoi elle posait autant de questions, mais il répondit à toutes : il voulait être barbier, avoir six enfants, gérer le budget lui-même, et laisser son épouse gouverner la maison. Il prenait un bain un jour sur deux et pensait que la radio était la plus grande invention de tous les temps. Rosalba le renvoya chez lui avec un baiser sur la joue. Est-ce que je veux être l'épouse d'un barbier ? se demanda-t-elle.

Rómulo Villegas vint ensuite et ne fut même pas autorisé à subir la fin de l'interrogatoire. Il déclara qu'il allait ouvrir une cafétéria, avoir au moins une douzaine d'enfants, gérer le budget et gouverner sa maison. À cet instant, Rosalba alluma sa radio, la porta à son oreille et rouvrit son livre, en faisant comme si Rómulo n'était pas là.

Enfin ce fut au tour de Napoleón Patiño. C'était un homme svelte, aux longs cheveux gominés et aux yeux protubérants. Il avait l'air vulnérable avec ses mains cachées dans ses poches et sa tête enfoncée entre les épaules.

« Vous prenez un bain tous les combien ? demanda aussitôt Rosalba, détectant une puanteur particulière.

— Tous les lundis.

— Cela ne m'étonne pas. » Elle renifla une fois de plus et fronça les sourcils. « Et vos ongles, vous les coupez tous les combien ?

— Je ne les coupe pas. Je les mange. » Sa voix était basse, et il évitait le regard de Rosalba. Elle procéda à son questionnaire et découvrit que Napoleón aimerait être agent de police, avoir un enfant, permettre à sa femme de gérer le budget et de régir la maison, et qu'il possédait une radio. Il n'a pas l'air mal, pensa-t-elle, mais il ne peut pas être un simple agent de police. Il sera le brigadier de Mariquita.

Après avoir échangé des œillades, des lettres d'amour et des poèmes pendant près de trois mois, Napoleón et Rosalba se marièrent et louèrent une maison près de la place. Bien des années plus tard, ils devaient l'acheter à tempérament à don Maximiliano Perdomo, un riche propriétaire qui possédait la moitié des maisons de Mariquita et des plantations de café des environs. Le jeune couple fut témoin de la lente croissance du village : ils aidèrent à la construction de la première école élémentaire en 1968, et de la cabine téléphonique en 1969. Ils encouragèrent leurs amis Vicente Gómez et Rómulo Villegas à poursuivre leurs rêves. En 1970, Napoleón devint le premier homme à se faire couper les cheveux à la Barbería Gómez et, au début de 1971, le couple mangea le premier repas servi à la Cafetería Villegas. En 1972, avec leurs voisins et amis, ils plantèrent de jeunes manguiers de chaque côté des rues non pavées. L'année suivante, ils assistèrent à l'installation des premiers réverbères autour de la place. Leur maison fut aussi le premier foyer de Mariquita pourvu d'un poste de télévision en noir et blanc – un énorme appareil sur quatre gros pieds, comme une vache, doté d'un petit écran enchâssé dans le milieu et de trois boutons ronds sur le côté droit. Rosalba l'acheta lors de sa première visite à Ibagué en 1973. En 1974, Rosalba et Napoleón déjeunèrent à la table du gouverneur de l'époque, venu au village pour inaugurer une route pavée qui reliait Mariquita à des villes plus importantes, au sud.

La route faisait du village une halte attirante pour ceux qui voyageaient entre Fresno et Ibagué. Les gens s'arrêtaient pour boire des batidos de fruits frais, utiliser les toilettes publiques, se dégourdir les jambes, ou simplement pour admirer, et même prendre en photo, les maisons aux couleurs assorties, avec leurs façades peintes en jaune, bleu et rouge, comme le drapeau national, et leurs toits couverts de tuiles en terre cuite.

Avec ses journées chaudes, ses nuits fraîches et l'hospitalité authentique de ses habitants, Mariquita était un lieu agréable à vivre. C'est pour cette raison que certains visiteurs qui s'y arrêtèrent n'en partirent jamais, comme don Jacobo Morales et sa femme enceinte, doña Victoria, qui arrivèrent en 1970. Ils se rendaient à Ibagué pour la naissance de leur troisième enfant dans un hôpital privé, mais doña Victoria, après avoir bu un milk-shake à la goyave, fut prise de contractions, et elle fut immédiatement admise dans le dispensaire confortable de Mariquita. Sept heures plus tard, elle accouchait d'une petite fille qu'elle nomma Magnolia. Doña Victoria passa les quarante-cinq jours habituels de relevailles chez les Patiño, avant de parvenir à convaincre son mari de vendre leur maison à la campagne pour venir s'installer à Mariquita.

Pauvre Victoria, pensa Rosalba, alors qu'elle époussetait une fois de plus la photo encadrée du Président. Après tout ce qu'elle avait subi pour empêcher que son fils Julio César soit emmené par les guérilleros, voilà que celui-ci ne voulait plus parler ni cesser de s'habiller en fille. Je devrais lui rendre une visite bientôt. Le cri perçant d'un chat dehors la fit aller jeter un coup d'œil par la fenêtre. Le cri aurait pu venir de n'importe quel coin de la place. Des chiens et des chats décharnés fouillaient dans les tas d'ordures, disputant aux cochons d'Ubaldina et à Perestroïka, la vache de la veuve Solórzano, des restes de nourriture pourris, des enveloppes de maïs, des feuilles de plantain et des déchets humains. En les observant, elle fut prise de nausées. Rosalba jugea que tout paraissait bien pire de la fenêtre de son nouveau bureau.

Elle se jura de nettoyer la place. Elle était, après tout, Rosalba viuda de Patiño : compétente, efficace, pleine de ressources. Elle avait passé sa vie à faire du nettoyage. Cela ne changerait pas. En outre, aux yeux des villageois, cela lui donnerait l'avantage sur le Seigneur.

Rosalba se précipita à son bureau, et comme son postérieur atterrissait sur le fauteuil la fermeture Éclair de sa robe craqua. Contrariée, elle secoua la tête et passa en revue sa liste de priorités. *Organiser des commandos de nettoyage pour balayer les ordures des rues* venait en quatrième. Elle fronça les sourcils. Avec beaucoup de soin et à l'aide d'une gomme, elle changea l'ordre, de telle sorte que le nettoyage des rues devînt la priorité numéro un sans nuire en aucune façon à l'esthétique de la liste. Son écriture était vraiment ravissante. Un autre chat cria au loin. Elle roula des yeux et continua de travailler à sa liste : *Rendre visite à Victoria viuda de Morales. Faire raccommoder mes deux robes noires.*

Rosalba possédait de nombreuses robes, mais deux seulement étaient entièrement noires. Elle n'avait pas cessé de les porter depuis que son mari avait été tué, et celles-ci avaient à présent le col et l'ourlet effrangés. Auparavant, elle ne s'en était pas souciée. Elle était en deuil : qu'est-ce que cela pouvait bien faire si ses vêtements étaient en loques ? Mais, maintenant qu'elle était la première magistrate du village, il lui fallait garder une apparence soignée. Elle ferait rapiécer ses vieilles robes jusqu'à ce qu'elles cèdent complètement. Alors elle s'en ferait tailler une neuve. Noire, bien sûr. C'était le moins qu'elle pouvait faire pour témoigner de son respect envers le mari exceptionnel qu'elle avait eu naguère.

Napoleón Patiño avait fait tout ce qui était en son pouvoir pour être agréable à Rosalba. Il se serait contenté de rester agent de police à vie, mais Rosalba avait des ambitions pour sa carrière, et il avait donc œuvré assidûment afin de gagner la considération de son supérieur. Rosalba gardait un souvenir très vivace de la fierté qui se lisait dans ses yeux quand, au bout de dix ans, il avait enfin été promu brigadier.

Ses amies la tenaient également en grande estime, et le salaire de son mari lui permit de remeubler sa maison et d'acheter un tourne-disques. La seule chose qui gâtait son bonheur, c'était qu'après leur troisième année de mariage Napoleón fut incapable d'avoir une érection. Il essaya de manger de la soupe de pénis de taureau et des œufs de poisson, et de boire du jus de maïs fermenté avec du miel et du cognac. Il consulta aussi des médecins de Fresno et d'Ibagué, mais la vie sexuelle de Rosalba demeura limitée aux caresses sporadiques des doigts de Napoleón ou des siens. Elle se consolait en pensant : Au moins a-t-il pour moi une véritable adoration.

Le travail de brigadier de police de Mariquita ne présentait pas de difficultés à ses débuts. Hormis les rixes ponctuelles entre les ivrognes à El Rincón de Gardel – le bar du village – et les querelles des prostituées à propos des clients riches dans le bordel de doña Emilia, Mariquita était une bourgade paisible. Il n'était fait état d'aucune personne tuée, ni même gravement blessée. Les portes et les fenêtres des maisons demeuraient grandes ouvertes, sauf en cas de pluie, ainsi que la nuit, pour empêcher les chauves-souris errantes d'atterrir sur les lits. Personne ne se querellait au sujet de la politique. Les gens s'entendaient bien, car leur premier magistrat était nommé par le gouvernement central. Quel que fût le parti auquel il appartenait, il se saoulait à égalité avec les partisans du Partido liberal et ceux du Partido conservador. Naturellement, l'envie et la haine existaient à Mariquita, en particulier chez les femmes célibataires. Par les soirées chaudes, elles se rassemblaient en petits groupes autour de la place et se déchiraient mutuellement à coups de remarques caustiques sur leurs coiffures, leurs tenues et leurs réputations. Mais, comme le padre Bartolomé avait coutume de le dire de sa voix dissonante : « L'un dans l'autre, les braves hommes et femmes de Mariquita observent tous les Dix Commandements. »

« Quelle bonne âme était le père Bartolomé », dit Rosalba, en fixant d'un œil vigilant le crucifix sur le mur. Elle se rappelait comment le vieux prêtre s'était éteint paisiblement après s'être endormi en plein milieu d'une messe.

Et puis le padre Rafael l'avait remplacé. La première fois qu'elle l'avait rencontré, Rosalba avait trouvé que c'était un homme vertueux et éduqué, pourvu de dons célestes. Mais, au fil des années, elle s'était aperçue que le padre Rafael était bien plus rusé qu'il n'était vertueux ou éduqué. Elle ne l'aimait pas mais elle avait du respect pour lui, surtout maintenant qu'il était le seul homme « véritable » encore au village. Un seul homme véritable, et Dieu savait combien de femmes. N'était-ce pas le boulot d'un maire de recenser le nombre d'hommes qui avaient été emmenés et celui des femmes qui restaient ? Elle avait tendance à le penser. Les chiffres devaient être communiqués au gouvernement central. Peut-être accéléreraient-ils l'aide financière s'ils voyaient le décompte. *Établir un recensement,* écrivit-elle sur sa liste. Elle demanderait simplement au padre Rafael de faire sonner plusieurs fois la cloche de l'église. Les gens se précipiteraient sur la place, et elle les compterait.

À cet instant précis, le padre Rafael fit sonner la cloche de l'église, appelant les fidèles à assister au service du matin. Depuis que les hommes avaient disparu, il était devenu paresseux. Il se levait tard, et il avait réduit de trois à deux le nombre des offices religieux quotidiens. Il n'avait également plus d'attachement pour les horaires fixes car, disait-il, « n'importe quelle heure est bonne pour Dieu ». Il célébrait la messe quand cela lui chantait, et l'heure du déjeuner était la seule qu'il annonçait de douze coups de cloche carillonnants. Maintenant que Rosalba était en désaccord avec le Seigneur, elle allait pouvoir exiger que le père cesse complètement de célébrer la messe. Et même chasser du village ce prêtre oisif. Mais ce ne serait pas bien, et elle voulait se comporter en adversaire loyale. Au lieu de cela, elle écrivit : *Exiger que le padre célèbre la messe à six heures du matin et à six heures du soir sept jours par semaine.*

« Rosalba », appela une femme par la fenêtre.

Qui pouvait bien la déranger si tôt ? Et pourquoi ne pouvait-on venir frapper à sa porte ? *Ne me rendre disponible que sur rendez-vous*, inscrivit-elle.

« Rosalba, t'es là ? » cria une autre voix.

Elle se dirigea vers la fenêtre. Environ une dizaine de femmes en noir, et quelques enfants nus, couverts de poux et la morve au nez, s'étaient rassemblés à l'extérieur de la mairie. Ils tendaient vers l'édile leurs paumes rapprochées pour quémander, des paniers, des pots et des gourdes vides. Tous avaient la même mine affligée, comme s'ils étaient dans la souffrance la plus terrible et comme si seule Rosalba pouvait les soulager.

« Qu'est-ce qui se passe ? dit Rosalba, contrariée par ce rassemblement inattendu. Qu'est-ce que vous voulez ?

— Aide-nous, Rosalba », supplia la vieille veuve Pérez, agitant en l'air son récipient.

Les autres se joignirent à elle : « Aide-nous. Aide-nous.

— Si vous voulez me parler, vous devez faire la queue », exigea-t-elle.

Le spectacle était affligeant, même pour une femme de sa trempe et de son courage. Rosalba pensa que toutes devraient être placées en garde à vue pour mendicité. Mais qui allait le faire ? Depuis que son mari avait été tué, il n'y avait plus personne à Mariquita pour maintenir l'ordre public et faire respecter les lois.

« Tu es la responsable du village, Rosalba. Tu dois nous aider », insista la veuve Jamarillo.

Elle eut envie de leur crier de se taire, de ficher le camp, de la laisser tranquille.

« Nous avons faim », beugla une autre.

Elle avait envie de hurler qu'elle n'était pas Jésus-Christ pour nourrir des foules avec peu de vivres.

« Aide-nous. Aide-nous. »

Rosalba trouvait que les paniers, les pots et les gourdes s'approchaient trop d'elle. Et elle craignait que les mains décharnées des femmes ne l'étranglent. Elle avait le souffle coupé et était terrifiée. Elle recula de quelques pas, ferma violemment la fenêtre, la cadenassa et jeta la clé dans la corbeille à papier. Ces femmes étaient d'une impatience insupportable. Ne pouvaient-elles pas attendre qu'elle soit installée ? À bout de forces, elle s'adossa à la fenêtre et laissa son corps glisser le long du mur jusqu'à ce que ses fesses aient atterri mollement sur le sol immaculé de son bureau. Elle avait envie de pleurer, mais elle résista. Si un homme pouvait faire ce travail, elle le pouvait aussi. Il n'existait rien de tel que le sexe faible. Les femmes étaient faites de chair et de sang, exactement comme les hommes. Une femme qui avait ses deux pieds plantés là où ils devaient l'être pouvait travailler comme un homme, ou même mieux. Elle imagina ce qu'un homme ferait et ne ferait pas dans une situation semblable à celle-ci. Un vrai homme ne se laisserait jamais effrayer par une bande de femmes affamées. Et il ne se déroberait jamais. Un homme sortirait pour les affronter, les réprimander, les menacer de les mettre en prison. Et si un homme était lénifiant comme un politicien, il leur promettrait la lune. Rosalba pourrait faire de même. Oui, elle sortirait affronter ces femmes. Elle leur dirait qu'il leur fallait se montrer patientes jusqu'à ce qu'elle soit en mesure de résoudre les choses. Elle pourrait même leur promettre de la nourriture et de l'eau propre. Peut-être l'électricité. Même si elle savait que dans un village pauvre, anéanti comme Mariquita, la moindre promesse allait être difficile à tenir.

Résolue, elle se leva et gagna la porte, mais le souvenir des dernières paroles de son mari la retint de tourner la poignée : « Ne va jamais nulle part sans une arme », lui avait-il dit. Là-dessus, il avait mis son sombrero, l'avait embrassée sur la joue et avait sorti les chaises et les tables pour jouer au Parcheesi avec ses voisins. Des mois plus tard, Rosalba apprit d'une voisine que son mari avait gagné la première partie avant de se faire tuer.

Elle ouvrit le premier tiroir, à droite de son bureau, en quête de son pistolet. Elle vérifia les balles. Il y en avait trois, ce qui était tout ce qui restait des munitions de son défunt mari. Elle le tint fermement des deux mains et chercha à la ronde une cible appropriée. Son regard trouva la photo du Président suspendue au mur. Il était assis à un bureau, les bras croisés et la tête légèrement penchée du côté droit. Sa posture gracieuse et son sourire plein d'assurance, presque sardonique, troublèrent Rosalba. « De quoi souriez-vous, monsieur le Président ? dit-elle à haute voix. Est-ce que vous vous moquez d'une pauvre femme qui ne sait pas comment diriger un village peuplé de veuves ? Et vous, où étiez-vous ce jour où nos hommes ont été emmenés ? » Elle s'interrompit, comme si elle attendait que la photo lui répondît. « Durant tout ce temps, vous êtes resté assis sur votre cul maigrichon dans votre confortable fauteuil, vous cachant derrière votre bureau stupide les bras croisés et avec ce sourire bidon qui est le vôtre. » Elle tourna les yeux légèrement à droite. « Et toi, dit-elle au crucifix sur le mur. Où étais-tu la première nuit où, en allant dormir, nous avons compris que nos maris ne partageraient plus jamais notre lit ? Où étais-tu quand nous errions par les rues le nez au ras du sol, fouillant ce maudit village de fond en comble en quête de nourriture ? » Elle jugea vite qu'il était inutile de parler au crucifix sans tête, et elle tourna donc de nouveau son regard vers la photographie, fixant ses yeux sur le petit point blanc entre les sourcils du Président. « Espèce d'ordure ! » Elle leva son arme lentement. « Espèce de merde ! » Elle était perdue dans sa rêverie lorsqu'elle vit, du coin de l'œil, une chauve-souris hébétée qui virevoltait. Mais Rosalba n'en avait pas fini avec la photo : « Vous ne valez même pas une de mes balles, monsieur le Président. » Elle attendit que la chauve-souris se pose au sommet de la bibliothèque. Elle pointa le revolver vers elle et l'abattit.

La décharge retentissante fit se regrouper les femmes et les enfants, les amenant à prendre le large et mettant Rosalba dans tous états. Elle s'empara de sa liste pour y inscrire les tâches suivantes :

Engager une policière. Ubaldina viuda de Restrepo ? Cecilia Guaraya ?

Exiger qu'aucune femme ne se plaigne plus jamais.

Interdire les rassemblements de plus de deux personnes.

Prohiber l'usage du mot « Aide ».

La cloche de l'église sonna au loin, annonçant midi. Jusque-là, Rosalba avait nettoyé à fond son bureau, changé tous les meubles de place, rédigé une liste des priorités réfléchie et détaillée, et fermé, de manière permanente, cette fenêtre de son bureau terriblement dangereuse.

Mais elle n'était pas entièrement satisfaite de sa prestation.

Elle ferma les yeux pour tenter de visualiser l'image idéale de Mariquita par cette fenêtre : un ciel bleu dégagé ; l'air parfumé par la senteur des magnolias et du chèvrefeuille ; des rossignols et des canaris chantant des airs mélodieux sur le rebord de sa fenêtre ; une place animée entourée de grands manguiers chargés de fruits mûrs ; des petites filles sautant à la corde sur le trottoir ; des garçons en pleine santé jouant au football dans la rue principale toute propre ; des jeunes gens et des jeunes filles marchant main dans la main, amoureux ; des couples plus âgés assis sur des bancs immaculés, se nourrissant mutuellement de cornets de glaces parfumées.

Rosalba ouvrit ses yeux verts et soupira d'un air résigné. Elle était maintenant prête à reconnaître ce qu'au tréfonds d'elle-même elle avait su tout du long. En définitive, elle avait vu et compris ce qu'était réellement sa première priorité, et la manière de parvenir à ses fins.

Elle attrapa son carnet et son stylo, et, en haut de la liste, au-dessus de tout le reste, elle écrivit de façon délibérée :

Prier le Seigneur de nous envoyer un camion rempli d'hommes.

Javier Vanegas, 17 ans
Personne déplacée

QUAND J'ÉTAIS PETIT GARÇON, mon seul rêve était de devenir magicien professionnel. J'appris même quelques tours super. Mes deux meilleurs étaient l'Apparition du bouquet de fleurs (que je faisais surgir de mon sombrero tout usé) et la Disparition de la pièce (je faisais disparaître une pièce de monnaie de ma main ouverte). Je les exécutais souvent pour mes amis au village. C'était le seul type de distraction que nous avions. Je les appelais des « tours d'amusement ».

Mais, passé mes treize ans, je dus renoncer à mon rêve, car il me fallut commencer à aider mon père à cultiver le petit bout de terre qu'il possédait. Nous élevions des poulets et des porcs et, comme tout le monde dans la région, nous cultivions la coca. Mes deux petites sœurs et moi cueillions les feuilles de coca, et mon père les transformait en pâte-base. Notre village était depuis longtemps régi par les guérilleros, et nous n'avions donc le droit de vendre notre production qu'à eux, même si les paramilitaires, qui contrôlaient le village de l'autre côté de la rivière, en offraient un meilleur prix.

Un jour, las du peu d'argent que payaient les guérilleros, mon père cacha de la pâte-base dans ses bottes et une provision supplémentaire dans mon sombrero, et ensemble nous traversâmes la rivière en pirogue jusqu'au village voisin pour la vendre. Le lendemain soir, quatre guérilleros armés vinrent chez nous et défoncèrent la porte à coups de pied. Mes sœurs se mirent à pleurer, ma mère à pousser des cris perçants. L'un des hommes lui donna un coup de crosse de fusil dans l'estomac.

Ils nous tirèrent dehors, mon père et moi, et nous emmenèrent sur une petite butte à proximité, où il faisait très sombre. « Tu as vendu de la coca aux paramilitaires », dit l'un des hommes à mon père. « Tu as enfreint l'une des règles et tu dois être puni. » Papa, qui était resté silencieux tout ce temps, se mit à geindre et à supplier qu'on ait pitié de lui. Alors j'entendis un boum, comme une grosse explosion, et papa tomba sur le sol. « Tu vas dire à ta maman qu'elle a jusqu'à demain soir pour quitter le village », me dit l'homme qui avait tué mon père. Là-dessus, ils avaient disparu. Nous emballâmes quelques vêtements et des ustensiles de cuisine et partîmes le soir même pour la ville.

C'était il y a quatre ans. Depuis, nous habitons des bidonvilles, entassés dans une cabane d'une pièce avec seulement deux lits de planches rudimentaires, sans eau courante ni électricité. Nous n'arrivons à trouver aucune sorte de travail, et tous les jours ma mère et mes sœurs vont s'asseoir sur le trottoir devant une église très fréquentée, la main tendue. Quant à moi, je suis devenu une sorte de magicien. Mes meilleurs tours consistent à présent à faire apparaître de la nourriture à partir des déchets de quelqu'un d'autre, et à faire disparaître l'argent des poches des hommes et des sacs à main des femmes.

Ces tours-là, je les appelle des « tours de survie ».

3

Grandeur et décadence de La Casa de Emilia

Mariquita, le 12 mai 1994

DOÑA EMILIA FUT RÉVEILLÉE par un rayon de soleil balayant ses traits tirés. Aveuglée temporairement par l'intensité de la lumière matinale, après accommodation, elle aperçut seulement un ciel rougeoyant. Elle eut un moment l'impression d'être morte, et que son âme descendait vers l'enfer, mais elle ne tarda pas à sentir la langue gluante d'un chien qui lui léchait la joue, et son souffle fétide dans son oreille. Elle venait de passer une nuit de plus couchée sur un banc, place de Mariquita. Les feuilles de plantain qui avaient contenu son dîner étaient éparpillées sur le sol. Les chiens et les chats errants les avaient nettoyées à coups de langue.

Cinq jours plus tôt, doña Emilia avait décidé qu'il était temps de mourir. Elle avait soixante-douze ans et, les dix-huit derniers mois qui avaient suivi le jour où les hommes disparurent, elle avait vécu sur ses économies, jusqu'au dernier centime. Elle annonça publiquement sa décision de mourir, déclarant que la vieillesse, la pauvreté et la solitude ne faisaient pas bon ménage, puis s'assit sur le banc qui faisait face à la statue à moitié mutilée, attendant que la mort vienne la chercher. Rosalba Ubaldina (la propriétaire du cochon, récemment nommée brigadière) et la veuve Solórzano (propriétaire de la seule vache du village) la prirent en pitié. Elles pensaient qu'elle avait perdu la tête. Elles lui donnèrent des couvertures le premier soir et organisèrent un roulement pour lui porter de la nourriture et le lait frais de Perestroïka. Le premier jour, doña Emilia offrit la moitié des aliments aux chiens et aux chats, mais le second elle décida que la mort ne viendrait pas de sitôt la trouver si elle continuait à manger, et elle commença donc à distribuer l'intégralité de ses provisions à la meute de plus en plus importante d'animaux qui lui tenaient compagnie. Elle prenait juste une gorgée de lait par jour et se mit à mourir lentement, une partie du corps après l'autre. Ce furent d'abord ses mains qui se nouèrent en poings serrés qu'elle ne parvenait plus à ouvrir ; peu de temps après, elle cessa de sentir ses pieds et ses chevilles ; puis ses yeux s'enfoncèrent dans son crâne, et la peau ridée de son visage menu devint translucide. Elle n'avait cependant toujours pas de problème de vue et d'audition. Elle avait également toute sa tête, et toujours suffisamment de bon sens et de lucidité pour se rendre compte qu'il n'y avait pas la moindre possibilité de survie pour une femme âgée, pourvue d'une réputation épouvantable et n'ayant ni famille ni argent, dans un village de veuves et de vieilles filles.

Doña Emilia s'assit avec difficulté. Elle regarda autour d'elle, remarquant pour la première fois les vieux manguiers qu'une équipe de veuves avaient ramenés à la vie sur l'ordre du maire, Rosalba. Ils étaient couverts de feuilles et de fruits. Elle arrêta son regard sur une mangue mûre qui pendait de la branche la plus haute. Ce n'était pas une mangue ordinaire : elle était d'une grosseur supérieure à la moyenne, et d'une couleur jaune orangé qu'elle n'avait vu que les soirs d'été quand le ciel était embrasé, au coucher du soleil. Elle n'avait pas envie du fruit, mais se disait que ce serait merveilleux de passer ce qui lui restait de vie en admiration devant la beauté de cette mangue. Elle la fixa un long moment sans ciller, jusqu'à ce que ses yeux commencent à se fermer involontairement, presque comme si finalement elle était en train de mourir. Elle se rappela, une fois de plus, ce qu'avait été sa vie avant la disparition des hommes de Mariquita.

Deux ans seulement auparavant, elle était la propriétaire prospère de La Casa de Emilia, le bordel de Mariquita. C'était une construction ancienne qui avait belle allure, avec ses treize chambres, ses six salles de bains bien équipées, ses deux salons, une cour intérieure, vingt-quatre fenêtres et vingt-trois portes, que doña Emilia avait transformées pour qu'elles ouvrent toutes vers l'extérieur. « Allez toujours de l'avant, avait-elle coutume de dire. Chaque fois que vous ouvrez une porte vers l'extérieur, vous faites un pas de plus en avant. » Pour entrer dans le bordel, le client devait franchir une première porte, puis un étroit vestibule, puis une autre porte, suivie d'une portière en velours qui donnait finalement sur une grande pièce lumineuse meublée de chaises pliantes et de tables nues alignées le long des murs. Une encoignure et un petit comptoir servaient de bar. Doña Emilia y officiait elle-même, proposant de l'aquagardiente et du rhum en bouteille exclusivement. De temps à autre, elle vendait des bouteilles de whisky de contrebande qu'elle achetait au marché noir. Un vieux phono Toshiba passait, à tue-tête et en continu, les disques choisis au gré des caprices de Madame : des boléros quand elle était abattue, des tangos quand elle pensait avec nostalgie à sa jeunesse, des salsas quand elle était d'humeur joyeuse, et ainsi de suite. À côté du bar se trouvait le salon rouge, ainsi nommé parce que le seul éclairage provenait de grosses bougies rouges alignées sur des étagères le long des murs. Meublé de fauteuils en rotin, de coussins aux couleurs vives et d'un hamac suspendu à des pitons, le salon était destiné à ceux qui recherchaient une ambiance plus douce. L'accès au reste du bâtiment (les treize chambres, la cuisine commune et la salle à manger) se faisait par une porte fermée à clé. Chaque fille en détenait un double, accroché à son cou par une cordelière.

Avec ses douze filles attentionnées, son alcool qui coulait à flots, sa musique toute la nuit, ses chambres bien rangées, ses salles de bains et ses douches impeccables, et des bâtons d'encens allumés dans tous les coins, La Casa était le bordel le plus beau et le plus propre à des kilomètres à la ronde.

Doña Emilia était née dans cette maison. Sa mère, une prostituée, était morte d'hémorragie peu après sa naissance. La patronne du bordel, une vieille fille nommée Matilde, boudinée dans ses robes, disait qu'elle détestait les bébés. Elle voulait déposer le nourrisson dans un couvent de sa connaissance. « Cette môme sera bien en bonne sœur », disait-elle. Mais les onze filles qui travaillaient pour elle, qui rêvaient toutes de maternité mais ne pouvaient pas supporter l'idée d'avoir un gros ventre pendant une longue période, se mirent d'accord pour élever l'enfant collectivement et se relayer auprès d'elle. Matilde accepta à une seule condition : ne pas entendre le bébé pleurer. C'est ainsi qu'Emilia, un prénom qu'elle reçut parce que le premier client entré dans le bordel après sa naissance s'appelait Emilio Bocanegra, eut onze mères mais ni père ni nom de famille ; elle était simplement Emilia, la fille illégitime de Mariquita. Ses mères la cajolaient en roucoulant, jouaient avec elle et l'aimaient, chacune à sa manière. Et quand Emilia pleurait, elles la faisaient vite s'endormir avec la seule berceuse qu'elles connaissaient. Une histoire de poussins qui faisaient piou-piou.

Les années passant, les onze filles furent remplacées l'une après l'autre. Trois étaient devenues trop âgées pour continuer dans ce métier. Quatre retournèrent dans leur village natal pour épouser leur amour de jeunesse qui, ne connaissant pas leur métier, attendait patiemment leur retour. Trois autres se rendirent compte qu'elles n'étaient pas faites pour la prostitution et partirent pour la ville se faire engager comme domestiques. La dernière annonça que Dieu l'avait appelée à Lui pour Le servir. Elle proposa d'emmener Emilia, alors âgée de dix ans, avec elle, au couvent, mais Matilde qui avait pris de l'âge, de l'embonpoint et qui souffrait de solitude dit qu'elle voulait la garder.

Matilde ne voulait pas que la fillette marche sur ses traces. Tous les matins, elle envoyait Emilia au marché avec un panier plein de fruits à vendre, uniquement pour la tenir éloignée du bordel. Et Emilia d'arpenter les rues de Mariquita en robe rose, faisant l'article, « ¡ Guayabas ! », avec ses tresses brunes, « ¡ Naranjas ! », en faisant des moulinets avec ses longs bras, « ¡ Mandarinas ! », un grand panier se balançant sur sa tête.

Mais l'enfant était condamnée à devenir prostituée.

Un matin de grand vent, une rafale renversa son panier, et les fruits s'éparpillèrent sur le sol. Un groupe de jeunes garçons qui jouaient au football dans la rue assista à la scène. Ils éclatèrent de rire, la montrant du doigt et la traitant de tous les noms. Emilia s'agenouilla et se mit à pleurer. Les garçons se jetèrent sur les fruits et n'en firent qu'une bouchée. La fillette retourna chez Matilde et lui dit qu'elle voulait faire le même métier que toutes ses mères.

Lors de sa toute première prestation, elle ne fut pas payée. Elle avait treize ans et elle était vierge, et la douleur fut si intense qu'elle désarçonna le client et se cacha sous le lit. Lors de sa toute dernière prestation, elle remboursa le client. Elle avait soixante-huit ans, et la partie haute de son dentier se détacha pendant une séance de fellation. Le client, un adolescent boutonneux, ne protesta pas, mais la vieille dame, trouvant que cela manquait de professionnalisme, insista pour le rembourser. La longue carrière d'Emilia fourmillait de centaines d'anecdotes. Les soirs où les affaires tournaient au ralenti, elle s'asseyait dans le salon rouge au milieu de ses pensionnaires, allumait un cigarillo, se versait un verre de cidre et leur contait ses aventures, sans jamais mentionner le nom des clients.

Après le jour où les hommes disparurent, il y eut beaucoup trop de soirs où les affaires tournaient au ralenti. En plus des soirées où elle racontait des histoires, la vieille madame organisa des réunions nocturnes avec ses douze pensionnaires pour les encourager à s'accrocher et à garder le moral. « Nous avons fait un long chemin ensemble, mes chéries, leur disait-elle. Il est vrai que cela fait des jours que nous n'avons pas vu un client, mais je sens que nos hommes vont bientôt rentrer, je sais simplement que la guérilla va nous les renvoyer. » Mais les soirées passaient sans le moindre client, et les filles commençaient à perdre patience. Un soir, au bout de trois semaines, elles décidèrent de mettre la vieille femme au pied du mur :

« Doña Emilia, commença Viviana, celle qui s'exprimait le mieux. Cela fait presque un mois qu'aucun homme n'a franchi cette porte. Il faut voir les choses en face, les hommes de ce village sont partis pour de bon. » Les onze autres filles hochèrent la tête en silence. « On ne peut pas se contenter de rester assises et d'attendre le miracle. On a toutes des familles au pays que l'on fait vivre. » Elle s'interrompit brièvement, comme si elle passait en revue ce qu'elle allait dire, puis ajouta : « On a décidé de faire le tour des fermes du voisinage. Il doit y avoir des garçons de ferme et des cueilleurs de café qui ont besoin de nos services. »

Un silence.

« On pourrait peut-être faire un arrangement, vous et nous, continua Viviane. Peut-être qu'on pourrait chacune vous louer juste une chambre. Comme ça, on continuerait à faire ce qu'on sait faire, et vous deviendriez… aubergiste. Vous gagneriez de l'argent, nous aussi, et tout irait bien. Qu'est-ce que vous en dites ? »

Les douze paires d'yeux se tournèrent vers Emilia, dans l'attente de sa réponse.

La vieille madame semblait garder son calme, mais ses mains s'étaient mises à trembler, le vin tanguait légèrement dans son verre. Elle le posa sur une table et, les mains sur les genoux, l'une tenant l'autre bien serrée, elle répliqua avec condescendance : « Il y a une chose qu'aucune femme ne peut se permettre de perdre : sa dignité. Vous avez toutes été engagées parce que vous aviez les qualités requises pour satisfaire aux demandes des riches : hommes d'affaires et propriétaires terriens. Les ouvriers agricoles dont tu parles, ma chère » – elle s'adressait maintenant à la seule Viviana – « sont certainement de braves gens. En fait, j'en connais moi-même quelques-uns. Mais ce sont des travailleurs très *ordinaires*, une clientèle tout à fait différente. Ils sont sales et sentent la terre. » Puis, s'adressant au groupe tout entier, elle déclara : « Je ne supporterais pas de vous voir vous abaisser.

— C'est facile à dire pour vous, dit La Gringa, ainsi nommée à cause de ses cheveux teints en jaune. Vous avez des économies, et personne à faire vivre.

— Dans notre métier, les hommes sont des hommes quelle que soit leur classe sociale », ajouta Negrita. On sentait de la rébellion percer à travers ses paroles.

Les autres pensionnaires se joignirent bientôt au débat, hochant la tête et criant leur mécontentement. Doña Emilia comprit qu'elle devait proposer rapidement une solution, avant d'en arriver à ne plus pouvoir contrôler la situation. « Du calme s'il vous plaît, dit-elle. Je comprends les raisons de votre contrariété, mais vous devez me faire confiance. Je vous garantis que, tant que La Casa de Emilia restera en activité, vous aurez une chambre où dormir et de la nourriture en abondance. » Elle avait des inflexions presque maternelles.

« On n'en a rien à foutre de la bouffe ! lança sèchement Zulia.

— Ce n'est pas la peine de jurer, ma chérie, dit tendrement doña Emilia. La Casa est effectivement dans une mauvaise passe, mais je suis sûre qu'ensemble nous vaincrons tous les obstacles. Laissez-moi jusqu'à demain soir pour trouver une solution. » La vieille dame avait l'art d'inspirer de l'affection à ses filles. Elles convinrent d'attendre et allèrent se coucher.

Le lendemain soir, elles se retrouvèrent dans la même pièce. Un sourire confiant sur le visage, doña Emilia commença : « À partir de maintenant, et jusqu'à ce que les affaires reprennent, chacune d'entre vous va recevoir un salaire de base. » Elle avait décidé d'investir les économies de toute une vie en les donnant à ses filles à une seule condition : « Puisque vous n'avez rien à faire en ce moment, je veux que vous vous formiez chacune parfaitement. Dans le commerce du plaisir, il n'est jamais trop tard pour apprendre des nouveautés. » Doña Emilia elle-même allait organiser des sessions individuelles de formation. Elle leur enseignerait tout ce qu'elle avait appris au cours d'une carrière de plus de cinquante ans : des positions et des techniques sexuelles hors du commun, mais aussi des règles d'hygiène et de bonnes manières. Pendant le temps de leur formation, elle leur ferait faire des jeux de rôle et passer des examens oraux.

La seconde partie du plan mis en place par doña Emilia consistait à faire la tournée publicitaire des agglomérations que la guérilla n'avait pas encore vidées de leurs hommes. De plus, elle allait louer les services d'un photographe d'Honda pour faire des photos de chaque fille et réaliser un book. On montrerait celui-ci aux clients potentiels des bourgades voisines, pour leur permettre d'apprécier en détail les possibilités qu'offrait La Casa.

Quand Madame eut fini son discours improvisé, les douze filles lui firent une standing ovation. Alors que c'était surtout l'argent qui les préoccupait, la perspective de se faire photographier, une première pour certaines, titillait leur point faible : la vanité. Elles n'avaient reçu aucune éducation, et sur leurs papiers d'identité était inscrite la mention « La susdite est dans l'incapacité de signer de son nom ». Elles avaient presque toutes, très jeunes, été violées brutalement par des hommes de leur famille. Trois d'entre elles avaient eu des enfants, mais les avaient laissés à leur propre mère et avaient pris la fuite. Toutes avaient passé leur adolescence et leur vie d'adulte à aller d'un bourg à l'autre, espérant que le suivant serait différent, mais constatant que c'était du pareil au même.

Doña Emilia leur avait témoigné de la bonté et du respect. Au fond d'elles-mêmes, elles éprouvaient de l'affection à son égard et admiraient sa réussite. Plus d'une se reconnaissait dans la petite dame.

Les séances individuelles de formation d'une heure commencèrent le lendemain. Six filles le matin, six l'après-midi, plus deux heures de jeux de rôle le soir. « La différence entre une prostituée et une fille de chez Emilia, expliquait-elle à ses élèves, est qu'une prostituée écarte les jambes et laisse l'homme faire le travail, alors qu'une fille de chez Emilia fait le travail du début jusqu'à la fin. » Chaque séance était centrée sur une manière différente de satisfaire un homme. L'une était consacrée à la recherche des zones du corps masculin particulièrement sensibles à la stimulation sexuelle. L'anus, disait doña Emilia, était la zone numéro un, même si la plupart des hommes se refusaient ce plaisir. Une autre séance apprenait à contracter les muscles de son vagin, dont la plupart ignorait même l'existence, de façon à faire pression sur le pénis durant les rapports. Doña Emilia se vantait d'avoir réussi, quand elle était plus jeune, à maîtriser cette technique à un point tel qu'elle pouvait amener un homme à l'orgasme sans bouger du tout son corps. Madame parlait aussi à ses filles de l'importance de la confiance en soi : « Seule une femme sûre d'elle peut satisfaire pleinement un homme », disait-elle. Et pour finir, elle leur enseigna dix des postures sexuelles les plus inhabituelles, dont elle savait qu'elles plaisaient aux hommes, mais qu'ils n'osaient pas réclamer à la mère de leurs enfants. Elle avait elle-même donné des noms à ces défis acrobatiques, tels que « La vache gloutonne », « Les montagnes russes de Colombie » et « La pendule Coucou ». Doña Emilia terminait toujours la séance en prodiguant le même conseil : « Souvenez-vous que vous devez témoigner du respect aux épouses de vos clients si vous les rencontrez dans la rue. Après tout, c'est grâce à elles que nous avons du travail. »

Un photographe vint d'Honda préparer le book. Chaque fille avait droit à trois clichés : l'un en vêtements décontractés, l'autre en sous-vêtements, le troisième sans rien, ses mains cachant ses parties intimes. Pour les photos la concernant, doña Emilia suivit les conseils du photographe et porta des tailleurs classiques, de couleur foncée.

Son book sous le bras, Madame commença sa tournée publicitaire. Elle emmenait chaque fois avec elle une fille différente, s'arrêtant dans des petites villes de la région comme Fresno, à cent kilomètres à l'ouest de Mariquita, desservie par des routes en lacet mal entretenues, ou d'autres plus éloignées, comme Dorada, à près de deux cents kilomètres au nord. Elles allaient d'un commerce à l'autre, demandant un entretien privé avec le propriétaire. Quand elle avait réussi à capter son attention, doña Emilia était très directe : « Est-ce que vous aimez les femmes ? » lui lançait-elle. Après une réponse positive, elle lui murmurait : « Alors, il faut que vous veniez voir mes filles », et elle ouvrait rapidement le book devant les yeux stupéfaits du bonhomme. Elle pressait les hommes de prendre immédiatement un rendez-vous, les inscrivant dans l'agenda de La Casa, et leur tendait sa carte sur laquelle figurait le slogan « Quand vous êtes-vous trouvé pour la dernière fois dans une maison en compagnie de douze femmes nues ? Bienvenue à La Casa de Emilia. »

Dans les bourgades de Lérida et de Líbano, la nouvelle que la maison de doña Emilia disposait de filles qui avaient reçu une nouvelle formation fut bien reçue et se répandit rapidement parmi les hommes. Le fait d'aller à l'extérieur de leurs villages éliminait le risque de se faire surprendre par femmes et voisins.

À Honda et Dorada, l'écho fut aussi très favorable. À tel point que, le week-end, les hommes affrétaient camionnettes et jeeps pour des virées, aller et retour, à La Casa.

Au cours des semaines qui suivirent les tournées de doña Emilia, La Casa vit ses affaires remonter en flèche. Parallèlement, doña Emilia vit croître son envie de faire du chiffre, de façon à rembourser ses investissements. Elle prit des mesures extrêmes pour s'assurer une marge confortable. Avant de faire monter un homme dans une chambre, chaque fille devait lui faire acheter une bouteille d'alcool. Le temps de la passe était réduit de vingt à quinze minutes, quel que soit le client. Les horaires d'ouverture furent rallongés pendant la semaine et, le week-end, le bordel fonctionnait vingt-quatre heures sur ving-quatre, avec seulement quatre filles autorisées à dormir par roulement. Les heures supplémentaires étaient fortement recommandées, bien que non obligatoires. Les pauses tabac étaient supprimées, et le temps de récupération entre chaque client réduit à cinq minutes. Les clients ne pouvaient obtenir une prolongation que si la fille n'avait pas de liste d'attente. Enfin, les habitués, les hommes âgés et les handicapés avaient constamment la priorité. Ces mesures suscitèrent chez les filles des réactions mitigées, mais Madame ne tolérait pas la moindre observation.

Les témoignages de satisfaction des clients se multiplièrent. Selon la dernière enquête de doña Emilia, quatre-vingt-dix pour cent des consommateurs étaient satisfaits, à comparer aux médiocres soixante pour cent recensés la semaine précédant la disparition des hommes de Mariquita. Pour obtenir ce renseignement, la vieille dame prit l'habitude de dire personnellement au revoir à ses clients, de leur demander si la séance leur avait plu, et de leur offrir une rose rouge. « Pour votre femme ou votre petite amie », leur disait-elle.

Quelle femme d'affaires j'étais alors, songea doña Emilia en ouvrant les yeux. Elle était soulagée de voir que la grosse mangue pendait toujours de la plus haute branche de l'arbre, et se demandait qui serait l'heureux élu qui la mangerait. Une volée d'oiseaux, pensa-t-elle. Oui, une volée de jolis petits oiseaux blancs apprécieraient la douceur de sa pulpe et son parfum suave. Un sourire approbateur apparut sur son visage. À moins que ce ne soit un chien… Il y en avait justement tout un tas qui dormait à ses pieds. Non, les chiens avalent tout rond sans sentir le goût de ce qu'ils mangent. Cela ne convenait pas à une mangue aussi exceptionnelle.

Elle fut interrompue dans ses pensées par un groupe de femmes qui parlaient à haute voix. Quatre jeunes filles s'approchaient d'elle, dont Magnolia Morales. Doña Emilia aurait reconnu n'importe où sa voix perçante. Elle avait vu un jour dans un magasin une poupée parlante qui avait le même timbre strident que Magnolia. Les jeunes filles s'arrêtèrent devant la vieille femme, en chuchotant d'une manière inintelligible ; puis elles partirent d'un énorme éclat de rire, qui résonna dans les oreilles de doña Emilia longtemps après leur départ. J'espère seulement qu'aucune de ces créatures ne viendra manger la mangue, pensa-t-elle. Ces vieilles filles méprisables ne méritent pas pareil délice. Elle avait les yeux rétrécis par la haine, et elle mordit sa lèvre inférieure avec son dentier.

L'ancienne Madame avait de bonnes raisons de mépriser les vieilles filles de Mariquita. Après tout, c'était à cause d'elles que La Casa avait fait faillite.

Presque deux mois après la disparition des hommes de Mariquita, et alors que les veuves pleuraient leur mari, les jeunes filles ne tenaient plus en place. Elles ne pouvaient accepter l'idée qu'elles vivaient dans un village de veuves et de vieilles filles, qu'elles aussi étaient condamnées à rester à jamais célibataires.

Magnolia Morales prit la tête d'un comité de soutien aux jeunes filles, comité qui se réunissait chaque soir après la prière publique du rosaire sur la place. Elles ne parlaient que d'hommes ; pas de ceux de leur famille, mais de leur petit ami, de leurs prétendants ou de ceux dont elles étaient secrètement amoureuses. Des sujets comme la sécheresse qui empirait et menaçait les récoltes, la pénurie de nourriture qui se profilait à l'horizon, étaient carrément bannis de la discussion. Les jeunes femmes leur préféraient le récit d'aventures romanesques ou d'expériences sexuelles, et se montraient des photos de leurs chéris disparus ainsi que les présents qu'elles avaient reçus d'eux : des fleurs séchées enfermées dans des livres, des mèches de cheveux et même des sous-vêtements masculins. Soir après soir, elles fantasmaient en pensant au grand jour qui verrait le retour du bien-aimé.

Un soir, elles entendirent le grondement d'un moteur près de la place. Elles sautèrent sur leurs pieds. Cela faisait bien longtemps qu'on n'avait pas aperçu une seule voiture sur les chaussées poussiéreuses de Mariquita. Quatre hommes passèrent près d'elles à bord d'une jeep verte brinquebalante sans même un coup de klaxon ou un geste de la main. Les jeunes filles en furent déconcertées. Quelques minutes plus tard, une autre jeep transportant cinq hommes longea la place. Magnolia courut vers la chaussée en levant les bras en l'air et en agitant son mouchoir, leur criant de s'arrêter. Mais ils continuèrent leur route sans lui prêter attention. Magnolia était furieuse et contrariée, mais ne s'avoua pas vaincue. Elle attendit calmement jusqu'à ce qu'elle entende une autre voiture approcher de la place. Elle donna alors l'ordre aux autres filles de barrer la route en se tenant par la main, comme une chaîne humaine. Le conducteur, un type entre deux âges aux cheveux clairsemés, s'arrêta et baissa la vitre de sa jeep rouge. Trois autres hommes l'accompagnaient.

« Bonjour messieurs, dit Magnolia, à l'adresse du chauffeur.

— Qu'est-ce qu'on peut faire pour tous ces jolis minois ?

— On se demandait seulement d'où vous veniez et où vous alliez. Notre village est bien loin de la route…

— On est d'Honda, muñeca, et on va faire une petite visite aux filles de doña Emilia, répondit l'homme en brandissant la carte que lui avait donnée la tenancière.

— Doña Emilia dit qu'elle a douze jolies filles disponibles, lança une voix dure de l'arrière de la jeep, mais vous n'êtes que neuf.

— Désolée de vous décevoir, répondit Magnolia d'un ton sarcastique, mais nous ne sommes pas des belles de nuit. Nous n'avons rien à voir avec cette femme.

— Eh bien, dans ce cas, dégagez, preciosas. On a une urgence », dit le chauffeur. Les autres hommes s'esclaffèrent.

Magnolia fit signe à ses compagnes de lever le barrage, et les hommes eurent tôt fait de passer.

Les jeunes filles retournèrent sur la place et s'assirent par terre. Elles essayèrent de reprendre leur discussion, mais l'odeur forte et virile des hommes imprégnait l'air, et elles entendaient leurs voix et leurs rires retentir à leurs oreilles.

« C'est pas juste, dit Sandra Villegas. Je suis assise ici à rêver d'un homme, alors que ces putes se font payer pour coucher avec plusieurs tous les soirs. J'en ai assez de vivre de souvenirs. Ces photos ne vont faire que jaunir, et les visages que s'effacer.

— Ça ne fait que deux mois, répliqua Marcela López, qui avait été fiancée à Jacinto Jiménez Jr., le fils de l'ancien maire. Il faut rester fidèles à nos hommes.

— Je n'ai pas d'homme à qui rester fidèle, dit Magnolia, la plus expérimentée de la bande, et toi non plus, ajouta-t-elle en pointant le menton en direction de Pilar Villegas. Nous pourrions faire équipe, toi et moi, pour damer le pion aux filles de doña Emilia. » Les filles partirent d'un rire convulsif, et la réunion prit fin sans incidents.

Le lendemain soir, Magnolia annula la réunion et, accompagnée de Pilar, gagna les abords de Mariquita. Elles portaient des robes moulantes sans manches et un maquillage voyant, et leurs cheveux étaient dénoués sur leurs épaules. Elles sentirent l'odeur des hommes avant d'avoir entendu le moteur ou aperçu les phares de la voiture. Quand le chauffeur les vit, il freina brusquement et klaxonna. Magnolia s'arrêta, leur fit signe de la main et se remit à marcher, plus lentement. Pilar continua d'avancer sans regarder derrière elle, les jambes tremblantes. Les quatre hommes tendirent le cou. C'étaient des hommes jeunes, élégants, rasés de frais et sentant l'eau de Cologne. « Attendez ! » cria l'un d'eux à travers la vitre, les narines frémissantes. Ils sautèrent de la jeep et coururent vers les jeunes filles.

« Quelles jolies fleurs tombées du ciel, dit l'un d'eux. On peut vous demander ce que vous faites à cette heure tardive ?

— On avait juste besoin de prendre l'air, dit Magnolia, en s'éventant avec ses mains.

— Je vois, dit l'homme. Est-ce que vous venez de La Casa de Emilia ?

— Pas vraiment, répondit Magnolia. On est quelques-unes à travailler en indépendantes. » Entre chaque phrase, elle promenait sa langue sur ses lèvres d'une manière provocante. Elle annonça que Pilar et elle étaient prêtes chacune à faire l'amour avec l'un d'entre eux, gratuitement, à deux conditions.

« Tout ce que tu veux, muñequita, dit le plus jeune, en se caressant l'entrejambe.

— D'abord, vous devez promettre de nous traiter comme si nous étions en cristal. Et ensuite, vous devez nous promettre de ne jamais retourner à La Casa de Emilia.

— Je le jure devant Dieu », répliqua le plus jeune, et il embrassa la croix formée par son pouce et son index. Les trois autres répétèrent le même geste et scellèrent le marché en jurant devant Dieu à l'unisson.

Puis ils jouèrent à pile ou face, pour désigner les deux élus qui allaient partager l'intimité des jeunes filles. Ils étaient d'accord pour que les perdants restent dans la voiture à fumer des cigarettes et à boire du cognac bon marché. Le plus jeune gagna le droit de choisir le premier et il entraîna Magnolia derrière un gros hévéa. Ils se déshabillèrent rapidement. Elle l'embrassa avec passion pendant que, lentement, il s'immergeait dans sa chair. Ils étaient étendus sur une couche de feuilles épaisses et luisantes tombées de l'hévéa. Ils s'agitaient à l'unisson, jambes et feuilles mêlées dans un enchevêtrement inextricable. L'autre gagnant, un gars plutôt petit aux cheveux abondamment gominés, emmena Pilar derrière les buissons. Elle commença par lui faire inspecter l'herbe à la recherche de fourmis et de scorpions, puis recouvrit le sol de leurs vêtements à tous deux. Ils s'allongèrent sur les vêtements, et il se mit à lui caresser le visage, les cheveux et les seins. « Tu es la plus belle femme que j'ai jamais vue », lui dit-il, et tout doucement il la pénétra. Un instant, elle pensa qu'ils étaient en train de faire l'amour sur un nuage, qu'ils flottaient dans l'air. Puis ils explosèrent.

Le ciel était constellé de centaines d'étoiles.

La semaine suivante, Luisa et Sandra Villegas se joignirent à l'aventure de Magnolia et Pilar. Elles se retrouvèrent dans l'école abandonnée pour revêtir leurs robes moulantes et se maquiller.

« Il ne faut pas tomber enceinte, dit Magnolia, en bonne maîtresse d'école. Certains hommes sont plus rapides que d'autres. Il faut regarder constamment leur visage, et quand leurs yeux rapetissent et que leur bouche s'élargit, ça veut dire que ça approche. Il faut alors les désarçonner en les repoussant.

— Et s'ils sont trop lourds ? demanda Sandra.

— Alors il ne faut pas vous mettre dessous », répliqua Magnolia.

Elle suggéra qu'elles arpentent la route deux par deux, en respectant une distance les unes par rapport aux autres. Elle leur donna aussi des sifflets, qu'elles devaient garder autour du cou en toutes circonstances. « Ne vous en servez que si vous êtes en danger. »

En deux semaines, Magnolia et Pilar persuadèrent huit autres jeunes filles de se joindre à elles, et elles organisèrent quatre équipes de trois. Elles aidèrent les nouvelles recrues à s'habiller et se maquiller, et partagèrent avec elles leurs expériences. Elles convinrent de garder un secret absolu sur leur activité, par rapport au curé d'abord, mais aussi par rapport à leurs mères, qui n'avaient pas besoin d'un motif de chagrin supplémentaire. Les jeunes filles se réservaient aussi le droit de se refuser à un homme si bon leur semblait. Elles ne demandaient pas d'argent en échange de leurs faveurs, mais préféraient que leurs partenaires les dédommagent conformément à leurs souhaits. « Ainsi, notre dignité est sauve », dit Pilar. Chaque fille choisissait son coin de terrain et le débarrassait des insectes, mauvaises herbes et autres plantes indésirables. Quelques-unes plantaient même des fleurs tout autour et prévoyaient du pain et des friandises pour le cas où leurs clients auraient eu faim. Et le mois suivant, lorsque la saison des pluies commença, elles se donnèrent la main pour construire des tentes avec des piquets en bambou et des feuilles de plastique.

Pendant ce temps-là, à La Casa, doña Emilia voyait son chiffre d'affaires fléchir notablement. Elle demanda à ses filles de s'assurer que leurs clients étaient pleinement satisfaits, de toujours les remercier de leur passage, et de les inviter à revenir.

« Souvenez-vous, ils viennent de très loin, leur dit-elle. Il faut que le temps qu'ils passent ici avec nous en vaille la peine. »

Mais la concurrence était féroce.

Désespérée, doña Emilia fit quelques tournées supplémentaires dans les bourgs voisins. À Honda, elle apprit qu'un groupe de jeunes et jolies filles arpentait les routes, acceptant, en échange d'un amour éphémère, les cadeaux les plus divers : du parfum, des bijoux, des vêtements ou de l'électroménager. On lui raconta que la plupart se contentaient d'une boîte de chocolats, d'un bouquet de roses rouges, ou d'un poème manuscrit. Magnolia et sa bande en étaient maintenant arrivées à disposer d'un village de tentes improvisé qu'elles déplaçaient sans arrêt pour ne pas se faire repérer par le padre Rafael ou par les veuves.

Les hommes parlaient du village de tentes comme du « bordel magique », qui apparaissait et s'évanouissait selon les circonstances. Partir à la recherche des mystérieuses tentes, au fond des bois et au milieu des collines arides augmentait l'excitation des hommes. Ils les cherchaient par monts et par vaux, des heures durant si nécessaire, mais finissaient toujours par les trouver. Et, bien vite, ils disparaissaient dans les bras et les jambes de femmes passionnées, le clair de lune caressant leur peau nue. Les jambes serrées, les hanches en délire, le cœur battant la chamade, trempés de sueur, les corps n'arrivaient plus à contrôler le souffle ; les gémissements, les cris, les hurlements se donnaient libre cours – un homme, une femme, un jaillissement de flammes sous le firmament.

Pour essayer de reconquérir leur clientèle, doña Emilia et ses douze pensionnaires décidèrent de baisser leurs tarifs et de proposer de nouvelles offres. Du dimanche au jeudi, deux clients paieraient une seule passe. Le vendredi, les lève-tôt auraient demi-tarif. Et le samedi, elles lanceraient la Fiesta de Emilia : une fête de trois heures, où étaient compris la nourriture, les boissons et le droit de rencontrer les douze filles ensemble toutes nues, tout cela pour un prix fixe.

Doña Emilia se déplaça jusqu'à Fresno, où elle fit imprimer des prospectus, qu'elle distribua elle-même dans les villages à la ronde. La vieille dame s'était transformée en voyageuse de commerce, se déplaçant de bourg en bourg, son book sous le bras et un sac en papier plein de prospectus à la main. Elle passait de longues soirées assise seule au bar de La Casa, à fumer ses fines cigarettes et à boire du cidre à même la bouteille, à la recherche d'idées nouvelles permettant de redresser la barre. Mais elle était impuissante. Comment lutter avec une troupe de femmes en rut invisibles, fantômes amoureux prêts à offrir leur corps contre un peu de tendresse ? Elle maudissait les guérilleros communistes qui avaient emmené les clients, et pleurait, inconsolable, chacun des hommes disparus.

Au bout d'un moment, ses poumons se mirent à ne plus supporter la fumée des cigarettes. Elle commença à souffrir d'une toux suspecte que les remèdes habituels, lait et raifort sucrés au miel, n'apaisaient plus. Elle perdit plusieurs kilos, et quelques gorgées de vin suffisaient à la rendre ivre. Et, le matin où elle entendit ses douze pensionnaires faire leurs bagages, elle n'essaya pas de s'y opposer. Au contraire, elle quitta son lit, s'aspergea d'eau froide et alla à la cuisine préparer le dernier repas à prendre en commun.

Quelques heures plus tard, quand les douze filles quittèrent leurs chambres, sans maquillage, habillées de vêtements classiques, leurs bagages accrochés à l'épaule, elles trouvèrent la vieille dame assise dans la salle à manger, les mains nouées sur la table. Elle portait un peignoir de soie rouge fantaisie qui la couvrait jusqu'aux pieds. Ses cheveux gris pendaient librement sur son dos, et il y avait du religieux dans l'expression de son visage, une forme de sérénité, un je-ne-sais-quoi de rêveur. La grande table était recouverte d'une nappe blanche, et était magnifiquement mise : serviettes en tissu, plats, cocottes et ustensiles en argent, ainsi que verres en cristal remplis de vin. On avait disposé des corbeilles de pain de maïs, des assiettes de fruits et de fromage, une grande soupière pleine de soupe de pommes de terre fumante, et des plats ovales garnis de dinde rôtie, de riz blanc et de haricots rouges.

« Eh bien, mes chéries, dit doña Emilia, voici venu le moment de nous dire au revoir. » Elle regarda ses mains translucides, ses yeux étaient remplis de larmes. Viviana fut la première à la serrer dans ses bras, suivie de ses onze compagnes, l'une après l'autre. Elles essuyèrent les larmes sur les joues ridées de Madame, embrassèrent ses petites mains tremblantes et lui caressèrent les cheveux. Lorsqu'elles se furent assises, doña Emilia se leva et empoigna son verre de vin. D'une voix brisée, elle proposa un toast.

« À vous, mes braves, mes disciples, qui pendant des années avez porté votre croix en supportant les hommes de Mariquita : parfois violents, parfois grossiers, mais toujours superbes.

» Aux hommes de Mariquita, nos hommes, et à La Casa de Emilia, où on les a le plus pleurés. »

Les treize femmes burent leur vin à petites gorgées, s'assirent et commencèrent à manger en silence. Quand elles eurent fini, Viviana proposa qu'elles mettent leur tenue de travail. Et elles revêtirent donc leurs robes les plus voyantes et s'aidèrent mutuellement à se maquiller. Doña Emilia les invita à aller dans le bar, et mit de la musique festive. Elles dansèrent et burent toute la nuit, se racontant leurs aventures les plus piquantes, plaisantant, portant de nouveaux toasts, passant du rire aux larmes encore et encore.

Le lendemain au réveil, doña Emilia se retrouva seule dans la pièce, entourée de verres sales et de bouteilles de vin vides. Elle imaginait les filles sur la route, le soleil éclairant leurs visages luisants, rêvant, peut-être, au jour où elles pourraient elles aussi se contenter d'un bouquet de roses rouges ou d'un poème manuscrit en échange de leur amour. Doña Emilia le leur souhaitait à toutes et elle ferma les yeux, espérant ne plus jamais avoir à les rouvrir. Elle avait décidé de fermer La Casa et de vivre aussi longtemps que ce qui lui restait d'économies le permettrait.

Le bordel magique, celui qui tantôt existait, tantôt n'existait pas, disparut un jour à tout jamais, et l'amour en fut le seul responsable. Les douze jeunes femmes tombèrent amoureuses, chacune d'un homme différent. Magnolia succomba à un barbier marié qui s'appelait

Valentin, un homme entre deux âges à la peau mate portant une perruque récalcitrante qui n'arrêtait pas de chavirer. Quand il la retrouvait dans sa tente, Magnolia parlait sans cesse de robes de mariée en soie et de bagues de fiançailles en forme de cœur. Elle insistait aussi pour lui lire une histoire d'amour à la lueur de la bougie. Valentin trouva la jeune fille un peu cinglée et cessa de venir. Soir après soir, Magnolia l'attendit. Elle se refusait à tous les autres et leur rendait leurs cadeaux. Sous sa tente, elle passait la plus grande partie de son temps à pleurer. Parfois, elle disposait des victuailles, désherbait et arrosait les plantes. Mais, le plus souvent, elle se relisait les mêmes histoires et pleurait.

Finalement, les douze jeunes filles en arrivèrent à la conclusion que Dieu leur avait donné deux yeux pour mieux regarder les hommes, deux oreilles pour mieux entendre ce que les hommes pourraient avoir à dire, deux bras pour les embrasser et deux jambes pour les enlacer, mais un seul cœur à offrir. Les hommes, quant à eux, aimaient avec leurs testicules, et Dieu leur en avait donné deux.

Et ce fut ainsi qu'un soir les hommes ne purent retrouver le bordel magique. Ils cherchèrent les tentes le long des routes tortueuses, au fond des bois et au milieu des collines arides. Ils cherchèrent par monts et par vaux des semaines durant mais en vain. Les femmes étaient retournées à Mariquita, retournées à leur célibat et à leurs tristes réunions du soir remplies de souvenirs, retournées à leurs fantasmes en pensant au grand jour où les célibataires du village leur seraient rendus.

Elles m'ont menée à la faillite pour rien ! se dit doña Emilia. Elle entendit soudain, dans le lointain, une marchande ambulante qui faisait l'article d'une voix assez douce : « ¡ Guayabas ! ¡ Naranjas ! ¡ Mandarinas ! » Puis elle l'aperçut, cette fillette qui marchait gracieusement, en faisant osciller un grand panier sur sa tête. La vieille femme l'observa très attentivement ; elle ne paraissait pas avoir plus de douze ans, et sa robe rose, ses cheveux noirs nattés, ses longs bras et sa taille fine donnèrent à doña Emilia l'impression bizarre qu'il s'agissait d'une vieille connaissance. La jeune fille remarqua elle aussi la vieille dame. Elle lui sourit et lui fit un signe discret de la main. Doña Emilia lui rendit son sourire. Elle était sur le point de lui demander de venir la retrouver sur le banc quand un coup de vent fit chavirer le panier. Les goyaves, les oranges et les mandarines se répandirent sur le sol. La petite marchande s'agenouilla et commença tranquillement à les ramasser pour les remettre dans son panier. Doña Emilia aurait voulu l'aider, mais quand elle essaya de se lever du banc, elle ne sentit plus ses jambes.

Puis une bourrasque beaucoup plus forte se mit à souffler et la mangue, celle qui avait la couleur du soleil couchant, tomba sur le sol, juste à côté de la fillette ; doña Emilia la vit sourire, la vit prendre la mangue dans ses mains et la poser dans le panier, puis elle la vit s'éloigner à grands pas, le panier sur la tête, et disparaître peu à peu dans le vent.

Avec un sentiment de jubilation, doña Emilia se renversa contre le dossier du banc et regarda fixement le ciel jusqu'au moment où elle ne vit plus qu'il était bleu.

José L. Mendoza, 32 ans, lieutenant-colonel de l'Armée nationale colombienne

IL Y A UNE CHOSE QUE J'AI APPRISE dans l'armée, qui est que moins vous avez de contacts avec la victime, plus il est facile de la tuer. Il m'est arrivé de laisser un homme me parler trop longtemps avant de le descendre, et je le regrette encore. Nous avions reçu un appel du poste de police d'un petit village dans la montagne. Ils étaient attaqués par la guérilla, et demandaient du renfort. Les routes étaient épouvantables, et nous n'avons pu y arriver que le lendemain matin, bien convaincus que les rebelles avaient disparu en emportant tout ce qui avait la moindre valeur. Je faisais le tour du village à pied en comptant les cadavres, sans me rendre compte qu'à ce moment précis un guérillero juché dans un arbre pointait son Galil sur ma nuque, bien décidé à me faire sauter la cervelle. Un de mes officiers le repéra et lui colla une balle dans le bras, sans lui laisser le temps de réagir. C'était un Indien à la peau brune, avec de petits yeux, que nous avons enfermé en compagnie de trois autres rebelles faits prisonniers dans un puisard.

Quand nous avons repris le contrôle du village, j'ai demandé à l'Indien de sortir du puisard, car je ne voulais pas le descendre en présence des trois autres. Il savait ce que j'allais faire, et il s'est mis à gémir qu'il était trop affaibli à cause de tout le sang qu'il avait perdu. Il fallait que je le laisse mourir là. Je lui ai hurlé de sortir, et il m'a supplié de ne pas le tuer. Il m'a raconté que sa mère avait eu une attaque, que ses deux plus jeunes sœurs avaient été gravement brûlées dans un incendie, qu'elles en étaient sorties vivantes mais les jambes paralysées et le visage complètement défiguré, qu'elles comptaient sur lui pour les faire vivre, et qu'il était un brave type que l'on avait forcé à combattre comme guérillero, et que, si je pouvais trouver en moi la force de lui pardonner, il déserterait et rejoindrait l'Armée nationale… On aurait dit qu'il avait appris tout ce discours par cœur. Et, je me demande bien pourquoi, je suis resté à écouter son histoire à dormir debout et à le regarder dans les yeux, des yeux agrandis par la peur. Je l'ai laissé parler à tort et à travers jusqu'à ce que, fatigué, il se taise. Puis je me suis agenouillé en face de lui, j'ai placé le canon de mon revolver sur son front, et ai dit aux autres prisonniers, dans le puisard, qu'il avait essayé de me tuer par-derrière, et que ce n'était pas digne d'un homme. « Voilà comment on tue un homme », ai-je lancé, et j'ai tiré. En entendant la détonation, j'ai involontairement fermé les yeux. Quand je les ai rouverts, le corps de l'Indien se dressait toujours debout, mais tout le haut de sa tête à partir de son nez avait disparu. Les cheveux, le cerveau, les petits yeux… il n'y avait plus rien de tout ça. Sa bouche, elle, était restée, les muscles qui entouraient ses lèvres frémissant comme s'il essayait d'ajouter quelque chose qu'il avait oublié de me dire.

4

Le professeur qui refusait d'enseigner l'histoire

Mariquita, le 11 février 1995

CLEOTILDE GUARNIZO ÉTAIT UNE VIEILLE FILLE de soixante-sept ans. Elle avait des cheveux gris coupés court, une moustache soyeuse et des poils blancs au menton. De grosses lunettes étaient posées sur son nez rond qui ressemblait à un point d'interrogation à l'envers et lui donnait un air énigmatique. Il y avait quelque chose de masculin dans ses manières : la façon dont elle s'asseyait les jambes écartées, sa démarche agressive et pesante, et la façon dont sa main droite se fermait instinctivement quand elle se sentait menacée, comme si elle était prête à abattre d'un coup de poing un adversaire ou un obstacle. Un froncement de sourcils qui ne se relâchait que rarement complétait le portrait. En bref, elle était l'image de la sévérité devenue grisonnante.

Cleotilde était partie en excursion sans but précis quand le bus qui la transportait tomba en panne. La nuit commençait à tomber, et Cleotilde avait peur. Elle loua les services d'un jeune paysan pour l'emmener, à dos de mule, au village le plus proche Elle y passerait la nuit et, à l'aube, poursuivrait son voyage.

Le garçon la déposa, elle et sa valise, sur la place de Mariquita et s'en alla. La bourgade était particulièrement calme ce soir-là, et, en l'absence d'éclairage, ressemblait à un village fantôme. Les jambes de Cleotilde se mirent à trembler. Sans savoir où aller et à grand-peine, elle longea quelques pâtés de maisons jusqu'à ce qu'elle vît un rayon de lumière à une petite fenêtre. Elle se hâta d'aller frapper à la porte ouverte de la maison. Une fillette enveloppée d'un châle noir ne tarda pas à apparaître, une bougie à la main. Elle ne pouvait pas avoir plus de dix ans, peut-être onze.

« Entrez donc », dit-elle d'une voix douce. Elle prit les devants, sa bougie éclairant un long couloir étroit. « Je m'appelle Virgelina Saavedra, et voici ma grand-mère, Lucrecia viuda de Saavedra. » La fillette pointa du doigt une vieille femme au teint pâle assise dans un rocking-chair.

« Je suis la señorita Cleotilde Guarnizo. À votre disposition, dit-elle ; puis, s'adressant à Lucrecia, elle ajouta : Et je cherche un endroit pour passer la nuit au chaud.

— Vous pouvez rester ici si cela vous convient, répliqua Lucrecia d'un air indifférent. Nous avons un hamac disponible, et une couverture quelque part. »

Cleotilde détestait les hamacs. Elle n'arrivait pas à comprendre comment quelqu'un pouvait dormir suspendu en l'air à la manière des paresseux. Mais bien sûr, elle n'allait pas leur dire ça. Elles avaient l'air de paysannes accueillantes. « Je vous remercie vraiment », dit-elle.

Lucrecia lui fit signe de s'asseoir. Il n'y avait qu'une chaise de disponible, ce qui rendit la chose plus facile et moins embarrassante pour Cleotilde. Elle posa sa valise, s'assit, regarda autour d'elle, souriant à demi aux murs. La pièce était sombre et mal aérée, à peine meublée, avec un tas de bois à brûler pour la cuisine empilé dans un coin et deux chats noirs faméliques étendus dans un autre. Cleotilde détestait les chats encore plus que les hamacs, et elle ne put s'empêcher de se demander si ceux qui se trouvaient dans son champ de vision étaient vivants ou morts. Ils auraient aussi bien pu faire partie du mobilier indigent de la maison.

« Fidel et Castro », déclara brusquement Lucrecia. Elle semblait scruter le visage et le corps de Cleotilde en quête de quelque signe de richesse. Elle pourrait demander à Cleotilde de lui faire un don avant son départ le lendemain.

Lucrecia avait déjà échangé, pour de la nourriture, presque tout son matériel de couturière.

« Je vous demande pardon ? » repartit Cleotilde. Elle eut l'impression que Lucrecia scrutait son visage et son corps en quête de quelque signe de richesse. Elle espérait sincèrement que Lucrecia ne s'attendait pas à ce qu'elle la paie pour passer une nuit chez elle. Cleotilde avait à peine assez d'argent liquide pour acheter le ticket de bus qui l'emmènerait loin de ce village délabré.

« J'ai dit "Fidel et Castro". Ce sont les noms des chats.

— Oh, commenta Cleotilde. Voilà des noms intéressants pour un couple de chats. Est-ce qu'ils sont vivants ?

— Oui oui », clama Lucrecia. Elle marqua une pause, comme pour signifier qu'on changeait de sujet, puis ajouta : « Comme vous le voyez, nous sommes très pauvres.

— Oh, n'est-ce pas notre cas à toutes ? répondit Cleotilde. Cette guerre nous a toutes laissées dans la panade financièrement. » Elle se demanda si Lucrecia connaissait le mot « panade ». « On ne peut même pas dire qui sont les pires, des guérilleros, des paramilitaires ou du gouvernement… Dans une situation pareille, dites-moi, qui va employer une vieille femme comme moi ?

— Personne, répliqua Lucrecia, l'air un tantinet frustrée que les paroles de Cleotilde aient écarté pour elle tout espoir de gagner quelques pesos cette nuit-là. Nous n'avons que du café à vous offrir. Vous en voulez une tasse ? » dit-elle.

Cleotilde la remercia, en lui disant qu'il était trop tard pour prendre du café, qu'elle ne demandait rien qu'un endroit pour dormir et une bougie. « J'aime bien lire avant de dormir, pas vous ?

— Je ne sais ni lire ni écrire, déclara la femme d'un ton ferme, comme si elle en était fière.

— Doux Jésus ! Je n'arrive pas à m'imaginer dans l'incapacité de lire. » Puis, s'adressant à Virgelina, qui taillait la mèche d'une bougie avec ses dents, Cleotilde demanda : « Est-ce que tu sais lire ? »

La fillette secoua la tête.

« Ma petite fille, dit Cleotilde, levant son index en l'air. Tu devrais savoir que l'éducation est un instrument de réussite.

— Les femmes, par ici, n'ont pas besoin d'éducation, dit Lucrecia d'un ton plein d'amertume. De plus, ça fait plus de deux ans que l'école est fermée.

— Deux ans ? C'est épouvantable ! »

Virgelina tendit à Cleotilde la bougie et une bouteille de Coca-Cola vide en guise de chandelier. « Mme le Maire nous a promis que l'école rouvrirait bientôt, dit doucement la fillette. Dès qu'un enseignant sera embauché.

— Un enseignant ? dit Cleotilde, se levant de son siège. N'est-ce pas là une coïncidence ? Je suis une enseignante diplômée.

— Eh bien alors, si vous êtes intéressée, vous devriez vous arrêter demain à la mairie, suggéra Lucrecia. Le maire a fait passer des entretiens à des candidates toute la semaine.

— Est-ce que, par hasard, vous savez quel est le salaire offert ? Non que cela ait beaucoup d'importance, car je suis une femme seule sans aucune obligation financière. Bien sûr, il me faudrait louer une chambre et m'acheter à manger, mais combien peut-on dépenser en nourriture dans un petit village comme celui-ci… Vraiment ? Tant que cela pour une côte de porc ? Ma foi, je n'aime pas la viande de toute façon. C'est mauvais pour la santé. Cela provoque de l'arthrite. Vous en avez vraiment ? J'ai le remède pour cela : vous écrasez un scorpion vivant et le mettez à macérer un mois dans une bouteille d'alcool à quatre-vingt-dix degrés. Puis vous vous frictionnez les articulations avec l'alcool tous les soirs avant d'aller vous coucher. C'est un vrai don du ciel. C'est une Indienne qui m'en a parlé. Une femme, bien sûr, car les hommes ne comprennent rien à la douleur des femmes… Ils ne comprennent rien de rien aux femmes… Non, je ne suis pas mariée. Tous les hommes que j'ai rencontrés étaient des porcs. Peut-être que les hommes de ce village sont différents… Qu'est-ce que vous voulez dire : pas d'hommes ? Que le prêtre ? Vraiment ? Les guérilleros communistes, hein ? Ma foi, c'est merveilleux ! Terrible mais merveilleux.

J'avais entendu parler de villages de veuves, mais je n'en avais encore jamais visité un… Oui, oui, la guerre, toujours la guerre. Les hommes n'arrêtent pas de faire la guerre et nous n'arrêtons pas d'en subir les conséquences. Du moins vous n'avez pas dû vous enfuir en abandonnant tout derrière vous comme j'ai vu des gens le faire… Donc parlez-moi de votre maire. Est-elle accueillante ? Vraiment ? Ma foi, personne n'est parfait… Oui, je pourrais poser ma candidature. Rien que pour le plaisir, car je ne suis pas certaine de vouloir rester dans ce village… D'accord, puisque vous insistez tellement, je prendrai un peu de café. Juste une demi-tasse. Merci. »

Le lendemain matin, Cleotilde était debout comme d'habitude à cinq heures ; elle se levait à la même heure tous les jours où qu'elle dormît, quelle que fût l'heure à laquelle elle s'était couchée. Elle s'habilla dans la pénombre du salon, où Virgelina lui avait suspendu un hamac la veille au soir. Elle enfila un pantalon noir et des chaussures de course noires et, transportant une vieille sacoche en cuir qui contenait son dossier, sortit dans la brume de l'aube. Cleotilde s'imaginait qu'il y aurait d'autres candidates, et elle voulait être la première à passer un entretien ce matin-là. Elle était sûre de décrocher le poste. Dans sa longue carrière d'enseignante, il n'y avait pas eu de poste auquel elle s'était portée candidate qu'elle n'ait obtenu. Mais, avant d'accepter l'emploi, il lui fallait se convaincre du fait que Mariquita était un endroit paisible où elle pourrait passer le restant de ses jours, un endroit où elle se sentirait en sécurité et, comme elle aimait à le répéter, proche du ciel.

Pendant un moment, son bagage lui parut plus lourd que d'habitude. Alors elle pensa : Qui suis-je en train d'essayer de leurrer ? Le contenu de sa sacoche n'avait pas changé au fil des années ; elle, si. Elle était vieille à présent, vieille et fragile. Peu importait que son dos parût droit quand elle marchait, ou que l'autorité s'entendît dans sa voix quand elle réprimandait des enfants qui se conduisaient mal – elle n'était qu'une vieille dame fragile sujette à bien des peurs. À la peur de la nuit plus que tout : la peur de l'obscurité, dans laquelle il se passait des choses affreuses ; son silence prolongé, qui n'était que l'absence des sons qu'elle désirait entendre ; la peur des fantômes en pleurs qu'elle voyait et entendait dans tous les coins ; et celle de l'horrible cauchemar qui ne cessait de revenir la tourmenter nuit après nuit : un cauchemar d'hommes et de sang et de rideaux en velours rouge.

Le soleil se mit à tout faire briller : les tuiles en terre cuite qui couvraient la plupart des maisons, les flaques d'eau de pluie dans les rues non pavées, les longs cheveux noirs d'un groupe de jeunes femmes transportant sur leur tête de grands paniers de linge sale, en chantant et en riant tandis qu'elles passaient à grands pas. Elles regardèrent Cleotilde avec curiosité. Les seuls voyageurs qui s'arrêtaient à Mariquita ces temps-ci étaient diseuses de bonne aventure, médecins sans diplôme, fugitifs, familles déplacées, et ceux qui s'étaient égarés. De temps à autre, une caravane de marchands arrivait, leurs mules chargées de biens que les villageois ne pouvaient s'offrir ou dont ils n'avaient plus l'usage – du parfum, du Coca-Cola, des rasoirs – mais d'autres aussi qui étaient indispensables – du charbon, des bougies, du pétrole, de l'eau de Javel pour le maire, et des provisions d'hosties et de vin pour le prêtre.

« Bonjour, señora, lança une des femmes.

— Señorita », la corrigea Cleotilde, mais elle parla trop bas, et la femme ne l'entendit pas. Cleotilde jugea néanmoins que les femmes de Mariquita étaient pleines de zèle et d'amabilité. Elle tourna à gauche au coin de rue suivant et aperçut au loin un garçon et une fille tenant un chien qui hurlait. Elle décida de les saluer, futurs élèves en puissance qu'ils étaient. Étant d'un petit village, ils seraient timides et mal assurés ; elle se montrerait donc gentille à leur égard, décida-t-elle. Une fois qu'elle fut suffisamment près, elle baissa ses lunettes et remarqua qu'ils étaient pieds nus et et qu'ils portaient des vêtements en lambeaux. Elle remarqua aussi, avec horreur, que la petite fille tenait la gueule du chien fermée pendant que le garçon lui enfonçait un bâton dans le derrière.

« Qu'est-ce que vous faites ? » s'écria Cleotilde. Elle donna une grande claque dans le dos du garçon. Celui-ci relâcha le chien et flanqua un coup de pied dans la jambe de Cleotilde. « Espèce de vieille cinglée ! » cria-t-il. Puis il s'enfuit en courant avec la fillette, riant à gorge déployée. Le chien s'enfuit aussi, le bâton pendant toujours dans le derrière. Cleotilde était furieuse. Elle s'assit sur le trottoir pour examiner sa jambe. Rien qu'une petite marque rouge. Avec un peu de chance, elle ne virerait pas au bleu. Elle n'était guère sujette aux ecchymoses ; pour une vieille dame, en tout cas.

Elle ramassa sa sacoche en cuir et descendit en boitillant deux rues plus bas, fuyant les nombreux chats et chiens errants qui l'entouraient, mendiant de la nourriture. Au carrefour suivant, elle tourna à droite et rencontra un groupe d'enfants à moitié nus rassemblés à côté d'un manguier, en train de bavarder. Cleotilde les jugea plus civilisés que les autres. Elle leur parlerait. « Bonjour, les enfants ! pépia-t-elle. Comment allez-vous tous, aujourd'hui ? »

Les enfants se mirent à rigoler et à murmurer entre eux.

« N'est-ce pas là une matinée superbe ? » Cleotilde regarda le ciel, souriant de plaisir. La matinée était assurément superbe. « Comment t'appelles-tu, fiston ? » dit-elle, désignant du doigt un jeune échalas qui se grattait l'aisselle.

Le garçon lança un regard rapide à ses camarades, comme pour recueillir leur approbation, et dit alors, avec un grand sourire : « Mon nom est Vietnam Calderón, mais ils m'appellent El Diablo. » Faisant à Cleotilde une grimace monstrueuse, il cria : « Hou, hou, hou ! » Tous ses amis éclatèrent de rire.

« Allons, ce n'est pas poli, fiston », dit calmement Cleotilde. En d'autres circonstances, elle aurait attrapé le galapiat par l'oreille, lui aurait flanqué une gifle, et l'aurait obligé à se mettre à genoux pour lui demander pardon. Et puis elle lui aurait fait écrire cent fois : « Je dois respecter mes aînés. » Mais elle venait d'arriver à Mariquita et ne connaissait pas les garçons ni leurs mères. Elle le fixa du regard assez longtemps pour se souvenir de son visage plein de taches de rousseur au cas où elle le reverrait.

« Je suis la señorita Guarnizo, dit-elle d'un air sévère, et il se peut que je sois votre prochaine institutrice.

— On veut pas d'institutrice ! cria derrière elle une fillette.

— Fichez le camp », lança en écho un garçon. Et tous de bientôt hurler à l'unisson : « Fichez le camp ! Fichez le camp ! »

Elle leur jeta un regard désapprobateur, puis fit volte-face et se mit à marcher en direction de la place. Elle n'avait pas fait plus de quelques pas qu'un caillou lui heurta la nuque. Sa main droite se serra, et elle se tourna vivement vers les enfants, les joues empourprées d'une violente colère. Ils restèrent plantés là d'un air de défi, tenant chacun un lance-pierre, l'élastique tiré au maximum, prêt à bombarder de cailloux la vieille femme.

« Espèces de petites fripouilles ! » cria-t-elle, en s'abritant derrière sa sacoche. Cette mesure de sécurité intervint à point nommé car, sans tarder, une volée de cailloux plut sur elle, la touchant surtout aux jambes mais aussi au bout de ses doigts exposés des deux côtés de la valise. « Espèces de chenapans ! hurlait-elle. Espèces de voyous ! » Les enfants s'enfuirent, courant, riant et se félicitant mutuellement d'avoir bien visé.

Cleotilde tremblait de fureur. Si elle restait dans ce village, ce dont elle doutait sérieusement après cet incident, sa première mesure en tant qu'institutrice serait de les punir pour cet affront à sa dignité. Elle imaginait ce que serait cette punition quand cinq femmes entre deux âges habillées en noir apparurent à un coin de rue, la tête légèrement inclinée et les mains jointes devant la poitrine. Tout en marchant, ces femmes chantaient, avec beaucoup de cœur, une version locale de l'alléluia. Ce devait être les mères de certains de ces petits vauriens, pensa Cleotilde, en leur jetant un regard méprisant. Elle continua de marcher le long de la rue non pavée jusqu'à ce que la méchante psalmodie des enfants et le chant de leurs mères indifférentes ne soient plus qu'un écho dans le lointain.

Cleotilde fut la première et l'unique candidate à se présenter ce jour-là pour un entretien. Elle était assise, immobile, dans la salle d'attente de la mairie, sa sacoche en cuir posée sur ses genoux. Ses mains tremblaient. Elle les croisa sur la sacoche et décida de ne plus penser à l'épisode avec les enfants pour se concentrer sur l'entretien. Mais elle n'y parvenait pas car Cecilia Guaraya, la secrétaire de la mairie, ne cessait de taper en jurant sur une machine à écrire rouillée dont le ruban n'arrêtait pas de sortir de son logement. « Maudite sois-tu, espèce de fille de rat ! Espèce de tas de merde de porc ! » criait Cecilia.

Après une longue attente, une femme aux larges hanches sortit du bureau du maire, un seau dans une main et un balai fait de branchages dans l'autre. Sa tête était enveloppée d'un foulard de couleur vive et elle portait un tablier par-dessus sa robe noire. Cleotilde parut surprise. Si le maire peut s'offrir les services d'une femme de ménage, elle doit être en mesure de s'offrir ceux d'une excellente institutrice comme moi, pensa-t-elle, en opinant du chef. La femme, pendant ce temps-là, avait déposé seau et balai à côté du bureau de Cecilia, et elle s'essuya les mains sur son tablier. Cleotilde remarqua que ledit tablier était en lambeaux et que les chaussures de la dame étaient usées jusqu'à la corde, constat qui lui fit réviser sa conjecture précédente. Peut-être que je me trompe, et que cette pauvre créature gagne un salaire de misère, se dit-elle. Une mauvaise idée lui vint alors. Elle attendit que la femme regardât dans sa direction et lui fit signe d'approcher.

La femme eut l'air perplexe. Elle dévisagea Cecilia, comme en attente d'un conseil, mais la secrétaire était absorbée dans sa tâche. Elle s'approcha donc de Cleotilde.

« Combien vous paie-t-elle pour nettoyer son bureau ? murmura Cleotilde en pointant le doigt vers la pièce.

— Je vous demande pardon ? répliqua la femme d'un air offensé.

— Combien le maire vous paie-t-elle ? répéta Cleotilde à la dérobée.

— Je suis le maire », répondit la femme.

Cleotilde se couvrit la bouche du bout de ses doigts et partit d'un rire nerveux. « Je m'excuse », réussit-elle à dire. Puis, se levant de sa chaise, elle ajouta : « Je suis Cleotilde Guarnizo, votre humble servante.

— Rosalba viuda de Patiño, dit l'autre sur un ton rude. Maire de Mariquita. »

Aucune des deux femmes n'essaya de serrer la main de l'autre.

Rosalba était furieuse. Sa secrétaire l'avait prévenue de la présence de l'inconnue dans la salle d'attente. « Elle a l'air bizarre », avait dit Cecilia. Mais, à présent que la vieille femme était debout devant elle, Rosalba jugeait que celle-ci *était* bel et bien bizarre. « Par ici je vous prie », dit-elle, se demandant quand l'étrangère était arrivée, d'où elle venait, où elle séjournait et, question encore plus importante, pourquoi elle, la première magistrate, n'en avait pas été informée. Et si c'était le gouvernement qui avait envoyé cette vieille femme ? Et si quelqu'un, là-bas, un commissaire quelconque, avait fini par recevoir le rapport officiel du recensement qu'elle avait effectué en personne il y avait longtemps, et qu'elle avait fait dactylographier par Cecilia avant de l'expédier avec le nom de tous ceux sans exception qui passaient par Mariquita ?

« Merci », répondit Cleotilde en entrant dans le bureau de Rosalba. L'institutrice avait déjà décidé, dans sa tête, que la confusion avait été imputable au maire. Elle avait rencontré des magistrats et des maires auparavant, et même des gouverneurs. Mais elle n'avait jamais été reçue par des dignitaires habillés en domestiques. Elle trouvait cela déplacé. Et que venaient faire là tous ces torchons empilés sur le rebord de la fenêtre ? Et cette odeur, pouah ! Quelle quantité d'eau de Javel la femme avait-elle déversée sur le plancher ?

« Prenez un siège, je vous prie, dit Rosalba, indiquant une chaise en triste état dont le rembourrage était visible à travers des fentes et des trous. Ma secrétaire m'a dit que vous étiez ici pour faire acte de candidature au poste d'institutrice.

— C'est exact.

— Bien. Allons-y, donc. Avez-vous une expérience relative à cet emploi, señora Guarnizo ?

— Señorita, madame le Maire, la corrigea la vieille femme. Et oui, il se trouve que j'ai presque cinquante ans d'expérience dans l'enseignement, dont vingt-sept vérifiables si vous regardez mon dossier à la rubrique intitulée "Lettres de recommandation".

— Excellent, señorita Guarnizo. Excellent », dit Rosalba, un peu intimidée par la voix rauque de l'institutrice, et par la complexité de la grosse sacoche que Cleotilde avait commencé à déployer précautionneusement sur le bureau en acajou. Les documents étaient méticuleusement organisés en plusieurs sections étiquetées, lesquelles comprenaient les noms des écoles où elle avait enseigné, les disciplines, les périodes, les prix et les distinctions, ainsi que les lettres de recommandation. Il y avait même une section entière réservée aux photographies et aux curriculums des gens remarquables auxquels elle avait donné des leçons particulières durant les vingt-sept années passées – aujourd'hui médecins, avocats, architectes et reines de beauté.

« Je suis impressionnée, señora Guarnizo, mais…

— Señorita, madame le Maire ! l'interrompit l'institutrice. Après soixante-sept ans de chasteté, l'on aime être reconnue par l'appellation qui sied.

— Veuillez m'excuser, señorita Guarnizo. Je ne peux m'empêcher de me sentir un peu… intrinsèque en m'adressant à une femme plus âgée que moi comme à une "señorita". Je me sens presque… concupiscente. » Confondue devant l'assurance de la vieille dame, Rosalba faisait de grands efforts pour trouver des mots à la résonance aussi pompeuse que ceux de l'institutrice. « Comme je le disais, je suis très impressionnée par vos références des vingt-sept dernières années, mais où enseigniez-vous, et quoi, auparavant ?

— J'ai bien peur de ne pas pouvoir, pour des raisons personnelles, répondre à votre question, madame le Maire. » La réponse de Cleotilde provoqua un long silence embarrassé, qu'elle dut briser elle-même car Rosalba faisait mine de lire, en détail, tous les documents contenus dans le dossier de l'enseignante. « Avez-vous d'autres questions, madame le Maire ? Sur mon expérience plus récente ? Je serais plus qu'heureuse d'y répondre.

— Voyons voir », dit Rosalba, en refermant le dossier. Elle réfléchit avec soin à la question à poser. Il fallait qu'elle paraisse astucieuse. « Est-ce que vous avez… un plan d'action pour les élèves de Mariquita, señorita Guarnizo ?

— J'en élaborerai un avec grand plaisir dès que le poste m'aura été confié, auquel cas je m'entretiendrai avec les futurs élèves pour évaluer leur niveau actuel de connaissances.

— Fort bien, mais avez-vous une idée des disciplines que vous aimeriez enseigner ? Il s'est écoulé tellement d'années depuis ma scolarité, je ne sais même plus ce qu'on enseigne par les temps qui courent.

« Je suis parfaitement capable d'enseigner les lettres, les sciences, les mathématiques, les sciences sociales, la géographie et la morale.

— Et l'histoire de la Colombie ? Pouvez-vous l'enseigner ? C'était ma matière préférée à l'école.

— Je peux l'enseigner aussi, madame le Maire, répondit Cleotilde, mais je ne le ferai pas. » De l'index, elle remonta ses lunettes sur son nez. « Et, avant que vous ne cherchiez à savoir pourquoi, je dois vous prévenir que c'est également pour des raisons très personnelles. »

Rosalba se demanda si Cleotilde avait passé vingt ans en prison. *Pour être condamnée à vingt ans, elle a dû tuer quelqu'un*. Ou peut-être avait-elle été enfermée dans un asile psychiatrique. *Elle a assurément l'air d'avoir perdu la boule*. À moins que la señorita n'ait en fait été auparavant un señor. *Cette moustache, comme qui dirait, la trahit.*

« Cela ne fait rien, dit la première magistrate, regardant autour d'elle pour éviter les yeux perçants de l'institutrice. Nos élèves ont déjà une connaissance de première main des guerres civiles et des massacres. C'est la moitié de l'histoire actuelle de notre pays.

— Et de combien d'élèves parlons-nous, madame le Maire ? »

Rosalba ouvrit promptement un tiroir d'où elle sortit une feuille de papier. « D'après notre dernier recensement nous avons un total de quatre-vingt-dix-neuf personnes, dont… Les enfants grandissent si vite, il y en a toujours un ou deux que je dois placer dans une autre catégorie. Voyons voir : trente-sept veuves plus quarante-cinq jeunes filles, moins… » Elle baissa la voix mais continua à additionner et à soustraire. « Quinze enfants ! annonça-t-elle au bout d'un petit moment. Mais je suis sûre que cela intéressera aussi quelques-unes des jeunes femmes d'acquérir une connaissance ou deux. Je dirai donc une vingtaine d'élèves en tout.

— Un très bon chiffre », observa Cleotilde.

Un grain de poussière sur le sol attira l'attention de Rosalba. Elle n'arrivait pas à comprendre comment il avait échappé à son balai à franges impitoyable. Elle était tentée d'aller le ramasser, mais la présence imposante de Cleotilde donnait à la première magistrate un sentiment de gêne, de vulnérabilité.

« Ma foi, vous semblez satisfaire à toutes les exigences que j'ai… conspirées pour ce poste », dit Rosalba, regardant toujours alentour. À présent, elle n'évitait pas seulement Cleotilde, mais aussi le grain de poussière, qui tous deux la contemplaient d'un air de défi. « Je prendrai ma décision définitive dans les deux prochains jours, et je ferai alors une annonce officielle.

— J'attends votre décision avec impatience, madame le Maire, répliqua Cleotilde. Et je ne doute pas que vous prendrez en considération les nombreux avantages qu'il y a à confier le poste à une personne qui possède non seulement des connaissances étendues, mais qui est en outre qualifiée pour enseigner la discipline et la bonne conduite.

Vous êtes, j'en suis sûre, consciente que ces qualités ont quelque peu disparu chez les enfants de ce village et...

— Oh, croyez-moi, señorita Guarnizo, la brigadière de police et moi-même sommes parfaitement conscientes de cette situation. C'est là, en fait, la raison principale pour laquelle nous voulons rouvrir l'école. Soyez assurée que je prendrai cela en considération avant de choisir notre nouvel enseignant. Maintenant, si vous voulez bien m'excuser, j'ai un programme surchargé aujourd'hui. »

Les deux femmes se sourirent hypocritement.

Il se produisit alors une chose étrange. Comme Cleotilde se levait de la chaise branlante, son visage s'aligna sur le portrait encadré du président de la République suspendu au mur derrière elle, et la première magistrate remarqua avec épouvante qu'ils avaient le même sourire sournois. Cleotilde semblait également avoir grandi de plusieurs centimètres au cours de l'entretien. En fait, l'institutrice paraissait plus grande que toutes les femmes et tous les hommes que Rosalba avait vus. « Bonne journée, señorita Guarnizo », réussit-elle à dire, en feignant de prendre des notes dans un carnet qu'elle tenait la tête à l'envers.

Dès que Cleotilde sortit de son bureau, Rosalba ramassa le grain de poussière sur le sol et s'en débarrassa. « Qu'est-ce que j'ai qui ne va pas ? dit-elle. Je devrais avoir honte de me laisser intimider par une vieille fille dans mon propre bureau. » La dernière fois qu'elle avait éprouvé ce sentiment, c'était quand elle avait seize ans et que sa méchante belle-mère lui rendait la vie impossible.

Mais Rosalba n'était plus une jeune fille naïve. « Je ne suis plus une jeune fille naïve. » Elle était une femme avisée, raffinée et expérimentée. « Je suis une femme avisée, raffinée et expérimentée. » Elle refusait de se sentir menacée par une vieille fille bizarre qui était entrée dans son bureau en se donnant de grands airs, en se prenant pour quelqu'un de plus intelligent, de mieux éduqué et de plus capable que la première magistrate elle-même. « Comment ose-t-elle pénétrer dans mon bureau habillée en noir alors qu'elle n'est la veuve de personne, et chaussée de chaussures de course alors qu'elle arrive à peine à marcher ? »

Rosalba ordonna à Cecilia de chercher tout ce qu'il était possible de trouver sur le compte de la mystérieuse étrangère.

Après l'entretien, Cleotilde se rendit au marché. Elle s'assit à une table rustique, sous une tente, où la veuve Morales et sa fille Julia – précédemment connue comme son fils, Julio César – servaient des repas et des amuse-gueule. Cleotilde, ignorant les regards inquisiteurs de la veuve et de sa fille, commanda un petit déjeuner. Tandis qu'elle attendait sa collation, elle se rappela les incidents avec les enfants et se demanda si elle devrait ou non accepter le poste (car elle ne doutait pas que le maire le lui offrirait), et rester. Vivre dans un village isolé et sans hommes avait un attrait particulier dans son cas, mais elle était extrêmement préoccupée par la conduite des enfants, et aussi par leurs mères, qui se comportaient comme s'il n'y avait pas d'inquiétude à avoir.

Julia Morales mit une tasse de café noir fumant devant Cleotilde, puis se rendit au gril et disposa de l'arepa à moitié cuite sur un feu faiblard. La vieille femme la suivit du regard, trouvant à la jeune fille un air étrange. Peut-être était-ce le maquillage exagéré qui lui donnait cette allure bizarre. Elle but une gorgée de café et regarda à la ronde la place du marché, essayant de remarquer quelque chose de positif qui soit susceptible de la faire changer d'avis sur Mariquita. Une demi-douzaine de tentes délavées étaient disséminées sur une portion de terrain nu. Sous celles-ci, les villageoises vendaient – ou échangeaient – des bougies, du charbon, du pétrole, ainsi que des aliments tout préparés et des boissons. Entre les tentes, reposant sur des sacs vides à même le sol, il y avait des pommes de terre, des oignons, des épis de maïs et des oranges. Pas très varié, pensa Cleotilde, mais elle avait vu bien pire. Au milieu du marché, un feu brûlait de façon intermittente dans un foyer ouvert ; à côté de celui-ci, une vieille femme aux allures de folle se penchait au-dessus d'une marmite en métal remplie d'eau, remuant et transpirant ; un peu plus loin, un âne engloutissait une botte de feuilles de plantain séchées, tandis que des chiens et des chats rôdaient alentour en quête de quelque chose à manger. Soudain, un groupe d'enfants tous semblables apparut à un coin, en courant. Cleotilde reconnut sur-le-champ l'un d'entre eux, Vietnam Calderón, « El Diablo ».

« Nous en avons eu un ! Nous en avons eu un ! » clamaient les garçons avec enthousiasme. Ils se rassemblèrent autour de la femme qui avait l'air d'une folle et lui tendirent une espèce d'oiseau qu'ils venaient de tuer avec leurs lance-pierres. Arborant un sourire édenté, la femme plongea la bestiole dans l'eau bouillante, la ressortit et se mit à la plumer, tandis que les enfants racontaient en hurlant, avec des versions différentes, la façon dont ils avaient tué le volatile.

« Ce sont de braves gosses, dit la veuve Morales, remarquant le regard méprisant que Cleotilde jetait sur les enfants. Ils se décarcassent pour apporter à la veuve Jamarillo quelque chose à mettre dans sa marmite. Cette pauvre femme est à moitié folle et n'a personne pour veiller sur elle. » Elle hocha la tête de manière répétée, en disant : « De très braves gosses, en vérité.

— Des sauvages, voilà ce qu'ils sont », déclara Cleotilde avec dureté. Elle espérait que la veuve était la mère de l'un d'eux. Si c'était le cas, Cleotilde lui dirait ce qu'elle en pensait.

La veuve Morales s'approcha d'elle et lui lança dans un murmure : « Vous voyez les deux garçons là-bas, juste à la droite de l'âne ? Le plus grand c'est Trotski, et l'autre Vietnam. Les pauvres petits ont été forcés d'assister à l'exécution de leurs pères par les guérilleros. »

La révélation de la veuve choqua Cleotilde. Elle fronça les sourcils et se mordit les ongles. « Je vais prendre mon arepa maintenant », réclama-t-elle. Julia pivota et fit signe à sa mère que les galettes de maïs n'étaient pas encore cuites à point. « Ça n'est pas prêt, dit la veuve.

— Ça ne fait rien, répondit Cleotilde. Donnez-la-moi comme elle est ! » Julia se moqua d'elle, retourna la galette et attendit qu'elle cuise plus longtemps. Mais Cleotilde ne s'en aperçut pas car ses regards étaient de nouveau braqués sur les enfants. « Leurs mères n'ont pas l'air de s'en occuper beaucoup, poursuivit-elle.

— C'est bien possible, madame, répliqua la veuve Morales, mais Dieu sait que ces pauvres femmes travaillent jour et nuit rien que pour mettre un morceau de pain sur la table. » Elle poussa un gros soupir. « Être veuve n'est pas chose facile. Je suis sûre que vous le savez.

— Non, je ne le sais pas, répondit sèchement Cleotilde. Et avant que je ne perde mon calme, laissez-moi vous demander une fois de plus : puis-je, s'il vous plaît, avoir mon arepa maintenant ? »

La veuve gagna le gril et gronda sa fille parce qu'elle n'avait pas écouté, puis mit la galette sur une assiette qu'elle posa devant la vieille femme. « Je suis Victoria viuda de Morales, dit-elle, en tendant la main à Cleotilde.

— Je prendrai un peu plus de café », répondit avec grossièreté celle-ci, en flanquant la tasse vide dans la main tendue de la veuve.

En prenant son petit déjeuner, Cleotilde réfléchit aux propos de la veuve Morales. Peut-être que les enfants de Mariquita n'étaient pas consciemment méchants. Peut-être que la guerre et la violence dont ils avaient été témoins les avaient rendus inconscients de la douleur qu'ils causaient aux autres. La plupart des meurtriers commençaient ainsi, blessant leurs animaux ou lançant des cailloux à des vieilles femmes sans défense, et avant que l'on ne s'en aperçoive, ils maniaient des armes à feu et tuaient des gens de la manière la plus atroce, car ces vauriens ne se souciaient même pas d'apprendre à tuer. Mais Cleotilde pouvait les sauver d'un avenir aussi noir. Si elle acceptait le poste, elle pourrait leur enseigner la discipline et les bonnes manières, pour en faire d'honnêtes citoyens. Quant aux mères, elle jugea que c'étaient simplement des paysannes ignorantes qui croyaient que leur seule et unique responsabilité en tant que parents était de nourrir leurs enfants. Si elle choisissait de rester à Mariquita, Cleotilde aurait un ou deux mots à leur dire.

Le temps qu'elle finisse son petit déjeuner, la veuve Morales était partie. Julia était assise toute seule à une table du fond, pelant de grosses patates rouges. « Combien vous dois-je ? » demanda Cleotilde. Elle espérait que ça ne ferait pas plus de cinq cents pesos. Elle était à court de liquide.

Mais l'argent n'était pas ce que Julia avait en tête. La fille gagna la table de Cleotilde et l'examina d'un œil implacable en quête de ses objets de valeur. Elle pointa du doigt une bague en or à la main droite de la vieille femme.

« Je vous demande pardon ? » L'institutrice était outrée. « Cette bague n'a pas de prix, ma chère. C'est un cadeau de ma mère, et je ne l'ai jamais ôtée de mon doigt. »

Julia baissa la tête et se mit à compter sur ses doigts, puis indiqua par gestes à Cleotilde qu'elle lui servirait trois repas par jour pendant quinze jours en échange du bijou.

Cleotilde regarda la bague. Si elle décidait de rester à Mariquita, c'était là une offre à prendre en considération. Mais la bague représentait son seul lien avec le passé. En même temps, elle représentait aussi son seul lien avec cet horrible rêve d'hommes et de sang et de rideaux en velours rouge. « Fournissez-moi trois repas par jour pendant deux mois, et la bague est à vous, rétorqua-t-elle. C'est de l'or à vingt-quatre carats ! »

Julia s'approcha de l'institutrice et se pencha pour examiner la bague de plus près : celle-ci était en forme de python, avec deux minuscules pierres rouges en guise d'yeux. Julia n'avait jamais rien vu de pareil auparavant. D'accord, deux mois, lui fit-elle par gestes en poussant un long soupir.

Après la poignée de main qui scellait leur accord, Cleotilde entreprit d'ôter la bague de son doigt, mais celle-ci ne voulait pas partir. Julia, qui était très zélée quand elle en avait envie, alla chercher une petite boîte dans laquelle elle conservait le vieux saindoux puant à réutiliser. Elle en prit un peu et en frotta le doigt de Cleotilde, essayant de faire glisser la bague. À cet instant, tandis que Julia tournait et tirait,

Cleotilde eut l'impression que sa mémoire était mise sous pression, contrainte de libérer un méli-mélo d'images indistinctes : des hommes en colère, des machettes, une bague en or, des fleurs de souci, du sang, des cris déchirants. Bientôt, cependant, ces flash-backs s'organisèrent, lentement et clairement, et se muèrent en un souvenir aigu et détaillé de l'épisode le plus traumatisant de sa vie.

Comme un film qui repasserait dans sa tête, Cleotilde vit un petit village de maisons blanches couvertes de tuiles en terre cuite, et des avant-cours débordant de fleurs de souci d'un or éclatant. Le village, se rappela-t-elle, s'appelait San Gil. Là, dans une petite maison, vivait une jeune femme, prénommée Milagro, en compagnie de ses parents et de ses frères. Elle était professeur d'histoire ; un bon professeur, capable de raconter chacune des nombreuses guerres civiles qu'avait connues la nation comme si elle y avait participé, et de narrer, année par année, les conflits sans fin entre les deux partis politiques traditionnels.

Un soir où elle était assise sur les marches, elle vit un groupe important d'hommes armés de machettes remonter sa rue au pas de course en criant des slogans contre les libéraux. Elle courut se cacher à l'intérieur, derrière un rideau en velours rouge. Bientôt, les hommes firent irruption dans la maison et amenèrent de force sa famille dans le salon. De sa cachette, Milagro regarda les hommes arracher les yeux de son père et les ongles de sa mère avant de les tailler en pièces. Après quoi, ils décapitèrent ses frères cadets et démembrèrent leurs corps. Avant de partir, l'un des hommes entendit les sanglots de Milagro. Il la trouva tremblante derrière le rideau, les mains plaquées sur la bouche. Il rit et la fit glisser sur le plancher. Milagro ne résista pas. Elle se fit toute molle, le regard perdu dans le vague, serrant violemment les dents. Il arracha sa robe, et elle croisa les jambes avec force. Il la frappa au visage, et elle tendit son corps. Il colla sa bouche contre la sienne, la pénétra violemment, et elle resta juste là, étendue, serrant les dents. Lorsqu'il eut terminé, il remarqua la bague en or au doigt de Milagro. Il lui empoigna la main et tira sur l'anneau, mais celui-ci ne voulut pas céder. Il se mit en colère, la maudit et tira davantage, plus fort chaque fois, sans résultat. Il la maudit de nouveau, tournant et tirant la bague, la tournant et…

« Arrêtez ! » hurla Cleotilde à Julia, qui essayait encore d'ôter la bague de son doigt. Cleotilde tremblait à présent de tous ses membres. Elle se dressa et regarda alentour, tentant de revenir vers le présent. Elle remarqua les gens près d'elle, la couleur du ciel, les formes des objets. Elle écouta sa propre respiration lourde, le pépiement des oiseaux et les aboiements des chiens. Elle se toucha les bras, le visage et les cheveux, et frotta ses paumes contre ses jambes pour sentir ses vêtements. Brusquement, elle tapa des pieds sur le sol et, ne s'adressant à personne en particulier, cria : « C'est arrivé il y a longtemps, et elle a survécu. Milagro a survécu ! »

Pensant avoir affaire à une folle, Julia se leva et s'écarta lentement et sans quitter Cleotilde des yeux.

La vieille femme s'effondra sur le fauteuil duquel elle s'était levée, ferma les yeux et laissa le reste de ses souvenirs prendre la forme d'images, de sons, d'odeurs, de sensations corporelles et de sentiments, et lui sortir de l'esprit une fois pour toutes.

Elle vit Milagro pleurer en enterrant les corps de ses parents derrière la maison. Elle la vit se joindre à des centaines de réfugiés fuyant plusieurs bourgades à la recherche de lieux plus sûrs. Puis elle vit Milagro se couper court les cheveux et l'entendit changer son nom pour celui de Cleotilde Guarnizo. Sous ce nom, elle allait de ville en ville, haïssant les hommes et enseignant aux enfants l'histoire nationale, qu'elle racontait de mémoire. Elle avait une mémoire prodigieuse. Cependant, quand on l'interrogeait sur son lieu de naissance, sa famille, ou les raisons de son aversion pour les hommes, la mémoire de Cleotilde lui faisait défaut. Concernant son propre passé, elle n'arrivait à se souvenir de rien.

« Elle est pâle. » « Elle tremble. » « Peut-être qu'on devrait appeler l'infirmière. » La vieille femme distinguait différentes petites voix dans le lointain, des chuchotements qui sem-

blaient ne venir de nulle part. « *Je crois qu'elle est juste en train de rêver.* » « *Madame, réveillez-vous !* » Appartenaient-elles à son passé ou à son présent ? « *Qui est-elle, de toute façon ?* » « *Une voyageuse. Elle loge chez les Saavedra.* » « *Je pense qu'elle est en route pour Dorada, ou peut-être Honda.* »

Cleotilde se rappelait à présent que, lorsqu'elle avait passé le cap des trente-sept ans (à moins que ce ne fût trente-huit), elle avait décidé de s'installer à Dorada (à moins que ce ne fût Honda). Elle trouva vite un poste dans une école respectable où on lui donna un manuel d'histoire actualisé à enseigner. En préparant ses leçons, la pauvre Cleotilde s'aperçut qu'elle avait été elle-même témoin de certains des événements historiques tragiques qu'elle était sur le point d'enseigner : la guerre civile de 1948, connue sous le nom de « la Violencia », où, poussés par les classes dirigeantes, des milliers de paysans armés de machettes s'étaient mis à massacrer d'autres paysans (les libéraux décapitaient les conservateurs, et les conservateurs égorgeaient les libéraux), et la dictature militaire qui suivit. Le chaos, les souffrances, la famine et la dévastation étaient racontés dans le livre, complétés par des photographies et des témoignages terrifiants de gens qui, comme elle, avaient vu leur famille et leurs amis se faire mutiler et tuer. Cleotilde cessa immédiatement d'enseigner l'histoire colombienne, et se retrouva sans tarder une fois de plus sur la route, allant de village en village, fuyant son passé, éludant de nouvelles guerres civiles qui ne cessaient jamais dans ce pays, détestant les hommes, faisant cet horrible rêve. Puis, un soir, elle était arrivée à Mariquita.

Les souvenirs, malgré leur intensité, n'étaient plus effrayants. La respiration de Cleotilde était redevenue régulière, et une saine couleur rose apparut sur ses joues. Elle ouvrit les yeux et vit un certain nombre de visages rassemblés en grappes autour d'elle.

« Est-ce que vous vous sentez bien ? demanda la veuve Morales. Vous trembliez.

— Et cherchiez votre respiration », ajouta Francisca viuda de Gómez. Les autres femmes hochaient la tête.

Cleotilde se leva et se mit à errer au milieu des femmes, jetant un coup d'œil de l'une à l'autre d'un air interdit. « Je me sens bien, dit-elle. Je me sens vraiment bien, merci. » Après avoir entendu ces mots, les femmes regagnèrent leurs tentes.

« Où est la jeune fille ? demanda Cleotilde à la veuve Morales. Votre fille, où est-elle ? » La veuve montra du doigt la table du fond, où Julia coupait des pommes de terre en tranches. Cleotilde s'avança vers elle. « J'ai quelque chose qui vous appartient, Julia. » Elle fit glisser la bague de son doigt en douceur et la posa sur la table, près de la main de la jeune fille. « C'était la chaleur, murmura-t-elle. J'ai les doigts qui gonflent quand il fait chaud. »

Julia mit la bague à son majeur et leva la main pour que Cleotilde la voie, signifiant par gestes qu'elle aimait vraiment, vraiment, le bijou. Cleotilde sourit, puis emprunta la rue ombragée par les manguiers, suivie par de nombreuses paires d'yeux qui l'observaient de façon soupçonneuse depuis les tentes et les coins de rues.

Pendant ce temps-là, dans son bureau, Rosalba se demandait si elle devait proposer le poste à Cleotilde. Elle avait déjà rencontré quatre autres candidates cette semaine, dont aucune n'avait de dossier, de curriculum vitæ, ou même d'expérience de l'enseignement. L'une d'elles, Magnolia Morales, s'était présentée à l'entretien en short et en pantoufles et avec des bigoudis dans les cheveux. Lorsque Rosalba lui avait demandé : « Qu'est-ce qui vous fait penser que vous êtes qualifiée pour le poste ? », Magnolia avait répliqué : « Je sais lire et écrire et je peux réciter l'alphabet à l'envers plus vite que n'importe qui que je connaisse. » Une autre candidate, Francisca viuda de Gómez, avait amené avec elle un cochon vivant famélique. Après une joute verbale intense avec la secrétaire de Rosalba, Francisca avait entraîné le bruyant animal dans le bureau de la première magistrate et le lui avait offert en échange du poste.

Dans l'esprit de Rosalba, il ne faisait aucun doute que la señorita Guarnizo était la seule candidate capable de remplir cette tâche. Elle avait de l'assurance et de l'expérience ; peut-être *trop* d'assurance et *trop* d'expérience. Et si elle voulait imposer ses propres règles dans le village ? Et si elle aspirait secrètement à être maire ? En outre, Rosalba ignorait tout de ses antécédents avant 1973, ainsi que la raison pour laquelle elle refusait d'enseigner l'histoire de la Colombie. Rosalba avait été si intimidée qu'elle avait oublié de lui poser les questions les plus élémentaires comme : « D'où êtes-vous originaire ? » « Avez-vous des parents vivants ? » « Êtes-vous hermaphrodite ? »

Le lendemain matin, Rosalba se rendit à son bureau plus tôt que d'habitude et se mit immédiatement à faire le ménage. Elle avait appris, par sa secrétaire au courant de tous les cancans, que Cleotilde Guarnizo était arrivée au village l'avant-veille au soir, et qu'elle demeurait chez Lucrecia et Virgelina Saavedra. Les origines de la femme étaient inconnues, mais Rosalba était résolue à les apprendre de l'enseignante en personne. Avec cette idée en tête, elle avait invité Cleotilde à un second entretien. Cette fois, cependant, Rosalba aurait la maîtrise de la situation. Ce serait elle qui mènerait la discussion, posant les questions et exigeant des réponses. Elle avait répété chez elle son discours d'introduction, devant un grand miroir suspendu dans sa chambre, puis à la mairie devant Cecilia.

Lorsque Cleotilde apparut, le bureau de Rosalba était impeccable, et le portrait encadré du président de la République avait été ôté du mur. La première magistrate elle-même était élégante dans sa robe noire à manches longues pourvue d'un col en dentelle. Même ses cheveux gris, rassemblés en un éternel chignon sur sa nuque, paraissaient plus nets et plus soyeux qu'auparavant. Cleotilde, vêtue d'un tailleur-pantalon bleu marine et de bottes en cuir à bout pointu, entra dans la pièce à grands pas vigoureux. Elle s'assit avec raideur de l'autre côté du bureau de la première magistrate, les jambes légèrement écartées.

Rosalba commença son discours avec aplomb : « Vous êtes une des deux finalistes pour le poste, señorita Guarnizo. Je dois avouer que je suis très impressionnée par votre dossier. Je ne vois pas de meilleure candidate pour remplir cette mission. Je suis, cependant, un peu troublée, car l'on m'a informée que vous n'étiez pas installée de manière officielle à Mariquita, et nous ne savons en vérité pas grand-chose de votre vie précédente… » Elle s'interrompit, offrant à Cleotilde l'occasion de livrer quelques précisions sur ses mystérieux antécédents.

Mais Cleotilde ne le fit point. Au lieu de cela, elle fixa son regard sur celui de la première magistrate, obligeant celle-ci à fixer le sien sur ses propres mains, agitées, posées sur ses genoux. Elles demeurèrent silencieuses jusqu'à ce que, au bout d'un moment, Rosalba poursuive : « Comme vous le comprenez, l'éducation de nos enfants est vitale pour nous, ici, à Mariquita. » Elle n'arrivait plus à se rappeler aucune des questions qu'elle avait préparées pour Cleotilde. « Je ne doute pas une seconde que vous êtes… éduquée et expérimentée, mais je me demandais juste, j'aimerais savoir… Ma foi, *nous* aimerions savoir, après tout je ne suis que la voix des villageois… »

À cet instant, un rayon de soleil entra par la fenêtre et éclaira le visage de Cleotilde d'un halo de lumière. Cette fois, Rosalba vit une femme de soixante-sept ans de noble stature. Ses cheveux gris, sa moustache soyeuse et ses poils blancs sur le menton, ses mains serrées et son froncement de sourcils permanent appartenaient tous au passé de cette femme ; un passé qui n'imposait rien sauf un très grand respect.

« Nous nous demandions si… si cela vous dirait de prendre le poste. Voulez-vous prendre le poste, señorita Guarnizo ? » demanda Rosalba.

Il avait fallu une vie à Cleotilde pour affronter ses peurs, mais seulement deux jours pour accepter le fait que Mariquita, malgré sa pauvreté et son chaos, ses enfants sauvages, et leurs mères indifférentes, et sa première magistrate incompétente, elle ne serait jamais plus près du paradis qu'à Mariquito. Aujourd'hui, pour la toute première fois de son existence, elle se sentait entièrement prête à une union inséparable avec quelque chose, n'importe quoi.

« Oui », dit-elle avec détermination.

Ángel Alberto Tamacá, 35 ans
Commandant guérillero

NOUS AVIONS MARCHÉ DES JOURS DURANT et épuisé toutes nos provisions. Juste avant le coucher du soleil, nous tombâmes sur une cabane au toit de chaume. Je décidai qu'on allait y trouver à manger. Une femme râblée entre deux âges ouvrit la porte avant que nous ayons frappé, comme si elle nous avait attendus, et retourna à l'intérieur sans dire un mot. Nous la suivîmes. La maison ne comportait qu'une seule pièce, sombre et petite. Elle puait l'animal mort. Un homme gisait sur le sol contre le mur, couvert pour partie d'un drap blanc, pour partie d'un essaim de mouches vertes. La femme lui appliquait des compresses sur le visage. Il avait été battu violemment.

« Ils ont tué les porcs et les poulets et mangé toute la nourriture, nous informa-t-elle, sans la moindre trace de ressentiment sur son visage.

— Qui a fait cela ? demandai-je.

— Les paramilitaires. Qui d'autre ? Ils ont accusé mon mari d'aider les guérilleros. Regardez ce qu'ils lui ont fait. » Elle souleva le drap. Les bras de l'homme étaient croisés sur son ventre. Ses deux mains avaient été coupées, et les moignons étaient enveloppés dans des chiffons ensanglantés attachés avec de la ficelle.

« Chut, dit-elle à l'homme. Tout ira bien. » Elle recouvrit doucement ses bras avec le drap.

Je m'approchai de l'homme et lui tâtai le pouls à l'endroit du cou. Il était mort. Cela faisait des heures qu'il était mort. « Señora, dis-je, cet homme est décédé. » Et puis : « Je suis désolé. »

La femme trempa le torchon dans l'eau, l'essora et en tapota le visage de l'homme. « Tout ira bien, répéta-t-elle avec un sourire plein de tendresse, chassant les mouches.

— Señora, essayai-je de nouveau. Est-ce que vous avez entendu ce que je viens de dire ?

— J'ai bien peur de ne pas même avoir de café à vous offrir, dit-elle, s'adressant aux hommes derrière moi. Vous voyez, ils ont tué les porcs et les poulets et mangé toute la nourriture. »

Nous nous signâmes et partîmes en silence.

5

La veuve qui trouva une fortune sous son lit

Mariquita, le 1er août 1996

LE RÊVE ÉTAIT SI INCROYABLEMENT PROCHE DE LA VIE que lorsque Francisca viuda de Gómez se réveilla, elle fut terriblement déçue. Dans son rêve, elle se trouvait dans la cuisine, préparant de la soupe au lard pour le dîner, quand elle entendit la cloche de l'église sonner de manière insistante. Elle courut à la fenêtre et aperçut dans le lointain une colonne interminable de silhouettes masculines descendant la montagne en direction du village. Les hommes de Mariquita revenaient de la guerre !

Se sentant plus contrainte par ses devoirs moraux que ravie par le retour imminent de son époux, Francisca sortit à sa rencontre. Elle l'attendit debout sous le manguier de l'autre côté de la rue. Comme les silhouettes se rapprochaient de sa maison, Francisca remarqua deux choses : les anciens guérilleros étaient tous sans visage, et, hormis leurs casquettes à visière vert olive et leurs bottes, ils étaient tout nus, avec un petit pénis et d'énormes testicules. Alors, comment allait-elle reconnaître Vicente, son mari ? Elle se souvenait qu'il avait une cicatrice caractéristique en forme d'étoile à cinq branches du côté droit de son front. Mais toutes ces silhouettes en marche avaient la même surface plate et pâle à l'endroit où se trouvait jadis leur visage. Le soleil se couchait et elle restait plantée là, en gloussant nerveusement, à contempler les mystérieuses silhouettes qui défilaient dans les rues.

Une autre saison des pluies avait commencé, et une nouvelle fuite était apparue dans le toit de Francisca. Elle tira un pot de chambre de sous son lit, le plaça près de l'armoire à l'endroit de la fuite, et observa la façon dont l'eau de pluie se mêlait à son urine, en formant de toutes petites bulles. Elle se rappela que c'était le premier jour du mois, et cette pensée suscita l'éclosion d'un sourire sur son visage. Avec une excitation visible elle alla chercher, dans le tiroir de sa table de nuit, un sac en tissu et un vieux livre de divinations intitulé *Veritas*, qui contenait mille messages sibyllins. *Veritas* ne pouvait être consulté qu'une fois le premier jour de chaque mois, en suivant deux étapes simples : il fallait d'abord formuler une question explicite en s'adressant au livre ; puis tirer au hasard une petite boule numérotée dans un sac qui en contenait mille. Le numéro choisi correspondait au message qui répondrait à la question. Francisca transporta *Veritas* et le sac jusqu'à son vieux rocking-chair, s'assit et, en soulevant de ses deux mains le livre de ses genoux, lui demanda à haute voix : « *Veritas*, dis-moi, quel est le secret du bonheur ? » Elle avait posé exactement la même question tous les mois durant les dernières années. Toutes les réponses avaient été vagues et inintelligibles, écrites dans un espagnol archaïque que Francisca n'arrivait guère à déchiffrer. Il n'empêche, elle trouvait *Veritas* très amusant et attendait avec impatience le premier jour de chaque mois.

Elle introduisit sa main dans le sac en tissu et remua vigoureusement les mille petites boules avant d'en tirer une qui portait le numéro 739.

739. TRANSFORMATION

ARCANE : … Et la lumière qu'il émettait était aveuglante et la chaleur était brûlante et les flammes d'une hauteur écrasante, et pourtant le feu et le ciel ne s'unissaient jamais.

EXÉGÈSE : Toutes les transformations dans la vie doivent être envisagées en accord avec l'effet qu'elles produisent.

JUGEMENT : Si cela vous apporte du malheur, débarrassez-vous-en.

Francisca se répéta le message prophétique maintes fois, comme une prière, sentant d'une manière ou d'une autre que, cette fois, *Veritas* avait répondu à sa question, et que cette réponse aurait un grand impact sur sa vie. Elle rangea le livre et le sac et parcourut la pièce du regard d'un air pensif. Ce qui lui avait apporté le plus de malheur, c'était Vicente, son époux. Mais comment se débarrasser de quelqu'un qui habite votre esprit ? Cette pensée la laissa épuisée. Elle se réinstalla dans le rocking-chair.

Presque quatre ans s'étaient écoulés depuis le jour de la disparition des hommes de Mariquita ; quatre ans depuis que Vicente Gómez, le barbier de Mariquita, avait été extrait à coups de pied de sa maison par les guérilleros, battu avec brutalité et puis forcé de se joindre à eux. Durant tout ce temps, Francisca avait espéré en secret que les insurgés finiraient par se rendre compte que, à part couper les cheveux, raser les barbes et tailler les moustaches, Vicente n'était d'aucune utilité pour un groupe de révolutionnaires, ou pour le monde en général, et qu'ils le tueraient. Elle ferma les yeux et fit un effort pour se rappeler à quoi ressemblait Vicente assis sur les toilettes. C'était un exercice de mémoire inoffensif qu'elle faisait presque tous les matins, et dont le seul but était d'expulser un peu de la frustration accumulée au fil des années. À sa grande surprise, aujourd'hui elle ne se représentait que les toilettes, leur cuvette en céramique blanche, leur siège et leur couvercle articulés en plastique, et même le mécanisme argenté de la chasse d'eau. Elle réessaya, et de nouveau elle ne vit que les toilettes désertées. Elle fut ravie de constater que, sans l'aide de cette image, elle n'était plus capable de visualiser le visage de son mari. Comme ceux des hommes dans son rêve, le visage de Vicente n'était qu'une surface plate et pâle sans aucun trait d'aucune sorte. Peut-être que se débarrasser de sa plus grande source de malheur n'était pas aussi difficile qu'elle l'avait imaginé.

Le message avait parlé de transformation, et Francisca décida donc de changer sa vie. Elle introduirait ces changements progressivement, de façon à ne pas contrarier le prêtre ou les femmes les plus puritaines. Pour commencer, elle porterait ses longs cheveux dénoués. Elle avait de superbes cheveux, noirs comme du charbon, trop beaux pour être remontés en un chignon sans grâce. En second lieu, elle demanderait à la première magistrate la permission de porter des robes qui n'étaient pas noires. Après tout, elle avait vu l'autre jour Cleotilde Guarnizo, la nouvelle maîtresse d'école, dans une robe à boutons jaunes. Puis elle se consacrerait à la remise en état de sa demeure délabrée : réparer les fuites et boucher les fissures dans les murs. Elle aurait aimé peindre sa maison tout entière en rouge vif, mais elle ne pouvait pas se le permettre. Pour l'heure, tout ce qu'elle pouvait faire pour transformer cette maison, c'était changer de place son maigre mobilier.

Elle se lança dans cette entreprise en poussant la pauvre armoire en cèdre d'un coin à l'autre, sauf que cette fois elle la plaça en angle. Elle remarqua que la partie du plancher en bois sur laquelle l'armoire avait reposé, bien que couverte de poussière et de toiles d'araignées, était encore lisse et brillante. Il lui avait fallu deux ans pour convaincre son pingre de mari de parqueter leur maison de planches de pin. Il avait soutenu que c'était une dépense inutile, et elle lui avait répliqué que la poussière de leur sol en terre battue la tuait à petit feu. Elle avait même prétendu avoir une toux chronique, des allergies, de l'asthme et d'autres problèmes respiratoires. Mais ce ne fut pas avant qu'elle ait déclaré que l'inhalation continuelle de poussière l'empêchait de tomber enceinte que Vicente loua les services d'un menuisier, non seulement pour parqueter leur maison avec les planches en pin les plus lisses qu'il pouvait trouver, mais pour les poncer deux, trois, quatre fois ou, comme il dit à l'ouvrier, « jusqu'à ce que je puisse y voir reflétés les sous-vêtements de ma femme ».

Leur union n'avait pas toujours eu que du mauvais. Francisca se rappelait combien son mari avait pris plaisir à lui faire croire qu'il devinait vraiment la couleur de ses sous-vêtements. Cela avait fini par devenir un jeu quotidien et le couple joyeux était convenu d'un prix pour le gagnant : chaque fois que Vicente devinerait juste il aurait droit à un long baiser, mais, s'il se trompait, il donnerait à Francisca cinq cents pesos. Elle trouvait le jeu érotique, et elle achetait donc de la lingerie aux couleurs inhabituelles qui ne cachait pas grand-chose. Tous les matins, il devinait juste, et elle le récompensait d'un long baiser qui conduisait en général à une étreinte passionnée. En conséquence, le barbíera Gómez ouvrait souvent tard son commerce. Francisca avait compris depuis le début que c'était le plancher brillant qui trahissait la couleur de ses sous-vêtements, mais elle mit plus de sept mois à lui avouer qu'elle savait. Et même après qu'elle le lui eut dit, ils continuèrent à rire ensemble et à s'embrasser, et il lui caressait doucement le ventre, surpris que ce fut presque indécelable. Elle était enceinte de six mois.

Mais à présent, tout ce qui restait de leur amour et de leur joie, c'était un petit rectangle luisant sur le sol de leur maison, couvert de poussière. Elle traîna le rocking-chair près de la fenêtre et vida le pot de chambre, qui était sur le point de déborder. Elle tira et poussa le lit dans toutes les directions possibles, et décida finalement de le laisser au milieu de la chambre, de façon à pouvoir accéder plus facilement aux quatre coins de la pièce avec son balai à franges quand elle la nettoierait.

Ce fut à ce moment-là, après avoir tourné le lit dans l'autre sens, que Francisca remarqua un petit bout de papier qui dépassait du plancher par une latte branlante. C'était un testament signé par une señorita Eulalia Gómez, déclarant qu'elle avait laissé l'intégralité de sa fortune – deux cents millions de pesos – à Vicente. Eulalia avait été la grand-tante de Vicente, son unique parente – une vieille fille fortunée qui était morte de vieillesse à Líbano, son village natal, quinze ans auparavant. À l'aide d'un marteau, Francisca souleva la planche et trouva, sous le plancher sale, en dessous du lit sur lequel elle avait couché de nombreuses années, un gros sac plein de billets de banque. Elle sentit soudain une poussée de colère noire lui traverser le corps. Elle tourna et vira et tourna et vira dans la chambre, sans s'arrêter, jusqu'à ce qu'elle entr'aperçoive son propre reflet dans un miroir suspendu au mur. Elle s'en approcha, avec circonspection, comme si elle redoutait qu'il lui renvoie une image monstrueuse. Mais tout ce qu'elle vit, ce fut une pauvre créature, une idiote qui avait passé plus de la moitié de sa vie conjugale dans la pauvreté alors que son mari possédait une fortune enterrée sous leur lit. Elle entra brusquement dans une rage folle et fit le tour de la maison en brisant la vaisselle et la verrerie, envoyant valdinguer les tableaux des murs, renversant à coups de pied les chaises et les tables et arrachant les rideaux. Finalement, lorsqu'elle fut complètement épuisée, elle tomba à genoux les mains à plat, se cognant le front sur le plancher, en larmes.

Elle resta ainsi un long moment, se rappelant la façon dont son mari avait commencé à changer après avoir remarqué que Javier, leur fils, ne grandissait pas aussi vite que les autres garçons de Mariquita. Et lorsque le Dr Ramírez finit par confirmer que leur fils était un nain, Vicente cessa d'adresser la parole à sa femme pendant près d'un an. Il donna une grande fête pour le cinquième anniversaire de Javier, mais le lendemain matin, il enferma son fils dans une chambre et interdit à Francisca de laisser quiconque au village le voir. Il réduisit de moitié la somme hebdomadaire qu'il lui allouait, comme si la taille de leur enfant déterminait le montant de ce qu'il lui était permis de dépenser. Il se mit à boire tous les soirs et cessa de manger chez lui, et lorsque Francisca lui demandait de l'argent pour acheter une livre de riz supplémentaire ou une miche de pain, il refusait. Et de l'accuser d'être une femme cupide, une gaspilleuse qui dépensait étourdiment son allocation. Des années durant, Francisca vécut pauvrement, n'achetant que le strict nécessaire pour la maison, portant des vêtements élimés, en quête de soldes et de rabais, marchandant comme une mendiante, faisant durer au maximum la somme d'argent insignifiante que Vicente lui donnait chaque semaine, et qu'il amputait encore davantage chaque fois qu'il regardait son fils.

Et puis Javier mourut. Quand le médecin déclara que sa mort était due à la malnutrition, Vicente en rejeta la faute sur sa femme. Il raconta à tout le monde dans le village que Francisca était une mère cruelle, abominable, et une épouse au cœur froid. Et elle le crut. Elle regretta même de n'être pas morte car elle avait mis au monde un nain et l'avait laissé mourir, et elle allait probablement perdre aussi son mari : cet homme charmant qui remarquait jadis la couleur de ses sous-vêtements et qui était en retard au travail tous les matins pour pouvoir rester à la maison à lui faire l'amour.

Francisca se releva et fit le tour de la maison, ramassant tous les biens de son mari – vêtements, photos, chapeaux et chaussures, crème à raser, ainsi que sa petite collection de trente-trois tours. Puis elle rassembla tout son attirail de deuil – robes, voiles, bas, mantilles, châles et tout autre article en tissu noir sur lequel elle tombait. Elle fourra le tout dans une boîte en carton qu'elle déposa sur le seuil de la porte avant de l'envoyer valser dehors d'un violent coup de pied. « Si cela vous apporte le malheur, débarrassez-vous-en ! » Se sentant fière d'elle-même, elle retourna dans sa chambre et retira sa fortune du trou. Les billets étaient tous de la même valeur – dix mille pesos – et ils avaient été rangés en liasses avec le visage de l'héroïne colombienne Policarpa Salavarrieta tourné vers le haut. Francisca n'avait jamais vu autant d'argent. Elle n'arrivait pas à imaginer comment elle pourrait dépenser deux cents millions de pesos. Peut-être devrait-elle déménager de Mariquita ; aller dans une grande ville où elle pourrait commencer une nouvelle existence, une vraie vie dans une grande maison, avec un mari élégant et des enfants en bonne santé. Mariquita n'avait rien à offrir à une femme riche comme elle. Oui, il était vrai que de nos jours certaines femmes cultivaient la terre et que la nourriture, quoique limitée parfois, ne manquait pas. Mais avec ou sans nourriture, Mariquita était un village misérable où rien ne se passait. Sa seule raison de rester avait été ses amies. Elle avait de très bonnes amies ; des amies gentilles et fidèles, comme Victoria viuda de Morales, Elva viuda de López et Erlinda viuda de Calderón, pour n'en citer que quelques-unes. Que leur arriverait-il si elle partait ? Peut-être devrait-elle en emmener certaines avec elle. Six ou huit. Six semblait plus réaliste. Mais lesquelles ? Ah, quel dilemme ! Et dire qu'il lui fallait attendre un mois entier avant d'avoir le droit de consulter de nouveau *Veritas.*

Tant de choses pouvaient se produire en un mois.

Elle regarda par la fenêtre. La pluie avait cessé, le ciel s'était éclairci et quelqu'un s'était déjà emparé de la boîte qu'elle avait jetée dans la rue. Un nouveau monde radieux attendait Francisca. Elle empila son argent sur des étagères, des tables et des chaises. Puis elle alla s'habiller dans sa chambre.

Quand elle quitta sa maison, Francisca était vêtue d'un pantalon rouge et d'un chemisier jaune qui laissait voir plus que la naissance de ses seins. Elle avait brossé ses cheveux longs et soyeux et s'était maquillé le visage, et elle portait sur son épaule droite un sac en bandoulière. Elle se dirigea d'un pas décidé vers le marché où elle était connue comme « la Masetera », car c'était là, sous une tente d'un vert délavé, qu'elle avait vendu le meilleur masato du village pendant près de quatre ans. Sa recette de cette boisson fermentée au maïs avait été transmise de génération en génération. Quand Francisca arriva, ses amies et voisines installaient humblement leurs éventaires et déballaient leur maigre marchandise à vendre ou à échanger. Certaines tendirent le cou, certaines plissèrent les yeux ; toutes voulaient s'assurer que c'était bien « la Masatera » qui bravait l'interdiction, édictée par la première magistrate, de porter des vêtements aux couleurs vives. Avançant au milieu de ses amies avec son sac à main rempli de pesos, Francisca se sentit quelque peu différente – un peu plus jolie, un peu plus intéressante.

Elle se planta au milieu du marché et attendit que la foule se rassemble autour d'elle. Une fois l'attention générale obtenue, elle déclara sans ambages : « J'ai trouvé une fortune sous mon lit. » Elle s'interrompit pour attendre la réaction de ses amies : celle-ci avait déjà pris la forme de la stupéfaction, forme que Francisca, en personne irréfléchie qu'elle était, prit à tort pour de l'incrédulité. « Vous ne me croyez pas ? » demanda-t-elle, les mains posées sur ses hanches étroites. Avant que les femmes aient eu le temps de répondre, elle ouvrit son sac et fit étalage de gros rouleaux de billets. « Et cela n'en représente même pas le centième, fanfaronna-t-elle au cas où des doutes auraient subsisté. J'ai cependant un dilemme : vais-je rester au village ou partir ? Qu'est-ce que vous en pensez, toutes ? » Déconcertées, les femmes se regardèrent, les paroles de Francisca s'embrouillant dans leurs têtes. Francisca les dévisagea longuement. Les pauvres ! pensait-elle. Elles ne sauraient m'aider à trouver une réponse car elles s'accommodent de cet endroit. Elles sont persuadées qu'elles ne peuvent pas avoir mieux. Elles sont si indécises et si peu sûres d'elles, si démunies. Elle donna de l'argent à toutes ses amies, puis prit congé et se dirigea vers la mairie.

« Mme le Maire souhaite ne pas être interrompue ce matin, annonça Cecilia sans lever les yeux de sa machine à écrire. Revenez cet après-midi. » Mais Francisca était déterminée à voir la première magistrate. Elle prit deux billets dans son sac et les posa avec une discrétion feinte sur la machine à écrire de Cecilia.

« Peut-être que si vous faites semblant de ne pas m'avoir vue… », dit Francisca. Il fallut quelques secondes à Cecilia pour établir la relation entre les pesos devant ses yeux et la phrase inachevée de la veuve (après tout, jamais personne n'avait tenté de la corrompre auparavant), mais, une fois qu'elle eut compris la donne, elle s'empara vite de l'argent qu'elle fit disparaître entre ses seins généreux.

La dernière fois que Francisca avait été dans le bureau du maire, elle avait apporté un cochon vivant pour l'offrir en échange du poste de maîtresse d'école. Naturellement, elle s'était fait jeter dehors. Mais aujourd'hui c'était différent : elle était riche. Elle redressa les épaules, poussa en avant sa poitrine et pénétra dans la pièce. Rosalba était assise à son bureau, en train d'écrire ce qui ressemblait à une lettre sur un morceau de papier jauni.

« Madame le Maire, je suis venue vous voir car je suis en proie à un dilemme, déclara-t-elle d'une traite. Et comme vous êtes la personne la plus raisonnable de ce village… »

Quand elle entendit cette flatterie, Rosalba leva les yeux.

« Voyez-vous, j'ai trouvé une fortune sous mon lit ce matin, et je n'arrive pas à décider à présent si je dois ou non quitter Mariquita. »

Le regard de la première magistrate fit un aller-retour rapide des cheveux bien coiffés de la veuve à ses genoux – ce qui était tout ce qu'elle arrivait à voir de derrière son bureau. « On dirait que quelqu'un a besoin qu'on lui rappelle la loi de Mariquita, dit-elle, l'air agacé.

« Madame le Maire, j'ai appris ce matin que si quelque chose vous apporte du malheur, il faut vous en débarrasser, poursuivit Francisca. Le malheur est tout ce que m'apporte ce village. Ainsi je pense d'un côté que je devrais m'en aller, mais de l'autre je ne veux pas abandonner mes chères amies à leur terrible sort.

— Avez-vous entendu ce que je viens de dire, Francisca ?

— Bien sûr, je pourrais en emmener quelques-unes avec moi, mais lesquelles ? Et qu'arriverait-il à celles que je laisserais ici ? S'il vous plaît, madame le Maire, dites-moi ce que vous feriez dans ma situation ?

— Eh bien, en premier lieu, je remettrais des habits de deuil, et ensuite je verserais la moitié de ma fortune en guise de contribution aux finances catastrophiques de Mariquita. »

Il était évident aux yeux de Francisca que la première magistrate, de même que ses amies, ne l'aiderait pas à choisir entre les alternatives tout aussi indésirables auxquelles sa richesse nouvelle l'avait confrontée. Elle tourna les talons et sortit du bureau, songeant que Rosalba n'était pas, après tout, aussi raisonnable qu'elle l'avait cru.

Dehors, des femmes en nombre l'attendaient. La rumeur s'était répandue que Francisca avait trouvé une fortune et qu'elle distribuait l'argent. « S'il vous plaît, aidez-nous », disaient-elles toutes, la main tendue. La plus jeune caressa les cheveux de Francisca, une autre lui massa les mains ; une s'agenouilla même devant elle comme en adoration.

Francisca se mit en rage, car ces femmes n'avaient pas de dignité personnelle. Pourquoi devaient-elles s'avilir ? Quand elle était pauvre, Francisca n'avait jamais courbé l'échine devant quiconque pour de l'argent. Pas même devant son mari. « Ayez un peu d'amour-propre ! » leur cria-t-elle, tapant sur leurs mains obséquieuses comme si c'étaient des insectes puants.

Elle regagna sa maison à la hâte. Trois de ses amies étaient assises sur les marches à l'attendre.

« Nous avons besoin de te parler, Francisca », dit la veuve Marín, dont la tête et le haut du visage étaient enveloppés d'un voile noir, faisant ressembler ses grosses narines à des yeux. Francisca invita le groupe à entrer chez elle.

« Tu ne devrais pas quitter Mariquita, dit la brigadière de police Ubaldina d'un ton solennel.

— Tu dois attendre le retour de ton mari, ajouta la veuve Calderón.

— Vicente est mort, déclara Francisca. Et vos maris aussi. » Elle parla aux femmes de son rêve et de ce que le livre avait révélé, et puis, pour donner un peu de crédibilité à sa déclaration choquante, elle demanda à chacune de fermer les yeux et d'imaginer le visage de son mari. Au bout d'un court instant, elle les interrogea sur ce qu'elles avaient vu. Les trois femmes furent horrifiées de découvrir que tout ce dont elles se souvenaient, c'étaient de poils sortant d'un long nez ou d'une forte cataracte dans un œil noir ; qu'elles avaient pleuré sur une moustache négligée, une dent en or, ou un grain de beauté poilu sur un menton proéminent. Elles n'arrivaient pas non plus à se rappeler leur odeur, ni le son de leur voix. Leurs maris n'étaient que des images poussiéreuses et des malles remplies de vêtements en accordéon qui seraient tôt ou tard dévorés par des insectes. Les trois veuves s'aperçurent que leurs hommes étaient morts dans leurs cœurs, et cette pensée les remplit d'un sentiment de culpabilité.

Mais ce sentiment ne dura pas très longtemps. Encouragées par Francisca – qui, maintenant qu'elle était riche, était aussi supposée être intelligente –, les trois veuves rentrèrent chez elles se changer et enfiler des robes de couleur vive. Avant l'heure de midi, elles rejoignirent Francisca à la périphérie de Mariquita. Chacune des veuves avait apporté un sac rempli des effets personnels de son mari ainsi que ses propres tenues de deuil. Elles empilèrent les vêtements, les photos, les livres, les casquettes de base-ball, les paquets de cigares non ouverts et même une queue de billard. Après avoir compté jusqu'à trois, Francisca s'écria : « Si cela vous apporte du malheur, débarrassez-vous-en ! » et elle mit le feu au tas. Elles s'assirent là, contemplant fixement la flambée qui s'amplifiait, gloussant nerveusement, tandis que les flammes projetaient des lueurs intenses et multicolores.

Dans l'après-midi, Francisca se rendit à l'église, persuadée que le padre Rafael lui donnerait de bons conseils. Le petit homme aimait à exprimer ses opinions et à faire des recommandations. Elle s'agenouilla derrière le paravent en vannerie qui servait de confessionnal depuis des années. Le paravent, qui avait trois panneaux, était intentionnellement replié en forme de U. Chaque soir, avant la messe, le prêtre s'asseyait à l'intérieur du U pour écouter les confessions par les longues ouvertures étroites qu'il avait pratiquées de chaque côté. Francisca n'eut pas besoin de raconter au padre son histoire, ni de lui demander de la guider – la première magistrate avait déjà fait part au prêtre de tout ce qu'il avait besoin de savoir, aussi bien que des conseils à donner à la femme déboussolée.

« Vous devriez rester au village, ma chère, commença le padre, sur un ton qui relevait davantage d'une entremise subtile que d'un sage conseil. Le plus gros problème de Mariquita n'est pas le manque d'hommes, mais le manque de ressources. Quelle somme d'argent avez-vous trouvée ?

— Deux cents millions de pesos.

— Excellent. Alors, si vous investissez une partie de votre argent dans une affaire lucrative ici, vous redonnerez vie à l'économie du village. Mettons, par exemple, que vous décidiez de rouvrir le salon de coiffure de votre mari. Il vous faudra d'abord engager des gens pour le travail de reconstruction, ce qui signifie que vous créerez des emplois, ce qui signifie que les gens toucheront des salaires et dépenseront leur argent dans nos commerces plus modestes, ce qui signifie qu'il y aura de la demande pour d'autres produits et d'autres services. Vous aiderez énormément Mariquita. » La voix du padre était basse, ses phrases calculées. « Ayez foi en ce que je vous dis, ma chère enfant ! » dit-il avec ferveur.

De là où elle était agenouillée, Francisca ne pouvait pas voir l'homme en lequel elle était obligée d'avoir foi, et elle pensait que c'était pour le mieux. Depuis leur première rencontre, Francisca était troublée par l'allure étrange du prêtre : sa tête chauve semblait ne faire aucunement partie de sa personne – elle était trop grosse pour son petit corps – et son visage, rose vif, contrastait très nettement et bizarrement avec une soutane noire qui dissimulait tout le reste comme si quelque chose de trompeur et de mystérieux vivait en dessous. Francisca n'avait pas d'autre choix que de croire en ses paroles. Après tout, c'étaient les seuls conseils qu'elle avait reçus concernant son dilemme. Elle demeura un moment silencieuse, à considérer les divers choix. Et puis, en jetant un coup d'œil aux images décolorées et aux bancs criblés de trous de vers qui formaient l'arrière-plan, elle dit : « Combien voulez-vous pour l'église, padre ? »

La question prit le prêtre par surprise. « Je vous demande pardon ?

— Je suis votre recommandation, padre. Je veux avoir ma propre affaire, et votre église semble être la maison la plus lucrative du village. » Elle baissa la voix en un murmure. « Combien voulez-vous ?

— La maison de Dieu n'est pas un établissement commercial ! s'exclama-t-il.

— Oh, padre, vous savez très bien que si. Les gens viennent ici pour acheter la paix de leur âme. Ils vous paient pour intercéder en leur faveur auprès de votre invisible Seigneur. » Les mots jaillissaient d'elle avec facilité, soulevant l'ire du padre.

« Taisez-vous ! cria-t-il, le visage plus rouge que d'habitude. Je ne tolérerai pas que vous parliez de la Sainte Église dans des termes aussi terre à terre. » Il se leva précipitamment pour s'en aller. Mais il s'arrêta soudain, comme s'il avait oublié quelque chose d'important dans le confessionnal, et revint sur ses pas. S'adressant au paravent derrière lequel Francisca était agenouillée, il dit : « Par Dieu, vous vous repentirez d'avoir dit cela. »

Si elle ne pouvait avoir l'église, Francisca devrait se contenter de rénover le vieux salon de coiffure de Vicente et de le rouvrir comme salon de beauté. Bien sûr, elle ne compterait pas sur les femmes de Mariquita pour soutenir son commerce – elles étaient trop ordinaires. À la place, elle ferait venir des femmes raffinées d'autres villages. Celles-ci seraient tellement contentes que, la fois suivante, elles amèneraient leurs amies, qui à leur tour amèneraient les leurs, et dans peu de temps le salon de Francisca aurait sa propre clientèle distinguée. Très bientôt j'aurai mon propre commerce, pensa-t-elle avant d'aller se coucher, et cette pensée ne la quitta pas durant toute la nuit, même dans son sommeil.

Le lendemain Francisca engagea Orquidea, Gardenia et Magnolia Morales pour réparer le salon de coiffure en piteux état. Elle leur demanda d'ôter des murs deux affiches jaunies – l'une vantait des peignes de poche, l'autre de la brillantine – et plusieurs patères auxquelles les hommes suspendaient leurs chapeaux et leurs vestes. Elle leur ordonna de décrocher les miroirs ternis dans leurs cadres, d'enlever les comptoirs, les étagères et les tiroirs, et de sortir les deux vieux fauteuils de coiffeur traditionnels. Elle continua ainsi jusqu'à ce que la vieille Barbería Gómez ne fût plus qu'une pièce vide pourvue d'une porte en métal rouillé. Comme elle sortait de la boutique, Francisca se rappela soudain son mari ; non pas à cause de son matériel et de son mobilier personnel, qui reposaient à présent sous forme d'un tas provocant devant le bâtiment, ni à cause des deux mots incomplets imprimés pauvrement sur la vitrine : BARBE ÍA G MEZ ; mais à cause d'une crevasse entre la porte et le trottoir, qui était encore remplie d'allumettes brûlées, de mégots de cigarette, de papiers de bonbon et d'une grande quantité de cheveux sales. Elle ordonna à ses trois employées de nettoyer la crevasse et de la boucher au mastic.

Avant d'aller se coucher ce soir-là, elle se regarda dans la glace. Elle ne fut pas réjouie de ce qu'elle vit : une femme maigre de quarante-six ans qui espérait en paraître trente mais en faisait réellement plus de cinquante. Ses cheveux étaient tachés de gris, et les rides profondes sous ses yeux ressemblaient plus à des pattes d'autruche qu'à des pattes d'oie. Ses mains portaient des marques de brûlures et de coupures qui lui rappelleraient à tout jamais que, à la différence de la plupart des femmes de Mariquita, elle était inapte à la cuisine. Elle jugea que, comme la vieille Barbería Gómez, elle avait, elle aussi, besoin d'une rénovation majeure.

Le lendemain matin, elle mit sa plus belle robe et ses plus belles chaussures, et entassa une grosse somme d'argent dans un sac. Elle rangea le reste de ses vêtements et de ses provisions dans des boîtes qu'elle laissa sur le seuil de sa maison pour un pauvre. Elle se rendit au vieux salon de coiffure et assigna des tâches particulières à chacune des trois sœurs Morales. Elle serait de retour dans deux semaines, leur dit-elle. Elle s'arrêta devant l'école et, après une discussion avec la sévère maîtresse, obtint l'autorisation d'emmener Vietnam Calderón durant quelques heures. Le garçon la transporta sur une des trois mules de sa mère jusqu'à la route principale, où elle prit un autobus pour Ibagué, la ville la plus proche.

Une fois à Ibagué, elle héla un taxi et demanda au chauffeur de la conduire au meilleur hôtel de la ville, où elle prit une chambre. Plus tard ce même jour, elle alla faire des emplettes dans des magasins de vêtements à la mode. « J'aimerais voir des pantalons, dit-elle à la vendeuse. Des pantalons et des chemisiers dans des tons vifs. »

Elle passa plusieurs heures à les essayer ainsi que des manteaux de différents styles, longueurs et couleurs. Elle paya fort cher des dizaines de tenues et de paires de chaussures aux talons si hauts qu'elle ne pouvait pas marcher. Après quoi elle acheta des sacs et des ceintures assortis, ainsi que des broches et des bijoux coûteux, et des foulards en soie, des gants, des chapeaux et des bas pour compléter le tout. Ce soir-là, lorsque Francisca regagna sa suite à l'hôtel et qu'on lui livra sa nouvelle garde-robe, elle ouvrit tous les sacs, déballa chacun des articles et jeta tout négligemment sur le grand lit. Elle s'étendit nue sur le fatras de vêtements et d'accessoires, et se livra avec délices au contact de la soie des chemisiers et des foulards sur sa peau. Elle se couvrit d'un manteau de fourrure et ferma les yeux. Comme ses doigts caressaient la douce fourrure et que la senteur de la peau d'animal se mêlait à l'odeur âcre de sa transpiration, elle se mit à fantasmer. Elle pressa ses joues du bout de ses doigts et s'imagina que son visage était couvert de duvet animal. Elle caressa ses longs cheveux et se figura qu'eux aussi s'étaient mués en fourrure ; que ce manteau magnifique, ces vêtements, ces chaussures et ces ceintures qui l'entouraient l'avaient changée en quelque chose d'autre, une créature sauvage qu'elle avait toujours désiré être. Se sentant effrayée par ses propres rêveries, Francisca rouvrit les yeux. Le corps toujours enveloppé dans le manteau, elle se leva et se regarda dans le miroir. Elle demeurait la même : vieille d'aspect, les yeux cernés de rides et les mains couvertes de cicatrices. Ce que le miroir ne reflétait pas et qu'elle ne pouvait pas encore reconnaître, c'était qu'une autre femme, une Francisca totalement différente grandissait rapidement à l'intérieur de l'ancienne. Ce soir-là, elle s'endormit sans penser à ce qu'elle ferait ensuite.

Le lendemain matin, Francisca portait par inadvertance un chemisier qui n'était pas assorti à son pantalon, lequel n'était pas assorti à ses chaussures, lesquelles n'étaient pas assorties à sa ceinture, laquelle ne l'était pas à son sac, et elle se fit un maquillage coloré qui, d'une certaine manière, était assorti à tout ce qu'elle portait. Elle prit un rendez-vous avec le coiffeur le plus renommé d'Ibagué, un homme grand et fort aux longs cheveux noirs, surnommé Sansón. Francisca entra dans le salon avec l'air de quelque chose qui était en passe de se transformer en quelque chose d'autre, mais qui était encore loin du terme, comme un œuf en voie d'éclosion.

« Je veux ressembler à ça », dit-elle à Sansón, montrant du doigt une femme époustouflante sur une publicité pour du shampoing collée au mur. L'homme jeta un coup d'œil à l'image puis à elle.

« Cela va vous coûter une fortune pour lui ressembler, répondit-il avec sincérité.

— Alors vous feriez mieux de commencer tout de suite », rétorqua-t-elle. Sansón teignit les cheveux de Francisca, les coupa, les brossa et les sécha ; ses assistants lui épilèrent les sourcils, lui recourbèrent les cils, lui coupèrent les ongles des mains et des pieds, les laquèrent, lui massèrent les pieds, lui ôtèrent sa légère moustache, lui firent un nettoyage de peau et lui appliquèrent un nouveau maquillage sur le visage. À la fin de la journée elle ne se sentait pas seulement une femme totalement différente, elle en avait également l'air. Elle ne ressemblait pas le moins du monde à la femme de la publicité, mais sa nouvelle apparence lui donnait un air de raffinement indubitable qui dépassait toutes ses espérances.

Le lendemain, elle s'inscrivit à un cours intensif de bonnes manières d'une semaine chez don José María Olivares de Belalcazar, un vieil homme qui avait fui son Espagne natale après que le royaume eut sombré dans la dictature du général Franco. Une fois en Amérique, don José María se donna un titre de noblesse, marquis de Santa Coloma, ce qui fit automatiquement de lui un membre de la petite autocratie d'Ibagué. (Comme dit le vieil adage, « celui qui va à l'étranger se présente lui-même comme comte, duc ou lord ».) Le marquis gagnait sa vie en enseignant les bonnes manières car « nous avons découvert l'Amérique du Sud il y a quelque cinq cents ans, et pourtant ces barbares ne savent toujours pas tenir une fourchette ». Francisca était assurément l'illustration parfaite de ce préjugé : dépourvue de culture, de raffinement, vulgaire même. Elle apprit du marquis les règles les plus conventionnelles pour dîner en ville. « Première règle : déplier sa serviette sur ses genoux peu après son hôtesse, *non pas avant*. Deuxième règle : la serviette demeure sur les genoux pendant toute la durée du repas et doit être utilisée pour se sécher la bouche *avec douceur*. » Et ainsi de suite. Elle apprit aussi à utiliser les couverts en argent selon les plats, en commençant par l'ustensile le plus éloigné de l'assiette. Chez elle, à Mariquita, il n'y avait qu'une fourchette, laquelle n'avait pas été utilisée depuis la disparition de son mari. Francisca préférait manger avec ses doigts et une cuillère en bois.

Avec ses beaux habits, son allure piquante et ses bonnes manières, Francisca sortit enfin de sa coquille. Elle dîna dans des restaurants chic et fréquenta des clubs sélects. Elle fréquenta des cafés et des bars de luxe. Elle se saoula plus d'une fois, vomit dans un taxi et dans le hall de l'hôtel, et fit l'amour avec une femme.

Francisca désirait secrètement coucher avec une femme depuis qu'elle était jeune. Elle avait essayé, une fois, de faire des avances à une jeune fille légèrement retardée qui était venue frapper à sa porte pour lui vendre des boudins, mais lorsque Francisca tenta de lui tâter les seins, la fille laissa tomber les boudins et s'enfuit en poussant des cris perçants. Mais ici à Ibagué, elle était une femme étrangère dans une ville étrangère. Plus important que tout, elle avait de l'argent pour acheter tout ce qu'elle voulait, y compris les faveurs sexuelles d'une des femmes de chambre de l'hôtel. Voici ce qui arriva : après que Francisca eut vomi dans le hall de l'hôtel, l'employé de la réception appela une jeune femme de chambre et lui demanda de raccompagner Francisca dans sa suite. Dans sa chambre, Francisca ne put se retenir. Elle se jeta sur la jeune fille. Celle-ci la repoussa sur-le-champ, mais après que Francisca lui eut fourré une liasse de pesos dans la poche de son tablier, non seulement elle céda mais elle parut également y prendre du plaisir.

Cette expérience plut à Francisca. Peut-être qu'une fois rentrée à Mariquita elle pourrait ordonner à une de ses employées, Magnolia le plus probablement, de coucher avec elle, et puis lui faire réparer les fuites dans le toit, et coucher de nouveau avec elle, et puis lui faire peindre les murs de sa maison en bleu, et puis repeindre en rouge, puis en jaune, puis en vert, et coucher avec elle entre chaque couleur, et lorsqu'elle aurait épuisé les couleurs, elle irait dans les tons, un peu plus clair, un peu plus foncé, et ainsi de suite.

Avant de retourner à Mariquita, Francisca commanda du nouveau matériel, des meubles et des fournitures pour son salon de beauté. Elle versa un acompte au vendeur qui promit de livrer tout dans un délai de deux semaines à Mariquita, un village dont il n'avait jamais entendu parler, et qu'il ne pouvait situer sur une carte récemment mise à jour.

Pendant ce temps-là, dans le village ignoré de Mariquita, la première magistrate avait eu une réunion en privé avec le prêtre pour mettre au point une façon légale d'imposer la fortune de Francisca (il n'existait pas jusqu'alors de lois écrites relatives aux fortunes découvertes sous le lit de quelqu'un). Ils convinrent que, puisque l'argent avait été trouvé sur le territoire de la commune, Francisca se trouvait dans l'obligation de verser un pourcentage de son bien pour soutenir l'administration locale. Rosalba demanda au padre Rafael ce qu'il pensait d'une taxe fixée à cinquante pour cent tout rond. Le prêtre répondit que ce chiffre lui plaisait beaucoup car il venait d'avoir cinquante ans. Il ajouta sur un ton songeur que Francisca devrait également être contrainte de verser un pourcentage de sa fortune pour soutenir l'église locale et le clergé. Il demanda au maire ce qu'elle pensait d'un montant de la dîme relevé à vingt pour cent au lieu des dix habituels. La première magistrate dit que vingt était un chiffre charmant, qu'à l'âge de vingt ans elle avait été la plus belle femme de Mariquita. Le prêtre lui déclara qu'elle l'était encore. Ils donnèrent force de loi aux pourcentages convenus, avant le retour de Francisca.

Francisca, ses sacs d'emplettes et ses nouvelles valises arrivèrent à Mariquita à bord d'une jeep Willis rouge brinquebalante, modèle 1947, un peu avant le coucher du soleil. La jeep remonta et descendit paresseusement la rue principale, de l'église au marché, du marché à l'école, et fit deux fois le tour de la place, ses coups de klaxon abominables vrillant sans discontinuer les tympans. Tout le monde s'arrêta de faire ce qu'elle ou il faisait pour descendre dans la rue, les femmes souhaitant que le conducteur fût un bel homme, les enfants espérant avoir droit à une balade gratuite. Ils s'approchèrent du véhicule paresseux en poussant des cris de joie. Le chauffeur était un homme chenu, à peu près aussi branlant que l'engin qu'il conduisait, qui tenait sa tête si près du volant qu'on aurait dit qu'il dirigeait la trajectoire de la jeep avec la pointe de son menton, et non avec ses mains. À côté de lui, le dos et les épaules bien droits contre le siège passager, se trouvait Francisca, souriant à ses amies et voisines. Mais personne ne la reconnut. Pas plus quand la jeep s'arrêta devant sa maison et que le vieux chauffeur fit le tour du véhicule pour lui ouvrir la portière ; pas plus quand un de ses pieds sortit de la voiture, chaussé d'un talon haut, suivi par l'une de ses mains soigneusement manucurées, et un avant-bras chargé de bracelets en or cliquetant ; personne, même lorsque Francisca se dressa avec fermeté sur le sol, lissant de la paume de ses mains les plis que le long trajet avait laissés autour de la taille de sa robe en soie cramoisie. Ce fut seulement quand elle ouvrit la porte de sa maison qu'une femme gémit d'un air extasié : « Ça alors, voilà-t-y pas Francisca, la Masatera ! »

L'immense attroupement resta là, à regarder le chauffeur entrer dans la maison sacs et valises, et encore d'autres sacs. Les regardant passer, toutes les femmes commencèrent, en leur for intérieur, à condamner les folies de Francisca.

Une fois le chauffeur parti, Francisca invita un petit groupe de ses amies à entrer. Le reste des présents regarda à tour de rôle par la fenêtre Francisca essayer vêtements et chaussures et les empiler dans chaque coin de sa maison, leur rappelant leurs privations. Parmi les femmes qui assistaient au spectacle de l'extérieur, il y avait Rosalba. Elle se sentait coupable d'avoir promulgué le décret discutable qui taxerait de façon drastique la fortune de Francisca, et elle était donc venue en quête d'une justification à sa conduite. Après avoir regardé longuement et attentivement par la fenêtre, Rosalba se rendit compte que Francisca avait assez de vêtements pour habiller, au moins une fois, toute la population de Mariquita, et autant de chaussures qu'un mille-pattes avait de pieds. Toutes ces années, jour après jour, durant près de quatre ans, presque toutes les femmes du village avaient porté les mêmes robes noires à présent saturées de reprises et de pièces. Et celles qui avaient été assez idiotes pour écouter Francisca et brûler leurs tenues de deuil ne tardaient pas à s'apercevoir que leurs habits colorés étaient désormais trop grands ou trop petits, ou que les mites les avaient mangés. La plupart des femmes avaient déjà usé à tel point la semelle de leurs souliers qu'elles sentaient les inégalités du sol. Certaines avaient même pris le parti de marcher pieds nus. Rosalba n'avait aucune raison de se sentir coupable. La cupidité de Francisca avait donné une justification à la manœuvre.

Le lendemain était un samedi, jour de marché. Tôt le matin, certaines femmes allèrent pêcher, d'autres chasser, quelques gorges de poulet furent tranchées, du blé fut glané, et les oranges et les goyaves les plus grosses furent cueillies aux arbres. Il devenait soudain possible de se procurer des produits dont on manquait, et seuls les meilleurs et les plus frais prenaient la direction de la place du marché, où, peu après six heures, toutes sortes d'acheteuses et de vendeuses se rassemblaient pour échanger leurs biens. Francisca se leva tôt. Elle avait faim, mais il n'y avait rien à manger dans la maison : avant de partir pour Ibagué, elle avait délibérément vidé son garde-manger. Il était à présent temps de remplir sa cuisine des meilleurs produits qu'elle pourrait se procurer. Comme elle se préparait à partir, elle entendit frapper deux coups à sa porte. Elle l'ouvrit et trouva la première magistrate, le prêtre et la brigadière plantés sur le seuil avec un air plutôt solennel. Francisca les fit entrer.

« Je vous offrirais volontiers de vous asseoir si j'arrivais à trouver une chaise, dit-elle, passant en revue la pièce – remplie de piles d'articles – en quête de quelque chose qui ressemblât à un siège.

— Ce n'est pas nécessaire, intervint Rosalba. Je serai brève. » Elle sortit de son sac un bout de papier qu'elle tendit à Francisca avant de commencer sa déclaration officielle : « Une loi a été promulguée, qui autorise l'administration de Mariquita et l'Église catholique romaine à taxer toute somme d'argent trouvée à l'intérieur du périmètre du village.

— Pas possible ? dit Francisca, sans manifester la moindre surprise.

— Le document que vous avez en main contient tout ce que vous avez besoin de savoir au sujet de la loi, y compris les pourcentages que vous devez acquitter », ajouta le padre Rafael, entérinant la notification du maire.

Francisca s'empourpra mais ne répondit pas tout de suite. Elle était consciente de la gravité de l'avis, ce qui, bien sûr, appelait une réponse sensée donnée en des termes choisis et bienséants, une réplique de dame raffinée. « Hors de chez moi, espèce de racaille ! » hurla-t-elle à Rosalba, avant de déchirer le bout de papier et de lui jeter les morceaux à la figure.

La brigadière Ubaldina se tenait entre les deux femmes dans une attitude conciliatrice. Ce n'était pas nécessaire, cependant, car la première magistrate demeurait étonnamment maîtresse d'elle-même.

« Je vous avertis, dit Rosalba, je ne permettrai pas plus longtemps qu'une femme de Mariquita aille se coucher l'estomac vide tandis qu'une autre se gave de côtes de porc à en roter.

— Au diable les femmes de Mariquita ! Je ne partage mon argent avec personne. Dehors ! » Francisca montrait à présent du doigt la porte qu'elle avait laissée ouverte.

« Réfléchissez-y bien, ma chère, intervint le padre Rafael. Votre belle apparence et vos beaux habits peuvent vous faire sortir du lot un moment, mais vous êtes toujours une veuve dans un village de veuves. Pour ce qui est de votre âme, d'autre part...

— Au diable vous et votre stupide église. Hors d'ici !

— Vous avez jusqu'au coucher du soleil pour vous rendre à mon bureau et payer les taxes applicables sur chaque centavo que vous avez trouvé, ou je vous ferai bannir de Mariquita », déclara la première magistrate. Là-dessus, la brigadière, qui s'était tue jusque-là, ne put plus se contenir. Avec un sourire sardonique, elle dit à Francisca : « Si cela apporte du malheur à Mariquita, nous nous en débarrasserons nous-mêmes. » Les trois tournèrent les talons dans un accord parfait et sortirent de la pièce.

Francisca s'appuya le dos contre la porte, en proie à une grande agitation. Qu'allait-elle faire à présent ? Elle ne pouvait pas déclarer moins que ce qu'elle avait déterré car le padre Rafael connaissait le montant exact de la somme. Devait-elle rester au village et contester la décision du maire ? Ou devait-elle s'en aller ? Elle se trouvait face au même dilemme que deux semaines auparavant. Non, c'était pire à présent car la première magistrate ne lui avait donné que jusqu'à la tombée de la nuit pour prendre une décision. Cependant, ce fut la menace de Rosalba qui, curieusement, aida Francisca à décider qu'elle n'irait nulle part. Pour qui le maire se prenait-elle, pour décider qui devait rester au village et qui était contraint d'en partir ? Si on devait demander à quelqu'un de s'en aller, c'était à Rosalba elle-même. Elle n'était même pas née à Mariquita. Francisca s'en tiendrait à son projet initial d'ouvrir un salon de beauté, et elle combattrait le maire. Il devait bien exister une loi qui protégeait une veuve riche du bannissement de son village natal.

Avec cette idée en tête, Francisca se rendit à l'ancienne Barbería Gómez. L'endroit avait exactement le même aspect qu'à son départ pour Ibagué. Les sœurs Morales n'avaient rien fait du tout. Furieuse, Francisca partit au marché à la recherche de nouvelles employées, mais personne n'y accepta ses offres. Alors elle fit le tour du village, demandant à tout un chacun de travailler pour elle, augmentant le salaire à mesure qu'elle allait de porte en porte, se faisant aimable, charmante même, mais aucune femme ne voulait travailler pour Francisca. Elle se sentait fatiguée et tenaillée par la faim : avec tous les problèmes du matin, elle avait oublié de manger. Elle se rendit à la tente de la veuve Morales et commanda un petit déjeuner à Julia. La fille lança à Francisca un de ses regards les plus noirs, qui signifiait, entre autres choses, que sa présence dans leur restaurant n'était plus la bienvenue. Francisca fit le tour du marché, tentant d'acheter de la nourriture à ses vieilles amies, mais on ne voulait nulle part commercer avec elle. Elle offrit deux fois plus que le prix demandé pour deux bananes plantains, trois fois plus pour un yucca, et pourtant les marchandes refusèrent de les lui vendre. Elle crut que ses amies du marché, comme le maire, mettaient à l'épreuve son amour-propre. Mais Francisca viuda de Gómez n'avait jamais plié le genou devant personne, et elle n'était pas prête à commencer, maintenant qu'elle était riche.

Elle rentra chez elle affamée, avec l'impression que des parasites lui dévoraient les intestins. Tout ce qu'elle avait laissé dans sa cuisine, c'était de l'eau dans un vase et un gallon de pétrole pour le fourneau. Elle fit bouillir l'eau, la versa dans une tasse et y ajouta les dernières raclures de sel restées dans un récipient en plastique. Elle but quelques gorgées de l'infusion insipide, espérant que la violente sensation de faim disparaîtrait. Mais elle ne fit que se renforcer à mesure que le liquide clair gagnait ses entrailles.

Le soir approchait. Francisca s'assit sur le plancher et se mit à jouer avec ses narines : elle boucha celle de droite et, avec la gauche, huma l'odeur du ragoût d'abats de volaille qui cuisait dans la maison voisine. Puis elle se boucha la narine gauche et, de l'autre, détecta l'odeur de soupe de tripes. Elle ferma les yeux et continua ce jeu, ses sens voyageant de cuisine en cuisine jusqu'à ce qu'elle puisse dire ce que chaque famille aurait à dîner ce soir-là, et même quelles familles allaient se coucher l'estomac vide, comme elle-même. Peut-être devrait-elle payer les taxes, de façon à ce que tout le monde à Mariquita puisse manger à sa faim et porter des vêtements propres. Ou peut-être que non. Pourquoi devrait-on donner quelque chose à chacune sans qu'elle ait travaillé pour cela ? Francisca leur avait offert un travail bien rémunéré, et toutes avaient refusé son offre. Alors, ma foi, elles méritaient d'aller au lit le ventre creux, conclut-elle.

Elle but les quelques dernières gorgées d'eau bouillie, et se mit soudain à voir toutes ses peurs entrer, une par une, dans la maison. Solitude fut la première à se présenter – seule, bien sûre. Francisca la reconnut immédiatement, car elle parcourut avec une feinte timidité toute la maison en quête du bon endroit où se loger. Elle s'installa en fin de compte dans la poche intérieure de l'un des nouveaux manteaux de fourrure de Francisca et ne bougea plus. Culpabilité arriva peu après, pointant vers elle de longs doigts réprobateurs. Elle se glissa dans un chemisier en soie rouge et, enfonçant ses doigts à travers les longues manches, continua de harceler Francisca. Puis, main dans la main, Rejet et Abandon firent leur entrée. Ils se déplacèrent librement dans la pièce, sans prêter attention à Francisca. Sous peu, ils choisirent une paire de chaussures fantaisie à talons aiguilles et disparurent chacun dans une chaussure différente. Francisca se rendit compte que ses peurs étaient venues en même temps que sa fortune. Elles avaient seulement attendu l'occasion propice, un moment de faiblesse et de désespoir complet, pour se révéler. À présent elles se cachaient parmi ses chers vêtements tout neufs, d'où elles observaient le malheur qui enflait dans ses yeux. Il n'y avait qu'une seule chose à faire.

Elle se releva du plancher, les mains et les jambes tremblantes, et se dévêtit complètement. Elle empila, au beau milieu de son salon, tous ses vêtements et ses chaussures neuves, ses accessoires coûteux et ses tas de pesos, tout sans exception. Puis elle aspergea, avec le dernier liquide qui restait dans la maison, l'amoncellement de biens, à la manière dont on accomplit un rituel, son bras droit mué en une longue plume volant avec grâce dans l'air. Elle recula de la pile et balaya du regard sa maison, en gloussant de rire. Elle alla dans la cuisine, saisit une boîte d'allumettes, marcha en direction de la porte, l'ouvrit, fit demi-tour, gratta une allumette qu'elle jeta sur le tas imbibé. Elle attendit que les flammes engloutissent la pile et brûlent le plafond. Alors elle sortit, ferma la porte et traversa lentement la rue jusqu'au manguier, gloussant, gloussant. Le soleil se couchait à présent, et elle resta plantée là, nue comme un ver, à regarder la fumée et les flammes sortir par le toit et la fenêtre ouverte ; à entendre la cloche de l'église carillonner de manière insistante et les nombreuses voix des voisines et amies réclamer de l'eau ; gloussant, gloussant, gloussant.

Jesús Martínez, 48 ans
Ex-colonel de l'Armée nationale colombienne

UN HOMME VENAIT JUSTE D'EMMÉNAGER DANS LA CHAMBRE au bout du couloir, mais personne dans la maison ne l'avait encore vu. « C'est un ex-guérillero qui souffre d'amnésie, confia notre logeuse à l'un des pensionnaires. S'il vous plaît, n'en parlez pas au colonel. Il est fou ! » Je ne suis pas fou, j'en ai juste marre. Il y a dix ans, une mine enterrée par les guérilleros m'a arraché le pied au combat, mettant un terme à ma carrière militaire. Mais dans cette pension de seconde zone, les secrets ne se gardent pas plus de quelques minutes. Et quand la chose m'est venue aux oreilles, j'ai pensé : « amnésie » ? Je vais aider cet enfoiré à retrouver la mémoire, et je lui ferai alors sauter sa putain de cervelle.

Dans ma chambre, je chargeai mon pistolet et le cachai sous un poncho blanc soigneusement plié sur mes genoux. Je bus un demi-verre de rhum et allumai une cigarette, pris deux bouffées et l'écrasai dans le cendrier. Je vérifiai ma main. Elle était assez ferme pour lui tirer dessus. Je roulai jusqu'à la porte et l'ouvrit lentement, sursautant quand elle grinça. Après avoir regardé à droite et à gauche, je roulai le long du couloir étroit. Je n'étais pas sur les nerfs. Mon cœur ne battait pas plus vite que d'habitude, et je ne cherchai pas ma respiration. Mes mains manœuvrèrent les roues jusqu'à ce qu'elles m'amènent à cinq centimètres à peine de la chambre de ma victime. Je l'entendis tousser, le salopard. Je frappai trois fois à sa porte de ma main gauche. Mon autre main était sous le poncho, serrant si fort le pistolet que cela commençait à me faire mal. Il toussa de nouveau. J'allai bientôt mettre fin à sa toux. Il y eut un bref silence. Puis j'entendis un bruit familier, mais avant que mon esprit ne l'enregistre, la porte s'ouvrit brusquement et il était là devant moi, le nouveau pensionnaire, l'ex-guérillero, le monstre. Il n'avait pas de jambes, seulement des moignons, et il était, lui aussi, assis sur un fauteuil roulant.

Nous nous dévisageâmes un instant en silence. Comme si nous nous regardions nous-mêmes dans une glace.

« Salut, dit-il finalement, un sourire aimable aux lèvres. Vicente Gómez, à votre service, ajouta-t-il, en me tendant la main.

Je lâchai mon pistolet, toujours caché sous mon poncho, et attendit involontairement un moment avant de lui serrer la main. « Jesús, dis-je. Jesús Martínez. Je loue la chambre à l'autre bout du couloir.

— Ravi de faire votre connaissance, dit l'un de nous.

— Tout le plaisir est pour moi », répondit l'autre.

6

L'Autre Veuve

Mariquita, le 17 décembre 1997

COMME IL LE FAISAIT CHAQUE SOIR DEPUIS CINQ ANS, Santiago Marín s'assit sur le seuil de sa maison, torse et pieds nus, scrutant les ténèbres, dans l'attente de Pablo. Ce soir-là, il alluma également des bougies dédiées à la Vierge Marie, qui, selon la tradition, allait tous les 7 décembre de maison en maison et d'une agglomération à l'autre, distribuant des bénédictions en échange de chaque bougie.

Il entendit le ronflement d'un moteur dans le lointain. Il commença par ne pas y prêter attention, mais, quand le bruit s'amplifia, il rassembla rapidement ses longs cheveux en queue-de-cheval, essuya son visage luisant avec un chiffon, et alluma une bougie supplémentaire. Puis il vit apparaître les phares d'une voiture dans la côte. Le dernier véhicule à avoir roulé sur les chaussées en terre battue de Mariquita était la vieille jeep délabrée qui avait ramené Francisca viuda de Gómez et ses nombreux bagages de son équipée à Ibagué, plus d'un an auparavant. Mis à part le fait qu'elle était noire, la voiture qui approchait était tout à fait semblable : une vieille jeep à bout de souffle, au moteur pétaradant. Le chauffeur fit deux fois le tour de la place délabrée avant de s'arrêter à un coin pour saluer le maire du village, le prêtre et l'institutrice qui, accompagnés de nombreuses femmes et enfants portant des bougies, étaient sortis de leurs maisons pour accueillir le visiteur. Après avoir certifié à la première magistrate à deux reprises qu'il n'était pas envoyé par le gouvernement, et obtenu des renseignements, le conducteur traversa lentement l'attroupement qui grossissait, descendit une petite rue étroite et se rangea au milieu du pâté de maisons, en face de chez la veuve Jamarillo, de l'autre côté du domicile de Santiago.

« Laissez-moi sortir », lança-t-il, avec un soupçon d'irritation dans la voix, aux enfants à demi nus qui entouraient le véhicule. Les femmes écartèrent leur progéniture et attendirent tranquillement. « Tirez-vous », hurla-t-il. Il avait des intonations arrogantes et méprisantes malgré son regard en biais et sa peau brune, malgré son chapeau de paille, son poncho élimé et la machette qu'il portait à la taille dans un fourreau qui indiquait clairement qu'il était d'ascendance indienne, un homme sans intérêt. Il se tenait devant la porte de la veuve Jamarillo, pensant peut-être que le bruit de sa voiture et de la foule suffirait à la faire sortir. La veuve n'avait pas ce soir-là allumé de bougies, car il y avait longtemps qu'elle avait cessé de compter sur des bienfaits (elle était devenue folle, après que son mari et ses deux fils eurent été fusillés par les guérilleros, et elle n'avait plus personne pour l'épauler). Comme la veuve Jamarillo ne se montrait pas, le conducteur arrogant frappa à la porte et attendit. Il frappa une deuxième fois, puis une troisième et une quatrième, de plus en plus fort jusqu'à ce que la veuve finisse par ouvrir, pointant juste son nez. L'homme lui murmura quelque chose, et, sans répondre, la vieille folle lui claqua la porte au visage.

« Salope ! cria l'homme. Il se mit à donner des coups dans la porte avec la pointe de ses bottes de cuir. Ouvre, salope. Ça m'a pris des heures pour dénicher ce foutu trou. » La foule fit un pas en arrière. L'homme, hors de lui, continuait à donner des coups de pied dans la porte et à débiter des injures. « Si tu ne me payes pas illico, je vais décharger cette saleté de merde sur les marches de ta maison ! hurla-t-il, en pointant l'index vers la voiture. Et tu sais ce que je vais faire ? Je vais emporter avec moi cette putain de valise. Et comment que je vais le faire ! »

Santiago observait tranquillement la scène de l'autre côté de la chaussée. Il demanda à ses deux jeunes sœurs de rentrer à l'intérieur, et à sa mère de garder une distance prudente. Il ne bougea pas. Il resta là, au même endroit, comme tous les soirs depuis les cinq dernières années, à allumer des cierges à la Vierge, à espérer des grâces supplémentaires, à scruter les ténèbres et à attendre le retour de Pablo.

Pablo et Santiago étaient nés tous les deux le matin du 1er mai 1969. Pablo avait deux heures et demie de plus. Le Dr Ramírez, le médecin qui les avait mis au monde, se plaisait à dire que, en dehors d'une tache sombre sous l'œil droit de Pablo, les deux bébés étaient identiques à leur naissance : « On aurait dit des jumeaux, bien qu'ils aient eu des mères différentes. »

Pablo et Santiago, pendant leur croissance, étaient les seuls enfants à habiter une rue solitaire de Mariquita. C'était une rue étroite, non pavée, bordée de jeunes manguiers. Les maisons étaient coiffées de tuiles de terre crue, avec des façades en pisé à jamais recouvertes de couches de poussière. On appelait cette rue la rue Don Maximiliano, du nom du propriétaire qui possédait toutes les maisons de part et d'autre. Il détenait aussi trois plantations de café à proximité du bourg. Au moment des récoltes, la plupart des saisonniers qu'il recrutait venaient des environs de Mariquita. Les femmes restaient chez elles à s'occuper des enfants, du manioc, des pommes de terre, de la coriandre et des courges.

Les deux gamins passaient la plus grande partie de la journée à jouer dans la campagne alentour. Ils revenaient pour déjeuner chez l'un ou chez l'autre, puis repartaient. Il arrivait souvent à leurs mères de les voir se promener dans les environs de Mariquita, main dans la main. « On dirait des frères de sang », s'accordaient-elles à dire.

Le jeu favori des deux enfants consistait à jouer au papa et à la maman près de la rivière.

« C'est moi le papa, disait Pablo.

— Tu fais toujours le papa. Moi aussi je veux l'être », se plaignait Santiago. Mais il cédait chaque fois. Pablo disparaissait dans les buissons, et faisait semblant de se trouver sur les plantations de café de don Maximiliano. Santiago restait sur la rive, endossant le rôle de sa propre mère : il puisait à la rivière de l'eau qu'il transportait dans des grandes jarres d'argile, il faisait la cuisine, il arrosait le jardin, il cuisinait de nouveau, il faisait la lessive, puis encore la cuisine une dernière fois. Au bout de quelques minutes, Pablo sortait des buissons, l'air sale et fatigué.

« Buenas tardes, mi amor, disait-il, en embrassant la nuque de Santiago.

— Comment s'est passée la journée ?

— Oh, comme d'habitude. Trop de travail. »

Les deux garçons s'asseyaient sur le sol et faisaient semblant d'avaler un repas de riz et de haricots. Ensuite, Pablo retirait sa chemise et se couchait dans l'herbe, le visage tourné vers le ciel, les mains sous la nuque. « Je ferai la vaisselle plus tard », disait Santiago, en passant rapidement à la partie de leur jeu qu'il préférait : le massage. Il commençait par les pieds de Pablo, frottant doucement chacun de ses douze doigts (l'enfant avait hérité des pieds à six orteils de son père). Santiago remontait lentement, massant les mollets de Pablo, ses genoux et ses cuisses, s'attardant sur sa poitrine. Quand Santiago pinçait les petits mamelons bruns de Pablo, Pablo se mettait à hurler. Et, quand Pablo se mettait à hurler, Santiago savait qu'il était temps de jouer avec le petit pénis de son ami, tirant dessus comme s'il s'agissait d'un pis, riant à gorge déployée de la manière dont le corps de Pablo se tortillait de plaisir, à la façon d'un chiot. Quand Santiago s'arrêtait, Pablo le prenait dans ses bras et l'entraînait dans la rivière. Et là, l'eau à la hauteur de la taille, Pablo le récompensait d'un baiser tendre parce qu'il faisait une si bonne épouse. Ils passaient le reste de la journée à se baigner nus, à noyer des grillons, à faire pipi sur les fourmilières, à lancer des pierres sur les nids de guêpes, et à se précipiter de nouveau dans l'eau. Le baiser, cependant, était pour Santiago le meilleur moment de la journée, une authentique expression d'amour qui valait bien l'ennui qu'il y avait à jouer tous les jours le rôle de sa mère.

Le soir, les deux gamins s'asseyaient sur des bûches à l'extérieur de la maison de Santiago, et ils écoutaient sa grand-mère raconter des contes de fées, comme celui de la vieille femme qui s'était transformée en chat pour tromper la mort, ou celui de la riche princesse qui ne savait pas rire. Presque chaque nuit, Pablo et Santiago dormaient ensemble sur le sol inégal en terre battue de la maison de Santiago, enroulés dans la même couverture blanche, faisant des rêves différents.

D'un air décidé, le conducteur revint à la jeep. Il ouvrit la porte arrière et en tira une valise en cuir usée, défit la fermeture Éclair, prit une grande serviette de toilette blanche, et referma la valise. Avant de poursuivre on ne savait quel projet, l'homme en colère regarda la porte de la veuve Jamarillo, comme pour offrir à la femme une dernière chance de se montrer et de s'acquitter de sa dette envers lui. Puis il posa la valise et sortit délicatement par les pieds un corps de la jeep. Le corps ne bougeait pas, ne faisait aucun bruit. Les femmes se rapprochèrent un peu, éclairant la scène de leurs cierges. « Reculez ! » hurla le conducteur. Il dénuda rapidement le corps, laissant apparaître un homme chétif couvert d'écorchures et d'hématomes, et fit sauter d'un coup sec la casquette posée sur la tête de ce dernier : il était presque totalement chauve.

« J'ai froid, se plaignit l'homme d'une voix faible.

— Ohh ! » murmura la foule à l'unisson, soulagée de constater que l'inconnu n'était pas mort. Le conducteur détacha une chaîne dorée du cou de l'homme nu et une montre voyante de son poignet, fourrant les deux objets dans la poche avant de son pantalon crasseux. Puis il essaya d'arracher deux bagues que l'homme portait à l'un de ses doigts amaigris.

« Non, gémit l'homme nu. Pas les bagues, s'il vous plaît, et il contracta fermement la main.

— Écrase, ordonna le conducteur. Tu m'as juré qu'elle allait me payer si je te ramenais ici, mais elle ne le fait pas, alors tu ferais mieux de me laisser prendre ces foutues bagues..

— S'il vous plaît, pas les bagues.

— Laisse-les-moi, ou je te coupe la main, hurla le conducteur, attrapant sa machette.

— Ohh ! murmura une fois de plus la foule.

— Arrêtez, s'il vous plaît. Ne faites pas ça. Pour l'amour de Dieu, ne le faites pas. » La voix désespérée était celle du padre Rafael, qui venait juste d'être mis au courant de la situation, et accourait en compagnie du maire et de la brigadière. « S'il vous plaît, laissez cette pauvre âme mourir en paix. » Il s'arrêta à une certaine distance de l'épouvantable spectacle, et, sortant un chapelet de la poche de sa soutane, se mit à égrener un rosaire. Quelques veuves ne tardèrent pas à se joindre à lui.

Le conducteur contrarié ne prêta pas attention à la requête du prêtre, et s'obstina à tenter d'ouvrir de force la main amaigrie de l'homme, sans succès.

« Vous allez laisser ce malade tranquille, ou je vous fais sauter la cervelle. » La menace venait du maire, Rosalba viuda de Patiño. Debout derrière le conducteur, elle pointait un pistolet sur sa tête. À côté d'elle, tenant à deux mains un revolver, se trouvait la brigadière, Ubaldina viuda de Restrepo.

Le conducteur lança aux deux femmes un regard haineux et cracha sur le sol. Il attrapa la serviette blanche et l'enroula autour de l'homme décharné, puis transporta le sac d'os sur son épaule jusqu'à la porte de la veuve Jamarillo, le posa par terre près des marches et envoya trois nouveaux coups de pied dans la porte. « Il est dehors, hurla-t-il. Tout nu, parce que j'embarque ses vêtements. Tu m'entends ? » Il retourna à la jeep, sans prêter attention aux deux revolvers qui accompagnaient chacun de ses mouvements, et ramassa les vêtements et les chaussures du malade pour les fourrer dans la vieille valise en cuir. Il ferma la portière arrière, monta dans la jeep et mit le moteur en marche. Il hurla à travers la vitre les mots que Santiago, assis de l'autre côté de la rue, avait peur d'entendre depuis le début : « C'est ton propre fils qui est en train de crever dehors, vieille pute sans cœur. Va-t'en au diable. »

Santiago resta immobile, fixant d'un œil absent la masse de visages familiers rassemblés devant lui, incapable de percevoir la manière brutale avec laquelle ils passaient de la frayeur à la gravité. Il ne vit pas les femmes se prendre la tête dans les mains, ni maintenir leurs lèvres tremblantes du bout des doigts. Il n'entendit pas leurs sanglots ni le moteur pétaradant de la jeep qui s'éloignait. Pour l'heure, son cœur qui battait la chamade dans sa poitrine était la seule chose qui bougeât en lui.

Pablo et Santiago commencèrent à travailler les terres de don Maximiliano Perdomo un jour gris de 1981. C'était courant de voir les parents envoyer leurs enfants mâles se faire engager chez un patron dès l'âge de douze ans, et parfois même plus tôt si le besoin dans les champs s'en faisait sentir. La récolte avait commencé et on demandait des bras à Yarima, la plus grande plantation de café de don Maximiliano. Les deux garçons arrivèrent sur place tôt dans la matinée, et furent accueillis par doña Marina, une naine revêche qui s'occupait du logement des ouvriers agricoles. Elle regarda dédaigneusement les deux gamins, grommela quelque chose d'inintelligible, et, de sa petite main grassouillette, leur fit signe de la suivre. Pablo et Santiago marchèrent derrière doña Marina sur un sentier étroit et boueux, écartant du pied les oies qui pourchassaient le petit bout de femme comme si elle faisait partie de leur troupeau. Doña Marina les emmena jusqu'à un vaste hangar qui abritait les cueilleurs de café pendant la récolte. Elle leur expliqua où prendre les paniers d'osier qu'ils s'attacheraient autour de la taille, et les envoya sur la plantation. « Suivez ce chemin jusqu'à ce que vous voyiez des caféiers, lança-t-elle d'une voix aiguë, et, avec un regard reconnaissant, elle ajouta : Merci de m'avoir protégée de ces sales bêtes. »

Les fruits sur la plupart des caféiers avaient une couleur cerise foncé. Vue du sommet de la colline, la plantation faisait penser à des milliers d'arbres de Noël décorés de petites lumières rouges. Le régisseur ordonna à Pablo de suivre, pendant une demi-journée, un vieil Indien qui avait une longue queue-de-cheval dans le dos. Santiago suivit un homme surnommé Cigarillo car il avait toujours une cigarette au bec. Les deux hommes devaient enseigner aux deux gamins la manière la plus simple et la plus rapide de cueillir les graines. Pablo et Santiago auraient aimé accompagner leurs pères respectifs, qui avaient l'un et l'autre plus de trente ans d'expérience des plantations de café, mais on les avait envoyés à Cabrera, une exploitation plus petite, où le mauvais temps menaçait la récolte.

« Regarde mes mains, fiston », dit Cigarillo à Santiago. Ses doigts voletaient comme des oiseaux au milieu des branches, les effleurant à peine, et des douzaines de baies rouges tombaient dans le panier. « Il ne faut prendre que les fruits qui sont mûrs, ceux que l'on peut détacher à la main. » Son visage était brûlé par le soleil, sa moustache hirsute. « Si l'on y mêle des baies vertes, le café sera amer, et s'il y en a de trop mûres, il sera acide. » Santiago examina le panier de son compagnon, en quête de baies vertes ou trop mûres, en vain. « Un cueilleur chevronné doit récolter toutes les baies mûres en un seul passage, continua Cigarillo, et il doit faire au moins cent livres par jour. » Quand le panier serait plein, dit-il, il lui faudrait l'apporter au moulin où doña Marina, la naine, le pèserait et inscrirait la quantité récoltée, puis retourner à la plantation et recommencer. Les cueilleurs de café étaient payés, une partie en espèces et une partie en nature, tous les samedis proportionnellement à la quantité récoltée par chacun. « Le plus important, ajouta Cigarillo, c'est de s'amuser en travaillant. De chanter, de parler aux arbres, de leur raconter des blagues. De faire semblant de les considérer comme une rangée de femmes nues alignées, attendant qu'on leur tire les tétons. » L'homme pouffa. Santiago fit mine de sourire. Il penserait plutôt à tirer sur le pénis de Pablo.

La première nuit passée dans l'abri de Yarima, Pablo et Santiago rapprochèrent leurs paillasses pour dormir l'un près de l'autre, comme ils l'avaient toujours fait. Ils se tenaient par la main pendant qu'ils disaient leurs prières, et quand ils eurent terminé, ils s'embrassèrent pour se souhaiter une bonne nuit.

Depuis un coin du bâtiment, assis sur son matelas, Pacho, un jeune homme petit et replet aux joues vermeilles, regardait les deux enfants à la lumière d'une lampe de poche. « Regardez-moi ce qu'on a récupéré, les gars, lança-t-il d'une voix de stentor, de façon à ce que tout le monde entendît. Deux pédés qui s'embrassent et récitent des prières. » Il se mit debout, saisit la lampe et avança vers les gamins. « Les bises et les prières… vous savez pas que c'est foutrement mal ? » demanda-t-il, sur un ton qui faisait bien davantage penser à une réponse qu'à une question. Il secoua la tête à la manière d'un censeur avant d'ajouter : « C'est foutrement mal. » Santiago et Pablo ne comprenaient pas ce que l'individu racontait, mais quoi qu'il en soit, il leur avait donné l'impression d'avoir commis un terrible péché. Ils se recroquevillèrent l'un contre l'autre, terrorisés. L'homme était maintenant juste au-dessus d'eux, le torse grandi et déformé par l'effet de proximité. « C'est trop mignon, dit-il, en singeant la voix d'une femme. Allez, je veux vous voir encore en train de vous faire des bises.

— La ferme, Pacho, grogna Cigarillo depuis sa paillasse, à demi endormi. Fiche la paix à ces mômes et laisse-nous dormir. »

Mais les journaliers, qui, au cours des dernières semaines, n'avaient fait que travailler, étaient à l'affût de la moindre distraction. Certains s'assirent et se préparèrent à assister de loin à la scène. D'autres se levèrent et se rassemblèrent autour des deux enfants, réclamant que le spectacle commence immédiatement.

« Allez, mes minettes. On n'a pas toute la nuit devant nous », dit un gars auquel il manquait presque toutes ses dents de devant. Il frappa le derrière de Santiago de son pied nu.

« J'ai peur, Pablo, chuchota Santiago dans l'oreille de son ami. Embrassons-nous encore une fois pour qu'on nous laisse dormir. » Pablo secoua la tête.

« Embrasse-le, embrasse-le, scandèrent à l'unisson les spectateurs tout excités.

— S'il te plaît, Pablo, juste un seul baiser, chuchota de nouveau Santiago, d'une voix faible étranglée par la peur, le cœur battant à tout rompre dans sa poitrine maigrichonne.

— Embrasse-le, embrasse-le… »

Santiago manifestait tant d'insistance que Pablo sentit qu'il devait s'exécuter. D'accord, fit-il de la tête. Les deux gamins se tenaient étroitement cramponnés l'un à l'autre. Santiago jeta un regard aux hommes qui les entouraient, pour montrer qu'il était prêt à leur faire plaisir, puis baisa doucement les lèvres tremblantes de son ami pendant quelques secondes, jusqu'à ce que le premier coup de pied les sépare. Les hommes, échauffés, fondirent sur eux comme des bêtes affamées, rossant les silhouettes menues à coups de poings enragés, les piétinant avec fureur de leurs pieds couverts de corne. Tétanisés par la terreur, les enfants ne sentaient pas les coups violents qui pleuvaient sur eux. Ils criaient à peine, pleuraient à peine, voyaient et entendaient à peine ce qui se passait.

« Assez ! » Le cri strident vint, brutalement, de la porte. « Dégagez ! Tirez-vous ! » La voix était aisément reconnaissable. Portant une lampe qui lui arrivait à la taille, la frêle silhouette de doña Marina se fraya un chemin à travers l'attroupement. Les hommes regagnèrent leurs paillasses, rigolant et chuchotant. Pablo et Santiago levèrent leurs visages tuméfiés et se mirent à pleurer. « Mon Dieu ! Qu'avez-vous fait à ces pauvres gosses ? » Doña Marina posa la lampe sur le sol en terre battue et caressa la tête des enfants de ses petites mains. « Ces gosses viennent juste d'arriver, lança-t-elle à la cantonade. Ils vous ont rien fait. Pourquoi leur faire du mal ? cria-t-elle. Pourquoi ?

— Parce que ce sont des pédés ! Voilà pourquoi. » Elle fixa le coin d'où provenait la voix, mais on ne voyait rien : tout le monde avait éteint sa lampe, plongeant la plus grande partie de la pièce dans une complète obscurité. « Vous allez tous payer pour ça ! hurla-t-elle dans le noir. Pas de petit déjeuner demain matin pour personne. »

Doña Marina aida affectueusement les deux enfants à se lever. Elle les emmena jusqu'à la ferme où elle habitait avec les cuisiniers et les domestiques. Elle désinfecta leurs écorchures avec douceur, sans faire de commentaires ni poser de questions, mais, en commençant à panser leurs plaies, elle leur dit soudain : « Je sais que c'est pas vrai, que vous êtes pas ce qu'a dit cette ordure. » Il y avait dans sa voix comme une touche d'avertissement que les deux gamins, encore complètement traumatisés par la raclée qu'ils avaient subie, ne pouvaient pas percevoir. « Je sais que vous êtes pas ça, je le sais. » Elle fit de nouveau silence, comme si elle avait fini de parler, bien que dans sa tête elle fût en train de choisir avec soin la salve de mots suivante. Ce fut seulement quand elle se mit à appliquer des compresses froides sur leurs visages enflés qu'elle continua : « Si vous étiez *ça*, ce que l'homme a dit que vous étiez, le premier conseil que je vous donnerais, ce serait de le garder pour vous, et le second d'être très prudents par ici. La campagne est dure. Mais comme vous êtes pas *ça*, je vous donnerai pas de conseil. » Elle les gratifia d'un sourire de conspirateur et continua de soigner leurs blessures. Quand elle eut terminé, elle les emmena dans l'entrepôt où, dit-elle, ils dormiraient dorénavant.

Après son départ, Pablo et Santiago s'étreignirent et pleurèrent en silence dans les bras l'un de l'autre. L'un caressa du bout des doigts le nez cassé de l'autre. L'autre embrassa à de multiples reprises les yeux gonflés de son ami.

Ils dormirent ensemble dans un sac à café.

Le padre Rafael et ses fidèles avaient cessé de réciter le rosaire pour se joindre au reste de la foule dans des commérages incessants. De temps à autre, ils jetaient un coup d'œil à Santiago par-dessus leurs épaules, se demandant quand il subirait de plein fouet l'impact de la catastrophe et quelle serait alors sa réaction. L'infirmière Ramírez avertit le groupe entier de ne pas s'approcher du malade, puis entraîna le padre Rafael et la première magistrate à l'écart pour leur parler.

« Quelle que soit la maladie de Pablo, il se pourrait qu'elle soit contagieuse », commença-t-elle par dire à voix basse, lançant à Rosalba un coup d'œil de mise en garde. Les enfants de Mariquita, plaida-t-elle, n'ont reçu aucune vaccination depuis plus de six ans. Ils ne survivraient pas à une épidémie. Elle recommandait d'enfermer Pablo dans la baraque incendiée de Francisca jusqu'à ce qu'il meure – ce qui, à en juger par l'apparence du bonhomme, ne devrait pas tarder – puis d'incinérer le corps. Le maire et le prêtre semblèrent consternés par le conseil de l'infirmière.

« On ne peut pas laisser l'un des nôtres mourir comme ça – isolé, dans un dépotoir, entouré de rats et de bestioles », dit Rosalba, sa voix inquiète s'élevant au-dessus des chuchotements.

— Je suis d'accord, intervint le padre Rafael. Pablo Jamarillo doit mourir comme un chrétien et être enterré en chrétien.

— L'avenir de notre village est bien problématique en l'état actuel, rétorqua l'infirmière aux formes généreuses. Tout ce que je sais, c'est que nos enfants sont notre seul bien. Si nous les perdons... » Elle ne termina pas sa phrase. En lieu et place, son visage, un visage au gros nez de sorcière et aux yeux de poisson triste, prit une expression fataliste. « Réfléchissez-y », ajouta-t-elle.

Ils y réfléchirent ensemble, durant moins d'une minute, pour en arriver à la conclusion qu'ils n'avaient pas le choix : l'avenir de Mariquita devait être la priorité. « Mais qui va emmener Pablo dans l'ancienne maison de Francisca ? » demanda le maire. Le padre haussa les épaules, l'infirmière haussa les épaules et la première magistrate, haussant les épaules, posa encore une autre question : « Cette personne ne devrait-elle pas être mise en quarantaine ? »

À ce moment précis, Santiago se leva, une bougie à la main, et se mit à traverser la rue à pas lents, en direction de Pablo. Celui-ci gisait sur le côté en chien de fusil, le visage tourné vers la porte de la maison de sa mère, comme s'il attendait qu'elle s'ouvrît. Santiago se tint debout près de lui, contemplant à la lueur de la bougie le peu qu'il y avait à contempler, dans un effort pour reconnaître son vieil ami. Peut-être était-ce une erreur. Peut-être le conducteur de la jeep s'était-il trompé de village, s'était-il trompé de rue. Il fallait que ce soit une erreur. Pablo était un homme si beau : grand, brun, bien bâti, avec des cheveux noirs épais…

« Santiago ? C'est toi ? » dit Pablo, devinant vaguement la présence de son ami.

Santiago hocha la tête machinalement tandis que Pablo se tournait sur le dos, épuisé. À grand-peine, il retira son bras droit de sous la serviette dans laquelle il était enveloppé, et le tendit pour toucher Santiago, mais celui-ci était un peu trop loin, et son bras retomba mollement sur le sol avec un bruit sourd sans grâce. « Les bagues », marmonna-t-il.

Santiago regarda la main squelettique se tortiller comme un ver dans la poussière. Deux anneaux en or massif étaient fixés à son annulaire. « Eh bien quoi, les bagues ?

— Prends-en une, dit Pablo dans un murmure. Je t'ai promis une bague. Tu te souviens ? »

On était en juin 1984. Pablo et Santiago venaient d'avoir quinze ans. Ils avaient quitté Yarima pour aller travailler, sur la recommandation de doña Marina, à la maison de campagne de don Maximiliano, située à environ trois heures de marche de Mariquita. Le riche propriétaire terrien l'avait fait bâtir sur un plateau cinq ans auparavant, et c'était un monument célébrant son mauvais goût et son manque d'imagination. La Casa Perdomo était une grosse boîte disgracieuse aux pièces communicantes et aux fenêtres peu nombreuses, comme si elle avait été délibérément conçue pour empêcher la lumière d'envahir l'intimité de ses habitants. Il avait fallu plusieurs mois à don Maximiliano pour convaincre sa femme de quitter la ville et de venir s'y installer. Afin de compenser sa laideur, doña Caridad avait bourré la maison de meubles de grande qualité, transformant chaque pièce en un bric-à-brac de tables, de chaises, d'armoires et de lits luxueux ; l'ensemble donnait une impression de désordre permanent.

Suivant un conseil allusif de doña Marina, Pablo et Santiago s'étaient présentés comme cousins germains. On leur confia bientôt l'entretien de la maison : peindre et repeindre les murs, réparer les portes cassées, remplir les fourneaux de bois, maintenir la plomberie en bon état, approvisionner la réserve. Il y avait toujours quelque chose à faire. Les deux jeunes gens partageaient une petite pièce sans fenêtre à l'arrière de la maison, à côté de la chambre de la bonne, meublée de deux malles pour leurs quelques vêtements, de deux lits pliants et d'une lampe. À la fin de leur journée de travail, Pablo et Santiago n'avaient qu'à entrer dans cette chambre et en fermer la porte pour éprouver un sentiment puissant de calme, de sécurité et d'intimité. La tranquillité absolue de la pièce, son absence rafraîchissante d'ornements, la lumière de la lampe projetant des ombres qui oscillaient sur les murs blancs, tout cela créait un monde à part où tout semblait possible aux deux jeunes gens, même leur amour secret et leur désir grandissant. À l'intérieur de cette chambre, se masser mutuellement les pieds, les mollets et les genoux n'était plus un jeu enfantin parmi d'autres, mais un élément essentiel de leur vie commune ; s'embrasser n'était plus une récompense mais une façon désirable de se rappeler l'un à l'autre, sans paroles, leurs sentiments les plus intimes. À l'intérieur de la chambre, il n'y avait ni mari ni femme, mais seulement deux jeunes gens amoureux.

La fille unique de Perdomo, Señorita Lucía, était arrivée récemment de New York, où elle faisait des études universitaires. Elle revenait chaque année au mois de juin, et séjournait là jusqu'à la fin du mois d'août. Cette fois, cependant, elle n'avait pas fait le voyage toute seule : un jeune homme de vingt-sept ans nommé William l'avait accompagnée pour demander sa main. William n'était ni laid ni beau, mais quelque part entre les deux : grand et rose, avec un petit nez et des yeux verts. Son visage, couvert de taches de rousseur voyantes, arborait de prime abord une expression hautaine, mais après qu'il eut remarqué l'affection et la chaleur authentique de ses hôtes, il laissa paraître un air d'innocence et de modestie qui fit bonne impression aux Perdomo. William ne portait que des pantalons kaki et des chemises de couleurs claires fortement amidonnées. Il parlait un espagnol abominable d'une voix presque imperceptible, comme pour empêcher les auditeurs de remarquer sa piètre prononciation. Doña Caridad trouvait cela tout à fait charmant, et saisissait toutes les occasions de converser avec lui. Il ne resta que cinq jours, le temps suffisant pour que les moustiques et d'autres insectes laissent leurs marques sur sa peau et son cuir chevelu d'étranger. Le soir précédant son départ, William officialisa ses fiançailles avec la señorita Lucía en passant un anneau en or à l'un de ses longs doigts au cours d'un grand dîner.

Une fois son fiancé parti, señorita Lucía devint très exigeante. « Pablo, apporte-moi mon petit déjeuner sur la véranda. » « Santiago, brosse-moi les cheveux. » « Pablo, va me chercher mes lunettes de soleil. » « Santiago, massemoi les pieds. » Elle n'était pas très jolie : dégingandée, avec des ombres foncées sous ses yeux marron somnolents et des lèvres minces qui disparaissaient chaque fois qu'elle souriait. Et, bien qu'elle eût à peine vingt-trois ans, ses dents avaient perdu leur couleur originale et avaient à présent l'air d'être couvertes de rouille, conséquence, avait coutume de dire doña Caridad, « de cette vilaine habitude de fumer dont tu dois te défaire avant que ton fiancé ne s'en aperçoive ». Les sourcils de la jeune femme étaient sujets de critique et de moquerie : elle les avait épilés et remplacés par deux minces lignes tatouées qu'elle épaississait, assombrissait ou allongeait chaque matin, mais toujours de manière inégale, au moyen de crayons à sourcils. La fille unique des Perdomo avait également une personnalité peu adaptée à la campagne : elle était douce et sensible, dotée de manières raffinées, trop raffinées peut-être pour la vie rurale. La chaleur estivale était « abominable », les moustiques « insupportables », l'eau courante du coin « dégoûtante », et ainsi de suite. Elle portait des hauts talons, du maquillage et des bijoux tous les jours, et restait assise dehors sur la véranda, à fumer en feuilletant des magazines pour jeunes mariées et à lire des histoires d'amour.

« Est-ce que cette histoire parlait de la mort, señorita Lucía ? » lui demanda un jour Santiago, après que la jeune femme eut posé son livre.

Elle sourit. « Non, bêta. Elle parlait de l'amour. » Elle était étendue dans un hamac, lisant et tirant alternativement de courtes bouffées d'une mince cigarette qui pendait de sa main effilée. Santiago se tenait debout à côté d'elle, chassant à coups d'éventail les moustiques et les moucherons qui bourdonnaient alentour.

« Mais vous aviez l'air d'avoir du chagrin.

— L'amour peut parfois vous donner du chagrin. »

Santiago réfléchit à cela un moment. Ce n'était pas l'amour qui leur avait causé de la peine, à lui et à Pablo ; c'était la haine, la haine injustifiée que les cueilleurs de café éprouvaient à leur égard, et qui, malgré les interventions opportunes de doña Marina, leur avait valu plus d'une raclée et des insultes continuelles. Peut-être devrait-il dire à la señorita Lucía que Pablo et lui n'étaient pas des cousins germains, mais deux garçons amoureux. Elle comprendrait sûrement. Elle avait l'air d'une femme qui comprenait les choses. De plus, elle allait se marier, ce qui faisait d'elle une experte en matière d'amour. Mais Santiago avait promis à Pablo de ne rien dire à personne.

« De quoi parle l'histoire ? »

La señorita Lucía laissa la fumée s'écouler lentement du coin de sa bouche, produisant un bruit de brise légère. « C'est l'histoire d'un homme qui part à la guerre. » Elle s'interrompit brièvement pour réfléchir. « Non, c'est plutôt celle d'une jeune femme dont l'homme est amoureux... Laisse tomber, Santiago. C'est trop compliqué.

— S'il vous plaît, señorita Lucía, je veux savoir. »

Elle le regarda avec curiosité. À la différence de son cousin Pablo, Santiago paraissait délicat, presque efféminé. Sa voix n'avait pas encore mué, et aucun signe n'indiquait que la saillie d'une pomme d'Adam pût un jour apparaître sur le devant de son cou. Il était svelte, glabre de visage, et manifestement très sensible aux histoires d'amour et aux drames. Elle éteignit ce qui restait de sa cigarette dans un cendrier.

« D'accord, dit-elle. C'est l'histoire d'Ernesto et de Soledad, un jeune homme et une jeune femme qui sont très épris l'un de l'autre. Ils sont fiancés et ils font déjà des projets concernant leur vie commune – l'endroit où ils aimeraient habiter, combien d'enfants ils aimeraient avoir, ce genre de choses. Mais alors éclate une guerre, et Ernesto reçoit l'ordre de partir loin, de l'autre côté de l'océan, pour combattre l'ennemi. Soledad lui jure un amour éternel, et il lui promet de revenir et de l'épouser. Mais les semaines et les mois passent sans la moindre nouvelle d'Ernesto. Toutes les nuits, la pauvre Soledad reste plantée à sa fenêtre, souhaitant voir les yeux verts d'Ernesto briller dans l'obscurité, mais elle ne les voit pas. Un jour, après des années d'attente, Soledad apprend par un ancien combattant qu'Ernesto a été gravement blessé et qu'il a, de ce fait, perdu la mémoire. Il vit à présent dans un pays lointain, où il a fait un mariage heureux. Elle a le cœur brisé, mais son amour pour lui est si grand qu'elle décide de tenir la promesse qu'elle lui a faite. Et c'est ainsi que chaque nuit Soledad se tient à sa fenêtre, allumant des bougies dans l'attente du retour d'Ernesto. »

À cet instant, la señorita Lucía avait la même expression éplorée que Santiago avait remarquée plus tôt. Elle alluma une autre cigarette et prit plusieurs bouffées. « Voilà, dit-elle.

— Voilà ? Et Ernesto ? Est-ce qu'il revient ? » À l'évidence, cette fin le décevait.

« Personne ne sait. C'est ce que j'aime dans cette histoire ; on doit imaginer ce qui se passe après. »

Santiago ne savait pas quoi dire. Il continuait à l'éventer, réfléchissant à une fin satisfaisante, puis il déclara : « Je pense qu'Ernesto doit retrouver d'une manière ou d'une autre la mémoire, et revenir l'épouser. »

Señorita Lucía lui lança un regard de sympathie. « Je crois qu'il ne reviendra jamais. » Elle s'interrompit un court instant. « Et Soledad restera à l'attendre à cette fenêtre jusqu'à la fin de ses jours. »

Santiago estima que c'était là une fin cruelle et absurde. « Mais ça ne serait pas bien, dit-il. Cet homme a promis de revenir l'épouser. Il doit tenir parole.

— J'ai une idée, dit-elle, en faisant un geste apaisant. Prends le livre, lis l'histoire, et puis nous écrirons chacun notre propre fin et nous les comparerons.

— Je ne sais ni lire ni écrire », dit-il.

L'aveu de Santiago n'avait rien de surprenant pour elle, et bien qu'elle fût loin de se sentir concernée par les problèmes sociaux, cela lui troubla la conscience. « Quel âge as-tu ?

— Quinze ans.

— Eh bien, tu as du moins l'air de connaître les nombres.

— J'en connais certains.

— Et Pablo ? Est-ce qu'il sait lire ? »

Santiago secoua la tête, mais son visage demeura calme et serein. Señorita Lucía tenait sa cigarette près de sa bouche, et, sans inhaler, elle aussi secoua la tête.

Señorita Lucía se révéla être une grande préceptrice : charismatique, dynamique, claire et patiente. Tous les soirs après le travail, Pablo, Santiago et deux bonnes rejoignaient la fille des Perdomo dans la cuisine pour une leçon de deux heures. Ils apprirent d'abord les voyelles, puis les consonnes, puis la construction d'expressions et de phrases simples. Pablo était un élève rapide, avide d'apprendre. Il mémorisa très vite l'alphabet et se mit bientôt à écrire de longues phrases intelligibles. Santiago était le contraire. Il griffonnait des lettres et les groupait n'importe comment, sans faire d'effort pour apprendre. Ses façons nonchalantes déconcertaient Pablo, car Santiago s'était toujours montré enthousiaste en matière d'apprentissage. Peut-être apprenait-il simplement à lire et à écrire à un rythme différent, plus lent que celui de Pablo, plus lent que celui des deux bonnes. À moins, peut-être, qu'il ne fût jaloux de l'attention qu'accordait fréquemment à Pablo la señorita Lucía, qui louait sans réserve son intelligence et sa bonne volonté.

Après chaque leçon, les bonnes regagnaient leur chambre et Santiago la sienne, tandis que Pablo et la señorita Lucía se rendaient sur la véranda. Elle était passablement bavarde, et Pablo savait fort bien écouter. Ils avaient de longues conversations, principalement sur sa vie aux États-Unis, et elle lui montrait des photos et des cartes postales de villes impressionnantes et d'endroits exotiques. Pablo lui posait parfois des questions sur New York, et les réponses détaillées et enjolivées de la jeune femme le faisaient fantasmer sur une cité majestueuse où des voitures ultrarapides volaient dans les airs, où d'immenses tours indestructibles touchaient le ciel, où des jardins luxuriants étaient suspendus aux nuages. Il imaginait une terre où l'argent coulait à flots, où les pièces d'or poussaient partout dans les anfractuosités du sol, comme des mauvaises herbes.

Vivre dans un tel endroit n'était au tout début qu'une rêverie sans conséquence, mais ce devint vite une obsession chez Pablo. Il pensait jour et nuit à émigrer à New York. Il se voyait lui-même vêtu de pantalons kaki et de chemises empesées, comme don William, arpentant de grandes avenues, ou assis à un bureau dans ses propres locaux, ou regardant les toits de la ville se découper dans le ciel par les grandes fenêtres de sa maison, les poches remplies en permanence de billets de banque. Il pensait tellement à émigrer à New York que cela se mit à sembler possible. Il le désirait avec une telle ferveur qu'à la fin l'occasion de concrétiser ce rêve se présenta. Un soir, après une conversation sérieuse avec la señorita Lucía et avant de se mettre au lit, Pablo annonça la nouvelle à Santiago.

« Je pars avec la señorita Lucía. Elle a dit qu'elle m'aiderait à aller là-bas. Elle sait comment. »

Cette idée parut absurde à Santiago. « C'est un voyage qui doit coûter cher, Pablo. Où est-ce que tu vas trouver en deux semaines l'argent pour le payer ?

— Elle va me le prêter.

— Mais où est-ce que tu habiteras ?

— Elle me laissera séjourner chez elle pendant environ un mois, le temps que je m'installe.

— Et comment trouveras-tu du travail là-bas ?
— Elle m'aidera.
— Mais tu ne parles pas leur langue.
— Elle dit que je suis astucieux. Je peux apprendre vite.
— Mais tout ce que tu sais faire, c'est réparer des trucs.
— Elle dit que c'est un boulot bien payé à New York.
— Je ne sais pas, Pablo… ça ne peut pas être si facile que ça.
— Ce n'est pas impossible. »

Le silence qui s'accumula entre la dernière réponse de Pablo et la question suivante de Santiago fut long, insoutenable.

« Et nous ?
— Ne t'inquiète pas pour nous, Santiago. Je reviendrai te chercher. Et je vais rapporter assez d'argent pour acheter à ma famille et à la tienne leurs propres plantations de café. » Ses yeux s'écarquillaient d'excitation, ses narines se gonflaient. « Et puis, je vais t'écrire une lettre chaque semaine ; comme ça tu sauras que je pense à toi tout le temps. »

Santiago s'écroula dans son lit sans un mot.

Señorita Lucía n'avait jamais semblé à Santiago aussi hideuse et méchante que pendant les deux semaines précédant le départ de Pablo. C'était sa faute si ce dernier s'en allait soudain, sa faute si désormais les jours et les nuits de Santiago paraîtraient bientôt interminables. Elle avait dû découvrir que Pablo et Santiago étaient amoureux et trouver cela « abominable », « insupportable » et « dégoûtant ». Elle pouvait bien avoir l'air aimable et bienveillante en surface ; en profondeur, elle était tout aussi mauvaise et haineuse que les cueilleurs de café qui les rossaient. Comme elle ne pouvait pas les séparer avec ses poings, elle avait choisi d'user de son intelligence.

Santiago évitait de la croiser pendant la journée. Le matin, comme à l'accoutumée, il brossait ses longs cheveux, mais avec moins de douceur qu'auparavant. Et l'après-midi, il se tenait à côté d'elle, à l'éventer pour éloigner les moustiques pendant qu'elle lisait, sauf que, désormais, il se retenait de lui demander ce qui la faisait pouffer de rire, pousser de longs soupirs ou verser des larmes. Cependant, il ne manquait aucune des leçons de lecture et d'écriture qu'elle dispensait le soir. En fait, il s'efforçait d'apprendre vite car, raisonnait-il, il devait être capable de lire les lettres que Pablo lui enverrait toutes les semaines et de lui répondre. Au cours de ces deux semaines, Pablo ne parla de rien d'autre que de son aventure imminente, ce qui avait le don de mettre Santiago en fureur. Ce dernier se fichait de savoir qu'à New York il y avait un poste de télévision dans chaque maison, ou que les gens pouvaient se payer le luxe de manger du poulet tous les jours s'ils en avaient envie. Une semaine avant de partir, Pablo fit une escapade de deux jours à Mariquita pour aller chercher ses papiers et dire au revoir à ses parents et à ses deux frères. Ce fut alors que Santiago comprit vraiment ce que sa vie serait sans lui. Un moment, il caressa l'idée de l'accompagner à New York, mais il y renonça bien vite. Il était l'aîné de trois enfants et le seul fils, et il avait promis à son père d'aider à subvenir aux besoins du reste de la famille à Mariquita. Et lui, Santiago Marín, était un homme de parole.

Le samedi précédant le départ de Pablo, Santiago déroba la bague de fiançailles de la señorita Lucía. Il voulait seulement l'essayer à son propre doigt pour voir quel effet cela faisait d'être fiancé. Il avait appris par les bonnes qu'elle enlevait la bague de son doigt délicat tous les matins avant de prendre un bain, et qu'elle la posait sur sa table de nuit, à côté d'une photo encadrée de son futur mari. Ce matin-là, Santiago attendit d'entendre couler l'eau de sa douche pour se glisser dans sa chambre sur la pointe des pieds. La pièce empestait la fumée de cigarettes, et ses chaussures et ses vêtements étaient éparpillés sur le sol. Debout au milieu de la chambre, il fut pris d'une sueur froide, et ses mains se mirent à trembler. Que faisait-il ? Il commença à songer aux graves conséquences que son acte de bravoure pourrait avoir pour lui et pour Pablo, mais il vit alors la bague à l'endroit précis qu'avaient indiqué les bonnes. Il la regarda fasciné un instant ou deux, les mains étroitement serrées dans le dos. Puis il l'attrapa et la leva dans la lumière : un anneau en or massif couronné de trois minuscules pierres transparentes. Il l'essaya à chacun de ses doigts mais ne lui trouva, sur aucun, particulièrement belle allure. Belle allure, cependant, elle l'aurait à coup sûr au doigt de Pablo. Il imagina la main de celui-ci écrivant une lettre, *Mon très cher Santiago* – les trois pierres scintillant à son annulaire –, et décida, dans un moment d'excitation, que la bague de la señorita Lucía serait sa bague de fiançailles et celle de Pablo. Il la mit dans sa poche et se dépêcha de sortir de la pièce.

De retour dans leur propre chambre, Santiago demanda à Pablo de fermer les yeux. « Ne les ouvre pas avant que je te le dise, fit-il. Maintenant, donne-moi ta main. La droite. » Il passa la bague au petit doigt de Pablo, le seul qui était assez fin. « Avant d'ouvrir les yeux, tu dois me promettre que tu garderas toujours ceci au doigt ; que tu ne l'enlèveras jamais, même quand tu prendras un bain.

— Je te le promets, dit Pablo, impatient, et là-dessus, ouvrant les yeux, il poussa un beuglement : C'est la bague de fiançailles de Señorita Lucía ! Tu l'as volée ?

— Don Míster William peut lui en acheter une autre. »

Pablo se hâta d'ôter la bague de son doigt et de la flanquer dans la main de Santiago. « C'est mal. Tu devrais avoir honte de toi. » Il sortit de la chambre en claquant la porte. Santiago s'allongea sur son lit et pleura doucement contre l'oreiller. Le monde que Pablo et lui avaient construit ensemble volait soudain en éclats autour de lui. Il était en passe de perdre la seule personne qu'il aimait.

Quelques minutes plus tard, Pablo revint dans la chambre. « Je sais pourquoi tu as pris cette bague, mais cela ne justifie rien, dit-il. Tu dois la rapporter tout de suite, avant que la señorita Lucía s'aperçoive de sa disparition. » Santiago s'assit sur le lit et hocha la tête. « Regarde-moi, murmura Pablo, je vais gagner un tas d'argent, et je vais nous acheter deux bagues, tu m'entends ? Et elles seront dix fois, cent fois mieux que celle-ci, tu verras. Et quand je reviendrai, j'en mettrai une à ton doigt, et tu en mettras une au mien… Non, ne pleure pas. S'il te plaît, non. Je te promets que je reviendrai et que nous serons ensemble. Oui, à tout jamais. Chut… Tout ira bien, Santiago, mon Santiago. Je reviendrai bientôt. Je te le promets. Chut… »

Après la mise en garde de l'infirmière, la foule s'était dispersée. Seule une poignée de femmes étaient restées à proximité, à observer la pitoyable scène de leurs fenêtres et de leurs portes. Parmi celles-ci, il y avait le maire. Rosalba gardait un œil sur les deux hommes, postée à la fenêtre de la maison de Francisca et Cecilia : après avoir mis le feu à sa propre maison, Francisca avait été autorisée à emménager dans la chambre d'Ángel, le défunt fils de Cecilia, en échange de travaux de jardinage et de cuisine.

Pablo gisait sur le sol et Santiago se tenait au-dessus de lui. Ils pleuraient tous les deux, la pâle lumière de la bougie que tenait Santiago illuminant en partie leur douleur.

Santiago s'agenouilla et planta la bougie dans le sol. Il tenait la main de Pablo, humide et molle, dans la sienne. Pablo n'était plus que des os, des os qui, sans la peau qui les recouvrait, auraient pu se disloquer. Son bras, son cou et la partie exposée de son corps étaient couverts de taches pourpres et d'inflammations rouge vif. Une mince couche de peau translucide adhérait à l'ossature de son visage. Ses yeux étaient enfoncés et troubles, et ses sourcils épais s'étaient mués en maigres filets de poils clairsemés. Seule la tache de naissance sous son œil droit demeurait intacte, sombre, clairement dessinée, son noir intense accentuant la pâleur cadavérique d'un visage qui n'avait plus rien de l'homme que Santiago aimait, de celui qu'il avait attendu.

« Prends-en une, marmonna Pablo. Les bagues… Prends-en une. »

Santiago fit glisser précautionneusement du doigt de Pablo la première bague et la frotta en décrivant des cercles sur la paume du malade. « Je veux que tu me la mettes au doigt, dit-il. Tu as promis que tu le ferais. »

Pablo hocha la tête. Oui. Il se souvenait de sa promesse. Il voulait, lui aussi, passer la bague au doigt de Santiago. Si seulement il restait à son bras un tout petit peu de force…

Santiago lui fit tenir l'anneau en or le temps d'y glisser l'annulaire de sa main droite. Puis il prit la seconde bague. « Donne-moi ta main droite », dit-il, bien qu'il sût à présent que Pablo avait perdu le contrôle de la plupart de ses muscles. Il ne le lui dit que pour entendre sa propre voix, s'assurer qu'il était bien Santiago Marín, que l'homme devant lui était Pablo Jamarillo et que ce moment si longtemps attendu était devenu réalité. Il prit la main droite de Pablo et lui passa doucement l'anneau d'or à l'annulaire. Durant un tout petit moment, les deux anneaux se trouvèrent côte à côte, étincelants à la lumière de la bougie. Deux robustes cercles en or sans pierres pour porter atteinte à leur beauté pure. Pablo sourit, d'un sourire tremblant qui était une suite de contractions musculaires.

Santiago leva sa propre main en l'air, la tourna, serra le poing et rouvrit la main sans détacher son regard triomphant de l'anneau d'or à son doigt. C'était officiel : il était enfin fiancé à Pablo.

Mille neuf cent quatre-vingt-huit. Quatre mois d'août avaient passé, et Santiago n'avait toujours pas eu le moindre signe de Pablo. La señorita Lucía et son mari étaient venus en visite une fois, mais ils n'avaient pas de nouvelles de lui. « Je ne sais pas où il est, dit-elle. William et moi avons emménagé dans une nouvelle maison, et il ne s'est plus manifesté depuis. » Mais Santiago ne voulait pas renoncer. Avant que le couple reparte aux États-Unis, il lui remit le paquet de lettres qu'il avait écrites à Pablo. « New York est une grande ville, Santiago. Il sera impossible de lui donner tes lettres sans connaître son adresse.

— S'il vous plaît, señorita Lucía, emportez-les avec vous. Juste au cas où vous le rencontreriez dans la rue.

— Je les prendrai. Seulement je ne peux pas te promettre que Pablo les lira. »

Santiago était à présent chargé de l'intendance de la maison Restrepo. Il tenait un inventaire des provisions et des produits d'entretien, et recevait un budget hebdomadaire pour maintenir tout en état. Il était responsable du recrutement des bonnes et des jardiniers, et du renouvellement des fruits frais et des fleurs de l'autel domestique. Il travaillait de six heures du matin à six heures du soir, s'assurant de ne pas avoir de temps pour lui-même. *Lui-même* était un mot terrible qu'il avait été forcé d'apprendre après le départ de Pablo, un état de solitude et de désolation auquel il se trouvait confronté tous les soirs dans sa chambre. Et si Pablo avait perdu la mémoire, comme Ernesto dans l'histoire de la señorita Lucía ? Et s'il avait rencontré quelqu'un d'autre et l'avait oublié ? De temps à autre, ses doutes prenaient le dessus sur son optimisme, lui arrachant de douces larmes. Il réécrivait sans cesse la fin de l'histoire de la señorita Lucía, et quand il n'arrivait pas à trouver une autre façon possible de la terminer, il réécrivait toute l'histoire.

Sa version était la suivante :

Il était une fois deux jeunes gens nommés Pedro et Samuel, qui étaient profondément épris l'un de l'autre. Comme tout bon couple d'amoureux ils voulaient se fiancer, mais ils étaient trop pauvres pour s'offrir les bagues, très coûteuses. Alors Pedro décida de partir travailler à Nueva York et d'économiser l'argent nécessaire à l'achat de leurs bagues de fiançailles. Ils étaient très tristes au moment où ils se dirent au revoir. Ils pleurèrent et se jurèrent un amour éternel. Une année passa, et Samuel ne reçut aucune lettre de Pedro. Mais Samuel ne s'inquiéta pas. Il avait foi en Pedro et était certain qu'il avait une bonne raison pour ne pas écrire. Chaque fois que des doutes l'assaillaient, il chassait ces mauvaises pensées en se disant : Pedro m'aime. Il est sur le chemin du retour. Samuel attendit longtemps mais ne perdit jamais espoir.

Un soir, alors qu'il se baignait dans la rivière, il entendit quelqu'un appeler son nom. Il jeta un regard alentour et vit Pedro sortir des buissons. Il était vêtu d'un costume blanc impeccablement repassé, d'une cravate rouge et de souliers blancs en cuir verni, et portait deux valises. Samuel crut qu'il avait des visions. Mais non, c'était vraiment Pedro. Il se précipita hors de l'eau et l'embrassa. Pedro ouvrit l'une des valises. L'intérieur était rempli des centaines de lettres qu'il avait écrites à Samuel et qui lui avaient été retournées pour une raison ou pour une autre. Puis Pedro ouvrit l'autre valise. Dedans, il y avait une robe de mariée soigneusement pliée.

« C'est pour toi, Samuel, dit Pedro. Je veux que nous nous mariions. Tout de suite.

— Oh, Pedro ! Je ne sais pas quoi dire. Nous ne sommes pas encore fiancés, dit Samuel.

— Je suis désolé. J'ai failli oublier », répliqua Pedro, tirant une petite boîte de sa poche. Lorsque Samuel l'ouvrit, il fut presque ébloui. C'était un anneau en or couronné d'un gros diamant. « Veux-tu m'épouser ? demanda Pedro.

— Oui », répondit Samuel tout sourires. Ils s'embrassèrent. Alors Pedro donna à Samuel la valise contenant la robe de mariée et lui demanda de s'habiller. Samuel était conscient que le futur marié ne devait pas voir sa promise avant la cérémonie, et il se rendit donc derrière les buissons. La robe était vraiment jolie : toute blanche, sans manches, au décolleté profond et à la jupe longue en forme de cloche. La traîne avait près de trois mètres de long. Elle s'accompagnait d'un voile et d'une paire de chaussures blanches. Samuel ne doutait pas que ce fût la robe de mariée la plus chère de tout New York, mais il ne se sentait pas mal à l'aise car il savait qu'il la valait bien. Il revêtit la robe et le voile, et composa un bouquet coloré avec des fleurs sauvages, puis sortit des buissons. Des douzaines de personnes s'étaient rassemblées, attendant la sortie de Samuel. Ces gens étaient des parents et des voisins que Pedro avait invités. Ils applaudirent et poussèrent des acclamations tandis que Samuel avançait entre eux à pas lents, tenant les fleurs. Samuel rencontra Pedro tout au bout, près de la rive. Ce dernier souleva le voile et fut agréablement surpris de voir une pleine lune se refléter dans chacun des yeux de Samuel. « Je t'aime, mon chéri », dit-il. Ils s'embrassèrent et, à cet instant, une petite pluie de grains de riz les arrosa. Pedro prit Samuel dans ses bras et entra dans la rivière jusqu'à ce que l'eau lui enveloppe la taille de sa douce chaleur.

« Nous sommes le couple le plus heureux sur terre, dit Pablo.

— Nous le sommes, mon amour », reprit en écho Samuel.

Ils se promirent de ne plus se séparer de nouveau et de vivre heureux à jamais.

Santiago lisait cette histoire chaque soir avant de se mettre au lit, comme une prière. Il finit par la mémoriser et par être capable de se la réciter tout au long de la journée.

Santiago enveloppa Pablo dans la serviette blanche, le souleva dans ses bras et se mit à descendre la rue avec lui. Les veuves qui s'attardaient dans le coin regardaient à la dérobée le visage douloureux de Santiago tandis qu'il passait devant elles. Elles secouèrent la tête, se signèrent, marmonnèrent des prières et frottèrent leurs yeux fouineurs.

« Amène-le ici, fils, cria depuis sa porte la mère de Santiago. Nous pouvons lui garder quelque chose à manger. »

Santiago continua de marcher en silence.

« Il doit avoir froid. » Elle semblait bouleversée. « Laisse-moi lui chercher des vêtements. » Ses cris se faisaient de plus en plus forts à mesure que son fils s'éloignait avec Pablo. Vus de dos, ils ressemblaient à une grande croix noire disparaissant au milieu des lumières poussiéreuses des nombreuses bougies qui brûlaient faiblement de chaque côté de la route.

« Où vas-tu avec cet homme, Santiago Marín ? lança le maire depuis la fenêtre de Cecilia et de Francisca. Tu seras mis en quarantaine, tu m'entends ? Ne va pas dire que je ne t'ai pas prévenu. »

Santiago ne répondit pas, ne s'arrêta pas, et ne regarda pas derrière lui. Il contemplait avec tendresse le paquet dans ses bras et le rapprochait même encore davantage de son propre corps.

La pleine lune éclairait le sentier étroit. Une seule fois Santiago s'arrêta pour se reposer. Il s'agenouilla au bord du chemin, les fesses reposant sur les talons et Pablo sur ses genoux.

« Où allons-nous ? demanda Pablo d'une voix faible.

— Au seul endroit que tu dois voir. » Leurs voix graves n'étaient pas en accord avec les bruits de la nuit, le froissement des branches, les grincements des troncs, les sons émis par les grenouilles, les cigales, les chouettes et les autres créatures nocturnes.

« Je veux voir la place… et l'église.

— Elles sont comme elles étaient quand tu es parti. »

Il faisait chaud. Des perles de transpiration apparaissaient sur le front de Santiago et lui dégoulinaient sur le visage. Il ferma les yeux et imagina que l'homme dans ses bras était un panier rempli d'orchidées pourpres, tout aussi délicat, tout aussi magnifique. Il se leva, souriant à moitié, et continua, plus lentement qu'avant, car d'énormes nuages avaient fait écran au clair de lune et il avait du mal à y voir. Ses pieds les conduiraient là où ils allaient.

« Emmène-moi voir mon père, dit Pablo.

— Il est parti, Pablo.

— Alors… emmène-moi voir mes frères.

— Ils sont partis, eux aussi. »

Santiago ne raconta pas à Pablo comment ils étaient morts. Il ne lui raconta pas que, cinq ans auparavant, les guérilleros communistes avaient attaqué Mariquita, réclamant leurs hommes. Que les rebelles avaient dit lutter pour qu'aucun Colombien ne puisse passer une journée sans faire un bon repas, après quoi ils mangèrent leur nourriture et burent leur eau. Qu'ils avaient dit conduire le pays vers une société dans laquelle la propriété de tous les biens serait publique, après quoi ils allèrent de maison en maison, violant leurs sœurs et leurs mères. Qu'ils avaient exigé que tous les hommes âgés de plus de douze ans se joignent à eux, disant qu'ils donneraient un fusil à chacun, le fusil de la liberté pour lutter contre le gouvernement, pour défendre leurs droits. Mais lorsque le père de Pablo revendiqua son droit de choisir de ne pas se joindre au mouvement, ils le tuèrent d'une balle de l'un de ces mêmes fusils de la liberté qu'ils distribuaient. Puis ils tuèrent également ses deux frères, car « la Colombie n'a plus besoin de lâches ».

Santiago ne raconta pas à Pablo que les guérilleros avaient emmené tous les hommes ; que lui, Santiago, avait échappé à l'enrôlement forcé car il était encore employé dans la maison de campagne de don Maximiliano ; qu'il était retourné au village dès qu'il avait entendu parler de l'attaque ; et qu'il avait promis à sa mère et à ses sœurs de ne plus jamais les quitter après ce qu'il avait vu : des maisons entièrement brûlées, des veuves frappées de démence pleurant au milieu des ordures, de vieilles femmes priant à genoux, leurs mains tachées de sang pressées l'une contre l'autre et leurs yeux hermétiquement clos, des jeunes filles frottant de boue avec acharnement leurs corps violentés, maudissant leur vie, des petits garçons et des petites filles nus errant en pleurs dans les rues, réclamant à grands cris leurs pères et leurs frères.

Santiago ne raconta rien de tout cela à Pablo. Il continuait simplement son chemin, suivant ses propres pieds qui le connaissaient mieux que lui.

« Mais, et mamá… elle est dans la maison. J'ai entendu le chauffeur… » La voix de Pablo faiblissait chaque fois qu'il parlait.

« Oui, elle est là ; elle ne sort pratiquement jamais de chez elle. Mais quand elle le fait, elle a un perroquet sur l'épaule et trois vieux chiens la suivent de près. Elle ne parle à personne.

— Elle est folle ?

— Elle est heureuse. Plus heureuse que la plupart des veuves du village. Elle n'est pas seule. Tous les proches qu'elle a perdus, elle les a remplacés par des animaux. »

Pablo pressa fort son visage contre la poitrine de Santiago et pleura doucement.

La lune fendit les nuages, plus grosse et plus éclatante, nimbant de sa lumière les deux hommes. Quand Santiago aperçut enfin l'endroit qu'il voulait rejoindre, il ralentit, mais sa respiration était encore haletante, l'air chaud entrant dans ses poumons et en sortant par saccades.

« Nous y sommes », murmura-t-il. Ils étaient au bord de la rivière, où Pablo et lui avaient joué tant de fois au papa et à la maman. Santiago se tenait debout sur la rive, contemplant le flot régulier de l'eau, écoutant son clapotement vigoureux. « Regarde comme c'est beau », dit-il. Pablo leva les yeux, et ce fut une vision extraordinaire et émouvante que celle du reflet dans chacun de ses yeux enfoncés d'une pleine lune éclatante, illuminant un visage qui aurait été sinon inanimé. « Je t'aime », dit Santiago, resserrant ses bras autour de Pablo et entrant délibérément dans la rivière comme ils avaient coutume de le faire quand ils étaient enfants. L'eau froide couvrit peu à peu ses pieds nus, ses chevilles et ses mollets, ses genoux et ses cuisses, sa taille. Alors il s'arrêta, déposa un baiser léger sur les lèvres de Pablo et le regarda sourire, regarda ses yeux s'écarquiller et ses narines s'évaser comme elles l'avaient fait lorsqu'il avait voulu partir pour New York.

Pablo était prêt à partir de nouveau.

Santiago leva les yeux vers la lune et tendit les bras, comme dans un sacrifice. Il fixa son regard sur le visage de Pablo, s'emplissant à fond de l'homme qu'il aimait, et commença doucement à relâcher sa prise, ses bras robustes abandonnant lentement le dos chétif de son bien-aimé et confiant celui-ci au courant telle une offrande. La pauvre silhouette de Pablo s'éloigna de lui en dérivant dans le flux de la rivière, tantôt disparaissant dans les eaux, tantôt remontant à la surface, jusqu'à ce qu'il ne restât plus de lui qu'une serviette blanche emportée dans un tourbillon, dansant comme un bouchon.

Ou peut-être était-ce la pleine lune qui maintenant illuminait l'eau.

Manuel Reyes, 23 ans
Guérillero

QUAND JE REPRIS CONNAISSANCE, je gisais sur le ventre dans une prairie. Mon corps était tout endolori, et mon nez, ma bouche et ma gorge étaient en feu. Je levai la tête. Un homme était assis devant moi, le visage peint en noir et en vert. Il me fallut quelques secondes pour remarquer d'autres détails : un chapeau de patrouilleur, une cigarette allumée qui pendait à sa lippe, une tenue de camouflage, un fusil Galil qu'il tenait dans ses mains, dirigé vers mon front.

« Tu n'as pas idée comme je suis heureux que tu sois vivant », dit-il avec cynisme.

Je me mis lentement à retracer, dans ma tête, les événements qui avaient précédé cet instant. Une chute par-dessus bord, l'eau qui s'engouffrait dans ma bouche et mon nez, mes bras qui luttaient désespérément contre le courant, dans ma tentative pour rester à flot. Je n'arrivais à me souvenir de rien d'autre.

L'homme s'identifia lui-même comme un paramilitaire. Il me dit qu'il toucherait deux cent mille pesos s'il me ramenait vivant à son camp. « Tu devrais être reconnaissant. Tu es le chanceux, dit-il, la fumée de sa cigarette s'écoulant par petites bouffées du coin de sa bouche. Tu vois ce gars à côté de toi ? » Je tournai la tête. Un homme à moitié nu gisait à plat ventre, à moins d'un mètre de moi. « Le pauvre salopard s'est noyé. Il vaut encore quelques milliers de pesos, cependant. »

Il se leva et m'ordonna de ramasser le cadavre et de le porter. Son camp se trouvait à environ deux heures de marche. Lorsque je retournai le corps pour le mettre sur mon épaule, je m'aperçus qu'il s'agissait de Campo Elías Restrepo Jr., mon meilleur ami chez les guérilleros. À cet instant précis, je me souvins du reste : Campo Elías et moi, nous avions élaboré un plan parfait pour nous évader de chez les guérilleros, pour fuir la guerre. La veille au soir, alors que j'étais de garde, j'avais tendu mon fusil à un camarade (déserter avec son arme est le pire crime qu'un combattant puisse commettre envers son ancien groupe) et lui avais déclaré : « Écoute, camarade, je vais aller chier un coup derrière les arbustes là-bas. » Je ne pouvais pas lui dire que je prenais la fuite. La règle, chez les guérilleros, est de tuer quiconque propose de s'esquiver, même s'il est votre commandant. Je me précipitai vers la cabane abandonnée, où Campo Elías m'attendait avec le radeau de fortune qu'il avait construit. Nous étions en train de traverser la rivière quand notre radeau, pris dans un tourbillon, se retourna.

Il fait seulement semblant d'être mort, pensai-je – cela faisait partie de notre plan –, mais lorsque je le ramassai, sa tête bascula mollement. Son visage était blafard, ses lèvres violacées. Ses yeux étaient grands ouverts, mais seul le blanc était visible, comme si, ayant décidé qu'il n'y avait rien d'autre qui méritât d'être vu, il les avait tournés vers l'arrière.

Je me mis à marcher en silence avec Campo Elías sur mon épaule, me demandant ce qui allait m'arriver, pensant que c'était lui – et non moi – le chanceux : il avait échappé à tout ça.

7

Le sacrifice de la vierge

Mariquita, le 22 avril 1998

CE FUT LE PRÊTRE EN PERSONNE QUI EUT L'IDÉE de transgresser le sixième commandement. Il décida un jour de rendre visite à la première magistrate pour discuter de ce qu'il appelait « un besoin pressant de procréation ». Il alla à la mairie tôt dans l'après-midi, vêtu de sa soutane en polyester noir malgré la chaleur implacable qui faisait suite à un violent orage de trois jours. Il amena Hochiminh Ospina, son enfant de chœur âgé de quatorze ans, qui était consigné pour avoir mangé la provision d'hosties d'une semaine entière. Le garçon, qui était gras, mou et indolent, détestait cette fonction, particulièrement quand, comme ce jour-là, il devait transporter l'énorme bible du padre. « Est-ce qu'on ne peut pas prendre une bible plus petite ? » demandait-il chaque fois, et, chaque fois, il entendait la même réponse : « Non. » Le padre était persuadé qu'une grosse bible soulignait son importance et donnait plus de poids à son discours moralisateur.

Dans le bureau de Rosalba, le prêtre, debout à côté de la fenêtre, se mit à lire à haute voix un choix abondant d'extraits et de psaumes concernant la procréation. La première magistrate les trouva plutôt assommants et se demanda pourquoi le prêtre n'allait pas simplement droit au but.

« Dieu soit loué ! » s'exclama-t-il après en avoir terminé. Il ferma la bible d'un coup sec, lorgna par-dessus la monture de ses lunettes et déclara : « Il est de notre devoir d'assurer la survie de notre espèce.

— Je suis d'accord avec vous, padre, répondit Rosalba. Ramener des hommes à Mariquita a été l'une de mes priorités depuis ma nomination. Plus d'une fois j'ai sollicité du gouvernement et même du Seigneur qu'ils nous en envoient un plein camion.

— Le Seigneur fait ce qu'il peut, dit le prêtre. Mais qu'en est-il du préfet et du gouverneur ? Vous ont-ils répondu ? » ajouta-t-il hypocritement. Il connaissait la réponse.

« Qui sait ? Peut-être l'ont-ils fait, répliqua-t-elle sur un ton qui suggérait un oui plutôt qu'un non. Mais maintenant que la tempête a balayé toutes les voies d'accès à notre village, je doute que nous revoyions jamais un facteur dans les parages... ou qui que ce soit d'autre, d'ailleurs. » Elle songea aux implications réelles de ce qu'elle venait de dire : plus de marchands, plus de visiteurs occasionnels, plus de voyageurs de passage, plus jamais d'hommes. Cette sombre perspective l'angoissa. « Nous devons immédiatement faire quelque chose pour ces routes, déclara-t-elle, cherchant son calepin et un bout de crayon dans un tiroir.

— Les choses importantes d'abord, mon enfant, intervint brusquement le prêtre, avant que le maire ait eu le temps d'ajouter : *Faire remettre en état les voies d'accès* à sa longue liste inutile de priorités. La procréation doit être notre priorité numéro un. » Il fit signe à l'enfant de chœur de sortir, puis s'assit en face de Rosalba. Ensemble, ils discutèrent du problème dans le détail, pour arriver à la conclusion que les femmes de Mariquita devaient vite mettre au monde des garçons, faute de quoi leur village disparaîtrait avec la génération existante. Le maire suggéra que Santiago Marín « fasse le boulot ».

Le padre secoua la tête d'un air indigné, comme si on venait de lui faire injure. « Puisse Dieu pardonner à cet... homme.

— Oh, padre Rafael, grommela Rosalba. Vous gardez toujours rancune à Santiago Marín de ce qu'il a fait ? » Elle leva les yeux au ciel et poussa un soupir d'impatience, oublieuse de ses façons condescendantes. « Ne conviendrez-vous donc pas qu'être en quarantaine, seul avec son chagrin, a été une punition suffisante pour ce pauvre homme ? Seigneur Dieu ! Il doit falloir beaucoup de courage, et d'*amour*, pour faire ce qu'il a fait. Et c'est précisément la raison pour laquelle je verrais plutôt Santiago comme l'un des nôtres, une veuve. L'Autre Veuve. »

Se sentant offensé, le padre opposa à la remarque de Rosalba un mur de silence. Il regarda de l'autre côté et se mit à jouer avec ses doigts, qui reposaient sur son ventre proéminent.

« Qui plus est, poursuivit Rosalba sans y prêter attention, il est la meilleure chance que nous ayons d'avoir une femme fécondée. »

Le padre se leva brutalement. « Jamais ! rugit-il, frappant de la paume de la main le bureau du maire. Un homme qui a péché contre le Seigneur en couchant avec un autre homme ne sera jamais le géniteur de la population future de Mariquita ! » Il plongea sa main dans sa poche en quête d'un mouchoir, avec lequel, les mains tremblantes, il se tapota le front.

Rosalba observa le prêtre tranquillement et décida d'attendre que le petit homme se calme. Elle était habituée au mauvais caractère du padre. Une fois, il y avait bien longtemps, il s'était arraché les quelques mèches de cheveux qui lui restaient sur le crâne car il se trouvait à court d'hosties pour l'eucharistie. « Oh, quelle honte ! » avait-il dit. Comment pouvait-on attendre de lui qu'il célèbre la messe sans le Corps du Christ à offrir ? Était-il censé esquiver purement et simplement la sainte communion, cette partie la plus importante de la liturgie ? À la fin, Rosalba, comme toujours, avait résolu le problème. Elle avait confectionné de toutes petites galettes de maïs, très minces, et suggéré au padre de les bénir. De prime abord, il se sentit insulté : « Le Corps du Christ, un bout de pain de maïs ? » Mais Rosalba lui fit comprendre que les hosties n'étaient rien d'autre que de très fines tranches de pain, et il finit par accepter l'offre. Dans toute sa confusion, cependant, le prêtre oublia de bénir les galettes de maïs, et les femmes, par conséquent, avalèrent à l'église la même chose que ce qu'elles avaient mangé chez elles au petit déjeuner, mais en plus petit. Depuis lors, les arepas étaient devenues les hosties de Mariquita, parfois sucrées, parfois salées et, quand il y en avait, parfumées au fromage.

Le prêtre respira deux ou trois fois à fond et se rassit.

« Et Julia Morales ? dit Rosalba. Sous ses jupes, il y a un bel homme. » Elle insista sur le mot « bel ».

Le prêtre roula les yeux. « Ne m'écoutez-vous donc pas, madame le Maire ? La procréation ne saurait être obtenue par la force. C'est un mal suffisant que ce ne puisse être un acte d'amour conjugal ; il doit impliquer, à tout le moins, un degré de tendresse et d'affection que seul un vrai homme peut donner à une femme.

— En ce cas, je ne sais pas quoi dire, avoua Rosalba, se croisant les bras. Peut-être devrions-nous envisager les garçons. Che et Trotski auront quinze ans cette année.

— Ce sont des enfants », dit le padre.

Il y eut un long silence durant lequel ils évitèrent de croiser leurs regards. Au bout d'un moment, le padre soupira, secouant la tête. « Ma foi..., murmura-t-il. Non, je ne peux pas faire ça. » Il se couvrit le visage des deux mains, comme s'il allait pleurer. « Je ne peux pas faire ça. Je ne peux pas, je ne peux, je ne peux pas », ne cessait-il de répéter entre ses doigts, secouant la tête de manière frénétique. Mais alors, surmontant son sentiment de culpabilité comme seuls savent le faire les bons catholiques, il déclara d'une voix haute et pleine d'assurance : « Il faut faire face à ses responsabilités. Si telle est la volonté de Dieu, que Ta volonté soit faite. » Il se leva, son visage rose empreint d'une expression de martyr, et lança par la fenêtre un regard vers le ciel nuageux. « Je dois le faire ! »

La première magistrate s'éleva contre cette idée. « Je pense que ce serait terriblement dommageable à votre réputation et à celle de votre église, mais aussi à notre communauté. Vous êtes l'incarnation de... la moralité et de la chasteté, padre. » Le prêtre insista sur le fait que c'était une volonté divine qu'ils ne devaient point contrecarrer. Rosalba ne poursuivit pas le débat plus avant. Elle avait la quasi-certitude que l'idée du padre rencontrerait une forte résistance parmi les villageoises. Elle laisserait les femmes discuter avec le prêtre obstiné.

Le soir, le prêtre fit sonner à toute volée la cloche de l'église, pour appeler à une assemblée générale des habitants. Les femmes de Mariquita s'étaient lassées de pareils rassemblements, car jamais rien d'important ne s'y disait. La plupart du temps, le maire leur rappelait simplement de balayer et de laver leurs planchers, de bien tenir leurs arrière-cours, de se couper les ongles et se peigner les cheveux ou d'inspecter ceux de leurs enfants à la recherche de poux. Elles assistaient cependant aux réunions, car il n'y avait rien de mieux à faire. Ce soir-là, Rosalba lut une série de brefs paragraphes écrits par le prêtre à l'intention des femmes de Mariquita. Le premier les informait, ou plutôt les avertissait, que Mariquita courait le risque de disparaître si elles ne perpétuaient pas l'espèce. « Il y a de l'espoir, cependant, dit le maire. Le padre Rafael désire briser son vœu sacré de chasteté pour aider à la survie de Mariquita. »

Un murmure confus parcourut la foule.

Un deuxième paragraphe expliquait que le padre prendrait le risque de passer, après sa mort, au purgatoire un temps beaucoup plus long qu'il ne le méritait, rien que pour rendre ce qu'il lui devait à la communauté qui avait fait vivre son église pendant toutes ces années. À la suite de cela, il y avait une courte phrase annonçant le début de la Campagne de Procréation. « L'objectif de la campagne, lut le maire, est de féconder vingt femmes au cours du premier cycle. » Elle ajouta que le padre et elle prieraient pour qu'un bon pourcentage des nouveau-nés soient de sexe masculin. Puis elle lut le règlement : seules les femmes âgées de plus de quinze ans et de moins de quarante pourraient participer. Elles devraient se faire enregistrer auprès de Cecilia Guaraya, la secrétaire de mairie. Une preuve de leur âge serait requise lors de l'inscription. Une fois l'affiliation devenue officielle, chaque participante serait inscrite sur une liste d'attente et prévenue du moment auquel elle pourrait attendre la visitation. La liste serait affichée en permanence dans le bureau de la mairie. Par respect envers Dieu, toutes les images pieuses devraient être ôtées de la pièce où le saint acte serait consommé. Aucun sentiment ne serait impliqué dans ce saint acte : le padre ne leur ferait pas l'amour, il leur ferait juste des bébés, des garçons espérait-on. Et pour finir, les femmes devaient envisager de faire des dons de nourriture pour aider le padre à rester en bonne santé et plein de vigueur pendant tout le temps de la campagne, qui durerait quelques mois.

Contrairement à ce que la première magistrate supposait, les villageoises ne s'élevèrent pas publiquement contre l'idée du padre. Et contrairement à ce que ce dernier supposait, aucune femme ne se fit inscrire pendant les tout premiers jours qui suivirent l'annonce. Elles n'arrivaient même pas à concevoir l'idée de coucher avec un prêtre, sans parler de *leur* prêtre. « Ce serait comme de faire l'amour avec Dieu », dit la veuve Morales. Mais cela ne découragea point le padre. Chaque jour, à la messe, il rappelait aux femmes leur devoir envers l'espèce humaine et les accusait d'être égoïstes. « Si je suis prêt à faire ce sacrifice, pourquoi ne pouvez-vous le faire vous-mêmes ? » Ce ne fut cependant pas avant qu'il les ait assurées que Dieu lui avait accordé une autorisation spéciale de transgresser le sixième commandement que la liste des visites en vue de la procréation commença à s'allonger.

Une jeune fille nommée Virgelina Saavedra était la vingt-neuvième inscrite.

Virgelina et Lucrecia, sa grand-mère, habitaient une maison branlante en face du marché. Enfant, Virgelina avait été abandonnée aux soins de sa grand-mère, qui l'avait élevée pour en faire une femme au foyer, servile et soumise. Peu après que Virgelina eut passé le cap des douze ans, la santé de Lucrecia se détériora, et la petite fille se trouva dans l'obligation de prendre soin d'elles deux. La vieille femme passait ses journées à épier à travers les rideaux les villageoises au marché, imaginant ce qu'elles disaient et fabriquant des histoires amusantes qu'elle racontait plus tard à sa petite-fille comme si les femmes elles-mêmes les avaient partagées avec elle. Virgelina les écoutait en effectuant des travaux ménagers, hochant la tête de temps à autre. La jeune fille faisait tous les matins la même chose : elle se levait au point du jour, marmonnait ses prières, démarrait le feu dans la cuisine, préparait le petit déjeuner, balayait le sol avec un bouquet de feuilles et se lavait s'il y avait de l'eau. De temps à autre, elle rapportait de l'eau de la rivière, mais le plus souvent, elle comptait sur la pluie pour remplir les trois barriques d'eau qu'elles gardaient à l'arrière de la maison. Après avoir achevé ses corvées matinales, la jeune fille allait à l'école, où la maîtresse l'avait désignée comme sa « Meilleure Élève » deux ans d'affilée. Virgelina n'avait que trois robes, toutes noires et sévères, qu'elle avait héritées de sa défunte mère. Elle était petite, sage et bien élevée, et n'avait que quatorze ans.

Lucrecia avait réussi à convaincre Cecilia que Virgelina, bien qu'elle n'ait pas l'âge requis, était apte à donner le jour à un garçon. « Mon arrière-grand-mère a mis au monde dix-neuf garçons, avait-elle expliqué à Cecilia. Et la petite-cousine de ma grand-tante a donné le jour à onze garçons. Nous venons d'une famille qui sait fabriquer des garçons. »

Cecilia, qui était célèbre pour ses manières rudes et son inflexibilité, fit de manière surprenante une exception. Elle avait un faible pour deux sortes de gens, les vieux et ceux qui lui faisaient des compliments.

Le matin, Lucrecia ressemblait à une momie. Elle avait de l'arthrite, qu'exacerbait le vent nocturne qui soufflait par les fentes des portes et du toit. Aussi, chaque soir avant l'heure du coucher, Virgelina l'emmaillotait du cou aux orteils dans dix mètres d'étoffe blanche. Sa grand-mère avait gardé le tissu du temps où elle était la meilleure couturière de Mariquita. Mais, indifférente à l'efficacité de la thérapie sur ses articulations, la vieille femme était prompte à trouver de nouveaux motifs de plainte : la nourriture ne convenait jamais à son estomac, le bruit lui donnait des migraines, ses reins la faisaient souffrir quand il pleuvait. Ou à évoquer des griefs mineurs : trop froid, trop chaud, trop sucré, beaucoup trop sucré.

Depuis que les visites avaient débuté, vingt-huit femmes avaient fait une place dans leur lit au petit prêtre, qui, d'après les rumeurs courant au marché, était doté d'un gros pénis bien qu'il fût un amant médiocre. « Il finit avant que vous vous rendiez compte qu'il a commencé », avait dit Magnolia Morales à ses amies lors de leur réunion du soir sur la place. Une veuve avait eu un retard de règles, mais ce fut une fausse alerte. Nulle n'avait encore déclaré être enceinte.

Le jour où Virgelina devait recevoir sa visite, Lucrecia se plaignit au réveil encore plus qu'à l'accoutumée : « Je n'arrive pas à respirer », dit-elle. « Mes jambes me font mal. » « J'ai envie de dormir. » « J'ai mal au cœur. » Par deux fois au moins, Virgelina fut sur le point de lui dire d'arrêter de faire des histoires, de rester tranquille une minute, de fermer son vieux bec, car aujourd'hui, aujourd'hui tout particulièrement, elle n'était pas d'humeur à supporter ses jérémiades. Mais au lieu de cela, elle donnait des coups de pied à Fidel et Castro chaque fois que ceux-ci croisaient son chemin, et lorsqu'elle partit à l'école elle claqua la porte de toutes ses forces. Après le déjeuner, quand la vieille femme se réveilla de sa sieste coutumière en pleurant et disant qu'elle n'arrivait pas à ouvrir les yeux, Virgelina fit semblant de ne pas l'entendre. Elle traîna une chaise dehors et se mit à tricoter une courtepointe, pleine d'inquiétude quant à la visite : cette nuit serait sa première expérience avec un homme.

Tandis qu'elle tricotait, un point à l'endroit, un point à l'envers, elle se rappelait, une par une et dans un ordre parfait, les sept étapes que sa grand-mère avait inventées pour sa défloration. Virgelina avait été contrainte de les réciter plusieurs fois, et chaque fois sa grand-mère lui en avait fait inverser l'ordre, ou en combiner deux en une seule, ou en supprimer ou en ajouter de nouvelles au cas où quelque chose ne marcherait pas. La première expérience sexuelle de Virgelina avait été méticuleusement planifiée, ne laissant aucune place à l'impulsion, l'intuition, ou la passion soudaine qu'elle avait récemment commencé à ressentir. Virgelina ne savait pas pourquoi, mais ces derniers temps ses mamelons s'étaient mis à la démanger. À présent, tous les soirs après avoir soufflé sa bougie dans sa chambre, elle se retrouvait à se caresser les tétons du bout des doigts jusqu'à avoir l'impression qu'une colonie de petites fourmis en colère marchait à l'intérieur de chaque sein, mordant sa chair, la dévorant. Tandis qu'elle tricotait, elle imaginait les mains du prêtre en coupe sur ses petits seins, et cette pensée était si vive qu'elle pouvait en fait sentir ses doigts les presser avec force. Soudain, un courant électrique lui parcourut le corps si vivement qu'elle projeta en l'air ses mains et ses aiguilles. Elle se leva et se précipita à l'intérieur de la maison, couvrant sa poitrine de ses bras. Elle n'avait jamais ressenti quelque chose de tel auparavant. Elle resta debout contre le mur de la cuisine et respira à fond, une fois, puis une autre, puis une autre encore. Finalement, elle se força à se rappeler que ces doigts – ceux du padre – étaient reliés à deux bras flasques, qui étaient eux-mêmes reliés à un tronc ventripotent, lequel était à son tour relié à une grosse tête chauve à l'horrible visage rose, pourvu d'un long nez et de tout petits yeux de gallinacé à moitié recouverts par des paupières tombantes. Quand enfin elle sortit récupérer ses affaires de tricot, elle se sentait quelque peu rassérénée.

Dans l'après-midi, Virgelina frotta d'eau tiède les yeux de sa grand-mère, sans résultat. Les yeux de la femme restaient hermétiquement scellés. « Je vais aller chercher l'infirmière Ramírez », dit Virgelina. La vieille femme répliqua que ce n'était point nécessaire, que c'était là un signe du ciel, un avertissement que Dieu était toujours furieux contre elle pour une chose qu'elle seule connaissait.

Plus tard ce soir-là, la conversation suivante eut lieu dans la cuisine :

« Merci pour ton dîner, mija. Tes soupes sont bien meilleures que celles de ta mère, paix à son âme.

— Bois ton café, grand-mère. La tasse est juste devant toi.

— Je ne peux plus boire de café aussi tard. La nuit dernière, je suis restée éveillée jusqu'à entendre le cri de tous ces pauvres hommes.

— Quels hommes, grand-mère ?

— Les hommes de Mariquita. Tu n'as pas entendu leurs pauvres âmes errantes ? Puisse Dieu avoir pitié d'eux.

— Puisse Dieu avoir pitié de nous. Nous sommes encore ici, à souffrir.

— Tu es trop jeune, mon enfant, pour parler de souffrance. Quand j'avais ton âge, j'étais la plus heureuse des jeunes filles…

— Oui, je sais. Un bel homme te courtisait, mais ton père n'en voulait pas, car c'était un libéral. Deux ans plus tard, tu as été obligée d'épouser mon grand-père, qui, bien sûr, était un conservateur, et qui, bien sûr, te battait jour et nuit. Tu vois ? Je sais tout ça par cœur à présent. Au lieu de cela, pourquoi ne me dis-tu pas une fois pour toutes comment sont morts maman et papa ?

— Il fait trop froid dans cette cuisine. Où est ma couverture ?

— Tu es enveloppée dedans. Laisse-moi chercher de la cannelle pour te préparer une tisane. Ça te réchauffera.

— Et ma canne pour marcher ? Où est ma canne ?

— Elle est dans ta main.

— Es-tu prête pour ton visiteur, mija ?

— Je le suis, mais il ne viendra pas avant huit heures.

— Je viens d'entendre la cloche sonner huit coups.

— J'en ai compté sept.

— Il vaut mieux être prête à l'avance. Rappelle-toi que c'est un homme très occupé ces temps-ci.

— Je le sais, grand-mère. Où ai-je rangé la cannelle ?

— Est-ce que tu t'es mis du rouge sur les joues ?

— Oui, oui.

— Est-ce que tu te souviens de toutes les étapes, mija ? Répète-les-moi toutes.

— Non, pas de nouveau, grand-mère. Tu me dis plutôt comment maman et papa sont morts. Je ne comprends pas pourquoi c'est un tel secret.

— Est-ce que tu as nettoyé toute la maison comme je te l'ai dit ?

— Dans les moindres recoins.

— Et les dessus-de-lit ?

— Tout propres. Et j'ai brûlé des feuilles d'eucalyptus dans les cabinets extérieurs et apporté assez d'eau au cas où il voudrait se laver. Oh, la voici, la cannelle. Elle était mélangée avec la panela. Laisse-moi faire chauffer l'eau.

— As-tu enlevé de ta chambre l'image de Jésus sur la croix ?

— Non. Pourquoi devrais-je faire ça ? Tu as dit que ce serait une action sainte.

— Ce le sera, mais le Seigneur n'a pas besoin d'en être le témoin.

— Alors je l'enlèverai ; mais avant cela, s'il te plaît, dis-moi comment maman et papa sont morts. »

Il fallut à Virgelina beaucoup de persévérance pour amener sa grand-mère à lui raconter, dans un moment exceptionnel de lucidité, l'histoire qu'elle voulait entendre. La vieille femme avait évité d'en parler pendant des années, mais aujourd'hui Virgelina allait devenir femme, et elle avait le droit de connaître la vérité.

« Ton père a tué ta mère », dit Lucrecia sans détour, comme si c'était à la fois le début et la fin de l'histoire.

Abasourdie, les deux mains jointes sur la bouche, Virgelina tomba dans un vieux rocking-chair qu'elle gardait près du fourneau.

Alors, d'une voix ténue mais ferme, Lucrecia livra le récit complet à sa petite-fille : « Un matin, il y a quelque treize ans de cela, ton père s'est réveillé et a trouvé son petit déjeuner froid sur la table de nuit. À côté de la tasse, il y avait un mot de ta mère disant : "Mon cher mari, voici les derniers œufs que je fais cuire pour toi. Je te quitte pour quelqu'un qui ne me battra jamais. Bonne chance, Nohemí." Ton père est devenu fou. » Lucrecia raconta que l'homme, ivre de rage, était allé de village en village à la recherche de sa femme et de sa fille – Nohemí avait emmené Virgelina avec elle – jusqu'à ce qu'il les trouve près de Girardot. Et qu'il les avait ramenées à Mariquita par une nuit pluvieuse de la mi-juin. « Le matin d'après, poursuivit Lucrecia, j'ai trouvé un petit bébé empaqueté qui pleurait sur le pas de ma porte. C'était toi. Je t'ai ramassée et me suis précipitée à la maison de Nohemí, à seulement deux pâtés de maisons d'ici. Mais il était trop tard. » Lorsqu'elle arriva la maison était dans un désordre terrible : du verre cassé partout, des vases et des chaises brisés, tout en miettes. Elle avait trouvé Nohemí dans la cuisine, baignant dans une mare de sang, la gorge tranchée, et, à l'arrière de la maison, le père de Virgelina pendu à un arbre, avec le mot de Nohemí posé sur le sol juste en dessous de ses pieds qui se balançaient.

Quand Lucrecia termina son récit, Virgelina se demanda : qui était l'homme avec lequel sa mère s'était enfuie ? Avait-elle été amoureuse de lui ? Qu'était-il devenu ? Elle voulait questionner sa grand-mère, mais celle-ci avait reperdu sa lucidité et criait à l'adresse du plafond : « Seigneur, oh, Seigneur ! Pardonne-moi d'avoir engendré une fille pécheresse. Pardonne-moi si je n'ai pas ramené dans Ton troupeau la brebis égarée. » Et puis, ses yeux clos tournés vers Virgelina, elle dit d'un ton amer : « La conduite de ta mère a jeté l'opprobre sur mon nom. Voilà pourquoi Dieu m'envoie le malheur ! »

Le padre Rafael frappa à leur porte à la première sonnerie de la cloche de l'église, et au moment où la huitième retentit, son enfant de chœur et lui étaient déjà assis au salon en compagnie de Virgelina. Le prêtre avait les jambes croisées et la mine rose de contentement, comme s'il venait de goûter une sucrerie. Le visage rond d'Hochiminh, lui, était vide de toute expression. Il avait placé sur ses genoux l'énorme bible et laissait reposer sur elle ses bras potelés. La bible avait plus de chances que lui-même de laisser paraître ne fût-ce qu'un soupçon de sourire. La lumière d'une bougie sur la table éclairait le visage de Virgelina, qui était assurément barbouillé de rouge, ce qui donnait à son expression apeurée un caractère encore plus théâtral.

Quand on lui posa la question, Hochiminh marmonna qu'il n'avait ni faim ni soif. Il ne voulait pas de café ni de tisane à la cannelle. Il était bien. Le padre dit qu'il prendrait juste une « gorgée » d'eau, car il savait combien il était pénible d'effectuer tout le trajet depuis la rivière en la transportant. Il parlait sur un ton condescendant, s'adressant aux seins de Virgelina, avec un sourire salace. La jeune fille disparut dans la cuisine, où sa grand-mère était assise immobile, enveloppée dans sa couverture comme une statue sculptée par un amateur.

« Il veut de l'eau », grommela Virgelina. Elle fit tout le tour de la cuisine, en quête du récipient dans lequel elles gardaient leur eau potable. Celui-ci se trouvait sur la table, devant ses yeux, mais la jeune fille était si agitée qu'elle ne le voyait pas. « Où l'as-tu mise ? » demanda-t-elle, sur un ton qui trahissait son humeur exécrable. La vieille femme tourna la tête à droite, puis à gauche, mais fit comme si elle n'avait pas entendu la question. Virgelina roula des yeux vers le paquet de vêtements qu'était sa grand-mère, sans cesser de chercher l'eau, envoyant valser pots et casseroles et reposant à grand fracas les poêlons. Elle n'arrivait pas à la trouver. « Où est l'eau ? » cria-t-elle. Lucrecia ne répondit pas. Virgelina s'avança jusqu'à elle, la saisit par les épaules et répéta sa question en hurlant.

Lucrecia la repoussa, brandissant sa canne de marche comme si c'était une épée. « Quoi ? Qu'est-ce qui se passe ? dit-elle d'une petite voix brisée. Qui est là ?

— C'est moi ! Où est ce maudit récipient d'eau ?

— Qui est là ? Dites quelque chose, répéta Lucrecia.

— Oh, Seigneur », gémit Virgelina.

À l'évidence, leur Seigneur avait décidé, au cours des quelques minutes écoulées et pour couronner le tout, d'ôter l'ouïe à sa grand-mère. Virgelina s'assit à la table, en pleurs, puis elle vit le récipient trônant devant elle. Elle se redressa, versa de l'eau dans une tasse, cracha dedans, la remua avec son index et sortit de la cuisine en courant, trébuchant dans le couloir sombre qui séparait les pièces.

Quand elle fut partie, Lucrecia ouvrit grands les yeux et gagna la porte, contre laquelle elle pressa son oreille pour mieux entendre la conversation qui se tenait dans le salon.

« Merci, mon enfant », dit le prêtre, prenant la tasse à deux mains. Il en engloutit rapidement le contenu. « Votre grand-mère se joindra-t-elle à nous pour la lecture de la Bible ?

— Elle ne se sent pas bien.

— Je suis désolé d'apprendre cela. Y a-t-il quelque chose que je puisse faire pour lui venir en aide ?

— Rien, à moins que vous ne puissiez accomplir des miracles. Le pouvez-vous, padre ? » Virgelina prononça ces mots sur un ton particulièrement rude.

Le padre décida de recevoir sans rien dire la réponse de la jeune fille. Il demanda à Hochiminh de chercher dans la bible à la Genèse, 1 : 28, et, quand le garçon trouva le passage, il prit le livre sur ses propres genoux, chaussa ses lunettes de lecture et se mit à lire à la lueur vacillante de la chandelle : « Dieu les bénit et leur dit : "Soyez féconds, multipliez, emplissez la terre et soumettez-la ; dominez sur les poissons de la mer, les oiseaux du ciel et tous les animaux qui rampent sur la terre." »

Le padre se signa et, rangeant ses lunettes dans une poche cachée du côté gauche de sa soutane, ajouta : « Loué soit Dieu !

— Ça y est ? Est-ce que je peux m'en aller maintenant ? » demanda Hochiminh. Le prêtre acquiesça, et le garçon et la bible s'éclipsèrent tous deux sans même un geste d'au revoir.

Durant les quelques secondes qui s'écoulèrent entre le moment où Hochiminh claqua la porte et celui où le prêtre dit : « Si vous voulez bien, mon enfant ? », Virgelina, dans sa tête, essayait de déterminer si sa mère avait ou non eu tort de quitter son mari. Jusqu'à cet après-midi, elle n'avait entendu dire que du bien de sa mère. Les gens du village s'extasiaient sur les innombrables qualités de Nohemí mais ne parlaient que rarement de son père. Quelle épouse et quelle mère que Nohemí ! Quelle catholique fervente que Nohemí ! Quelle âme bonne et généreuse que Nohemí ! Quel être humain remarquable que Nohemí ! Ils parlaient d'elle de manière si élogieuse et si compatissante que Virgelina, qui n'avait jamais vu une photo de sa mère, se l'imaginait comme une figure angélique aux cheveux longs, aux joues roses et au sourire perpétuel. Elle avait dressé un autel à sa mère dans un coin de sa chambre, et lui adressait des prières tous les soirs. L'autel comportait trois niveaux et il reposait sur des boîtes empilées. Au niveau supérieur, elle avait placé une petite image de la Vierge Marie – qui représentait sa mère –, un rosaire et un cierge blanc qu'elle n'allumait que lorsqu'elle offrait un sacrifice. Au niveau intermédiaire, elle gardait un bol en plastique destiné à recevoir la louche de soupe qu'elle versait chaque jour en offrande à sa mère – elle adorait les soupes, Nohemí ! – et, lorsqu'elle en trouvait, des soucis jaunes, les fleurs des morts. Au niveau inférieur, Virgelina disposait une tasse remplie d'eau ainsi que plusieurs petites amulettes et breloques qu'elle achetait au marché, pour honorer l'âme de sa mère.

Mais aujourd'hui, après la confession de sa grand-mère, l'image de Nohemí s'était vite détériorée dans l'esprit de Virgelina. Comment celle qui avait abandonné son mari pouvait-elle avoir été une bonne épouse ? Et une bonne mère, celle qui avait risqué la vie de sa fille en ayant une liaison avec Dieu sait qui ?

« Si vous voulez bien, mon enfant ? » dit le prêtre, en se levant. Il prit élégamment le bougeoir entre deux de ses doigts et le tendit à Virgelina, puis lui fit signe de passer devant, il la suivrait.

Comme Virgelina entrait dans sa chambre, suivie de près par le prêtre, tout s'éclaircit soudain dans son esprit. Il lui apparut que sa mère et sa grand-mère avaient toutes deux exercé leur libre arbitre quand elles avaient choisi le chemin à suivre. Ce qu'elles auraient pu ou dû faire n'avait plus d'importance, car à un moment donné, quand elles avaient eu à décider quel chemin prendre, les deux femmes avaient, dans leur tête, fait le bon choix. Elle, Virgelina, n'avait pas le droit de les condamner.

Se sentant requinquée par sa prise de conscience, Virgelina perçut qu'elle aussi avait le droit de prendre ses propres décisions. À cet instant précis, plusieurs chemins se présentaient devant elle : elle pouvait rester dans la chambre en compagnie du prêtre, et faire ce que sa grand-mère lui avait dit de faire, sans se plaindre. Elle pouvait s'enfuir, comme sa mère, sans se retourner, en espérant que personne ne la retrouverait jamais. Elle pouvait dire la vérité au prêtre – qu'elle était terrifiée – et lui demander poliment de s'en aller. Elle pouvait subir *ça* en silence jusqu'à ce que *ça* soit terminé, puis aller chercher le plus grand couteau de la cuisine, l'enfoncer dans la poitrine du padre, lui arracher le cœur et le placer, tout sanglant, sur l'étage supérieur de son autel, à côté du cierge blanc. Un sacrifice aussi grand apaiserait certainement la fureur de Dieu contre sa grand-mère ; il pourrait même Le pousser à rendre la vue et l'ouïe à Lucrecia.

Elle ferma la porte du bout des doigts et se retourna, on ne peut plus lentement, face au prêtre impatient.

Virgelina posa le bougeoir sur la table de nuit. Ils se dévisagèrent mutuellement dans la lumière vacillante. Seul le lit se dressait entre eux. De là où il se tenait, le prêtre pouvait voir une petite partie des lèvres et du menton de la jeune fille, ainsi que le contour de son petit sein droit. De là où elle se tenait, Virgelina distinguait un œil inquisiteur fixé sur son sein droit, une narine tremblante et la moitié d'une bouche qui lui souriait d'un air lubrique.

« Venez par ici, ma chère enfant, dit le padre, tapotant le lit de la paume de sa main. Venez… »

Il régnait un tel silence dans la chambre qu'elle entendait battre son propre cœur. Et puis, presque dans un murmure, l'écho de la voix de sa grand-mère répétant les étapes de la défloration de Virgelina se mit à résonner dans la tête de la jeune fille.

Étape numéro un : Dis-lui que tu es vierge pour qu'il fasse preuve de douceur.

« Je suis vierge, padre, laissa échapper Virgelina.

— Je vous demande pardon ?

— Je suis vierge. »

Il gloussa. « Je ne m'attendais pas à autre chose de votre part, ma chère enfant. » Il fit le tour du lit, supprimant l'espace qui les séparait, et se planta avec assurance devant elle. Une de ses mains se posa sur sa taille tandis que l'autre explorait son dos en quête d'une fermeture Éclair. Elle trouva des boutons, les défit, et après un ou deux gestes rapides la robe tomba sur le sol. Virgelina se secoua un peu et se ceignit la poitrine de ses bras.

Étape numéro deux : Embrasse-le sur les lèvres, puis introduis ta langue dans sa bouche et tourne-la en rond.

Sans relâcher son étreinte autour de sa poitrine, Virgelina poussa ses lèvres ensemble conformément aux instructions de sa grand-mère, ferma les yeux et lança son visage en avant, à coups répétés, comme un oiseau qui picore un fruit, espérant que sa bouche finirait par rencontrer celle du padre. Reconnaissant ce que la jeune fille tentait d'accomplir, il lui prit la tête entre les mains et, se haussant sur la pointe des pieds, se mit à l'embrasser avec une grande tendresse. Virgelina laissa le prêtre vaquer à son occupation, mais elle ne voulait pas introduire sa langue dans sa bouche. Comment sa grand-mère pouvait-elle penser qu'elle ferait une chose aussi révoltante ? Mais le padre voulait sentir sa langue. Et leurs lèvres s'engagèrent donc dans un violent combat : celles du prêtre tournant en vrille, luttant avec vigueur pour ouvrir celles de Virgelina, qui, de leur côté, faisaient des efforts acharnés pour résister. Virgelina avait toujours cru que les baisers avaient des parfums, et que quand deux personnes aimaient chacune le parfum de l'autre, elles tombaient amoureuses et s'embrassaient sans relâche jusqu'à ce que l'une d'elles meure ou que leurs lèvres se dessèchent. Son premier baiser, pourtant, eut un goût de bave et de sang car le padre Rafael, contrarié par la répugnance de Virgelina, lui mordait violemment les lèvres.

Étape numéro trois : Saisis-lui les mains et mets-en une sur chacun de tes seins.

Elle n'eut besoin de diriger nulle part les mains tremblantes du prêtre. Celles-ci savaient quoi chercher, où aller, quand se poser et comment caresser. Elles se promenèrent lentement dans son dos, s'arrêtèrent au nœud que la jeune fille faisait avec les extrémités des bouts de tissu qu'elle portait en guise de soutien-gorge, et le dénouèrent avec une grande dextérité. Puis elles arrachèrent son sous-vêtement avant qu'elle ait le temps de dire non. Virgelina essaya de souffler en direction de la bougie posée sur la table de nuit, mais celle-ci était trop éloignée. À la place, elle ferma donc les yeux aussi fort qu'elle le pouvait. Et alors elle sentit de nouveau les lèvres du padre, qui suçaient cette fois les petites fourmis en colère qui venaient de recommencer à lui mordre les seins et à démanger ses mamelons.

Étape numéro quatre : Déshabille-le.

La soutane que le padre Rafael endossait pour ses visites procréatives était de celles que portent exclusivement les évêques, les archevêques et les cardinaux. Il l'avait achetée à une vente aux enchères quand, jeune et plein d'optimisme, il pensait s'élever jusqu'aux plus hauts échelons du clergé. Par la suite, lorsqu'il finit par comprendre qu'il n'avait ni les relations ni la détermination nécessaires pour avancer dans l'Église catholique romaine, il se mit à porter cette soutane spéciale quand cela lui plaisait. Elle était en satinette noire, agrémentée de manchettes en brocart pourpre tissé d'or, de cinq applications plissées devant et derrière, de passepoil en fil d'or, d'un col amovible et d'une fermeture à boutons du haut en bas sur le devant, fort appropriés pour accomplir ses devoirs nocturnes.

Virgelina décida d'attendre que le prêtre se relève avant de lui ôter sa robe. À cet instant il était à genoux, sa langue baveuse entre ses jambes, ce qui la faisait s'agiter des pieds à la tête de petites secousses nerveuses. Mais, quand il devint évident qu'il n'allait pas se relever de sitôt, elle le tira vers le haut par les aisselles. Transpirant abondamment, le padre ôta son col amovible – qu'il aimait beaucoup, car il supprimait l'obligation de porter en dessous une chemise de prêtre. Il défit le bouton du haut de sa soutane, mais fut prestement interrompu par les doigts habiles de tricoteuse de Virgelina. *C'est notre boulot, padre,* semblaient-ils dire, et de se mouvoir vers le bas, libérant de leurs trous les sept premiers boutons. Elle s'agenouilla et continua à défaire ceux du bas, ses doigts descendant avec grâce le long du passepoil doré. Lorsqu'elle défit le dernier, elle leva les yeux et regarda le petit homme nu se dépouiller de sa soutane dans un geste majestueux, telle une reine arrogante laissant choir sa cape en velours pour que ses vassaux la ramassent.

Étape numéro cinq : Vérifie son degré d'excitation.

Debout devant lui, Virgelina se rappela ce que sa grand-mère lui avait dit de chercher : « Son pénis sera en érection, et tu dois le toucher pour t'assurer qu'il est dur. » La vieille femme avait ajouté : « Si son pénis n'est pas raide, embrasse-le un peu plus et caresse-le ici et là comme je te l'ai dit. »

Le prêtre était excité, très excité, conclut Virgelina après avoir touché son pénis gonflé et entendu ses mugissements. Il la poussa doucement sur le lit, et, sans ôter ses chaussettes blanches ni ses sandales éculées, se mit en position au-dessus d'elle. Le padre était plus petit qu'elle et il avait une bedaine, mais son corps s'emboîtait presque parfaitement dans le sien : un poing dans une main ouverte.

Étape numéro six : Recommande ton âme à Dieu et laisse-lui faire le reste.

La grand-mère de Virgelina était restée dans le vague sur ce en quoi consistait le reste en question. La jeune fille avait vu s'accoupler des chiens ainsi que des chats, et pensait ce reste serait la même chose : un jeu de pouvoir qui se jouait à deux, dans lequel le mâle marquait un point en fourrant son membre dans l'organe sexuel de la femelle, tandis que la femelle marquait un point en tombant enceinte. La plus grande crainte de Virgelina était relative à la douleur qu'elle pourrait éprouver pendant l'attaque – le cri des chattes qu'elle avait vu s'accoupler était terrifiant – et le conseil de sa grand-mère : « Mords l'oreiller et retiens-toi » ne lui avait été d'aucun réconfort. Elle décida de laisser le padre marquer tout de suite son point et de mettre fin au jeu aussi vite que possible.

Monté sur elle, le padre remua ses hanches d'une manière qui était tout sauf sensuelle, davantage comme s'il grattait, comme s'il frottait une tache.

« Tu aimes ça ? » lui murmura-t-il à l'oreille. Elle ne répondit pas. Il l'embrassa sur la bouche, le nez, les yeux et le menton. « Tu aimes ça ? » insista-t-il, un peu plus fort cette fois, car peut-être ne l'avait-elle pas entendu la fois précédente. Pas un mot, pas un geste en retour. Virgelina s'efforçait de se persuader que l'homme qui était allongé sur elle était quelqu'un d'entièrement différent de celui qui lui avait donné sa première communion il n'y avait pas si longtemps. Il continuait à frotter et à embrasser, répétant la même question et obtenant le même silence en guise de réponse.

Mais ensuite, sans crier gare, il pesa sur elle de toutes ses forces, jusqu'à ce qu'une partie de lui disparût dans sa chair à elle, et le sang coula sur les jambes de Virgelina. Elle cria. Elle eut l'impression d'avoir les entrailles déchirées, comme par un énorme clou, et elle hurla de douleur.

« C'est bon », dit le prêtre, allongé immobile sur son ventre. Elle lui planta ses ongles dans le dos et lui hurla de bien vouloir retirer *ça* d'elle. « Je vous en prie. » Mais, loin de le faire, il se mit à aller et venir en elle. Elle essaya de le pousser de côté. « Pour l'amour de Dieu ! » Il n'entendit pas sa supplique et comme il continuait à s'enfoncer en elle, prenant de la vitesse à l'intérieur de son corps, elle lui griffa violemment le visage et lui mordit la poitrine à belles dents. « Arrêtez ! » Il s'arrêta brutalement et hurla : « Comment oses-tu ? » Il la gifla deux fois en pleine figure, lui saisit les mains et, lui écartant les bras, les tint fermement plaquées avec ses propres mains, ses doigts enlacés aux siens, avant de relancer le mouvement furieux de ses hanches : de haut en bas, de droite à gauche, d'avant en arrière et retour (elle pleurait, pensant au sacrifice de sa grand-mère), écumant, mordant, brisant, déchirant (elle pleurait, pensant aux sacrifices de sa mère), plongeant dans sa chair, de plus en plus vite jusqu'à ce que ses jambes se raidissent et qu'il explose en elle, chantonnant : « Oh mon Dieu, oh mon Dieu, oh mon Dieu… » (elle pleura un peu plus, pensant cette fois à son propre sacrifice).

Étape numéro sept : Ferme les jambes en croisant les pieds de façon à ce que la semence ne s'échappe pas de ton corps. Reste dans cette position durant un temps raisonnable.

Sous le prêtre, Virgelina était secouée de sanglots et de frissons. « Y a-t-il quelque chose qui ne va pas, ma chère enfant ? » demanda le padre, remarquant soudain ses pleurs. Elle secoua la tête. Il lui relâcha les bras lentement, comme s'il craignait qu'elle puisse de nouveau l'attaquer, mais la jeune fille ne bougea point. Puis il se retira, ramassa sa soutane et s'en drapa promptement, tournant le dos à Virgelina. « J'ai pris beaucoup de plaisir, dit-il doucement en attachant le col amovible. J'espère que ta grand-mère envisage d'inscrire ton nom pour une deuxième visite. » Il introduisit chaque bouton dans sa boucle respective, se penchant légèrement pour atteindre les plus bas. « Je te promets que ça ne fera pas mal la prochaine fois », dit-il, s'adressant au mur, et ce fut alors qu'il la vit. Devant ses yeux, suspendue à un clou rouillé, se trouvait une image de Jésus mourant sur la croix. Avec toute la détresse provoquée par la confession de sa grand-mère, Virgelina avait oublié de l'enlever. Le padre fut abasourdi de la voir.

« C'est fini », dit soudain Virgelina, et elle poussa un soupir de soulagement. Les trois mots bibliques firent frissonner le prêtre. Il pivota promptement, et ce qu'il vit le remplit d'horreur : gisant le visage tourné vers le haut et la tête légèrement penchée vers la droite, les bras écartés, les jambes jointes et les pieds croisés, Virgelina ressemblait à Jésus sur la croix, ensanglantée et gémissante, mourant à moitié nue sur une croix imaginaire.

Le prêtre se signa à la hâte et s'enfuit en courant, trébuchant d'abord sur Fidel et Castro, qui avaient l'étrange habitude de dormir devant l'embrasure de la porte, et puis, une fois sorti de la maison, sur des pierres hautes comme des chiens, et sur des chiens qui reposaient telles des pierres dans la rue. Il courut, courut sans se retourner, en criant : « Seigneur, oh, Seigneur, aie pitié de moi. Je ne le referai plus jamais ! »

Indifférente à la réaction du prêtre, Virgelina rassembla le peu de forces qui lui restait et s'assit sur le lit, grimaçant. Son corps était agité de soubresauts et ses mains tremblaient. Elle retira de sous elle le dessus-de-lit blanc taché de sang et s'en servit pour essuyer l'intérieur de ses jambes, frottant l'épais tissu si fort contre sa peau que cela lui faisait mal. Elle se leva lentement et se mit à replier le dessus-de-lit avec beaucoup de soin, jusqu'à ce qu'il ne fût plus qu'un petit carré compact de tissu teint de rouge. Puis elle s'agenouilla devant l'autel et plaça le tissu sur l'étage supérieur, près du cierge blanc qui brûlait ce soir-là par à-coups.

Et pour finir, tandis qu'elle attendait avec confiance que sa grand-mère entrât dans la chambre en criant que Dieu avait accompli pour elle un miracle, que toutes ses douleurs avaient disparu et qu'elle avait recouvré la vue et l'ouïe, Virgelina, les mains jointes sous le menton, se mit à marmonner prière sur prière jusqu'à ce que le cierge s'éteignît et que la nuit enveloppât leur maison dans une obscurité totale.

Bernardo Rubiano, 26 ans
Paramilitaire d'extrême droite

« QU'EST-CE QU'IL VA M'ARRIVER ? » demandai-je au guérillero. J'étais à genoux, en train de boire dans un petit cours d'eau que nous venions de découvrir. Il m'emmenait à son camp.

Il bâilla, étirant ses bras l'un après l'autre, puis déclara : « Ils vont pas te tuer, si c'est ça qui te tracasse. » Plus tôt ce jour-là, j'étais tombé dans une embuscade de la guérilla, et le rebelle m'avait fait prisonnier. Il s'approcha un peu plus de moi et s'accroupit, tenant fermement son fusil dans une main. « On t'*interrogera*, cependant, ajouta-t-il sur un ton sinistre. Si tu craches tout ce que tu sais sur les tenants et les aboutissants des paramilitaires, ils ne te feront pas beaucoup de mal. Mais si tu ne le fais pas… » Il s'interrompit, leva son index jusqu'à sa gorge et mima de façon théâtrale le geste de trancher.

Il était à présent à un mètre de moi à peine, accroupi. Il avait l'air sec et décharné. Je pensai pouvoir l'avoir. J'avalai intentionnellement davantage d'eau pour lui donner soif. Il mit sa main libre en coupe, et, sans me quitter des yeux, tendit son bras pour prendre un peu d'eau dans le ruisseau. Mais comme il était un tout petit peu trop loin, il tendit un peu plus le bras, juste assez pour perdre l'équilibre et basculer sur le côté. Je me jetai sur lui, le frappant à grands coups de poing. Il se défendit avec acharnement et finit je ne sais comment par se retrouver au-dessus de moi, haletant, en nage, et hurlant qu'il allait me tuer, bien que son arme eût disparu dans la bagarre. Je rugis de fureur.

Je mordis, griffai, labourai jusqu'à reprendre le dessus. Alors je me mis à le frapper. À la tête, au dos, au visage, au ventre, de toutes mes forces, car si je ne l'emportais pas sur cet homme, il me tuerait. Il hurlait et haletait et glapissait, en nage et se tordant de douleur, mais je ne m'arrêtai pas. Pas avant de voir le fusil, posé sur l'herbe. Je bondis, m'emparai du Galil, et le pointai vers lui.

« S'il vous plaît, non, supplia-t-il, les mains en l'air. S'il vous plaît. » J'avais entendu beaucoup d'hommes supplier pour avoir la vie sauve. Celui-ci n'était pas différent. « Prenez ma montre. Là. » Il l'ôta, la posa sur le sol et la poussa doucement vers moi. « S'il vous plaît, ne me tuez pas. Mes bottes. Prenez mes bottes. » Il se mit à dénouer les lacets de ses bottes de brousse noires, mais se souvint alors de quelque chose d'encore plus précieux à troquer. « Vous voulez ça ? » Il déchira sa chemise, découvrant une chaîne en argent à laquelle était suspendue toute une collection de petites amulettes. « Cela vous protégera du malheur. » Il l'arracha de son cou. « Voilà. » Et de la jeter à mes pieds. « S'il vous plaît, ne me tuez pas. S'il vous plaît, s'il vous plaît… »

Je pressai la détente. En douceur, mais la balle transperça sa bouche et lui cloua le bec tout pareil.

8

Les plaies de Mariquita

Mariquita, le 20 juin 1999

L'ANNONCE FAITE PAR LE MAIRE du décret sur la Génération Prochaine stipulait à peu près ceci : « Après effort supplémentaire pour préserver notre chère communauté, et après avoir consulté mes conseillères, moi, Rosalba viuda de Patiño, maire de la commune de Mariquita, décide que, lorsque les quatre garçons de notre village – Che López, Hochiminh Ospina, Vietnam Calderón et Trotski Sánchez – auront atteint l'âge de quinze ans, ils se trouveront dans l'obligation d'entrer dans une compétition. Les femmes de Mariquita décideront auquel de ces jeunes gens il faudra accorder le droit d'épouser une femme de son choix, de constituer une famille en vue de la préservation de la pureté morale et sociale de notre commune. Les trois jeunes gens non retenus se verront ordonner de servir comme reproducteurs à plein temps de Mariquita pour une durée indéterminée, pendant laquelle ils ne seront plus des individus autonomes mais plutôt la propriété du gouvernement ; des travailleurs dont la seule mission sera d'engendrer des garçons, et qui seront logés et nourris, à l'exclusion de toute autre chose, aussi longtemps que leur labeur nous sera nécessaire. »

À la suite de la déclaration de Rosalba, les quatre garçons reçurent l'ordre, sous peine de bannissement, de se tenir à l'écart des femmes jusqu'à ce qu'il soit décidé de leur sort, ce qui aurait lieu le matin du 21 juin 2000, le lendemain du jour où Hochiminh, le plus jeune des quatre, franchirait le cap des quinze ans.

Bien qu'elle fût responsable du projet de décret Génération Prochaine, Rosalba trouvait tout cela insensé et barbare. Comment une femme sensée, se demandait-elle, pouvait-elle obliger l'un de ces enfants à faire l'amour avec quelqu'un comme, mettons, Orquidea Morales, un pareil laideron ? Mais elle avait le sentiment de devoir faire réparation aux femmes de Mariquita de l'échec « total » et « ignominieux » de la Campagne de Procréation, où pendant trois mois vingt-neuf femmes avaient connu intimement le padre Rafael, sans qu'aucune soit tombée enceinte. « Le padre Rafael m'a faussement fait croire qu'il pouvait engendrer des garçons ; ou des filles, d'ailleurs », admit la première magistrate devant la foule qui envahissait la place pour s'informer de son nouveau décret. « Je n'aurais jamais souscrit à son idée si j'avais su qu'il était stérile comme une mule. »

Tout le monde sur la place applaudit la harangue de Rosalba ; tout le monde, sauf le prêtre, bien sûr. Il prit les remarques du maire comme une déclaration de guerre, et, en guise de représailles, il cessa à la fois d'écouter les confessions et de donner la communion. L'embargo sur les deux sacrements réussit à merveille au padre, en particulier auprès des veuves les plus vieilles, qui, au bout de deux semaines passées sans confesser leurs peccadilles, se sentirent comme constipées. Elles implorèrent encore et encore le pardon du prêtre jusqu'à ce que, satisfait, le petit homme les absolve de toute faute et se remette à dispenser l'attirail coutumier de ces grâces invisibles qu'on appelle sacrements. Le maire, néanmoins, refusa de s'excuser.

Durant toute l'année qui suivit l'annonce du décret Génération Prochaine, les villageoises discutèrent ferme pour déterminer si celui-ci était nécessaire, voire souhaité. Du haut de sa chaire, le padre Rafael déclara à maintes et maintes reprises qu'il y était opposé, que c'était une mesure désespérée prise par une magistrate désespérée. « Forcer nos garçons à s'engager dans l'activité sexuelle avec des femmes qui ne sont pas leurs épouses est mal. Cela va contre les principes du catholicisme, mais aussi contre les droits des garçons. »

Les femmes les plus âgées condamnaient elles aussi ouvertement le décret Génération Prochaine au marché, tandis qu'elles troquaient une breloque bon marché contre une livre d'oignons ou une papaye contre un pain de savon artisanal. Elles ne comprenaient pas pourquoi une femme – vieille ou jeune – pourrait vraiment vouloir engendrer davantage d'hommes. Avaient-elles oublié la façon dont les hommes les avaient maltraitées, ignorées et rabaissées ? Ne se rappelaient-elles pas ces individus aux sombreros à large bord qui allaient boire plutôt que de rester à la maison pour soigner un enfant malade ? Ces mêmes individus aux moustaches mal entretenues qui préféraient payer une putain à La Casa de Emilia plutôt que faire l'amour à leurs épouses dévouées et convenables ?

Certaines veuves discutaient en secret de l'étrange décret de Rosalba, dans l'intimité de leurs chambres, sous des draps parfumés à la lavande, après avoir fait l'amour et avant que l'une d'elles doive partir au milieu de la nuit, protégée par l'obscurité. Elles partageaient l'avis des femmes plus âgées, et soutenaient que si le fait de ne pas avoir d'hommes dans les parages signifiait que Mariquita devait finir avec la génération présente, peut-être qu'une génération entière d'harmonie, de tolérance et d'amour était préférable à une éternité de souffrance et de désespoir – sans parler de guerre.

Certaines vieilles filles choisissaient également le soir pour parler du décret Génération Prochaine, mais elles le faisaient sur le pas de leurs portes, en filant du coton ou en séparant les bons haricots des mauvais pour la soupe du lendemain. Leur attitude à cet égard était quelque peu ambivalente. Certes, elles ne disaient pas non à la possibilité de devenir mères, y compris si cela impliquait d'avoir une relation intime avec un jeune inexpérimenté. Mais, en même temps, elles avaient le sentiment qu'avoir un enfant – fille ou garçon, peu importait – ne changerait rien à leur statut méprisable de vieilles filles. Ce qu'elles voulaient, ce qu'elles voulaient vraiment, c'était être la petite amie, la fiancée ou l'épouse de quelqu'un. Elles voulaient appartenir à un homme, être revendiquées comme sa propriété. Elles déclaraient que le premier verbe que leurs mères leur avaient appris n'était pas *être* mais *appartenir* : ainsi donc appartenir viendrait toujours avant être.

Les femmes plus jeunes, quant à elles, ne parlaient pas tellement du décret. Elles parlaient des garçons, et elles le faisaient chaque fois qu'elles voyaient leur petit groupe à l'école écrire sous la dictée de la maîtresse Cleotilde, ou rapporter de l'eau de la rivière dans des récipients en terre cuite, ou travailler dans les vergers de leurs mères, ou jouer au football par équipes de deux. Mais elles parlaient aussi d'eux tous les soirs quand elles se réunissaient après la prière et qu'elles s'asseyaient en formant un grand cercle au milieu de la place, se livrant à des jeux, essayant de nouvelles coiffures, ou, comme disaient leurs mères, « nourrissant les moustiques ». Fréquemment, elles se contentaient de classer les garçons, parodiant par anticipation la compétition ordonnée par le maire. Dans leur version, qu'elles appelaient « Míster Mariquita », il était demandé à chaque jeune fille de classer les quatre garçons dans des catégories banales, telles que Le visage le plus mignon, Le sourire le plus adorable, La personnalité la plus charmante, etc., après quoi elles comparaient leurs résultats dans de grands éclats de rire.

Mais tout n'était pas amusant dans ce que firent les jeunes filles au cours des mois précédant le concours. Virgelina Saavedra voyait dans l'événement à venir une occasion de profit. Elle prenait des paris en argent et en nature d'un montant variable sur les résultats de la compétition. Elle paria elle-même un roman-photo – auquel elle tenait beaucoup – que Che López gagnerait le droit de choisir une épouse et de fonder une famille. Pendant ce temps, Magnolia Morales se chargea de mettre en circulation trois listes d'attente différentes (une pour chaque procréateur inconnu) en vue de déterminer l'ordre dans lequel chaque jeune fille serait amenée à avoir enfin un garçon nu dans son lit. Elle écarta à dessein de la liste les vieilles filles et les veuves, car elle jugeait que les premières avaient eu toutes les chances de se trouver un homme dans leur jeunesse (et les avaient gâchées), et que les dernières avaient déjà eu leur content d'hommes sur cette terre. Cela, naturellement, souleva des controverses, des querelles, des affrontements verbaux et même une bagarre à coups de poing. Comme toujours, Rosalba dut intervenir, rédigeant avant de le proclamer encore un autre de ses brillants décrets : pourvu qu'elle ait régulièrement ses règles, une femme avait le droit de figurer sur n'importe laquelle des trois listes et d'épouser le seul garçon remplissant les conditions, si celui-ci venait à la choisir. Point à la ligne.

Magnolia Morales fut la première femme à arriver sur la place en ce dimanche fatal du mois de juin 2000. Elle y parvint un peu avant l'aube, vêtue d'une robe en toile de sac informe qu'elle avait cousue elle-même. Le vent du matin qui soufflait en bourrasques faisait trembler les manguiers, et les nombreuses feuilles tombées à terre la faisaient déraper, mais elle ne tomba point. Elle étendit une couverture sur le sol, devant l'estrade improvisée qui avait été édifiée la veille sur ordre du maire. La compétition tant attendue ne commencerait pas avant huit heures du matin, mais Magnolia avait promis à ses sœurs d'être la première arrivée et de leur garder une place au premier rang.

Luisa apparut ensuite, environ une demi-heure plus tard, puis Cuba Sánchez, puis Sandra Villegas, et Marcela López, et, à l'heure où le coq chanta, des femmes avaient surgi des différents quartiers de Mariquita, comme transportées là par le vent. Elles s'assirent autour de l'estrade, les yeux soulignés de cernes sombres par manque de sommeil, et l'haleine chargée d'alcool par consommation excessive de chicha. La veille au soir, elles avaient célébré le quinzième anniversaire d'Hochiminh Ospina en fanfare, d'une façon qui ne s'était plus vue ni entendue depuis longtemps à Mariquita. L'on doit à la vérité de dire que l'anniversaire d'Hochiminh était la dernière chose à laquelle les femmes pensaient (Hochiminh lui-même n'avait pas été invité à la célébration de son anniversaire). C'était l'événement qui aurait lieu le lendemain matin de la fête du garçon qu'elles attendaient impatiemment : une compétition sans précédent qui rendrait Magnolia, Luisa, Cuba, Sandra, Marcela, Pilar, Virgelina, Orquidea, Patricia, Nubia, Violeta, Amparo, Luz, Elvira, Carmenza, Irma, Mercedes, Gardenia, Dora ainsi que maintes autres jeunes filles, veuves et vieilles filles de Mariquita immensément heureuses.

Mais tandis que les femmes s'asseyaient autour de l'estrade sur la place, devisant gaiement et se livrant à leurs derniers pronostics, Che, Hochiminh, Vietnam et Trotski avaient commencé, chacun de son côté, à éprouver les effets défavorables de la formidable anxiété provoquée par le concours qui allait décider de leur sort. Pendant plusieurs mois, les quatre garçons avaient été l'objet de discussions, de spéculations, de suppositions, de controverses, de bagarres, de paris et même de plaisanteries. Mais pour ce qui était des pensées et des sentiments que leur inspirait le décret de Rosalba, on ne les avait jamais pris en considération. Leur angoisse avait grandi pendant une année entière, et ils étaient devenus terriblement craintifs. En ce matin mémorable, la proximité de l'événement et la pression croissante exercée sur chacun pour l'emporter les avaient mis dans un état proche de l'hystérie, où tout était possible.

On raconte que, ce dimanche-là, Che López se réveilla à deux heures du matin et ne put se rendormir. Il ne souffrait pas d'insomnie – il pouvait dormir à poings fermés douze heures d'affilée. La veille au soir, il avait prévu de se lever à six heures, plus tôt que d'habitude, car il lui fallait gagner le droit d'épouser la jeune fille de son choix, Cuba Sánchez. Pour atteindre ce but, pensait-il, il lui fallait rafraîchir sa coupe de cheveux, se couper les ongles, et, au moyen d'un bout de charbon, à condition d'y mettre beaucoup de soins, donner un peu plus d'épaisseur à la légère ombre à laquelle se réduisait sa moustache. Il avait quinze ans, des cheveux et des yeux noirs, un petit visage terne et une vigoureuse érection dissimulée dans son pyjama en coton blanc.

Agité, il restait allongé sur le dos, à contempler le plafond en bâillant. La lumière de la lune qui pénétrait par un trou du rideau en lambeaux éclairait le renflement de son entrejambe. Il le frottait avec vigueur de la paume ouverte de sa main, songeant à la chair chaude, spongieuse et humide de la pastèque dans laquelle, la veille, il avait foré un trou – et à laquelle il avait fait l'amour. Il tira son pantalon de pyjama vers le bas, entoura fermement son pénis de sa main, et se mit à le caresser avec zèle. Mais quelque chose n'allait pas ; sa main paraissait un peu trop grande autour de son pénis. Peut-être celui-ci n'était-il pas en érection complète, pensa-t-il. Il le saisit entre le pouce et l'index et pressa pour vérifier sa dureté. Il paraissait aussi dur comme un os que seul peut l'être un pénis de quinze ans. Le garçon se déplaça légèrement vers la droite pour que le clair de lune illumine son sexe, et fut persuadé un moment qu'il était plus petit, d'un centimètre et demi au moins. Peut-être est-ce ma main qui grandit, supposa-t-il, et de continuer à se masturber, en imaginant de grosses pastèques juteuses alignées sur la table de la cuisine, attendant d'être pénétrées. Au bout d'un certain temps, un long gémissement sans retenue s'échappa de sa bouche, et sa main s'arrêta de bouger. Il demeura quelques secondes immobile, ses poumons cherchant de l'air. Mais quelque chose d'autre n'allait pas : il ne sentait aucun liquide poisseux sur sa main, et son pénis paraissait sec. Il bougea à la hâte son corps vers le côté droit du lit et alluma une bougie. Il chercha minutieusement une preuve quelconque d'éjaculation. Il ne vit rien sur son pénis rapetissé, ni sur ses mains, ni sur les draps, ni sur son pyjama. Armé de sa bougie, il inspecta les murs nus, le sol luisant, le dessous de son lit. Il inspecta même le plafond : rien.

Tous les vendredis après la classe, Che et les trois autres garçons de Mariquita allaient nager dans la rivière. Ils mesuraient souvent, avec une règle, la taille de leurs pénis avant d'entrer dans l'eau froide, et puis à la sortie. Ils étaient toujours stupéfaits de voir à quel point ceux-ci rétrécissaient.

Une semaine auparavant, ils avaient décidé de faire quelque chose de différent. Ils organisèrent un concours pour déterminer qui était capable d'éjaculer le plus loin. Ils choisirent un espace libre au bord de la rivière et marquèrent un emplacement. Un par un, ils se mirent en position, se masturbèrent et éjaculèrent. Che l'emporta avec un jet à deux mètres, suivi par Trotski à un mètre soixante, puis Vietnam à un mètre cinquante et enfin Hochiminh à un mètre vingt. Che s'en vanta toute la semaine et appela même à la tenue d'une seconde manche, car il voulait battre son propre record, mais les autres garçons lui opposèrent une fin de non-recevoir.

Ce dimanche-là, néanmoins, à deux heures et demie du matin, Che était fermement persuadé que son pénis rétrécissait et qu'il n'avait pas de semence.

Le jour se levait, et des bourrasques de vent capricieuses bousculaient les objets dans les patios et les arrière-cours : pots de fleurs, récipients en plastique, vêtements sur les cordes à linge et cordes à linge elles-mêmes flottaient un peu dans les airs avant de heurter un mur ou d'atterrir dans la cour de la maison voisine.

Pendant ce temps, raconte-t-on, Hochiminh faisait un rêve effrayant. Dans ce rêve, il nageait tout nu dans la rivière avec ses camarades d'école, dans une course à qui rejoindrait le plus vite la rive opposée. Hochiminh mouvait ses bras et ses jambes avec vigueur, mais son corps – aussi gras dans son cauchemar que dans la vie réelle – n'avançait pas. Il voyait ses amis disparaître au loin dans les gerbes d'eau soulevées par leurs bras et leurs jambes. Il redoubla d'efforts, les bras étirés au maximum et les mains infléchies à la perfection tandis qu'elles s'enfonçaient avec fermeté dans l'eau, et pourtant il n'avançait pas d'un pouce. Tout à coup son corps se mit à tourbillonner à la surface, plus vite à chaque tour. Un puissant remous s'était formé, et le mouvement circulaire l'aspirait en son centre. Il luttait de toutes ses forces contre celui-ci, remuant les membres aussi rapidement qu'il le pouvait. Il ressentait une douleur lancinante dans la poitrine, provoquée peut-être par l'effort auquel il soumettait ses muscles, mais il n'arrêtait pas de se débattre : il ne le pouvait pas, sauf à ce que le tourbillon l'engloutisse tout entier. La douleur se fit aiguë, comme si quelqu'un lui pressait le torse de tout son poids et lui perçait en même temps les mamelons. Il continua à nager avec ténacité pour résister au tourbillon, endurant la souffrance, jusqu'à ce que le coq derrière sa maison le réveille de son cocorico tapageur.

Le regard fixé sur le plafond, soulagé que ce n'ait été qu'un mauvais rêve, Hochiminh remercia Dieu de l'existence des coqs. Cependant, comme le reste de son corps commençait à s'éveiller, il ressentit une douleur intense dans les mamelons. Il porta instinctivement ses mains à sa poitrine et fut horrifié. Ses mains ne se posèrent point à plat sur sa peau, comme elles le faisaient d'habitude : cette fois, pensa-t-il, elles se courbèrent sur deux gros monticules qui étaient apparus pendant la nuit, tels des furoncles. Hochiminh se leva d'un bond de son lit et se dépêcha d'allumer une bougie qui se trouvait sur sa table de nuit. Il baissa la tête jusqu'à ce que son double menton touche la naissance de ses seins, la bascula légèrement de gauche à droite et réciproquement, en gardant les yeux grands ouverts. Le manque de recul lui fit imaginer que ses seins étaient plus gros qu'ils ne l'étaient en réalité, et il pleura en silence. Comment allait-il expliquer leur présence à sa mère et à ses sœurs ? Et le concours ? Sur l'estrade il ne serait qu'un objet de dérision. Cela ne pouvait pas lui arriver à lui, lui qui avait été enfant de chœur. Lui qui récitait un Ave Maria et un Notre-Père tous les soirs avant de se coucher. Lui qui était un bon élève, un fils obéissant, un bon frère pour ses deux sœurs, et un bon petit-fils aussi – bon, il avait bien, en quelques occasions, chipé des pièces d'argent dans le porte-monnaie de sa grand-mère, juste sous ses yeux usés, à moitié aveugles, tandis qu'elle récitait son chapelet. Ce devait être une punition divine. Après avoir dit quelques prières avec une dévotion fervente, Hochiminh enfila le peignoir de bain de son défunt père et balança une grande serviette derrière son cou, en s'assurant que les extrémités lui couvraient les seins. Il empoigna la bougie, ouvrit légèrement la porte de sa chambre, juste assez pour voir qu'il n'y avait personne dans le couloir, et se précipita vers les cabinets extérieurs.

Là, le garçon se déshabilla devant un miroir en pied et lâcha la bride à son imagination. Il vit deux protubérances charnues, chacune pourvue d'un grand mamelon à l'extrémité, lui retourner son regard. Il les soupesa dans le creux de ses mains. Elles étaient aussi lourdes que des oranges. Il les pressa vigoureusement, essayant de les dégonfler, mais la pression excessive les rendit douloureuses, et cette nouvelle douleur, aiguë, semblait confirmer qu'elles faisaient bel et bien partie de son corps ; deux organes indépendants qui, c'était fort possible, étaient là pour remplir certaines fonctions spécifiques. Peut-être, estima un Hochiminh plus pragmatique, rétréciraient-ils s'il les trempait dans de l'eau froide, comme son pénis l'avait fait. Il traversa le patio en courant, tout nu, jusqu'au grand tonneau qu'ils utilisaient pour recueillir l'eau de pluie, et y immergea son corps rondouillard jusqu'au cou. Quelques minutes après, il ressortit, tout frissonnant. Ses mamelons s'étaient raidis, et la douleur dans sa poitrine avait cessé, endormie par le froid. Mais ses seins demeuraient gros et fermes – du moins le croyait-il.

Le même matin, dit-on, Vietnam Calderón ne se leva point avant que sa mère ne lui chatouillât les talons. Le garçon était un monstre d'indolence, de négligence, de nonchalance et d'autres termes qui, s'ils se terminaient en « ence », ne rimaient avec rien de bon quant à son caractère. Dans les cabinets extérieurs il trouva, comme d'habitude, la cuvette d'eau et la serviette que sa mère y laissait à son intention tous les matins. Il se récura les aisselles et l'entre-jambe, la maudissant de l'obliger à se laver quotidiennement, puis gagna sa chambre et enfila les vêtements propres que sa mère avait choisis pour lui. Quelques minutes plus tard, il s'assit à la table devant un morceau de pain de maïs rassis et une tasse de chocolat chaud. Sa mère s'assit à côté de lui, tenant une tasse de café et répétant une dernière fois ses « trucs utiles » pour être le vainqueur de la compétition.

« Écoute-moi, Vietnam, commença-t-elle, avec un soupçon d'irritation dans la voix. Quand tu seras sur l'estrade, ne te cure pas le nez ou ne te frotte pas l'entrejambe, comme tu *n'arrêtes pas* de le faire. » Le garçon opina machinalement du chef. Il avait l'air plutôt tendu, mais sa mère jugeait qu'il n'était simplement guère passionné par le concours ou par les tuyaux qu'elle lui donnait. Après tout, rien en particulier ne l'intéressait vraiment. Tout ce qu'il faisait portait la marque d'une telle indifférence que la maîtresse Cleotilde avait dit qu'il ferait un bon politicien.

« … Et s'il te plaît, Vietnam, pour une fois dans ta vie, souris un peu. Est-ce que tu m'écoutes ?

— Oui, mamá », finit-il par répondre d'une voix de fausset semblable à celle d'une fillette. Il s'éclaircit la gorge et répéta : « Oui, mamá », avec le même filet de voix.

La veuve avala une gorgée de café avant de demander : « Qu'est-ce qui se passe avec ta voix ?

— Je ne sais pas. Elle était… » Il s'interrompit, s'éclaircit de nouveau la gorge et fit un autre essai. « Elle était normale hier soir.

— On dirait une fille, pour l'amour de Dieu !

— Laisse-le tranquille, dit Liboria, la grand-mère de Vietnam. La voix des garçons commence à muer à l'âge de quinze ans. » La vieille Liboria était allongée de tout son long dans un hamac suspendu à des poutres en travers de la salle à manger. Elle ne bougeait pas de ce hamac, vieillissant lentement en suspension dans l'air, comme un bon saucisson dans une charcuterie.

Vietnam but son chocolat chaud par gorgées successives, laissant chacune lui brûler la gorge. « Elle était normale hier, répéta-t-il d'une voix de soprano.

— Arrête de parler comme ça, Vietnam ! » l'avertit sa mère, l'index dressé en l'air.

Le visage du garçon devint tout rouge. Il toussa, grogna, fit tous les bruits gutturaux qu'il était capable d'imaginer. « Elle était normale hier », répéta-t-il.

Visiblement bouleversée, sa mère finit son café d'une seule traite, se dressa et, d'un pas lourd, entra dans la cuisine.

À l'arrière de la maison, devant un miroir que son père avait collé sur le mur bien des années auparavant, Vietnam se gargarisa avec de l'eau salée. « Essai, uno, dos, tres. » Et de se gargariser davantage. « Essai, uno, dos, tres. » Mais sa voix demeurait épouvantablement haut perchée. En désespoir de cause, il s'enfonça l'index dans la gorge et le fit tourner en rond jusqu'à ce qu'il vomisse son petit déjeuner et que les larmes lui viennent aux yeux. Il essuya celles-ci du gras de son pouce, puis alla chercher de l'eau pour nettoyer les dégâts qu'il avait faits. Ce fut de retour là-bas, tandis qu'il prenait de l'eau dans le bac à laver le linge, que Vietnam sentit un ruissellement le long de ses jambes. Il laissa tomber l'eau et se précipita aux toilettes, les jambes serrées l'une contre l'autre des hanches jusqu'aux genoux. Il était si gêné d'avoir mouillé son pantalon que lorsqu'il le baissa il ne vit pas de l'urine, mais du sang, tachant de rouge son vêtement, ruisseler sur la face interne de ses cuisses. Il regarda son pénis et remarqua le sang qui continuait à en jaillir. Il s'affola, non pas seulement à cause de la couleur écarlate de son sang, mais aussi à cause de son incapacité totale à arrêter cet écoulement. « Je vais mourir, geignait-il.

— Vietnam ! hurla sa mère depuis la cuisine. Dépêche-toi. Tu vas être en retard pour le concours !

— J'arrive, mamá, cria-t-il.

— Arrête de parler comme ça, Vietnam ! Je te préviens !

— Laisse-le tranquille », grogna sa grand-mère depuis son hamac.

On raconte que lorsque la mère de Trotski Sánchez entra dans la chambre de son fils pour le réveiller, elle le trouva en larmes au bord de son lit. Il se servait d'une de ses mains pour couvrir ses tout petits yeux bridés, et gardait l'autre serrée sur sa poitrine, près de son cœur.

« Qu'est-ce qui ne va pas, mi cielo ?

— ... !........ ! !.......... ! ! ! » bafouilla Trotski.

Elle s'approcha de son lit et lui caressa les cheveux : « Tu as peur de ce qui pourrait se passer au concours, c'est ça ? » Elle s'assit à côté de lui, l'embrassa et essuya ses larmes avec son impeccable tablier blanc. « Mon cœur me dit que tu vas gagner, Trotski, et le cœur d'une mère ne se trompe jamais. »

Le garçon desserra sa main et la regarda par-dessus l'épaule de sa mère : ce qu'il cachait était toujours là. Il la referma hermétiquement et laissa échapper un cri strident.

« Tout va bien, cariño. Mamá est là. »

Mais le garçon avait permis à son imagination de l'emmener en un lieu où rien n'allait. Plus tôt ce matin-là, avant le lever du soleil, Trotski s'était réveillé avec l'envie d'uriner. Il avait tiré le pot de chambre de sous son lit et l'avait posé sur le matelas. Il s'était mis debout devant lui, encore somnolent, et avait introduit sa main dans son caleçon, en quête de son pénis. Sa main se posa sur ses jeunes poils pubiens et parcourut rapidement son pubis, traquant son membre. Les cinq doigts tendus dans toutes les directions, elle l'explora entièrement. Il trouva ses testicules, chauds et ratatinés, mais pas son pénis. Contrarié, il alluma une bougie. Ses yeux ensommeillés étaient à présent en même temps que sa main à la recherche du pénis insaisissable, mais n'arrivaient toujours pas à le trouver. Trotski se réveilla complètement, presque sur le qui-vive. Il baissa son pantalon jusqu'aux genoux et, les yeux grands ouverts, à deux mains, il examina sa zone pubienne, séparant les poils par petites touffes. Son pénis n'était tout simplement pas là. En fait, il n'y avait aucun indice qu'un quelconque pénis eût jamais existé entre ses jambes. Dans cet état de confusion, il le chercha même dans des régions de son corps où il ne se trouvait pas d'ordinaire, comme son nombril, ses aisselles, ou derrière ses oreilles. Trotski écarquilla les yeux et se couvrit la bouche des deux mains à la façon dont sa mère le faisait quand quelqu'un évoquait les guérilleros et les troupes paramilitaires. Il avait toujours envie d'uriner, mais comment faire ? Peut-être son pénis s'était-il retiré sous sa peau comme ses testicules le faisaient parfois, laissant le scrotum vide et tout ridé. Il remonta son pantalon et se rendit aux cabinets.

Là, il resta planté devant les latrines, ne sachant pas quoi faire, jusqu'à ce qu'enfin il s'accroupisse, dans l'espoir de voir son pénis surgir de son bassin. Mais son urine trouva une autre issue. Elle jaillit en un flot régulier de son rectum, exactement aussi chaude et jaune qu'à l'accoutumée. Trotski pleura sur tout le trajet du retour à sa chambre. Il s'assit au bord de son lit, attendant de sortir de ce cauchemar. Il se pinça même le bras pour s'assurer qu'il était réveillé. Et c'est alors qu'il le vit : son pénis ! Trotski le vit, ce pénis, qui reposait sur le sol, à côté d'une paire de chaussures noires éculées qu'il avait héritée de son défunt père. Perplexe, il se pencha pour mieux le regarder : une excroissance flasque, de la taille d'un ver à soie, pourvue d'un grain de beauté noir au centre. On ne savait comment, il s'était détaché de son entrejambe pendant qu'il dormait, et s'était déplacé du lit au plancher.

Contemplant l'image mentale de ce pénis apathique, Trotski s'aperçut qu'il en avait peur. S'il avait été capable de se détacher tout seul, il était sans doute capable de bien plus. Il pouvait ramper et se tortiller comme un ver ; il pouvait voler, invisible comme une chauve-souris ; il pouvait même attaquer le garçon, son maître. Au bout d'un certain temps, et après s'être convaincu lui-même que son pénis n'avait pas les qualités nécessaires pour accomplir des tâches aussi ardues, Trotski surmonta ses craintes et le ramassa. Il le tint tendrement dans la paume de sa main, l'observant sous tous les angles possibles. Il ne paraissait pas avoir été sectionné ; sa base était parfaitement scellée, et le sommet avait l'air tout à fait identique à ce qu'il était la dernière fois que Trotski l'avait vu, la tête recouverte d'une peau supplémentaire toute plissée. Tenir ainsi dans sa main son pénis flasque donna au garçon un profond sentiment de tristesse.

Il pleura, pleura à chaudes larmes jusqu'à ce que sa mère entre dans sa chambre.

On raconte que les quatre garçons se rencontrèrent devant chez l'infirmière Ramírez un peu avant huit heures. Ils se précipitèrent, séparément et sans le dire à personne, à l'infirmerie, qui était, en fait, le salon de l'infirmière, sobrement décoré du diplôme de l'école de médecine de son défunt mari et d'une grande reproduction arachnéenne d'un squelette humain, et doté d'une entrée séparée donnant également sur la rue. L'infirmière alla ouvrir la porte dans le pyjama de son défunt mari. Elle était plutôt bien en chair, et une masse de boucles noires brillantes entourait en grappes son visage rondelet.

« Ne devriez-vous pas être tous en route pour la place ? » demanda-t-elle d'un ton grinçant, visiblement ennuyée de la présence si matinale des garçons. Ils se cachèrent le visage sans répondre. « Vous êtes simplement terrifiés par toutes ces idiotes de filles et leur stupide compétition, c'est ça ? Allez-y ! Vous n'en mourrez pas. » Les garçons pleurnichèrent et ne bougèrent pas. L'infirmière Ramírez leur fit les gros yeux et dit : « D'accord, d'accord, bon sang de bonsoir ! Y a-t-il quelqu'un qui ait été touché par une balle ? » Ils secouèrent la tête. « Fort bien, car je ne supporte pas la vue du sang. Entrez, et attendez le temps que j'aille m'habiller. »

L'infirmière de Mariquita éprouvait du dégoût pour le sang, le vomi, la diarrhée, le pus, les éruptions et les organes génitaux des autres gens – quant aux siens, elle les trouvait on ne peut plus désirables. Inutile de dire que ce n'était pas une bonne infirmière. Infirmière, en fait, elle ne l'était pas du tout. Elle était la veuve du Dr Ramírez, le seul médecin de Mariquita pendant plus de trente ans, et, de lui, elle n'avait à moitié appris que les seuls rudiments de la médecine : comment prendre le pouls et la tension d'un patient, comment lire un thermomètre et se servir du stéthoscope, comment faire des piqûres. Elle avait refusé d'apprendre la technique de réanimation par le bouche-à-bouche. Huit ans auparavant, après l'attaque des guérilleros et la disparition des hommes de Mariquita, la veuve du Dr Ramírez n'avait été d'aucun secours. Ce jour-là, elle essaya d'aider ses voisines et amies à panser leurs blessures, mais fut prise de nausées à la vue de tant de sang et rentra chez elle se lamenter sur ses propres pertes. Quelques semaines plus tard, une sérieuse épidémie de grippe se produisit, tuant sept enfants et trois vieilles femmes au cours de la première semaine. Cette fois, cependant, elle soigna plusieurs patients et réussit à empêcher l'épidémie de s'étendre. La veuve Pérez déclara même que l'« infirmière » Ramírez lui avait sauvé la vie. Depuis, toutes les fois que quelqu'un se blessait ou tombait malade, on appelait l'« infirmière » Ramírez.

Tandis qu'ils attendaient le retour de l'infirmière si délicate, les garçons faisaient comme s'ils n'étaient pas à l'infirmerie en train d'attendre le retour de ladite infirmière. Che se vantait de sa puissante éjaculation à longue portée : « Tenez-vous prêts, les gars, car je me suis entraîné pour notre prochain concours. Je tire chaque fois plus loin. » Le commentaire résonnait aux oreilles de Trotski. Il essayait de garder son calme, mais il ne pouvait s'empêcher de se ronger les ongles. « C'était une compétition stupide, grommela-t-il. Pas question pour moi de recommencer. » Pendant ce temps, Hochiminh, vêtu de l'une des chemises de son défunt père (qui avait l'air un peu trop grande pour lui) et étreignant un énorme livre contre ses seins, s'occupait en apprenant les noms des os sur la reproduction du squelette : « Ster-num, os ili-a-que, sac-rum… » Vietnam, quant à lui, refusait de parler. Il écrivit sur un bout de papier : « J'ai attrapé un mal de gorge sévère et n'ai plus de voix », et il tint le billet en l'air pour que ses amis le voient.

L'infirmière Ramírez ne pouvait se résoudre à examiner les garçons. Elle les appela dans son bureau l'un après l'autre et les écouta parler de leurs symptômes. Ce qu'elle entendit était si terrifiant qu'elle les réenferma sur-le-champ dans la salle d'attente. Dans son esprit, il n'y avait aucun doute : elle se trouvait face à une mystérieuse épidémie d'une immense gravité. La peur s'empara d'elle, ses mains se mirent à trembler sans qu'elle puisse les en empêcher, et elle éprouva un désir compulsif de se laver. Elle se dépouilla de ses vêtements, les mit dans un sac qu'elle ferma hermétiquement, avant de prendre un bain et de se récurer plusieurs fois de la tête aux pieds au moyen d'une éponge. Se sentant un peu plus calme, elle se rhabilla et sortit d'un tiroir un vieil ouvrage de références médicales, relique transmise de génération en génération dans la famille de son mari. Elle voulait identifier la maladie, mais par où commencer ? Il lui apparut qu'il fallait faire appel à quelqu'un d'autre.

Quand Rosalba arriva et apprit la mauvaise nouvelle, elle voulut voir les garçons, mais l'infirmière s'y opposa. Rosalba insista.

« Mais vous ne les avez pas examinés ! Comment êtes-vous sûre qu'ils ne mentent pas ?

— Mentir ? Est-ce que vous mentiriez, madame le Maire, à propos d'une chose pareille ? Si seulement vous aviez vu leurs têtes... Ils avaient l'air terrifiés. Hochiminh, le pauvre, se couvrait la poitrine avec un gros livre. Et Vietnam n'arrivait même plus à parler. Quelle honte !

— Ramírez, il faut que je voie ces garçons, insista Rosalba.

— Madame le Maire, si vous entrez dans cette pièce, vous devrez y rester quarante jours en compagnie de ces garçons contaminés », répliqua l'infirmière Ramírez sur un ton cassant qui, aux oreilles autocratiques de la première magistrate, invitait à la confrontation. Mais la situation était si critique que même Rosalba reconnut qu'elle réclamait sérénité et souplesse. Elle donna sa parole à l'infirmière qu'elle ne verrait point les garçons, mais exigea la clé de la pièce dans laquelle ils étaient confinés. Ainsi, elle pouvait avoir l'impression d'être maîtresse de la situation. Elle la cacha dans son corsage, puis alla quérir la brigadière Ubaldina viuda de Restrepo.

Cette dernière ne reçut pas d'informations précises sur l'état sanitaire des garçons : la discrétion n'était pas ce qui la caractérisait. On l'envoya chercher les trois autres hommes de Mariquita (Julio Morales, Santiago Marín et le padre Rafael), avec mission de les ramener à l'infirmerie pour examen médical.

La brigadière trouva Julio Morales, plus connu sous le nom de Julia, au milieu d'une foule de femmes qui attendaient que débute le concours. Il était, comme d'habitude, habillé en fille, ses cheveux noirs parés de fleurs colorées. « Le maire veut vous voir immédiatement », murmura l'officier de police à l'oreille de la jeune fille ; Julia lui fit signe de passer devant : elle la suivrait. Ce qu'elle fit, le dos parfaitement droit, balançant les hanches en cadence, chacun de ses pieds nus se posant exactement devant l'autre à chaque pas qu'elle faisait, démarche séduisante qui faisait honte à la brigadière à l'allure gauche, avec sa culotte en fil, son chemisier en tissu écossais et ses bottes en cuir éculées.

Santiago Marín, l'Autre Veuve, fut trouvé derrière chez lui, en train de travailler son jardin, petit mais florissant, où il faisait pousser les meilleures tomates du village. Depuis le soir où il avait envoyé Pablo, son amant, faire un dernier voyage sans retour, Santiago s'était réfugié dans l'introspection et le silence. Il n'était pas devenu muet comme Julia, il ne parlait simplement pas à moins d'avoir quelque chose d'important à dire. Ce jour-là, après avoir écouté la policière, Santiago enfila une chemise propre, laissa pendre ses cheveux longs et partit pour l'infirmerie, escorté par Ubaldina.

Le padre Rafael fut le dernier homme à être emmené à l'infirmerie. La brigadière trouva le prêtre qui prenait son petit déjeuner à la Cafetería de Villegas, et, après qu'elle l'eut informé que « quelque chose de terrible » frappait Mariquita, celui-ci demanda que lui soient accordées quelques minutes en compagnie du Seigneur. Ubaldina l'accompagna jusqu'à l'entrée de service de l'église. Ils ne voulaient pas être vus par la foule rassemblée sur la place – les femmes commençaient à s'impatienter, à présent, tant du manque d'empressement des garçons que de la célérité avec laquelle s'accentuait l'ardeur du soleil. La brigadière attendit à l'extérieur de l'église, sifflotant de vieilles chansons et caressant la crosse du vieux revolver qu'elle portait à la ceinture. Quatre chansons plus tard, le padre ressortit, et ils prirent ensemble le chemin de l'infirmerie.

Les mères des garçons furent elles aussi mandées. Notification devait leur être faite de l'état sanitaire des garçons et de l'ordre de quarantaine. Les quatre veuves exigèrent de voir leurs enfants, menaçant de défoncer la porte de la pièce où on les gardait si le maire ne les laissait pas entrer. Pendant que l'infirmière Ramírez et la brigadière s'inquiétaient des possibilités de détention multiple, Rosalba jugea qu'il était temps d'affronter la foule des femmes sur la place. Elles avaient perdu toute retenue au point que leur chahut et leurs protestations s'entendaient de partout dans Mariquita. Il était à peine dix heures du matin, et le soleil était déjà incandescent. Rosalba parcourut des rues désolées tapissées de milliers de feuilles que le vent avait dérobées aux manguiers plus tôt ce jour-là. Il n'y avait pas âme qui vive en vue. Le concours avait paralysé les activités, qui, les dimanches matin normaux, n'étaient de toute façon pas nombreuses ; à peine voyait-on quelques marchands ambulants et une poignée de veuves craignant le Ciel qui assistaient aux premières messes. Rosalba se demandait comment les femmes rassemblées sur la place allaient réagir à la nouvelle. Elles ne manquaient pas de ressort après avoir subi tant de malheurs au fil des ans, mais c'était là vraiment la fin de leurs espoirs. Si l'infirmière Ramírez avait raison quant à la maladie des garçons, les femmes ne connaîtraient plus jamais la compagnie d'un homme. Ni ne porteraient de garçons. Ou de filles. Ou quoi que ce soit d'autre. Demain, il leur faudrait décider si elles voulaient croupir dans ce maudit village, à attendre des parents ou des soupirants de sexe masculin qui pourraient bien ne jamais revenir, ou franchir hardiment ces montagnes intimidantes groupées autour d'elles pour trouver non pas un village, mais une grande ville où les guérilleros ne pourraient enlever tous les hommes d'un seul coup, où il y aurait assez d'hommes bien portants pour les féconder, et de l'électricité, de l'eau courante, des voitures, des téléphones. Peut-être même un de ces appareils électriques qui fabriquent de l'air froid et vous le soufflent dessus. À cet instant précis, Rosalba aurait donné n'importe quoi pour s'asseoir à côté de l'un d'eux.

Mais que feraient ces pauvres paysannes dans une grande ville sans terre à cultiver ? Elles finiraient par travailler comme domestiques ou comme prostituées, seules professions pour lesquelles les femmes de la campagne semblaient qualifiées lorsqu'elles migraient à la ville. Qu'iraient-elles faire, ces provinciales, parmi tant de dames raffinées et de messieurs cultivés ? Les gens se moqueraient d'elles, de leurs vêtements en loques et de leurs pieds nus. Ils se gausseraient de leurs corps grassouillets, nourris au maïs, de leur rudesse, de leurs jambes couvertes de piqûres de moustiques. Et si ces femmes simples étaient amenées à dire qu'elles avaient fait tout le chemin depuis Mariquita, les dames raffinées demanderaient : « Mari quoi ? », et éclateraient de rire.

Non. Ces pauvres, ces simples femmes ne quitteraient jamais Mariquita. Elles resteraient ici, plongées dans cette existence routinière où jusqu'à l'air qu'elles respiraient sentait jour après jour le même renfermé ; où leurs noms et leurs faiblesses étaient connus de toutes ; où il n'y avait personne de riche ni de raffiné – seulement des moins pauvres, des moins frustes – et cela, qui plus est, n'avait pas d'importance puisque toutes, en définitive, étaient vouées à un sort funeste. Oui. Elles resteraient ici, au purgatoire. Car c'était bien là ce qu'était en vérité Mariquita. Le purgatoire. Sauf que personne ne s'en était encore rendu compte. Personne, hormis la première magistrate.

« J'ai une terrible nouvelle, déclara Rosalba à la foule, d'un air inhabituellement calme, concernant les garçons », ajouta-t-elle, observant l'expression perplexe des femmes, qui, dans une ou deux secondes, virerait à la souffrance. Elle se mit à expliquer avec un luxe de détails ce qui était arrivé à chacun des garçons, ou plutôt ce que l'infirmière lui avait rapporté. Elle parla aux femmes de seins qui étaient mystérieusement apparus et de pénis qui avaient rétréci ou pris le large sans le moindre avertissement. Un instant, elle envisagea de profiter de la réunion improvisée pour demander aux femmes de balayer les rues et les ruelles. Les nombreuses feuilles y rendaient la marche périlleuse. Mais devant les cris hystériques qui accueillirent sa déclaration, Rosalba se rendit compte que demander aux femmes de balayer les feuilles n'était peut-être pas ce qu'il y avait de plus sensé à faire.

Le cœur brisé, Magnolia s'appuya contre un arbre robuste pour pleurer. Non loin d'elle, Luisa enfouit son visage dans le corsage de Sandra. Elvira et Cuba bercèrent leur chagrin mutuel sur les épaules l'une de l'autre. D'autres femmes se cachèrent le visage derrière les mains pour pleurer entre leurs doigts. Et maintenant ? Les quatre garçons avaient représenté l'unique espoir de toutes. Elles se trouveraient désormais privées de toute espérance. Elles resteraient là, à regarder les jours défiler en semaines, les semaines en mois, et les mois en années... Et puis un jour, après une vie entière de solitude, elles mourraient, vieilles filles aigries qui n'auraient jamais su ce que cela faisait d'avoir un homme autre que le prêtre haletant à leur cou, son visage râpeux contre leurs seins ou entre leurs jambes.

« Que m'est-il arrivé ? criait Magnolia Morales, frappant à coups de pied et de poing l'arbre sans reproche. Quelle honte ! Quel malheur affreux ! Je ne connaîtrai jamais le bonheur. » Mais ses sanglots s'accompagnèrent d'un certain soulagement : pour la première fois de son existence, Magnolia se trouvait confrontée à sa préoccupation la plus importante. Elle caressa tendrement la surface rugueuse de l'arbre comme s'il s'agissait d'un homme lui faisant de tristes adieux. Et elle pleura un peu plus.

À cet instant, l'infirmière Ramírez arriva de l'infirmerie. Elle avait le visage luisant de sueur et les yeux creusés. Le padre Rafael, Julia et Santiago la suivaient. Santiago transportait un gros livre. L'infirmière se planta sur l'estrade à côté de Rosalba pour déclarer qu'elle avait examiné les trois hommes. Mais en réalité, comme ceux-ci ne s'étaient plaints d'aucun symptôme, elle s'était contentée de leur demander de se déshabiller pour vérifier, à une certaine distance, que tout était comme il se devait et où il se devait. « Rien ne manque à aucun d'eux. Ils sont entiers et intacts », annonça-t-elle à la foule, avec l'impression manifeste d'être celle qui apportait la bonne nouvelle. Mais ladite nouvelle n'apporta aucun soulagement au chagrin des femmes. Elles n'avaient jamais considéré Julio et Santiago comme des hommes – eux non plus – et pour ce qui était du padre Rafael, c'était entièrement du passé ; un méchant et honteux passé dont nulle ne voulait qu'on le lui rappelle.

Cependant, l'infirmière n'en avait pas terminé. Elle rapporta qu'elle avait trouvé quelque chose. Une piste, dit-elle, dans un vieil ouvrage de médecine qu'elle tenait pour une bible. « Je suppose que nos garçons souffrent d'un état connu sous le nom de… » Elle fit signe à Santiago de s'approcher avec le livre. « Voyons, dit-elle, en l'ouvrant à une page marquée par une feuille de maïs et en reculant son visage afin de mieux voir les petits caractères. Nous y voici : Babaloosi-Babaloosi. Un état mystérieux observé une fois à la fin des années 1800 dans une région reculée de l'Afrique australe. Le Babaloosi-Babaloosi passe pour avoir peu à peu transformé les jeunes enfants de la tribu Zukashasu en créatures exceptionnelles qui n'étaient ni hommes ni femmes. Ces créatures, connues sous le nom de Babas, finirent par devenir les conseillers des chefs de la tribu en raison de leur impartialité en tous domaines.

— Arrêtez, je vous prie, lança le padre Rafael. Tout cela est absurde. Êtes-vous donc complètement aveugle ? Ne voyez-vous pas que c'est là une punition envoyée par Dieu ? » Il s'approcha du maire, avec la mine de quelqu'un qui souffrirait de dystrophie musculaire. « Vous devez faire quelque chose pour mettre un terme à toutes ces inepties, siffla-t-il.

— Ramírez, continuez, je vous prie », dit Rosalba à l'infirmière. Furieux, le prêtre s'écarta. Les bras croisés, il ne cessait de secouer la tête. L'infirmière poursuivit.

« Le Babaloosi-Babaloosi a été attesté par le médecin anglais Harry Walsh, qui commença à l'étudier durant la dernière décennie du XIXe siècle. Malheureusement, le Dr Walsh est mort de la malaria en 1903, laissant des théories peu concluantes sur ce mal ponctuel. Les Zukashasu le prenaient pour un miracle, mais les rapports médicaux le classent simplement comme un état mystérieux dont on ignore l'origine. » L'infirmière s'interrompit pour demander si quelqu'un avait des questions à poser.

« Où est l'Afrique ? » demanda Francisca, en levant le doigt.

L'infirmière haussa les épaules et passa la foule en revue, à la recherche de Cleotilde. La maîtresse d'école avait toujours une réponse à toutes les questions.

« L'Afrique se situe au sud de l'Europe, entre les océans Atlantique et Indien », répondit la vieille femme. Francisca s'apprêtait à demander où se trouvait l'Europe quand le prêtre intervint.

« Votre livre dit-il ce qu'il advint de cette merveilleuse tribu ? » Ses paroles étaient pleines de mépris.

L'infirmière prit acte de la question du prêtre mais sans prêter attention à son ton sarcastique. De nouveau face au livre, elle lut : « La tribu Zukashasu a été exterminée par ses voisins, de la tribu Shumitah, dans une guerre ethnique qui tua des milliers d'indigènes africains en 1913. Néanmoins, ils ont laissé le souvenir d'une des formes de société les plus heureuses qu'on ait jamais vues sur ce continent. » Elle s'arrêta pour lever les yeux, puis déclara, d'une voix ingénue de jeune fille : « Imaginez cela : un être humain impartial, quelqu'un qui ne prend pas parti car il n'est ni mâle ni femelle. Je pense que le monde a besoin de gens comme ça. » Elle referma le livre, persuadée d'avoir achevé son discours par une phrase profonde.

Un silence total gagna toute la place tandis que les femmes se mettaient à réfléchir. D'abord, elles essayèrent d'imaginer à quoi ressemblerait un être humain impartial ; et puis, elles essayèrent de concevoir une société exempte de préjudices, gouvernée avec équité et honnêteté. Mais rien ne prit forme. Elles n'avaient jamais vu ni l'un ni l'autre.

« Personne n'est aussi impartial que Dieu. Il ne nous juge pas, lança le prêtre, les interrompant dans leur réflexion, sur le même ton assommant que celui de ses sermons quotidiens à l'église.

— Mais votre Dieu n'habite pas dans ce village, padre, répliqua l'infirmière Ramírez, qui se sentait attaquée. Il nous a lâchés, et vous êtes vraiment têtu pour continuer à croire en Lui.

— Vous grillerez en enfer, espèce de blasphématrice ! » hurla le prêtre. Il se tourna face à la foule et déclara : « Faites la sourde oreille aux contes de fées stupides. La Bible dit...

— La Bible ne dit rien que nous puissions comprendre ou qui nous concerne, intervint brusquement l'infirmière, les joues enflammées de colère. Combien de fois la manne est-elle tombée du ciel quand nous avons eu faim ? Combien de nos parents morts ont été ramenés à la vie ? Vos contes de fées ne sont pas plus crédibles que les miens, padre. » L'infirmière et le prêtre se tournèrent tous deux vers le maire, comme s'ils cherchaient un soutien, et la foule, qui avait senti la perspective délicieuse d'une confrontation sérieuse, regarda aussi la première magistrate (rien ne rapetissait tant les problèmes de chacun que d'être témoin des difficultés des autres).

Mais Rosalba ne réagit pas immédiatement. Elle parut prendre en considération à la fois les arguments du prêtre et ceux de l'infirmière. Ce qu'elle déclarerait ensuite, elle le savait, pourrait les calmer ou exciter encore davantage leur fureur. « Je dis que nous devrions écrire notre propre Bible, proposa-t-elle pour finir, avec un petit rire. Une Bible qui nous parle, qui raconte les villages dévastés par les guérilleros et les paramilitaires. Les villages voués à la ruine des veuves et des vieilles filles, et des pénis qui disparaissent pendant la nuit. »

Hormis le padre Rafael – qui levait les yeux au ciel – et une poignée de veuves bigotes, la foule trouva l'idée amusante. Les femmes opinaient du chef et échangeaient des murmures d'approbation, et certaines riaient même en douce. Et donc, encouragée par cette réaction relativement positive à sa remarque spirituelle, Rosalba poursuivit : « Nous accomplissons nos propres miracles, après tout. Ne nourrissons-nous pas de grandes foules avec peu de denrées ? Ne marchons-nous pas sur les eaux tous les mois d'octobre et de novembre, lorsque nous subissons ces affreuses inondations ? » Elle gloussa.

« Le seul miracle que nous n'avons pas encore maîtrisé, c'est la façon de chasser les démons », l'interrompit l'infirmière Ramírez, lançant au prêtre un regard mauvais. La foule rit de bon cœur de ce dernier commentaire.

« Je veux une Bible qui ne jette pas l'opprobre sur les femmes qui aiment les femmes, réclama Francisca depuis la foule.

— Ni les hommes qui aiment les hommes », lança en écho l'Autre Veuve depuis l'estrade.

Et comme d'autres se mettaient à crier avec enthousiasme leurs idées pour la Bible de Mariquita, le prêtre se mit, lui, à débiter son baratin en latin : « Sanctus Dominus Deus Sabaoth… » Il tomba lentement à genoux. « Miserere nobis. Dona nobis pacem. » Il étira ses bras de toute leur longueur. « Pater noster, qui es in coelis… » Il tourna son visage vers le ciel, dans l'espoir qu'un violent orage éclate à cet instant, mais le ciel n'avait jamais paru aussi dégagé.

Plus tard ce jour-là, s'agenouillant tout seul sur le sol nu de la chapelle, le padre implora : « Pourquoi, Père bien-aimé ? Pourquoi les laisses-Tu faire injure à Ton nom ? Elles ne jurent contre Toi que pour ne pas affronter la vérité avec dignité. Et pourquoi ne permets-Tu pas à Tes humbles fidèles de croître et multiplier ? Tout ce que nous voulons, Seigneur, c'est obéir à Ton mandat en vue de remplir la terre de catholiques et d'établir notre empire sur tout ce qui vit ici-bas. Pourquoi as-Tu envoyé ce fléau pour nous châtier ? »

Et de poursuivre à n'en plus finir sa litanie.

Mais il se produisit alors quelque chose d'inhabituel : le prêtre contemplait une peinture représentant Moïse tenant les deux pierres des tables de la Loi, accrochée de guingois au mur, et il imaginait combien pénible cela avait dû être pour le pauvre Moïse d'être chargé d'un tel fardeau quand un éclatant rayon de soleil filtrant par la fenêtre l'aveugla, en même temps que la vérité s'imposa à lui de manière miraculeuse. Il se rappela que, dans l'Ancien Testament, Dieu sauvait Son peuple élu de l'esclavage au moyen de douze plaies spectaculaires, et qu'Il séparait ensuite les eaux de la mer Rouge afin que ce peuple puisse s'échapper de la terre d'Égypte. Mais bien sûr ! Telle avait été l'intention de Dieu quand Il avait envoyé la première plaie, les guérilleros, à Mariquita en 1992. Les rebelles avaient recruté et enlevé de force la plupart des hommes, ces créatures pécheresses qui séchaient la messe et allaient courir la gueuse chez doña Emilia, cette maison du péché. Mais bien sûr ! La maladie soudaine des garçons, c'était la façon qu'avait le Seigneur de punir les femmes de leurs abominables péchés ; de leurs mensonges mutuels et de leur manque de foi en Dieu. Tout prenait sens, à présent : sa propre stérilité, le rétrécissement du pénis de Che, les seins d'Hochiminh, les règles de Vietnam, l'autonomie des organes génitaux de Trotski – c'étaient toutes là des plaies. Les Plaies de Mariquita.

« La lumière ! murmura-t-il, la vision déjà recouvrée. J'ai vu la lumière ! » Sans doute Dieu ne s'était-Il pas manifesté en personne au milieu d'une flamme, ni ne lui avait-Il pas parlé directement de là-haut (c'était là un privilège réservé aux vrais saints et qui n'était pas pour lui) ; mais il n'en restait pas moins que le Seigneur lui avait dévoilé Sa volonté. Il l'avait fait par l'entremise d'un modeste rayon de soleil, sans compter l'intelligence et la clairvoyance prodigieuses du padre. « Dieu m'a choisi pour être le Moïse de Mariquita ! conclut-il, extatique. Loué soit Dieu ! »

Comblé par son nouveau savoir, mais ne sachant pas trop en quoi pourrait consister sa mission à Mariquita, le padre décida de chercher conseil dans le Livre de Dieu lui-même. Il s'assit sur un banc, l'énorme bible posée sur ses genoux, et se mit à lire avec avidité le second livre de Moïse intitulé Exode. Pendant ce temps, la foule dehors sur la place se fit plus bruyante. Le brouhaha insolent escaladait les murs de la chapelle et grondait comme un bataillon à travers leurs fissures et leurs crevasses. Le prêtre se leva pour observer la place à travers la grille en fer. Les femmes étaient assises par dizaines sous les manguiers à côté de l'estrade, à jacasser à propos de Bibles nouvelles, du Babaloosi-Babaloosi et des Zukashasu. Il ne se passerait pas longtemps, pensa-t-il, avant qu'elles aillent vénérer des idoles à forme humaine, comme ces garçons frappés par le mal. Voire pire, des idoles d'apparence animale, comme… comme elles-mêmes.

Il regagna le banc et poursuivit la lecture de l'Exode avec une dévotion accrue, jusqu'à ce que, au chapitre 32, versets 26 et 27, il trouvât la réponse à sa question. Rempli d'effroi, il porta brusquement ses mains à sa bouche, ferma les yeux et demeura ainsi quelques minutes. Puis il se leva, redressa le dos, le menton, et, s'adressant à la fenêtre par laquelle le rayon de soleil divin l'avait éclairé, il dit tout doucement : « Que Ta volonté soit faite. »

Le padre Rafael n'était pas un méchant homme, il était simplement idiot. Il s'était mis une idée en tête. Deux idées, en fait : il était un Moïse moderne, et il avait une mission divine, qui était de sauver la population de Mariquita. Pour cette raison, il mit un mouchoir sur son amour-propre et alla trouver le maire dans son bureau.

« Je veux rendre une visite religieuse aux garçons », commença-t-il, non sans une certaine morgue. Mais après avoir croisé le regard sombre du maire, il révisa vite son approche et radoucit son ton. « L'infirmière a dit que vous aviez la clé de la pièce où ils sont confinés, et je pense qu'il est très important qu'ils reçoivent la Sainte Communion. Ils ont besoin d'être en paix avec Dieu, madame le Maire.

— Vous ne pouvez pas entrer là-bas, padre, répondit-elle d'un ton las.

— Et pourquoi cela ? Est-ce parce que vous craignez que ma présence aille… interrompre la *mutation* des garçons en…

— Épargnez-moi vos sarcasmes, padre, l'interrompit Rosalba. Je ne crois pas plus que vous à toute cette histoire de Babaloosi. » Elle se leva et gagna lentement la fenêtre. Elle resta plantée là, les bras croisés sur la poitrine, à ne rien regarder de particulier.

« Eh bien, je suis soulagé d'entendre cela ! » repartit-il. L'aveu de Rosalba lui avait redonné le moral. « Une brillante dirigeante de la communauté comme vous ne saurait accorder de crédit à des explications terrestres des mandats divins.

— J'ai aussi cessé de croire en votre Dieu, padre », répliqua sur-le-champ Rosalba, avec une conviction absolue, comme si elle récitait le premier vers du Credo.

Le padre Rafael arpenta la pièce de long en large sans rien dire. Il fit diverses grimaces et gestes rapides des mains et de la tête, qui laissaient tous à penser qu'il était en sérieuse conversation avec lui-même. La révélation de Rosalba ne l'avait pas surpris. Au cours des quelques années passées, il avait remarqué un déclin important de la foi chez les femmes. La grande majorité assistait encore à la messe une fois par semaine, mais le padre savait qu'au moins la moitié d'entre elles le faisaient pour une raison qui n'avait rien à voir avec la piété. Dans une petite communauté de trente-sept veuves, quarante-quatre vieilles filles, dix adolescentes, cinq enfants, Julia Morales, Santiago Marín et le prêtre lui-même, aller à la messe, était un devoir social. Les femmes devaient être vues à la messe, ou se déclarer ouvertement non croyantes – comme Francisca l'avait fait après avoir découvert une fortune sous son lit – et subir les conséquences d'une excommunication. Le fait que la plus haute autorité de Mariquita ait avoué franchement ne pas croire en Dieu signifiait qu'il serait bientôt socialement acceptable pour tous de ne pas assister aux services religieux, et que l'on n'aurait donc plus besoin de lui. Cependant, il n'allait pas se laisser décourager par cet état de fait (Moïse n'avait-il pas connu pareille situation ?). Le Seigneur en personne lui avait assigné une mission divine, et il la mènerait jusqu'à sa conclusion logique.

« Madame le Maire, dit-il sur un ton cérémonieux. Vous dites que vous ne croyez pas à la fable de l'infirmière, mais aussi que vous ne croyez pas en... *mon* Dieu. Alors, puis-je vous demander comment vous expliquez l'étrange état des garçons ? Car vous savez que cet état est réel.

— Non, padre, je ne le sais pas. Je ne les ai pas vus. Personne ne l'a fait. Ils ont simplement parlé de leurs symptômes à Ramírez, et elle les a enfermés sur-le-champ, sans les examiner. Vous savez combien elle peut se montrer délicate et sujette au dégoût.

— Je le sais assurément. Mais si les garçons sont allés la trouver en tout premier lieu, c'était parce que… » Il plissa les yeux et, baissant la voix, demanda : « Vous n'êtes pas en train de suggérer qu'ils ont inventé tout cela ? »

Rosalba haussa les épaules. « Je dis seulement qu'ils sont connus pour leur malice. »

« Eh bien, il n'y a qu'une façon de dissiper vos doutes, madame », dit le prêtre avec assurance.

Rosalba réfléchit un court instant à la proposition du padre, puis se tourna sur le côté, plongea sa main dans son corsage et sortit la clé du cadenas qui retenait captifs les quatre garçons. « Je veux qu'elle me soit retournée dans une heure. »

Le prêtre regagna son logement, situé à l'arrière de l'église. C'était une petite pièce mal aérée aux murs nus, pourvue d'une unique fenêtre bloquée depuis belle lurette. Il n'y avait là aucun crucifix ni aucune image. Sur la commode se trouvaient une corbeille remplie de minuscules galettes de maïs et une cruche à moitié pleine de chicha. Les amuse-gueule et la boisson fermentée, de maïs elle aussi, lui étaient livrés, à titre de don, tous les dimanches matin par la veuve Morales. C'était elle, également, qui faisait le ménage de sa chambre.

De sous son lit, il tira un coffre en bois rempli de tout un bric-à-brac : cuvettes en plastique, tubes rouillés et appareillages en fer, bouteilles vides de différentes tailles, un postiche dont il s'était servi quand il avait commencé à perdre ses cheveux, une perruque qu'il avait portée après les avoir tous perdus, une lampe de bureau et même des ampoules du temps où Mariquita avait l'électricité. Il se mit à farfouiller dans le coffre. Il le vida entièrement avant de tomber sur l'objet qu'il cherchait : une bouteille de taille moyenne au bouchon à pas de vis soigneusement enveloppé dans du ruban adhésif. Il leva la bouteille vers la lumière venant de la fenêtre. Elle était remplie d'un peu de liquide. « Alléluia ! » s'exclama-t-il en l'embrassant. Puis il la rangea dans la poche de sa soutane.

Sans prêter attention à la pagaille qu'il avait semée sur le plancher, il gagna sa commode. Il serra du mieux qu'il pouvait la cruche contre son corps, empoigna la corbeille d'arepas et sortit à la hâte dans la rue, en direction de l'infirmerie.

À la vue du prêtre, Che, Hochiminh, Vietnam et Trotski furent transportés de joie. C'étaient des catholiques sincères, qui savaient que, lorsque tout le reste échouait, ils pouvaient toujours compter sur Dieu, ou du moins l'un de Ses émissaires. Le padre cadenassa promptement la porte de l'intérieur et se mit à examiner les garçons, un à un, en quête de quelque signe du fléau spectaculaire que le Seigneur leur avait envoyé. Hormis leurs yeux rougis et leur air affolé, ils paraissaient parfaitement normaux. Mais le prêtre savait mieux que personne qu'il ne fallait pas croire ses propres yeux : les voies du diable étaient trompeuses. Il posa la corbeille inoffensive et l'inoffensive cruche sur un vieux bureau derrière lequel il se planta, face aux garçons. Il les fit asseoir et se mit à leur parler de Dieu et de Sa volonté. Il s'exprimait dans le langage biblique, un langage trop compliqué pour qu'ils le comprennent. Un truc à propos des ténèbres et des royaumes, de la folie et des plaies, de la destruction et du chaos.. Et peut-être des anges. Puis il leur parla de la Sainte Eucharistie. Incompréhensible là encore. Au point qu'Hochiminh se demanda si le padre avait le don de parler des langues inconnues. Quand il eut terminé, il envoya chacun des garçons dans un coin pour dire trois Ave et un Pater. « En pénitence », dit-il, bien qu'il n'ait pas entendu leurs confessions. Pendant ce temps, il sortit de sa poche la bouteille et l'ouvrit. Avec beaucoup de précaution, il vida son contenu dans la cruche de chicha et le regarda se dissoudre rapidement. Il revissa fermement le bouchon sur la bouteille et la remit dans sa poche.

Une fois absous de leurs péchés, les garçons furent invités à s'aligner face à l'autel improvisé. Ils se rangèrent par ordre de taille. Vietnam, le plus petit, à l'extrême gauche, suivi de Trotski, de Che et, pour finir, de Hochiminh. Ils baissèrent la tête et chacun joignit ses mains devant sa poitrine. Le prêtre trouva qu'ils ressemblaient à des anges… à ceci près qu'ils n'avaient ni ailes ni cheveux blonds. Pour être de vrais anges, les cheveux blonds étaient indispensables.

Le padre leva les mains en l'air et entama une conversation avec le Tout-Puissant. « Nous venons à Toi, Père, dit-il, avec louange et gratitude, par l'entremise de Ton Fils Jésus-Christ. » Il fit le signe de la croix au-dessus de la corbeille et de la cruche à la fois. Puis il ajouta : « Par Son entremise, nous Te prions d'accepter et de bénir ces présents que nous T'offrons en sacrifice. » Il joignit les mains, ferma les yeux et garda un moment le silence.

Quand Hochiminh remarqua que le prêtre s'apprêtait à rompre le pain, lui qui avait été un enfant de chœur – médiocre assurément, mais un enfant de chœur tout de même – se mit à chanter : « Agneau de Dieu qui ôtes le péché du monde, prends pitié de nous… »

Le prêtre prit une arepa dans la corbeille, et comme il n'avait pas de patène dans laquelle la placer, il la brisa sur le bureau. Il en laissa tomber avec précaution un petit bout dans la cruche et marmonna encore quelques-uns de ses mots incompréhensibles. Il prit l'arepa, la leva devant son visage et demanda aux garçons de s'approcher, et de s'approcher encore davantage, jusqu'à ce que les dociles créatures fussent debout contre le rebord du bureau, frappées au visage par l'haleine aigre du padre. Il prit une minuscule arepa dans la corbeille et la leur montra. « Le corps du Christ, dit-il.

— Amen », répondirent-ils à l'unisson. L'un après l'autre, les quatre garçons reçurent la communion.

Alors, le prêtre se saisit à deux mains de la cruche et la donna à Vietnam en disant : « Le sang du Christ.

— Amen », répondirent de nouveau les garçons. Chacun porta la cruche à ses lèvres, avala une généreuse gorgée de chicha – douce, aromatique, légèrement poivrée – et se retira dans un coin pour s'agenouiller.

« Prions », dit le padre. Il tendit les mains et ferma très fort les yeux. Mais au lieu de prier, il attendit avec anxiété que le silence quasi ecclésial de la pièce fût brisé par le premier bruit avertisseur.

La respiration de Vietnam se fit très rapide, puis lente et irrégulière. Il se mit à tousser par à-coups.

Le prêtre chantonna : « Puisse la bénédiction de Dieu Tout-Puissant… »

Trotski sentit sa gorge s'engourdir. Son cœur cognait de manière désordonnée contre sa poitrine resserrée. Perplexe et pris de peur, il déchira sa chemise, en grommelant de colère.

« … le Père… »

Che avait envie de crier au secours – ses entrailles le brûlaient – mais sa mâchoire était raide, et les mots noyés dans sa gorge.

« … et le Fils… »

Hochiminh hurlait de douleur. Il vomissait violemment, le visage couvert de sueur.

« … et le Saint-Esprit… »

Les quatre garçons réussirent à se redresser et à faire quelques pas les uns vers les autres. Ils ne voulaient pas mourir à genoux.

— … descendent sur vous… »

L'un après l'autre ils s'affalèrent sur le sol, où ils se tordirent dans des mares de vomi avant de perdre conscience.

« Allez dans la paix du Christ ! » ordonna le prêtre, d'une voix perçante comme un cri. Et puis le silence. Un silence si funèbre qu'un frisson parcourut sa propre colonne vertébrale. Il rouvrit les yeux : la pièce était sombre, vide de vie. Il se hâta d'embrasser la surface du bureau et fit la génuflexion d'usage. Puis il gagna la porte. Comme il introduisait la clé dans le cadenas, il jeta un regard par-dessus son épaule au macabre spectacle : quatre garçons aux yeux exorbités et à la peau violacée, trempée de sueur. Quatre garçons à la bouche barbouillée d'écume et de sang. Quatre garçons inertes.

Le padre poussa un long soupir.

La clé tourna sans difficulté dans le cadenas.

La pièce devint d'un froid glacial.

Avec, dans l'air brumeux, une forte odeur de merde et d'amandes amères.

Camilo Santos, 41 ans
Prêtre catholique romain

L'« UNITÉ » MILITAIRE ENVOYÉE POUR RÉAGIR AU MASSACRE ne se composait que d'un sous-lieutenant, de six soldats armés, d'un jeune médecin impressionnable et de moi-même. Je ne tardai pas à voir pourquoi : le village consistait en quelques maisons menaçant ruine, barbouillées de peinture blanche écaillée, un carré de terre sans arbres ni statue qu'ils appelaient une place. L'odeur de la mort suintait de partout.

« Vous êtes arrivés trop tard », marmonna une vieille femme édentée dès que nous descendîmes du camion. Elle était agenouillée derrière un tas sanglant de membres humains qu'elle avait recueillis, essayant de les faire tenir ensemble comme les pièces d'un puzzle. Éparpillés sur la rue pavée, il y avait plusieurs corps et membres mutilés. Le jeune médecin posa sa trousse de première urgence et son sac d'instruments, et s'appuya contre un arbre pour vomir. Les soldats, un peu plus habitués aux horreurs de la guerre, allaient et venaient en posant des questions inutiles aux témoins survivants, comme si notre priorité était d'identifier le groupe qui avait perpétré cette boucherie.

« Où sont les blessés ? demandai-je à la même femme.

— Vous les avez devant vous, répliqua-t-elle, une main pointée vers elle-même, et l'autre vers un groupe de femmes - veuves, mères et sœurs - qui déambulaient, renversant des torses sur le dos, ramassant des morceaux de leurs hommes, sanglotant. « Tous les autres sont morts », ajouta-t-elle.

Soudain, une petite fille jaillit du groupe.

« La tête, grand-mère. J'ai trouvé la tête de papa ! » clama-t-elle, presque enthousiaste. Elle s'avança jusqu'à la femme édentée et lui tendit la tête ensanglantée d'un homme. La femme la prit à deux mains, avec calme, l'examina de tous côtés avant de la poser, visage tourné vers le haut, sur ses genoux. « Il nous manque encore les mains, dit-elle à la fillette. Nous ne pouvons pas l'enterrer sans elles. Il avait de si belles mains… » La petite fille se gratta la tête. Elle regarda à la ronde, puis vers moi, comme pour me demander conseil quant à ce qu'elle devait faire ensuite. Je regardai, moi aussi, à la ronde. Je ne savais pas, moi non plus, que faire ensuite.

La vieille femme sortit un mouchoir et se mit doucement à essuyer le sang du visage blême reposant sur ses genoux. Puis elle leva les yeux et, fixant la bible dans mes mains, dit : « Padre, nous avons besoin que vous priiez pour le repos éternel de nos hommes. S'il vous plaît, commencez maintenant à dire vos prières. »

Je regardai la femme impuissante, le médecin malade et les soldats indifférents, et pris soudain conscience de ce que je devais faire ensuite. Je retournai au camion et échangeai ma bible contre une pelle.

Parfois, même Dieu doit passer au second plan.

9

Le jour où le temps s'arrêta

Mariquita, le 23 juin 2000

AVANT LE LEVER DU SOLEIL, un groupe de dix veuves se réunit secrètement à l'école pour discuter de la façon de tuer le padre. Certaines apportèrent de chez elles des couteaux et des gourdins. D'autres ramassèrent par terre de gros cailloux. Comme elles ne parvenaient pas à s'entendre sur une méthode précise, elles décidèrent que chacune contribuerait à sa façon au meurtre du bonhomme. Elles se séparèrent en deux groupes de cinq. Le premier, guidé par la veuve Sánchez (la mère de Trotski), se rendit à l'entrée principale de l'église. Le second, avec à sa tête la veuve Calderón (la mère de Vietnam), se dirigea d'un pas décidé vers l'arrière du bâtiment.

Armée d'une pierre, la veuve Calderón frappa à la porte de derrière, qui menait à la chambre du prêtre. « Sors, assassin d'enfant ! hurla-t-elle, sors immédiatement, scélérat, ou c'est nous qui allons entrer ! » Les quatre autres femmes faisaient de même, traitant le padre de tous les noms. Le groupe du devant ordonna aussi au prêtre de sortir, le menaçant de mettre le feu à l'église s'il ne s'exécutait pas.

Terrifié, le padre Rafael fit sonner de toutes ses forces la cloche de l'église, en un appel désespéré à la brigadière, ou au maire, ou à ses fidèles les plus dévotes, ou, peut-être, à Dieu. Seules les deux premières prêtèrent attention à son bruyant appel. Rosalba et Ubaldina se rendirent auprès des femmes, pour essayer de les convaincre de ne pas se laisser égarer par leur colère.

« Nous devons venger la mort de nos fils », cria la veuve Sánchez.

— Nous ne laisserons pas ce salaud se tirer à bon compte du meurtre de nos garçons », lança en écho la veuve López.

Rosalba invita les femmes en furie à réfléchir au fait qu'œil pour œil était un principe erroné, et que le fait d'avoir enterré leurs quatre garçons la veille avait déjà été une terrible tragédie pour Mariquita. Elle insista tant auprès d'elles qu'elles consentirent à ne pas tuer le padre Rafael, à la condition qu'il quitte immédiatement Mariquita.

Rosalba et le prêtre eurent un bref entretien à travers la petite grille en métal de la porte principale.

« Vous devez partir sur-le-champ, annonça Rosalba.

— Ce n'est pas juste, madame, répondit-il d'une voix chevrotante. Je me suis dévoué…

— Vous n'avez moralement aucun droit à parler de justice ou de n'importe quoi d'autre, l'interrompit Rosalba. Je vous donne une demi-heure pour vider les lieux, ou je laisse les femmes entrer vous chercher. » Elle rejoignit l'attroupement qui grossissait à l'extérieur de l'église et observa en silence le petit homme qui sortait un matelas roulé, un rocking-chair, son énorme bible, un petit cageot de poulets, des sacs, des boîtes, des baluchons et des ballots, pour les charger sur sa vieille mule – un don de la famille Restrepo en 1991, pour le vingtième anniversaire de ses bons offices à Mariquita. Quand il en eut fini, la mule pouvait à peine tenir debout.

Redoutant que les femmes aillent regretter leur faiblesse et le lyncher, le padre hésita avant d'aller dans leur direction. Elles s'étaient rassemblées des deux côtés de la rue principale, lui laissant, à lui et à sa mule, à peine assez de place pour passer. Il respira à fond, s'arma de courage et, guidant l'animal, s'avança précautionneusement au milieu de la foule, la tête baissée juste assez pour protéger ses yeux de la petite pluie qui s'était mise à tomber. À son passage, la colère des femmes se fit plus violente. La veuve

Calderón lui cracha au visage avant d'éclater en sanglots. La veuve Ospina essaya de lui sauter dessus, mais deux femmes la saisirent par les bras. « Assassin ! Assassin ! » hurlait-elle, la voix étranglée de sanglots. Les autres femmes firent un effort remarquable pour ne pas le poignarder, ou le frapper de leurs gourdins, ou l'étrangler à mains nues. Au lieu de cela, elles prièrent bruyamment pour qu'il connaisse une mort lente et douloureuse, sans personne pour veiller sur lui.

Le prêtre n'osa pas dire adios. Pas même au maire, qui avait soutenu son église pendant toutes ces années et toléré ses incessantes ingérences dans ses affaires. Sa silhouette au dos rond et aux jambes arquées se fit petite, de plus en plus petite, jusqu'à s'effacer enfin dans la brume qui couvrait la route menant vers le sud. Quand il eut disparu, les villageoises poussèrent un soupir de soulagement. Elles se retournèrent et se mirent à marcher lentement en direction de l'église. En direction de rien.

Elles ne tardèrent pas à découvrir que le padre Rafael avait pris tout ce que sa bête était capable de transporter, et plus encore. Outre ses effets personnels, il avait dérobé les chandeliers, les images pieuses, les peintures, les crucifix, les cierges, le calice, le paravent en vannerie qui avait fait office de confessionnal pendant nombre d'années, le smoking en lambeaux et la robe de mariée miteuse qu'avaient virtuellement portés tous les couples mariés à Mariquita depuis 1970, et aussi – à titre de représailles pour l'hostilité dont le village tout entier avait fait preuve envers lui, l'émissaire du Seigneur Dieu Tout-Puissant – les extraits de naissance de toutes les personnes nées dans le village. Il n'avait rien laissé, hormis les bancs rongés par les vers, et un profond dégoût pour le catholicisme dans la bouche de pratiquement toutes les femmes de Mariquita.

Après le départ du prêtre, les quelques dévotes qui restaient continuèrent à se rendre à l'église tout comme avant. Elles faisaient le tour du vieux bâtiment, regardant les trous dans les murs nus à l'endroit où des clous rouillés avaient soutenu des images de leurs saints bien-aimés, s'agenouillant devant les ombres laissées par des croix gigantesques, marmonnant des Ave Maria et chantonnant des cantiques.

Cleotilde Guarnizo, la maîtresse d'école, avait pris sur elle d'aller faire sonner la cloche de l'église tous les matins à six heures puis à midi et à six heures du soir. Un matin, au bout de quelques semaines, elle rencontra un obstacle : l'horloge de l'église s'était arrêtée à minuit une minute la nuit précédente. L'enseignante, qui n'avait jamais possédé de montre, ne pouvait pas déterminer l'heure exacte. Elle chercha en vain la grande clé en argent pour remonter l'horloge ; tout ce qu'elle découvrit fut une boîte vide. Le prêtre avait également emporté la clé. « Maudit padre », grommela-t-elle.

Dès qu'elle apprit la mauvaise nouvelle, Rosalba donna mission à la brigadière Ubaldina d'aller de porte en porte à la recherche d'une horloge en état de marche ou d'une radio à transistors. Ubaldina trouva tous les balanciers de toutes les pendules suspendus à mi-course, cassés ; toutes les aiguilles des heures, des minutes et des secondes de toutes les montres immobilisées ; et tous les postes à transistors en train de ramasser la poussière au sommet des étagères ou sur un coin de table, leurs piles mortes depuis longtemps. Quelques veuves avaient démonté leur radio pour en réutiliser les pièces. La veuve Morales, par exemple, en avait utilisé les boutons pour une robe, et transformé les éléments en métal et les fils torsadés en bracelets que ses filles troquaient contre des œufs au marché. La veuve Villegas avait planté une magnifique violette dans la carcasse de sa radio et l'avait ensuite placée sur le rebord de la fenêtre de la modeste cafétéria qu'elle tenait, où la fleur fleurissait quatre fois par an à côté d'une vieille photo du pape Jean XXIII.

De la même façon, Eloísa, la veuve du propriétaire du bar, avait remplacé l'intérieur de sa montre par un portrait jauni de son mari assassiné. Toutes les fois que quelqu'un lui demandait l'heure, elle regardait l'image, poussait un long soupir et déclarait enfin sur un ton mélodramatique :

« Il est trop tôt pour l'aimer et trop tard pour l'oublier. » Les autres femmes trouvaient hilarante la réponse de la veuve. Elles l'arrêtaient souvent dans la rue rien que pour la lui entendre dire. Mais Eloísa, capitaliste-née, fit de son invention une trouvaille commerciale, transformant les montres qui ne marchaient plus en cadres qu'elle troquait contre toutes sortes de denrées alimentaires.

Juste avant la tombée de la nuit, la brigadière se rendit à la mairie, pour dire ce qu'elle avait trouvé, ou plutôt ce qu'elle n'avait pas trouvé.

« Avec tout le respect que je vous dois, madame le Maire, déclara Ubaldina, je suggère que vous envoyiez sans attendre à la ville quelqu'un acheter une montre ou des piles neuves pour remplacer les anciennes. »

La première magistrate resta plantée à la fenêtre, à contempler d'un air triste l'horloge immobile de l'église. Elle s'imaginait Mariquita gelée dans le temps : un village de veuves et de vieilles filles qui n'entendraient jamais plus les cris d'un nouveau-né. Un village misérable condamné à une éternelle pauvreté. Ce n'était plus que quelques cabanes branlantes sans eau courante ni électricité, éparpillées en contrebas d'une grosse montagne prête à les engloutir.

« Peut-être avez-vous raison, dit Rosalba en fronçant les sourcils. Peut-être devrais-je envoyer tout de suite quelqu'un… » Mais sa rêverie prit alors un tour différent : Mariquita gelé dans le temps, un village qui ne verrait plus jamais d'hommes, de guérilleros sans pitié ni de crimes. Un village habité par des femmes courageuses vivant en autarcie, qui travaillaient la terre du lever au coucher du soleil, et qui ne baisseraient jamais les bras, pas même dans les situations les plus épouvantables. Un village laissé à l'écart par les maladies et les tragédies, oublié par la mort.

La première magistrate arbora un sourire satisfait quand elle ajouta : « À moins que je ne doive simplement attendre quelques soleils de plus. »

Quelques soleils plus tard, la brigadière retourna à la mairie, cette fois pour dire que les coqs, tous sans exception, avaient cessé de chanter.

« Ils sont perturbés, déclara-t-elle d'une manière catégorique.

— Ridicule, rétorqua Rosalba. Quelle espèce de coqs stupides ne saurait pas dire quand le soleil se lève ?

— Les coqs n'ont pas de cervelle comme vous et moi, madame le Maire, répondit Ubaldina, en jetant un coup d'œil au visage hostile de Rosalba. Ils étaient habitués à voir de l'activité pendant la journée, et du calme la nuit. Mais à présent, il n'y a plus de différence entre le jour et la nuit. »

Il était certes vrai qu'à Mariquita le jour n'était plus le jour. Affranchies de la tyrannie de l'horloge de l'église, les femmes n'étaient plus toutes à faire du troc au marché, ou à dire leurs prières à l'église, ou à cultiver leurs jardins ; elles n'étaient même pas toutes réveillées. Et quand la nuit tombait, ce n'étaient pas toutes les femmes qui dormaient, ou qui se tournaient et se retournaient dans leurs lits, ou qui faisaient l'amour en secret avec une autre femme, ou qui murmuraient des prières dans le noir. La différence entre le jour et la nuit était intérieure à chaque femme, et elle changeait d'un instant à l'autre. Mariquita était devenu imprévisible, comme un orage de grêle en plein mois de juin – sauf qu'à présent plus personne n'arrivait à se rappeler quand on était au mois de juin.

Le lendemain matin du jour où les coqs cessèrent de chanter, Rosalba se précipita hors de chez elle pour enquêter sur le temps. Elle portait sa robe du dimanche, qui, après tant de dimanches, n'était plus blanche comme lait mais jaune pâle et effrangée aux manches. Il s'était passé tant de choses récemment qu'elle ne savait plus très bien combien de jours ou de nuits s'étaient écoulés, et s'habiller pour un dimanche lui semblait correct. Elle avait choisi de rester fidèle à la méthode conventionnelle de calcul des jours et des nuits, car elle avait le sentiment qu'il était de sa responsabilité d'enregistrer les événements au moins d'après la couleur du ciel. Un chien blanc qui se grattait les puces au milieu de la rue principale sembla la conforter dans sa conviction que tout allait bien à Mariquita.

Alors, qu'est-ce que ça pouvait donc faire que ces stupides coqs ne veuillent pas chanter ? pensait-elle en arpentant les rues. Si nous avons appris à vivre sans hommes, nous pouvons apprendre à vivre sans coqs. À cet instant, elle aperçut une femme nue qui courait vers elle. Elle avait de longs cheveux noirs brillants qui, de loin, semblaient flotter, et ses seins flasques montaient et descendaient alternativement, comme une bascule. Rosalba s'arrêta instantanément comme si elle avait vu un guérillero en travers de son chemin. Mais, quand la femme nue se rapprocha, le maire reconnut Magnolia Morales.

« Qu'est-ce que vous vous imaginez que vous êtes en train de faire, gronda Rosalba, à rôder toute nue par les rues comme une cinglée si tôt le matin ?

« Et comment savez-vous qu'il est tôt le matin ? répliqua Magnolia, reprenant son souffle.

— Ma foi, le soleil vient tout juste de paraître.

— Le temps n'existe que dans votre esprit, madame. » La voix de Magnolia était si douce qu'elle était rassurante. « Quelqu'un nous a dit que quand le soleil se lève, c'est le matin, et que, quand il descend, c'est la nuit. Quelqu'un a dit que nous devions nous lever à l'aube et aller nous coucher à la tombée de la nuit, et que nous devions petit-déjeuner, déjeuner et dîner à certaines heures. Mais essayez de dire à un manguier de ne pas laisser mûrir ses fruits avant que vous en ayez fini avec les oranges. Essayez de dire à une rose de ne pas se faner avant que vos yeux ne soient fatigués de leur beauté. » Elle commença à élever la voix. « Dites donc à une vache de donner plus de lait. » Et il ne se passa pas longtemps avant qu'elle ne crie : « Personne ne me dira plus jamais quand faire quoi que ce soit ! Je suis affranchie du temps, comme une rose ! » Après qu'elle eut terminé, elle s'accroupit sur ses talons et, sans détourner les yeux du visage troublé de Rosalba, vida ses boyaux à même le sol avec un sourire de pure satisfaction.

La première magistrate avait envie de dire quelque chose. De dire, peut-être, que les mangues et les roses, de même que ces coqs stupides, n'avaient pas de cervelle. Mais quand elle comprit ce que la jeune fille était en train de faire, elle jugea que Magnolia n'avait, elle non plus, pas de cervelle. Dégoûtée, elle s'éloigna, se couvrant le nez d'une main et essuyant la sueur de son front de l'autre.

Rosalba tourna à droite au premier carrefour qu'elle rencontra et descendit en pressant le pas une rue désolée. Elle n'avait pas parcouru la moitié d'un pâté de maisons qu'elle aperçut la vieille veuve Pérez dans sa tenue habituelle : une robe noire à manches longues excessivement austère pourvue d'un col en dentelle, et trop grande de deux tailles au moins. Elle était à genoux, en train de cueillir des pâquerettes dans le jardin de la veuve Jamarillo.

« Bonjour, señora Pérez, dit poliment le maire. Quel jour sommes-nous aujourd'hui ? »

La vieille femme jeta un coup d'œil à Rosalba par-dessus son épaule, comme si celle-ci était son ombre. Puis elle haussa les épaules et répondit : « Quand on est vieille comme moi, on vit simplement le même jour tous les jours. »

— Je comprends, dit Rosalba avec condescendance, mais dites-moi, est-ce le jour ou la nuit ?

— Tous les moments sont bons pour louer le Christ, notre Seigneur. »

Rosalba leva les yeux au ciel et inspira à fond. Puis elle fit une nouvelle tentative : « Est-ce l'heure du petit déjeuner ou du dîner ? »

La veuve haussa de nouveau les épaules, retroussant les lèvres. « Voyez ces oiseaux là-bas ? » Elle secoua son menton pointu en direction de deux pigeons qui picoraient un morceau de goyave sous un arbre. « Je suis exactement comme eux. Je mange quand je trouve quelque chose à manger. » Elle se releva, tourna le dos à la première magistrate et s'en fut à pas lourds, tenant un bouquet de fleurs bien régulier dans sa main gauche.

Rosalba ne savait pas quoi dire. Elle emboîta le pas à la vieille femme jusqu'à ce que quelque chose lui vînt à l'esprit.

« Où allez-vous avec ces fleurs ?

— À l'église, répondit la vieille femme sans se retourner. Je vais les offrir à Dieu. » Rosalba essaya de se rappeler si elle avait jamais offert quoi que ce soit à Dieu. Dans le passé, elle avait été une catholique dévote qui avait assisté presque tous les jours à la messe, dit ses prières presque tous les soirs, et observé presque chacun des Dix Commandements. Mais avait-elle jamais offert quelque chose à Dieu ? Non, elle avait, en fait, été prise de colère en plusieurs occasions à la vue de morceaux de pain de maïs moisis ou de goyaves, de mangues, d'oignons et de tomates pourris au sommet d'autels improvisés dans l'église. « C'est dégoûtant et insalubre », avait-elle dit au padre Rafael, qui avait promis de nettoyer plus souvent les autels pour éviter la vermine.

« Est-ce que vous faites une promesse à Dieu, señora Pérez ?

— Non. » La señora Pérez paraissait contrariée. « Je vais simplement à l'église tous les jours Lui offrir des fleurs.

— Tous les jours ? Et avez-vous reçu quelque chose en retour ? »

La veuve s'arrêta brutalement et fit volte-face, son visage de sainte transformé par une expression amère. Puis elle dit : « Contrairement à vous, je n'ai soif ni de richesse ni de pouvoir. Ma récompense est plus grande : je m'assure une bonne place au ciel ; quand je trépasserai, j'aurai une place de choix auprès des âmes les plus vertueuses. » Sur ces mots, la veuve lui tourna de nouveau le dos et s'éloigna, en gazouillant un chant à Dieu.

Rosalba s'appuya contre un réverbère – ou plutôt un simple poteau, car la lampe avait été dérobée voilà des années – et elle regarda la vieille femme s'éloigner peu à peu. Quelle tristesse, se dit-elle. La veuve Pérez avait traversé l'existence avec une seule idée en tête : se préparer à la mort !

Le soleil paraissait jouer à cache-cache avec Rosalba. Le soleil n'avait tourné que deux fois, ou peut-être trois pour montrer son visage, mais hormis la première magistrate, personne à Mariquita ne sembla le remarquer.

« Bonne nuit, madame le Maire ! » cria Francisca au passage de Rosalba. Elle était en chemise de nuit, en train de brosser ses longs cheveux devant la fenêtre ouverte, comme si la rue était un miroir. Rosalba ne répondit pas. Au lieu de cela, elle courba une main en visière sur son front, s'abritant les yeux pour regarder le soleil. Elle garda cette pose un petit moment avant de continuer sa tournée.

« Bon après-midi, madame le Maire ! » lança Virgelina Saavedra. Lucrecia, sa grand-mère sénile, et elle étaient assises devant leur maison sur des chaises branlantes, la jeune fille en train de tricoter une courtepointe, tandis que la vieille femme, qui avait l'air morte, faisait une sieste. Rosalba leur adressa un demi-sourire et poursuivit son chemin.

« Bonne matinée, madame le Maire », dit Santiago Marín, l'Autre Veuve. Il était assis sur ses marches, torse et pieds nus, ses longs cheveux dénoués lui entourant les épaules. Rosalba se sentit soulagée d'entendre enfin le mot *matinée* dans la bouche de quelqu'un.

« Bonne *matinée* à vous, Santiago ! pépia-t-elle. Est-ce que vous pourriez me dire à peu près l'heure qu'il est ?

— Euh, voyons voir. » Santiago se leva, tendit la main et retira un sac en papier de sous un chiffon sale. À l'intérieur se trouvaient des chandelles, qu'il compta en hochant la tête. Puis il jeta un coup d'œil à la chandelle qui brûlait par terre avant d'annoncer : « Il est quatre chandelles trois quarts. »

Rosalba attendit avec impatience que Santiago traduise en quelque chose d'intelligible cette histoire absurde de chandelles, mais celui-ci ne semblait pas juger cela nécessaire. Il prit une chandelle dans le sac en papier et l'alluma à la flamme mourante de celle qui se trouvait sur le sol. Puis il plaça la nouvelle chandelle sur l'ancienne et fit à Rosalba un sourire taciturne.

« Eh bien ? Quelle heure est-il ? » redemanda-t-elle, un soupçon d'exaspération dans la voix.

Alors seulement, Santiago comprit qu'elle n'était pas au fait de sa méthode de calcul du temps. Il s'avança lentement vers elle et entreprit de la lui expliquer :

« Vous voyez, madame le Maire, dans le genre de temps que j'observe, les événements sont amorcés par la durée d'une chandelle allumée. » Il tenait le sac en papier levé en l'air. « Je fais brûler une chandelle à la fois et consomme en général dix chandelles à chaque soleil. J'allume la première quand je me réveille. Avant qu'elle s'éteigne, je soigne déjà mon potager. Je brûle souvent deux chandelles de plus pendant que je travaille, une autre pendant que je prépare le déjeuner, et une encore après ce dernier, pendant que je me repose. Je consomme deux chandelles supplémentaires au travail avant le coucher du soleil, et puis deux encore avant d'aller au lit.

— Cela ne fait que neuf chandelles, remarqua sur un ton vif la première magistrate.

— La dernière est pour la Vierge Marie.

— Et que se passe-t-il si le vent souffle l'une de vos chandelles, sans que vous le voyiez ?

— Il ne se passe rien. Je la rallume simplement quand je la vois éteinte.

— Et si vous dormez trop ? Si vous vous réveillez quand le soleil se trouve déjà haut au-dessus de votre tête ?

— En ce cas, j'en viens à utiliser moins de chandelles », répondit d'un ton railleur un Santiago vexé, avant de rejeter en arrière ses beaux cheveux longs et de disparaître à l'intérieur de sa maison.

Offensée, les mains sur les hanches, Rosalba parcourut toute la rue du regard. Une fois bien assurée que personne ne regardait, elle se baissa et souffla la cinquième chandelle de Santiago avant de s'éloigner, balançant doucement à chaque pas son gros derrière dans la brise.

À l'arrivée de Rosalba, la Cafetería de Villegas, le seul restaurant du village, était vide. Sa propriétaire, la veuve Villegas, repliée dans un vieux fauteuil en bois, contemplait une violette fragile dans un pot de fleurs posé sur le rebord de la fenêtre. La Cafetería existait, essentiellement, pour les cinq familles d'ouvriers agricoles qui n'avaient personne pour leur faire la cuisine, et qui payaient leurs repas en nature.

« Qu'y a-t-il au menu du déjeuner ? demanda le maire.

— Je n'ai encore rien fait cuire, répondit la veuve sur un ton amer, sans cesser de regarder la plante.

— Mais pourquoi ? C'est midi ! Vos clients ne devraient pas tarder à être ici.

— Plus maintenant. Ils viennent quand ça leur chante. L'un commande un déjeuner, un autre un petit déjeuner et un troisième veut savoir ce qu'il y a pour dîner. Tout marche à l'envers dans ce maudit village. » Elle avait l'air très en colère. « Je suis très en colère, dit-elle.

— Je meurs de faim, dit Rosalba. Je me moque de ce que vous allez me faire cuire. » Elle se rendit au comptoir, se versa de l'eau d'un récipient dans une grande tasse en plastique bleu qu'elle emporta jusqu'à une table à côté de la veuve Villegas. Elle s'assit là, face à une vieille photo du pape Jean XXIII.

« S'il n'y avait pas cette violette, j'aurais, moi aussi, perdu la notion du temps, dit la veuve Villegas. Savez-vous que cette violette-là fleurit tous les quatre-vingt-dix soleils ?

— Est-ce que vous avez au moins du riz cuit ? Les gens mangent du riz à tous les repas.

— J'ai observé déjà trois fois tout le processus, et il est infaillible. Il faut dix soleils pour que les bourgeons soient en pleine floraison, vingt de plus pour que leurs couleurs passent, et dix de plus pour que les fleurs meurent. Elles sont tantôt violacées, tantôt bleuâtres, mais elles sont toujours ravissantes.

— En Italie, ils ne mangent pas beaucoup de riz, dit Rosalba, en contemplant le gros pape. Ils mangent des spaghetti jour et nuit. » Elle imagina Jean XXIII en train de dévorer une pleine assiette de spaghetti pour le petit déjeuner. « Je ne sais pas ce qu'il en est pour vous, mais je préfère le riz.

— Je préfère les violacées », répliqua la veuve. Elle attendit quelques secondes avant de continuer, d'une voix beaucoup plus basse à présent : « D'après mes calculs, j'aurai des fleurs durant dix-sept soleils encore, ce qui signifie que dans vingt-cinq soleils mes filles pourront commencer à labourer. Et puis… » Elle s'interrompit et se mit à compter sur ses doigts en silence. « Dans trente-trois soleils, elles pourront se mettre à semer ! déclara-t-elle. Il vaudrait mieux que je couche cela par écrit. » Elle se redressa et disparut derrière un rideau en perles.

Rosalba était furieuse. Comment la veuve Villegas osait-elle ignorer la demande de nourriture de la première magistrate ? Ses yeux allèrent de la tasse remplie d'eau sur la table à la fragile violette, de la fragile violette au pape, et du pape à la tasse remplie d'eau, et ainsi de suite à moult reprises, comme si elle négociait avec sa conscience une décision ennuyeuse.

Au bout d'un moment, la veuve Villegas réapparut et fut soulagée de voir que Rosalba était partie. Puis elle remarqua la tasse en plastique, vide, sur le rebord de la fenêtre. Elle fut ravagée par le chagrin quand elle constata que son pot de fleurs était inondé de boue liquide, et que sa chère violette flottait dedans.

De retour chez elle, Rosalba venait de commencer à préparer une marmite de soupe de pommes de terre quand elle se rappela que, tôt ce matin-là, elle avait utilisé tout ce qui lui restait de sel. Elle alla cueillir une demi-douzaine de mangoustans dans son verger, les mit dans un panier et se rendit au marché pour les échanger contre du sel. La place du marché était déprimante à voir. Quelques petites tomates, des yuccas et des oranges desséchées étaient étalés sur des sacs vides à même le sol. Le maire fit le tour en demandant Elvia, la veuve López, également connue comme la femme au sel. Elvia avait appris de ses ancêtres indiens à tirer du sel d'une source d'eau salée située au flanc d'une colline près de Mariquita. Elle faisait bouillir l'eau de source pendant des heures dans une grande casserole en cuivre jusqu'à ce qu'elle s'évapore. Une fois le tout refroidi, il y avait du gros sel au fond de la marmite. Il était amer et granuleux, mais assez bon pour assaisonner et conserver les aliments.

« La femme au sel n'est pas encore venue, madame le Maire, lui dit une femme qui n'avait plus de dents de devant.

— Va-t-elle arriver bientôt ?

— Je ne sais pas quel horaire elle observe », répondit la femme en haussant les épaules.

Ce genre de réponse concernant l'emploi du temps de chaque femme était devenu tout à fait banal, et l'entendre ainsi réitéré sans cesse contrariait la première magistrate.

Elle échangea ses mangoustans contre quelques tomates et s'en fut.

La première magistrate allait le long des rues désertes de Mariquita, tête baissée, épaules voûtées, en proie au découragement : son village s'était mué en un Babel sans tour. Comment pourrait-elle jamais gouverner une commune où le temps était une chandelle, une plante, ou même le transit intestinal de quelqu'un ? Comment allait-elle mener à bien les grands projets qu'elle avait conçus pour son village de veuves, quand quatre-vingt-quatorze personnes n'arrivaient même pas à s'entendre sur le point de savoir quand était le matin et quand il faisait nuit ? Peut-être que, si elle fermait les yeux et marchait dans la direction opposée, elle oublierait tout cela. Sans doute était-ce la seule façon de cheminer dans la vie. Oui, peut-être avait-elle résolu l'énigme de l'existence : chaque fois qu'on rencontre un obstacle sur son chemin, tout ce qu'on doit faire, c'est fermer les yeux et marcher dans la direction opposée. Peut-être la mère de Rosalba s'était-elle trompée sur toute la ligne quand elle affirmait qu'il n'y avait pas pire aveugle que celui qui ne voulait pas voir. Peut-être Rosalba n'avait-elle pas besoin de voir, de voir *vraiment*, les choses mauvaises qui se passaient autour d'elle.

Ou peut-être en avait-elle besoin.

La première magistrate parcourait d'un bout à l'autre des rues silencieuses, semblable à une fourmi avec ses bras et ses jambes toutes menues et son gros derrière, et elle avait le sentiment d'être une bonne à rien en voyant enfin, en voyant *vraiment*, des femmes à bout de forces travailler les champs desséchés sous un soleil brûlant, se briser le dos pour que leurs familles ne meurent pas de faim ; de vieilles bicoques défiant les lois de la pesanteur avec leurs murs lézardés, infestés de mauvaise herbe ; des chiens et des chats faméliques qui ne cessaient de disparaître mystérieusement quand la nourriture se faisait rare...

La première magistrate allait le long des rues désertes de Mariquita, tête baissée, épaules voûtées, et elle avait le sentiment d'être vaincue en entendant enfin, en entendant *vraiment*, le gloussement des poules de la veuve Sánchez, dressées à pondre des œufs dans le lit de la veuve ; et le grognement des cochons d'Ubaldina, enfermés tous dans sa maison pour éviter qu'ils ne soient volés...

Par un après-midi ensoleillé dont personne ne se souvient, dans un village dont personne ne se rappelle l'existence, une pauvre première magistrate revêtue de ses habits du dimanche errait par les rues, semblable à une fourmi, avec le sentiment d'être une bonne à rien.

Rogelio Villamizar, 25 ans
Paramilitaire de droite

IL S'APPELAIT GÓNGORA, ET IL N'ÉTAIT QU'UN CAMPESINO ignorant, comme moi. Mais il faisait partie des forces depuis bien plus longtemps et était devenu chef d'escouade. J'ai été affecté à son détachement, et c'est ainsi que j'en suis venu à être témoin de ce que je vais vous raconter.

Cela faisait plusieurs jours que nous traquions une colonne de guérilleros dans la jungle, et ceux-ci semblaient avoir été engloutis par la végétation sauvage. Nous étions sur le point d'abandonner et de retourner à notre base quand nous tombâmes sur un petit groupe d'Indiens, au nombre de cinq ou six. Nous savions que, dans cette région, ceux-ci nourrissaient les rebelles, et qu'ils les cachaient souvent dans leurs réserves. Les Indiens étaient nus, et leurs corps couverts de peintures. Ils s'enfuirent quand ils nous virent, et nous leur tirâmes donc dans les jambes. Tous réussirent à s'échapper dans les épaisses broussailles sauf un. Les couleurs vives sur sa peau en faisaient une cible facile. C'était un petit homme aux cheveux longs, qui parut même encore plus petit après que nous l'eûmes ligoté à un arbre. Une balle l'avait atteint à la cuisse gauche et il grimaçait de douleur. Nous nous écartâmes pour laisser notre chef d'escouade faire ce qu'il aimait le plus.

« Où sont les guérilleros ? » lui demanda Góngora. L'Indien ouvrit la bouche comme s'il voulait parler, mais il n'émit aucun son. Góngora s'avança vers lui et lui flanqua une paire de gifles en pleine figure – rien n'est plus humiliant pour un Indien qu'une gifle. Góngora reposa la même question. Cette fois, la réponse de l'Indien fut un affreux bruit de gargouille. Les nerfs en pelote, Góngora le frappa au visage avec la crosse de son revolver. L'Indien émit de nouveau cet horrible bruit, et son visage grimaça de douleur. Le sang jaillissait de son nez et de sa bouche, et pourtant il ne voulait pas dire à notre chef ce que celui-ci désirait entendre.

Góngora lui gueula un flot d'injures, puis posa le bout de son revolver sur son front et dit : « Je perds patience. Où se cachent ces putains de guérilleros ? » L'Indien se mit à émettre des sons encore plus forts et plus irritants, les yeux soudain noyés de larmes. À cet instant, la plupart des prisonniers auraient parlé, ne serait-ce que pour ne pas prolonger leur calvaire : ils savaient tous qu'après avoir parlé ils seraient tués quoi qu'ils aient dit. Et donc je m'étonnai de la loyauté et de la bravoure de cet Indien. Les bruits qu'il émettait, pour irritants qu'ils fussent, semblaient être la seule façon dont il pouvait exprimer librement sa peur sans trahir personne.

Góngora fit quelques pas en arrière, pointant son revolver vers la tête de l'Indien. Je regardai ce dernier dans les yeux : il fixait d'un regard vide un point situé au-delà de notre chef, au-delà de nous. Alors je regardai mes camarades, puis Góngora. Mais lorsque celui-ci pressa la détente de son arme, je détournai juste les yeux.

Par la suite, nous découvrîmes que les guérilleros avaient coupé la langue des Indiens.

[illegible] un groupe [illegible]. Il [illegible] son écoulement au rythme du [illegible] [illegible] et en [illegible] les conséquences [illegible] ou de sociétés [illegible] de la Trinité, et [illegible] les langues d'une manière [illegible] qu'il [illegible]

[illegible]

10

Le jour où le temps devint féminin

Mariquita, date inconnue

CELA FAISAIT PLUSIEURS SOLEILS que la première magistrate était restée enfermée dans sa chambre. Elle avait subi une défaite dans sa tentative pour gouverner Mariquita. Elle était une bonne à rien d'une cinquantaine d'années, stupide, arrogante, égocentrique, à laquelle avait été offerte la chance d'une vie, et qui avait échoué lamentablement. Les deux événements majeurs de sa prétendue administration – la Campagne de Procréation et le décret Prochaine Génération – avaient tourné au désastre. Le village n'avait toujours pas d'eau courante, ni d'électricité ou de téléphone en état de marche, et toutes les voies pour y accéder étaient désormais recouvertes d'une épaisse végétation. Mariquita aurait aussi bien pu être effacé de la carte du pays.

Tout cela provoquait chez Rosalba un fort sentiment de culpabilité, bien que son sentiment dominant fût la crainte : la crainte que son titre de maire ne soit en danger. Quelqu'un ne tarderait pas à comploter pour la renverser ; quelqu'un de plus jeune, de plus intelligent et de mieux qualifié.

Pendant la durée de sa dépression, Rosalba avait refusé de voir ses quelques amies et relations. Seule sa pensionnaire était autorisée à entrer dans sa chambre. Vaca apportait à manger à Rosalba trois fois par soleil, lui faisait ses rapports périodiques sur les gens qui s'étaient arrêtés pour lui rendre visite ou s'enquérir de sa santé, et elle écoutait avec impatience l'autodénigrement de Rosalba. Un matin, cependant, lasse des pleurnicheries de cette dernière, Vaca alla voir l'infirmière.

« Le maire a cessé de s'aimer elle-même », déclara l'infirmière Ramírez, après avoir écouté la longue liste de symptômes énumérés par Vaca. Elle prescrivit une tasse d'infusion de marjolaine huit fois par soleil, de fréquentes toilettes à l'éponge, ainsi que le port de vêtements propres et de maquillage, si elle pouvait en trouver au marché. Quand elle rentra, Vaca tira donc Rosalba du lit, jusqu'au patio, pour lui donner un bain froid et la faire s'étendre nue au soleil, comme un drap qu'on vient de laver. Elle l'aida ensuite à enfiler une robe rouge et releva ses cheveux grisonnants en un chignon, quatre bons centimètres plus haut que d'habitude à l'arrière de sa tête, afin que paraisse sa nuque.

Trente-deux tasses d'infusion de marjolaine plus tard...

L'obscurité avait commencé à s'étendre languissamment sur Mariquita. Se sentant un peu plus d'entrain, la première magistrate sortit s'asseoir sur son perron. La rue était déserte, et l'on n'entendait qu'un bruit régulier de pilon au loin. Les Ospina devaient être en train de moudre du maïs, pensa Rosalba. Elle imagina la robuste veuve Ospina battant les grains à grands coups répétés de son lourd fléau.

Un bruit de pas interrompit Rosalba dans ses pensées. Elle se pencha en avant, lorgnant vers l'ombre qui approchait, jusqu'à ce qu'elle reconnût le visage sans expression de la maîtresse d'école. Cleotilde n'était pas venue lui rendre visite une seule fois. Elle n'avait pas même demandé de nouvelles de sa santé. Mais Rosalba ne pouvait pas reprocher à la vieille femme son indifférence à son égard : si quelqu'un au village pouvait se plaindre d'avoir été maltraité par la première magistrate, c'était Cleotilde.

« Bonsoir à vous, señorita Guarnizo », dit Rosalba sur un ton d'une cordialité inhabituelle. L'enseignante ne lui répondit que d'un mouvement de la tête et passa devant elle aussi vite que ses soixante-quatorze ans et ses orteils goutteux le lui permettaient. « Voudriez-vous vous joindre à moi pour prendre un bol de soupe, señorita Guarnizo ? cria Rosalba. Vaca en prépare toujours un petit peu plus. »

Cleotilde s'arrêta net. Elle avait envie de dire que, oui, elle serait heureuse de le faire, mais la requête l'avait prise par surprise – elle n'arrivait pas à se souvenir de la dernière fois que le maire l'avait invitée chez elle – et malgré l'éloquence naturelle de l'enseignante qu'elle était, aucun mot ne lui venait à l'esprit.

« Je vous en prie, señorita Guarnizo. » Le ton de Rosalba paraissait presque humble. « J'ai besoin de vos conseils avisés sur certaines questions qui me tourmentent. »

Conseils avisés, avisés, visés, vis... vice... Les mots résonnèrent en écho dans la tête de l'institutrice. Elle se retourna, à demi convaincue seulement que c'était bien à elle que le maire s'adressait. Mais le spectacle pitoyable qu'elle avait sous les yeux dissipa tous ses doutes : assise seule, le regard fixé sur ses propres pieds – gercés et enflés dans les sandales usées qu'elle portait –, avec pour seule toile de fond la façade délabrée de sa maison, la jadis arrogante première magistrate paraissait complètement abattue. Cleotilde bascula la tête en avant et baissa ses lunettes de l'index. « Je suis ravie d'entendre qu'on apprécie par ici mes recommandations », déclara-t-elle.

Rosalba émit un rire timide, puis, s'adressant aux genoux de l'enseignante, déclara : « Vos recommandations ne sont pas seulement appréciées, señorita Guarnizo. Elles sont précieuses. »

Précieuses, aisieuses, essieuses, cieux... Les sons flatteurs résonnèrent dans les oreilles de Cleotilde tout le long du couloir menant à la salle à manger de Rosalba.

Plus tard, après qu'elles eurent avalé deux bols de soupe chacune, et que le maire se fut excusée à plusieurs reprises du manque de talent culinaire de Vaca, les deux femmes s'assirent au salon dans de grands fauteuils en osier pour prendre le café et analyser les « effets désastreux », selon la formule de Cleotilde, que le « dilemme du temps », selon la formule de Rosalba, auraient sur Mariquita si on ne s'y attaquait pas sans tarder.

« Avez-vous songé à des solutions possibles ? s'enquit Cleotilde.

— Oh, plusieurs, mentit Rosalba. C'est simplement qu'aucune ne me satisfait, et j'ai pensé que vous et moi, nous pourrions… peut-être en proposer une ce soir.

— J'aimerais bien, répondit l'institutrice, mais il se fait tard, et je dois préparer mon cours de morale pour demain. Je reviendrai demain après-midi. »

Visiblement mécontente, Rosalba se leva et se mit à tourner en rond, jetant un coup d'œil aux innombrables listes placardées en bon ordre sur tous les murs de sa maison : des listes de priorités, un recensement mis à jour des veuves et des célibataires, des emplois du temps pour le nettoyage et la désinfection des foyers du village, des inventaires des médicaments nécessaires pour l'infirmerie, des états de ses propres salaires impayés depuis une éternité, des listes de chiens et de chats errants avec leur description complète – qui étaient périodiquement tenues à jour au fur et à mesure de leurs mystérieuses disparitions – ainsi que des listes de listes. Rosalba avait consigné toute l'histoire de Mariquita depuis que les hommes avaient été enlevés dans un journal composé de listes interminables, sans objet véritable.

Tout à coup, il lui apparut que la raison pour laquelle elle avait échoué était qu'elle avait passé chaque jour sans exception de sa carrière de maire à prévoir ce qu'elle ferait le lendemain. Elle avait sacrifié son *aujourd'hui* à un *demain* qui devenait vite *aujourd'hui*, lequel était immédiatement sacrifié une fois de plus à un autre *demain*, et ainsi de suite, à l'infini.

« Non, señorita Cleotilde, finit par dire une Rosalba énergique. Le temps de Mariquita ne peut attendre demain. Nous devons y travailler tout de suite.

— Mais… et mon cours ?

— Oh, faites-le sauter.

— Mais mes élèves vont…

— Dites à vos élèves que vous avez été malade, ou que vous vous êtes réglée sur un autre horaire. Ce n'est qu'un cours de morale, nom de Dieu ! »

La maîtresse d'école fronça les sourcils à cette dernière remarque.

Première magistrate et maîtresse d'école passèrent la nuit et plusieurs chandelles à poursuivre leur consultation à propos du calcul du temps. Elles parlèrent des chandelles que faisait brûler Santiago Marín, de la floraison des violettes de la veuve Villegas, et elles reconnurent l'urgence qu'il y avait d'instituer un système unique qui permette à tout un chacun de mesurer avec des critères semblables la durée des événements.

« Je continue à penser que vous devriez envoyer quelqu'un à la ville acheter une montre et un calendrier, fit observer la maîtresse d'école. Le concept universel du temps a été utilisé avec succès depuis des centaines d'années. » Elle argumenta en parlant dans les moindres détails des théories d'un M. Isaac Newton et d'un M. Albert Einstein, et elle les cita avec une telle familiarité que Rosalba supposa que les deux hommes s'étaient entretenus personnellement de leurs hypothèses avec la vieille femme.

« Ce que vous suggérez, dit Rosalba dès que l'enseignante lui laissa l'occasion de parler, c'est que nous en revenions au concept masculin traditionnel du temps, dans lequel celui-ci est tout entier tourné vers la productivité.

— En un sens, oui, mais…

— Je refuse de reproduire ce concept, señorita Guarnizo. Nous vivons dans un monde affranchi de la domination masculine. » Elle s'interrompit brièvement, comme pour mettre en ordre ses pensées, avant d'ajouter : « Vous savez ce que j'aimerais faire ? J'aimerais créer un concept féminin du temps : la Théorie du Temps Féminin de Rosalba viuda de Patiño et Cleotilde Guarnizo. » Tandis qu'elle parlait, ses mains volaient dans les airs comme si elle imprimait ses mots sur une surface invisible. L'avenir s'annonçait un peu plus prometteur, songea la première magistrate. Si elle se tirait de cette crise, elle serait en mesure de prouver aux villageoises qu'elle était encore compétente et pleine de ressources.

Au cours de la discussion de leur prétendu concept féminin du temps, Rosalba et la maîtresse d'école refusèrent de recourir aux changements cycliques de leur environnement, comme les espèces migratoires, la prolifération récurrente des moustiques, ou les métamorphoses prévisibles des papillons rouge et jaune qui peuplaient la région. « Et si l'espèce venait à s'éteindre ? » avança Rosalba. Elles reconnurent l'alternance du jour et de la nuit comme une méthode naturelle et tangible pour observer le temps, une méthode qu'elles aimeraient bien conserver.

« Et le climat ? suggéra Cleotilde. Nous avons deux périodes de pluie et de sécheresse plutôt conséquentes.

— C'est à voir, répliqua Rosalba. Le temps est devenu si imprévisible ces derniers temps que même les arbres sont en proie à la confusion. Ils ne savent plus s'ils doivent ordonner à leurs fleurs de s'épanouir ou à leurs feuilles de tomber. »

Et là-dessus, Cleotilde eut une idée géniale.

« Et pourquoi pas la menstruation ? » dit-elle, éprouvant presque immédiatement une intense satisfaction. Elle était persuadée que la menstruation, en tant que phénomène exclusivement féminin, serait une idée adéquate pour le concept du temps que souhaitait la première magistrate. Mais elle la proposait aussi mue par un désir tordu de se venger de Rosalba, qui, l'enseignante en était sûre, était alors en pleine ménopause. Quelque vingt ans auparavant, Cleotilde elle-même avait connu ce changement. Elle avait enduré les incommodités physiques qui l'accompagnent, mais les symptômes émotionnels l'avaient prise par surprise et plongée dans une sévère dépression. Elle se sentait incomplète, à moitié femme seulement, à moitié finie. Elle subodorait que le maire éprouvait la même chose.

« Oh ! marmonna Rosalba après avoir entendu la proposition de l'institutrice. Je ne suis pas sûre que le temps de notre communauté puisse reposer sur la menstruation.

Le cycle de chacune est différent. » Mais les deux femmes savaient que les cycles de toutes les villageoises étaient identiques. Peu après que le temps se fut arrêté à Mariquita, les règles des femmes s'étaient synchronisées. Cela s'était produit de manière inattendue, comme si la nature, anticipant la situation chaotique qui suivrait l'absence de mesure du temps, avait jugé de son devoir de doter toutes les femmes d'un moyen précis d'observer le même calendrier. Et bien que la nature n'eût pas encore réussi à atteindre son but ultime, tous les vingt-huit soleils, depuis lors, les fils à linge de Mariquita exposaient aux regards les rectangles de tissu blancs que les femmes portaient en guise de sous-vêtements pendant leurs règles.

« S'il y a une chose sur laquelle les femmes peuvent compter dans ce village, c'est le cycle menstruel, dit Cleotilde. Bien sûr, ce ne serait pas votre cas. » Elle s'interrompit pour lancer à Rosalba un regard complice avant d'ajouter, en un murmure réconfortant : « Soyez tranquille, madame le Maire, je ne le dirai à personne. Nous passons toutes par là à un moment ou à un autre. »

Rosalba décida de ne pas prêter attention à la remarque sardonique de la maîtresse d'école. « Votre idée n'apporte rien de nouveau à la théorie que nous voulons créer », dit-elle. Elle ne voulait pas l'admettre, mais la seule chose qui l'ennuyait vraiment à l'égard de ce calendrier menstruel, c'était de dépendre d'autres femmes – des femmes plus jeunes, des femmes fertiles – pour lui indiquer si l'on était le jour trois ou le jour vingt. Si seulement j'avais dix ans de moins, pensait-elle, je ne serais pas seulement le maire de Mariquita, mais aussi son calendrier ambulant.

« Peut-être bien, repartit señorita Cleotilde, mais un calendrier de treize mois de vingt-huit jours rendra très simple le calcul et la notation du temps. En outre, si nous maintenons le temps en synchronie avec les phases de la lune, le calendrier de Mariquita restera en usage et d'une grande exactitude jusque dans un avenir lointain. »

Rosalba pouffa de rire. « Croyez-vous vraiment qu'une bande de femmes qui se meurent lentement dans un coin paumé du monde a un quelconque avenir ?

— Bien sûr que nous avons un avenir. Qu'il soit bon ou mauvais, c'est une autre affaire. » Elle remonta ses lunettes sur son nez.

« L'avenir n'est que… dans les rêveries auxquelles nous nous laissons aller, dit Rosalba d'une voix solennelle.

— C'est ridicule ! grogna Cleotilde, en secouant la tête à maintes reprises. Si nous n'avions pas d'avenir, nous pourrions aussi bien renverser le temps, retourner au passé. De cette façon du moins, nous saurions où nous allons. »

Cette dernière observation, pour risible qu'elle fût, eut un grand effet sur Rosalba. La première magistrate prit d'abord un air sérieux, puis contemplatif, puis perplexe, puis ébloui, et puis sérieux derechef. Pendant un moment, le bruit régulier des gouttes de pluie qui venaient tout juste de commencer à frapper la fenêtre fut le seul à résonner dans la pièce. Sur ces entrefaites, de façon abrupte, Rosalba s'exclama : « Vous êtes brillante, señorita Cleotilde ! Absolument brillante ! Nous allons revenir en arrière dans le temps. Oui, nous allons adopter le calendrier menstruel que vous proposiez, sauf que nous ferons s'écouler le temps à contre-courant.

— Mais, madame le Maire, c'est impossible. C'est uniquement…

— Notre calendrier féminin commencera le dernier jour de décembre et se terminera le premier jour de janvier. Mieux encore, nous remplacerons ces noms de mois assommants par treize noms que nous allons choisir. » Au comble de l'enthousiasme, Rosalba se leva de son fauteuil.

Au comble de l'inquiétude, Cleotilde se leva également. « Je n'avançais qu'un argument hypothétique, madame le Maire. Mon intention n'était pas que vous le preniez à la lettre.

— Et si nous commencions par le mois de Rosalba et continuions par le mois de Cleotilde ? Est-ce honnête ? Car si vous le souhaitez, nous pouvons commencer par le mois de Cleotilde. Cela m'est égal.

— Ce que je voulais dire, madame le Maire, c'est que…

— Je sais ce que vous vouliez dire, señorita Cleotilde. Vous vouliez dire que quand le temps régresse les gens ont une chance de changer le cours de leur vie. C'est une pensée merveilleuse ! Nous reviendrons en arrière dans le temps, réglerons les nombreux problèmes qu'il y a dans notre histoire, et créerons un avenir prospère pour nous toutes. »

Secouant la tête, Cleotilde inspira à fond.

« Bon, jusqu'à quand dans l'histoire faudrait-il remonter ? poursuivait Rosalba. D'abord, j'aimerais effacer toutes nos stupides guerres civiles. Nous n'avons vraiment pas besoin de nous battre entre nous. Même chose pour cette bataille idiote pour l'indépendance en 1810. Comme nous ne serons jamais la colonie de qui que ce soit, une telle bataille ne devrait jamais avoir eu lieu. Et pour ce qui est du Jour de la Découverte ? Quelle horreur ce fut ! J'aimerais vraiment supprimer tout ce passage de notre histoire. On ne devrait pas nous découvrir avant un autre millier d'années. À moins peut-être que ce ne soient nous qui découvrions l'Europe. Qu'en pensez-vous, señorita Cleotilde ? »

Señorita Cleotilde pensait que la première magistrate avait fini par sombrer dans la folie. Elle s'apprêtait à le dire lorsque Vaca pénétra dans la pièce, portant un plateau avec deux bols et deux petites cuillères.

« Petit déjeuner, annonça-t-elle.

— Excellent ! dit Cleotilde. Je meurs de faim. Qu'est-ce que c'est ?

— De la soupe chaude.

— Encore ? » Elle avait l'air déçue. « Je mange toujours un œuf le matin. Vous n'avez pas d'œufs ?

— Si j'avais un œuf, je l'aurais mangé moi-même », dit Vaca. Elle posa le plateau.

« Bon, j'espère qu'il y aura au moins un peu de viande là-dedans, insista Cleotilde. Est-ce le cas ?

— Peut-être, rétorqua Vaca, haussant l'épaule droite.

— Il y a plus de viande dans une patte de moustique que dans cette soupe », se plaignit amèrement Cleotilde après avoir remué le bouillon clair saupoudré de brins de coriandre. Elle essaya de le manger à la cuillère, mais il n'y avait rien de solide dedans. Elle leva donc le bol et but littéralement la soupe d'un seul trait. Quand elle eut terminé, elle se leva et se mit à lisser en arrière ses cheveux courts.

« Vous ne partez pas, n'est-ce pas, señorita Cleotilde ? » Si la maîtresse d'école s'en allait, pensait Rosalba, elle ne reviendrait pas avant le prochain soleil – si elle revenait. La dynamique du projet serait alors brisée.

« Si, madame le Maire, je m'en vais. Vous avez déjà une solution au problème le plus urgent. Du moins si on peut qualifier de solution à quoi que ce soit un calendrier inversé. Je vous fais confiance pour imaginer toute la suite vous-même.

— Je pense vraiment que vous devriez rester, dit Rosalba sur un ton qui faisait plus l'effet d'une mise en garde que d'une requête. Comment allez-vous proclamer que le temps féminin de Mariquita est à moitié votre idée, si vous ne m'aidez pas à rédiger un document qui en précise les détails ? »

Cette dernière phrase fit à l'enseignante l'effet d'une gifle en pleine figure. « C'est *bel et bien* à moitié mon idée, dit-elle, pleine de hargne. J'ai bien l'intention de vous aider à rédiger le document. C'est juste que j'ai besoin d'un peu de repos avant que nous nous mettions à y travailler. » Elle ôta ses lunettes et se massa les yeux avec le dos de ses index.

« Faites donc une sieste dans mon lit, suggéra Rosalba. Il est assez confortable. »

Cleotilde détestait dormir dans le lit de quelqu'un d'autre. Elle avait un odorat très sensible qui lui rendait le sommeil impossible, engloutie dans les odeurs repoussantes susceptibles d'émaner de la literie et du matelas d'une autre personne. Aussi fatiguée qu'elle fût, elle jugea préférable de travailler tout de suite à ce document plutôt que de dormir dans le lit malodorant de Rosalba. Elle noua ses mains dans le dos et, pendant un moment, arpenta la pièce de long en large, réfléchissant, avant de finir par glisser sur la table une feuille de papier et un bout de crayon à l'intention du maire, en disant : « Rosalba, je vais vous faire la dictée.

— Je vous demande pardon ? » répliqua la première magistrate. Elle ne savait pas ce qui l'avait le plus surprise : être appelée par son prénom, ou se voir soumise à une dictée.

« Écrivez-moi donc ceci, ma chère : Établir un Comité du Temps de cinq jeunes, virgule… » Elle s'interrompit pour permettre à Rosalba d'écrire la formule, mais cette dernière, encore troublée, se mit à marmonner quelque chose d'inintelligible. Sans prêter attention à l'effarement de la première magistrate, Cleotilde poursuivit sa dictée : « … en bonne santé, virgule…

— Excusez-moi, señorita Cleotilde, tenta d'objecter Rosalba.

— Levez la main, je vous prie, ma chère, si vous souhaitez formuler une question ou vous absenter. » La maîtresse d'école attendit quelques secondes que Rosalba lève la main, mais comme celle-ci ne le fit point, elle passa à la phrase suivante. Finalement, Rosalba se mit à coucher par écrit les termes et les conditions, raturant et réécrivant jusqu'à ce qu'elles aient un brouillon de décret qui les satisfît toutes deux.

Mettre en pratique le temps féminin ne serait pas une tâche facile, pensa Rosalba. Surtout maintenant que toutes les femmes observaient leur propre emploi du temps. Rien que le fait de réunir toutes les villageoises pour proclamer le décret serait problématique. Rosalba savait qu'elle rencontrerait une certaine résistance chez les plus bornées des villageoises. Il lui faudrait travailler d'arrache-pied pour les convaincre que le fait d'avoir un système communal de mesure du temps contribuerait à améliorer la productivité de Mariquita, et par conséquent les conditions de vie de l'ensemble des familles. Mais là où elle devrait travailler le plus dur, ce serait pour les persuader qu'un calendrier lunaire dans lequel le temps s'écoulerait à contre-courant finirait par aider chacune d'entre elles à bénéficier d'une seconde chance ici-bas.

Mais elle-même y croyait-elle vraiment ? Pensait-elle réellement qu'un calendrier archaïque avançant à reculons serait bon pour toutes ? Peut-être pas. Quelle signification cela aurait-il pour quelqu'un comme Magnolia Morales, qui avait dit que le temps n'existait que dans la tête de chacun ? Probablement aucune. Et un calendrier systématique parlerait-il à la veuve Pérez, qui avait déclaré vivre le même jour tous les jours ? Assurément non. Peut-être que Magnolia et la veuve Pérez avaient toutes deux raison, dans leur originalité. Les femmes étaient idéalistes et romantiques par nature, et même si les hommes avaient toujours vu ces caractéristiques comme des défauts, peut-être était-il temps pour les femmes de les honorer comme des qualités féminines uniques et d'en faire usage dans leur vie quotidienne. Le temps féminin, pensait Rosalba, devrait autoriser un nombre infini d'interprétations, de façon à ce qu'il puisse exister en tant que système officiel de la communauté tout entière sans freiner l'esprit idéaliste, romantique et fertile des femmes.

Le maire partagea cette dernière idée avec Cleotilde, qui arpentait toujours la pièce de long en large, les mains croisées dans le dos.

« Cette idée me plaît, dit l'institutrice, mais je pense que les villageoises devraient avoir au moins un paramètre, ou, sinon, nous allons finir par avoir dix Magnolia qui courent toutes nues partout en proclamant que le temps est un… bout de sein dénudé ou je ne sais quoi de ce genre. Je suggère que nous demandions que, tous les mois, chaque femme choisisse une vertu dont elle souhaite se rendre maîtresse ou un défaut qu'elle souhaite éliminer, et qu'elle applique son esprit à cela. » Et Cleotilde de se laisser choir dans un fauteuil, persuadée d'avoir dit quelque chose d'important et de catégorique.

Peu après, les deux femmes s'engagèrent dans une longue conversation sur la moralité, la justice, la foi, la dignité, la rectitude, la générosité, la tolérance, le dévouement, la détermination, la patience, la force, l'espoir, la responsabilité, la confiance, l'optimisme, la sagesse, la prudence, la compréhension, le tact, l'intuition, le bon sens et beaucoup d'autres choses qu'elles tenaient pour des vertus. Ensuite, elles parlèrent du vice, du péché, du mal, de la virulence, de la causticité, de la corruption, de la dépravation, du viol, de la méchanceté, de l'iniquité, de la cruauté, du sacrilège, de la suffisance, de la déchéance, de la lubricité, de la rancœur, de l'amertume, de la médiocrité, de l'égotisme et de bien d'autres choses qu'elles tenaient pour des défauts. Et après tant de palabres sur les vertus et les défauts, Rosalba et Cleotilde décidèrent qu'au lieu de « mois » et d'« années » – qu'elles considéraient comme des mots vides de sens – le temps féminin se présenterait sous la forme de « barreaux » et d'« échelles » du progrès personnel. Mais à la différence des échelles intimidantes de la réussite ou de la célébrité établies par les hommes, ces échelles seraient exclusivement descendantes, car, déclara Cleotilde, « à part Dieu, personne n'a jamais trouvé de gloire au plus haut des cieux ». Les femmes de Mariquita ne se sentiraient jamais obligées de gravir les échelons. Au contraire, elles seraient encouragées à descendre jusqu'au fond, où l'esprit, le caractère et l'âme de chacune rencontreraient la perfection et où, chose capitale, la perfection aurait autant de définitions qu'il y avait de femmes.

Soudain, des bruits venant de l'extérieur les interrompirent : il y avait une insurrection dans les rues. Rosalba et Cleotilde pouvaient entendre, au loin, les voix braillardes des femmes de Mariquita qui répétaient sans arrêt le même refrain.

« Qu'est-ce qu'elles disent ? demanda Rosalba.

— Je ne sais pas bien, répondit l'enseignante, la main en cornet autour de son oreille, mais elles sont déchaînées. »

Rosalba soupira. « Il y a toujours quelque chose.

— Ne devrions-nous pas aller voir ce qu'elles mijotent là-bas dehors ?

— Qu'elles s'entre-tuent. Nous ne pouvons pas quitter cette maison avant d'avoir un schéma acceptable de calendrier. » Rosalba tendit à Cleotilde une feuille de papier et se mit à tailler un crayon au moyen d'un couteau qui avait lui-même besoin d'être aiguisé. « Est-ce que vous savez dessiner à main levée, señorita Cleotilde ? »

Avant que la maîtresse d'école ait eu le temps de répondre que, bien sûr, elle savait, il y eut un tonnerre de coups frappés à la porte, et Vaca d'entrer aussitôt comme un ouragan dans la pièce.

« Madame le Maire, il faut que vous sortiez immédiatement », commença Vaca en reprenant son souffle. Elle expliqua qu'un groupe de villageoises, mettant à profit l'absence de Rosalba, était allé trouver Cecilia, exigeant qu'on procède à un vote pour l'élection d'un nouveau maire. Cecilia avait tenté de les dissuader, mais elles se plaignaient de ce que Rosalba n'avait rien fichu pour Mariquita, et que ce qu'elles cultivaient suffisait à peine à nourrir tout le monde au village, et que la plupart des gens avaient déjà oublié à quoi ressemblait le goût du lait. Qui plus est, les femmes les plus jeunes accusaient la première magistrate d'avoir permis au padre Rafael d'exécuter son plan pour les abuser, tandis que les plus âgées lui reprochaient d'avoir laissé le prêtre s'en tirer après avoir tué leurs garçons innocents. Elles avaient tellement fait pression sur Cecilia que celle-ci avait fait procéder à une élection rapide dans laquelle la brigadière Ubaldina avait été élue nouvelle première magistrate de Mariquita. « Cecilia vient de l'annoncer, dit Vaca. Elles sont encore à faire le tour de la place en portant Ubaldina sur leurs épaules sous les applaudissements. »

Et juste comme cela, sans préavis, Rosalba se trouva contrainte d'affronter ce qu'elle redoutait le plus. Heureusement, les choses étaient très très différentes à présent. Pour la première fois depuis plusieurs soleils, Rosalba se sentait maîtresse d'elle-même. Non seulement elle avait retrouvé sa confiance en elle, mais, une fois de plus, elle était près d'accomplir quelque chose d'exceptionnel pour Mariquita. Et cette fois-ci, elle ne permettrait à rien ni personne de l'en empêcher. Elle irait là-bas, dehors, les raisonner. Les femmes, elle en était sûre, la rééliraient par acclamation.

Dehors, la chaleur était étouffante. La petite pluie qui était tombée plus tôt avait rendu l'atmosphère lourde et poisseuse. Les fenêtres de la plupart des maisons étaient grandes ouvertes, non pas tant pour permettre à la légère brise de circuler que pour évacuer la chaleur. Descendant la rue en compagnie de Vaca et de Cleotilde, Rosalba ne rencontra que deux chiens qui dormaient lovés dans l'ombre d'un arbre, et une longue colonne de fourmis industrieuses. Hormis ces créatures, il n'y avait pas âme qui vive dans les rues.

Quand, cependant, les trois femmes rejoignirent la place, elles entendirent des chants et virent la liesse autour d'Ubaldina. Les villageoises avaient fait une entorse à leurs emplois du temps individuels et s'étaient rassemblées pour célébrer, par une fête tapageuse, l'élection du nouveau maire. Rosalba essaya de parler à quelques-unes d'entre elles, mais c'est à peine si celles-ci lui prêtèrent attention. Rosalba n'était pas renversée : elle était en voie d'effacement. Elle renonça rapidement à l'idée de les raisonner et passa au plan B. Elle sortit son pistolet de son étui, le pointa vers le ciel et tira l'une des deux balles qui lui restaient. Comme si la détonation retentissante possédait un pouvoir magique, les femmes s'arrêtèrent de faire la fête pour se ruer à l'intérieur de l'église, seul endroit où elles se sentaient en sécurité – surtout depuis qu'il n'y avait plus de prêtre. Seule Cecilia Guaraya demeura immobile au milieu de la place. Elle tenait un bout de papier avec les résultats du vote.

« Que vous ai-je fait pour que vous m'ayez trahie ? » demanda Rosalba à Cecilia. Le pistolet fumant tremblait dans sa main.

« Je vous en supplie, Rosalba, ne soyez pas en colère contre moi, implora Cecilia, s'adressant au revolver du maire. Les femmes de ce village sont en totale rébellion. Je n'ai consenti à procéder à une élection que si votre nom figurait dans le scrutin. » Elle tendit le morceau de papier à Rosalba. « Vous êtes arrivée seconde. »

Rosalba arracha la feuille de la main de Cecilia et y jeta un coup d'œil. « Oh, super ! dit-elle avec dédain, je suis arrivée seconde avec deux voix qui ne valent rien. » Elle fit une boulette de la feuille qu'elle jeta aux pieds de Cecilia. Puis elle rengaina son arme et se rendit à l'église, escortée par Vaca et Cleotilde.

Dans la maison de Dieu, Rosalba remonta l'allée centrale d'une démarche imposante. Son air autoritaire inspirait de la crainte aux femmes, non de l'affection. Il n'y eut pas un bruit ni un geste hormis le clignement de nombre d'yeux qui suivirent Rosalba de bout en bout jusqu'à la chaire, où elle se planta derrière le pupitre nu, à moitié rongé par les vers, depuis lequel le padre Rafael avait coutume de célébrer la messe. Cleotilde se tenait à côté d'elle.

« Je suis ici pour assumer la pleine et entière responsabilité de mes erreurs et de mes négligences, commença-t-elle humblement. Depuis ma désignation comme maire, je me suis battue pour avoir une autorité complète sur notre village, afin de surmonter toutes sortes d'obstacles et de nous refaire une vie nouvelle sans nos hommes. Je me suis fourvoyée dans mes croyances et j'ai mal effectué certaines choses. Il y en a d'autres que j'aurais dû faire et que je n'ai pas faites. Mais, à présent, je suis enfin à même de voir que ma tâche à Mariquita, bien que non rémunérée, est d'organiser notre communauté, de m'assurer que les Morales ne restent pas avec de la nourriture en trop alors que la pauvre veuve Pérez mange ce qu'elle trouve si elle le trouve. De veiller à ce que Perestroïka reste en assez bonne santé pour fournir du lait en quantité suffisante pour que chacune d'entre nous en ait au moins un plein verre par semaine. De faire en sorte que chaque famille ait une maison, chaque maison un toit, et que chaque toit protège bien de la pluie. J'ai appris beaucoup de choses qui feront à présent de moi un bien meilleur maire pour notre village. Tout ce que je demande, c'est d'avoir une chance de réparer les erreurs qui sont réparables, et de me racheter pour celles qui ne le sont pas. Si vous êtes d'avis que je mérite une seconde chance, faites, s'il vous plaît, un pas en avant. » Elle regarda la foule d'un air sincère.

Il y eut un long silence tandis que les villageoises réfléchissaient à ses paroles. Certaines étaient sceptiques. Le ton de Rosalba leur rappelait des souvenirs déplaisants de politiciens trop polis, de promesses non tenues et de prérogatives refusées. Mais quelques autres croyaient à la sincérité et aux bonnes intentions de Rosalba, surtout maintenant que la maîtresse d'école, dont la crédibilité était intacte, semblait la soutenir.

« Vous méritez une seconde chance », dit Vaca depuis le premier rang. Elle s'avança vers Rosalba et s'arrêta devant le pupitre.

« Je suis avec vous, madame le Maire. » La voix venait de tout au fond. « Pour moi, vous êtes et vous serez toujours le seul maire. » C'était Cecilia, qui avait suivi Rosalba dans l'église et qui remontait à présent l'allée centrale. Elle s'arrêta, elle aussi, devant le pupitre. Rosalba lui adressa un regard de sympathie.

Après une brève attente, doña Victoria viuda de Morales apparut. « Nous pensons également que vous méritez une seconde chance », cria-t-elle. Elle poussa en avant ses deux aînées, Orquidea et Gardenia. « Et vous avez notre soutien inconditionnel. » Elle se mit alors à se bagarrer avec les deux cadettes, Magnolia et Julia, qui étaient connues pour leur entêtement. Doña Victoria murmura toutes sortes de menaces aux oreilles des filles, mais elles opposèrent une résistance farouche, jusqu'à ce que la veuve finisse par abandonner.

L'infirmière Ramírez et Eloísa viuda de Cifuentes s'avancèrent ensuite, suivies par Lucrecia et Virgelina Saavedra. L'une après l'autre, d'autres femmes encore se mirent à rejoindre le groupe, la tête baissée de honte tandis qu'elles affirmaient leur soutien à Rosalba.

Magnolia et Julia Morales, Ubaldina et les mères des quatre garçons décédés s'étaient rassemblées du côté droit de l'église. Elles se tenaient immobiles, la tête haute, dans une attitude de défi. Rosalba se rendit compte qu'elle devait changer de stratégie si elle voulait gagner les dissidentes à sa cause.

« Comme c'est triste ! dit-elle à voix basse, parlant à elle-même plutôt qu'à celles qui se trouvaient devant elle. Si les âmes de nos bien-aimés Vietnam, Trotski, Che et Hochiminh devaient apparaître parmi nous, elles seraient bien déçues. Ils voulaient que nous vivions en parfaite harmonie. » Elle interrompit brièvement son discours pour se tâter la gorge, comme si elle avait du mal à avaler. Puis elle poursuivit : « Leur jeunesse ne les a pas empêchés de m'apprendre, à travers leurs nobles actions, que la loyauté, le respect et la coopération sont la clé de la réussite. Il est vraiment triste qu'ils aient donné leurs vies innocentes pour rien. Puissent-ils vous pardonner. »

Les mères des garçons, unies par la tragédie qu'elles avaient vécue, joignirent leurs mains et pleurèrent de concert. Finalement, elles aussi rallièrent le groupe des femmes qui soutenaient l'autorité de Rosalba, ne laissant à Ubaldina d'autre choix que d'oublier ses aspirations au poste de première magistrate pour faire de même. Déçues par Ubaldina, Magnolia et Julia quittèrent l'église.

Rosalba était satisfaite de la façon dont elle avait géré cette situation critique. Cette fois, cependant, elle ne laissa pas son orgueil lui masquer la réalité : la révolte, loin d'avoir été un incident isolé, constituait un avertissement plutôt sérieux qui montrait à quel point les villageoises étaient prêtes à se battre pour le vivre et le couvert, ces droits de l'homme les plus élémentaires. Rosalba s'approcha des femmes pour les remercier personnellement de l'avoir désignée comme autorité suprême du village. Puis, mettant à profit ce rassemblement improvisé, Cleotilde et elle expliquèrent aux villageoises leur projet en cours. Elles promirent que le calendrier féminin serait prêt le lendemain matin, et qu'il marquerait le commencement d'une ère nouvelle de splendeur pour Mariquita.

De retour chez la première magistrate, après avoir mangé un repas de lentilles bouillies et de riz blanc, Rosalba et Cleotilde entreprirent de faire un croquis du calendrier féminin de Mariquita sur une feuille de papier jauni.

Rosalba dessina tout d'abord une échelle comportant treize barreaux et donna à chacun un prénom de femme, qu'elle écrivit de sa belle cursive soignée. Celui du haut, elle le nomma, bien sûr, Rosalba – sans se soucier cette fois de demander son avis à la maîtresse d'école. Le suivant, elle le nomma Cleotilde, et puis, dans l'ordre, Ubaldina, Cecilia, Eloísa, Victoria, Francisca, Elvia, Erlinda, Rubiela, Leonor, Mariacé et Flor.

Entre chaque barreau, elle dessina quatre rangées superposées de six chiffres entourés d'un cercle, commençant par le nombre vingt-quatre et se terminant par le un. Ils représentaient les nombreux soleils de chaque barreau. Une cinquième rangée de quatre cercles vides symbolisait la longueur d'un cycle menstruel moyen. Cette dernière rangée, convinrent-elles, s'appellerait la Transition, et ce serait la période la plus importante de chaque barreau.

Un pâle rayon de clair de lune filtra par la vitre sale, rappelant aux deux femmes que la nuit était tombée.

« Puis-je vous confier un secret, madame le Maire ? » lança abruptement Cleotilde, en ôtant ses lunettes. Rosalba leva les yeux de son croquis et hocha la tête. « Je me souviens de m'être sentie sale et honteuse chaque fois que j'avais mes règles, dit Cleotilde. Il y a eu des fois où j'ai eu tellement honte que j'ai regretté de ne pas être un homme. »

Rosalba avoua également l'un de ses secrets : « Mon mari faisait chambre à part quand j'avais mes règles, comme si c'était une maladie contagieuse. Pour moi, les règles étaient une malédiction.

— Eh bien, ce ne sera plus le cas, dit Cleotilde, toute guillerette. Dorénavant, les règles seront une époque de célébration de la féminité. »

Les deux femmes se levèrent et se plantèrent l'une en face de l'autre, le corps bien droit, les pieds légèrement écartés et les mains sur les hanches. Éparpillés sur la table qui les séparait, il y avait les bouts de papier contenant les principes fondamentaux sur lesquels désormais se réglerait le temps féminin, et l'illustration aboutie du premier calendrier féminin de tous les temps – celui qui avançait à reculons et qui serait lancé à l'aube. Dressées là, Rosalba et

Cleotilde avaient l'air de deux statues d'héroïnes nationales. L'expression de confiance éclatante qui se lisait dans leurs yeux semblait confirmer qu'elles étaient, elles aussi, des femmes capables de hauts faits admirables, des versions féminines de Simón Bolivar – le glorieux libérateur et premier Président de la Colombie.

« Y a-t-il autre chose dont nous ayons besoin de discuter ? » demanda Cleotilde par courtoisie.

La première magistrate secoua la tête. Elle avança les lèvres pour désigner les feuilles de papier sur la table et déclara : « Je pense qu'il est temps de mettre tout cela en pratique. » Elle offrit à Cleotilde de la raccompagner à mi-chemin. Elles descendirent à pas pressés la rue déserte jusqu'au bâtiment de l'église, auquel la lumière de la lune donnait un air immaculé. Là, elles se plantèrent, immobiles, l'une face à l'autre de la même façon qu'elles l'avaient toujours fait : le dos droit, les sourcils froncés, un regard de défi dans les yeux. Mais, en cette circonstance particulière, seuls quelques centimètres et l'air invisible les séparaient.

« Merci beaucoup, señora Cleotilde, dit Rosalba avec sincérité, même si l'expression figée de son visage ne manifestait aucune reconnaissance. Je n'aurais tout simplement pas pu faire cela sans vous.

— Je suis heureuse de vous avoir rendu service, à vous et à Mariquita », répondit Cleotilde. Elle aussi était sincère. Elle aussi ne le montrait pas.

Les deux femmes se souhaitèrent bonne nuit et commencèrent à marcher lentement dans des directions opposées le long de la rue déserte. Leurs corps, bien que de formes différentes, projetaient deux ombres identiques qui se rapprochaient de plus en plus à mesure que Rosalba et Cleotilde s'éloignaient l'une de l'autre, qui gravissaient la façade blanche de la pauvre maison de Dieu, atteignaient le clocher où les aiguilles d'une horloge oubliée demeuraient immobiles, pour devenir enfin, tandis que les deux femmes disparaissaient dans l'obscurité, une seule ombre gigantesque s'étendant sur le ciel de Mariquita et recouvrant toute personne et toute chose en dessous d'elle.

Plinio Tibaquirá, 59 ans
Paysan

MON FILS EST PARTI À LA VILLE DÈS QU'IL A EU QUINZE ANS. Il a dit qu'il voulait un boulot où il n'aurait pas à porter une machette attachée à la taille. Là-bas, il a rencontré ses amis, les révolutionnaires. Quand j'ai eu à nouveau de ses nouvelles, il était en prison. J'ai fait le voyage toute une journée à pied et puis une autre en bus pour aller lui rendre visite, mais quand je suis arrivé là-bas, ils m'ont dit que les guérilleros n'étaient pas autorisés à recevoir des visiteurs. Les voleurs pouvaient en recevoir ! Les meurtriers pouvaient en recevoir ! Mais pas les guérilleros ! J'ai demandé à parler à l'officier responsable. Ils m'ont fait attendre dehors. Ils pensaient que le soleil et la chaleur me rendraient malade et que je rentrerai chez moi. Je parie qu'aucun d'eux n'a jamais engendré un enfant.

Le sergent-chef m'a répété la même chose : les guérilleros n'étaient pas autorisés à recevoir des visiteurs. Je lui ai dit : « Pardonnez-moi, monsieur, mais mon garçon a besoin de moi maintenant plus que jamais. Je le sens. Je suis son père. Les guérilleros, voyez-vous, ont eux aussi des pères. » Je pleurais en disant ces derniers mots. Il ne me répondit pas, mais ordonna à l'un de ses hommes de m'emmener voir mon fils. « Cinq minutes seulement », dit-il à l'homme. Je suivis un jeune soldat à travers de nombreuses portes et de longs couloirs. Il y avait des cellules puantes des deux côtés, et derrière leurs barreaux rouillés des visages, des visages vides de toute expression, des visages d'hommes qui n'étaient pas mon fils.

Finalement, le jeune soldat pointa du doigt une cellule sombre. « Là », dit-il. Je me tenais derrière les barreaux, pressant mon visage contre eux, mais je ne pouvais rien voir car il n'y avait pas de lumière à l'intérieur. J'ai donc murmuré son nom, Felipe. Trois fois, je l'ai murmuré, son nom, avant d'entendre un son, une plainte. « C'est moi, fils. Ton père. Je suis ici pour toi. » Il a fait de nouveau ce terrible bruit, plus fort cette fois. Il me disait qu'il était très heureux que je sois là, mais il souffrait tellement qu'il n'arrivait même pas à parler, seulement à faire ce bruit. J'ai prié le soldat de me laisser entrer. Il a dit non. Je lui ai demandé une lampe de poche. Il n'en avait pas. En outre, il pensait que c'était mieux comme ça, car mon fils n'était pas « présentable » ce jour-là. J'imaginais mon garçon gisant sur le sol, enchaîné et battu, forcé de se soulager à côté de l'endroit où il mangeait et dormait.

Je revins le lendemain matin. Personne ne savait rien au sujet de mon fils. Son nom ne figurait pas dans leurs dossiers. Est-ce que j'étais sûr que c'était bien son nom ? Ils étaient vraiment désolés, mais non, Felipe Andrés Tibaquirá Gutiérrez n'avait jamais été là. Et non, ils ne m'avaient jamais vu auparavant.

Je dois avoir rêvé.

11

La vache qui sauva un village

Mariquita, le 5 Rosalba, échelle 2000

CE MATIN-LÀ, LA PREMIÈRE MAGISTRATE se révéla particulièrement aimable. Elle distribuait au milieu de la foule des éventails en feuilles de palmier qu'elle avait confectionnés elle-même, et versait personnellement de pleines tasses d'eau fraîche pour aider à atténuer la chaleur impitoyable. Elle serrait la main de toutes les femmes curieuses qui s'approchaient de la grande table qu'elle avait dressée à l'extérieur de la mairie, et promettait à toutes qu'elles ne regretteraient jamais de signer le document de deux pages qu'elle leur agitait avec une telle obstination sous le nez.

« Voici le Pacte communal de Mariquita, disait-elle, les mots roulant hors de sa bouche avec aisance, comme si elle leur présentait sa meilleure amie. En le signant, vous vous engagerez à assigner la propriété de tous vos biens à la communauté de Mariquita prise comme un tout. »

Le vague de cette explication modifia l'expression sur le visage des femmes. La plupart des veuves les plus âgées ne savaient pas lire et n'étaient guère capables d'écrire leur nom. C'est pourquoi, quand on en venait à la signature de documents, elles se défiaient de tout le monde – particulièrement du maire, avec ses phrases alambiquées et ses décrets absurdes qui mettaient presque toujours quelqu'un, sinon tout le monde, dans l'embarras. Elles lorgnèrent vers Rosalba d'un œil soupçonneux et se mirent à chuchoter, hochant et secouant alternativement la tête. Finalement, la veuve Solórzano, qui était la propriétaire de Perestroïka, se risqua à demander : « Nous aimerions savoir ce que veut dire *assigner*, madame le Maire.

— Oh, *assigner* est juste une fantaisie, répondit Rosalba sur-le-champ, agitant une main en l'air. C'est un peu comme... troquer, mais en mieux car vous n'avez à donner qu'une seule fois, mais vous ne cesserez pas de recevoir les bénéfices votre vie durant. » Elle eut un sourire presque maternel.

« Hummm... », marmonna la veuve Calderón. Elle possédait trois mules, qu'elle louait pour le transport des récoltes en échange de la moitié de la charge transportée par les bêtes. « Qu'est-ce que je suis censée troquer ?

— Tout ce que vous possédez, Calderón, répliqua Rosalba en haussant les épaules. N'importe quoi. » Elle faisait un grand effort pour garder un air et un ton suffisamment désinvoltes pour ne pas laisser voir les implications cachées du pacte.

« Et qu'est-ce que nous recevons en retour ? » s'enquit la veuve Sánchez. Elle possédait un bon nombre de poulets et de poules pondeuses qui lui rapportaient de quoi vivre ainsi qu'à ses deux filles et sa vieille mère.

« Ce que vous n'avez pas, Sánchez », répondit Rosalba. Puis, changeant astucieusement de stratégie, elle mit le document de côté et empoigna une cruche d'eau fraîche. « Assigner est une bonne chose pour tout le monde, dit-elle, et de s'employer à remplir de nouveau les tasses des femmes. Une vraiment bonne chose pour tout le monde. » Elle ne cessa de répéter cela en marchant parmi les douzaines de grands éventails de feuilles de palmier qui s'agitaient en cadence dans les mains des femmes, propageant ses paroles dans l'air lourd et humide.

Avant que le soleil atteignît son point culminant dans le ciel, toutes les villageoises, y compris Rosalba, avaient signé le Pacte communal, ou, quand elles étaient illettrées, dit à haute voix : « Sí, acepto » devant la maîtresse d'école qui signait pour elles et servait de témoin officiel.

Hormis Rosalba, toutes les femmes retournèrent chez elles s'abriter du soleil. La magistrate préféra s'allonger à l'ombre d'un arbre de la place, dans l'espoir d'une brise improbable. Elle était heureuse de voir que, contrairement aux prédictions de la señorita Guarnizo, mettre en œuvre une organisation économique collectiviste à Mariquita allait être, après tout, une tâche facile. Elle ébaucha dans sa tête le plan général qui l'aiderait à accomplir son dessein. En premier lieu, elle rassemblerait tous les animaux domestiques pour les regrouper auprès de Perestroïka dans l'arrière-cour de la veuve Solórzano, qui deviendrait la première ferme communale de Mariquita. Ensuite, elle diviserait la terre arable en parcelles de tailles variées, dont chacune serait attribuée à un groupe de femmes avec des instructions précises quant aux cultures à y pratiquer. Alors, elle tiendrait une réunion matinale pour informer les villageoises que l'on attendait de chacune qu'elle travaille ou produise quelque chose, selon ses capacités, pour elle-même et au profit de la communauté. Celles sans compétences particulières, comme la veuve Jamarillo qui était à moitié dérangée, seraient affectées au ménage des maisons ou au lavage du linge de celles qui en avaient, ou encore au balayage des rues et des ruelles. Et si une femme était trop âgée ou handicapée physiquement, comme la veuve Pérez, on lui demanderait de distraire les villageoises tous les soirs en leur narrant de vieilles histoires ou des contes populaires, de façon à ce que les traditions de Mariquita demeurent vivantes. Rosalba était tellement perdue dans ses pensées qu'elle ne sentait plus la chaleur implacable de midi, n'entendait plus l'insupportable bourdonnement des moustiques à ses oreilles, ne souffrait plus de leur piqûre douloureuse qui, après tant d'années, laissait encore des plaies suppurantes sur sa peau claire. Le pire est passé pour Mariquita, se disait-elle. L'orage se calme enfin.

Mais quand Rosalba, Cecilia et Cleotilde se mirent à aller de maison en maison pour recueillir tous les animaux domestiques, elles rencontrèrent une vive résistance de la part des villageoises.

« Vous touchez à l'un de mes poulets, et je vous tords le cou, dit la veuve Sánchez.

— Ce bout de papier que j'ai signé ne faisait pas mention de Perestroïka », argua la veuve Solórzano. Même Ubaldina, la brigadière, refusa de se séparer de ses cochons.

Des portes claquèrent. Des menaces furent proférées, des insultes lancées.

Le lendemain matin, Rosalba appela à un rassemblement sur la place pour éclaircir, une fois pour toutes, ce que signifiait « assigner la propriété de ses biens à la communauté de Mariquita prise comme un tout », et ce qu'impliquait le fait d'avoir signé le pacte. Mais la réunion prit vite un tour déplaisant. Quand les femmes entendirent stipuler, en mots simples et sans fard, en quoi consistait le plan de Rosalba, elles se divisèrent en deux groupes : la majorité, qui ne possédait rien que ses maigres effets, et qui soutenait donc le projet ; et un groupe plus restreint de dix-sept, qui prétendaient qu'on les avait flouées en leur faisant signer un document vague et arbitraire visant à les priver du peu qu'elles avaient. Et tandis que le premier groupe ovationnait la magistrate, le second se rebellait, la traitant de menteuse et de voleuse.

Rosalba garda son calme jusqu'à ce que la tension retombe. Elle fit alors une déclaration inattendue : « Chacune d'entre vous a deux options, rester à Mariquita et respecter les règles du pacte que vous avez signé, ou partir. Si vous décidez de vous en aller, je vous donnerai jusqu'au lever du soleil demain pour rassembler vos biens et partir définitivement. » Elle s'interrompit brièvement pour laisser se dénouer le nœud qui s'était formé dans sa gorge, puis, haussant peu à peu la voix, elle ajouta : « Maintenant, si vous décidez de rester, sachez que vous serez membre d'une communauté prospère où nul ne sautera plus jamais un repas. À vous de choisir ! »

Immédiatement après la confrontation, les villageoises rebelles se réunirent en secret chez Ubaldina.

« Si nous nous en allons, nous devons le faire aussi tôt que possible, remarqua Ubaldina. Rosalba est maligne et rancunière, et elle va monter le village contre nous.

— C'est déjà fait, dit la veuve Sánchez de sa voix de femme qui a réussi, la voix d'une veuve qui avait démarré avec une seule poule pondeuse et qui possédait à ce jour, douze poules, dix-sept poulets, et au moins une douzaine d'œufs tous les matins. L'idée d'abandonner ma maison m'est odieuse, mais celle de partager avec tout un chacun ce que j'ai gagné seule me l'est encore plus. »

On fit des commentaires, on donna des explications, on posa des questions et on y répondit, et on parvint enfin à une décision : « Nous partirons avant le coucher du soleil. Rentrez toutes chez vous préparer vos bagages. »

Quand elle fut informée du projet de départ hâtif des dissidentes, la première magistrate retrouva la maîtresse d'école pour établir un plan.

« Nous devons faire quelque chose pour les retenir, señorita Guarnizo, commença Rosalba, l'air affolée. Si elles partent, Mariquita pourrait ne pas survivre. Elles emporteront notre lait, notre fromage et notre beurre, nos cochons et nos chèvres, nos œufs. »

Cleotilde l'écouta attentivement, sans l'interrompre, et quand la première magistrate s'arrêta, elle dit : « Je crois que la façon éthique de traiter cette crise, c'est...

— Je me fiche de savoir ce qui est éthique ou pas ! s'exclama Rosalba. Je n'ai pas accompli une seule chose dans ma vie sans avoir à mentir ou tricher un peu. » Elle tourna le dos à Cleotilde et, s'adressant au mur qui ne portait pas de jugements, ajouta : « Chaque fois que j'ai essayé de faire quelque chose d'une façon correcte, j'ai échoué lamentablement. J'essaie d'être honnête avec tout le monde et de mener une vie fondée sur d'authentiques principes moraux, mais je ne peux pas.

— Eh bien, peut-être pourriez-vous user de vos pouvoirs de persuasion *notoires* pour convaincre les rebelles de rester ? » suggéra Cleotilde.

Mais la situation, estima Rosalba, était trop critique pour être traitée par des moyens honorables, et, après avoir proposé nombre de façons malhonnêtes de parvenir à ses fins (qui allaient du kidnapping des trois veuves les plus influentes à l'utilisation de la dernière balle de son revolver pour les menacer), elle finit par user de ses pouvoirs de persuasion *notoires* pour convaincre Cleotilde de raconter avec elle un mensonge. « Un petit, un pieux mensonge, dit-elle. Pour le bien de Mariquita. »

Avant le coucher du soleil, une longue procession descendit à la hâte la rue principale. Santiago Marín, l'Autre Veuve, sa mère et ses deux sœurs conduisaient la caravane, suivis par de jeunes femmes qui portaient sur le dos de gros ballots de maïs et des balles de coton brut. Les produits lourds – yuccas, pommes de terre, bananes plantains et grains de café –, elles les avaient mis dans des sacs qu'elles avaient répartis entre les trois mules de la veuve Calderón. Derrière les mules venait un groupe de matrones corpulentes qui portaient sur leurs larges épaules des couvertures roulées, ainsi que des casseroles, des poêles et des bouilloires attachées à l'endroit de leur taille. La veuve Sánchez se débattait avec la boîte en carton remplie de vêtements qu'elle tenait sur la tête et ce qui ressemblait à toute une basse-cour dissimulée sur elle. La veuve Solórzano tirait Perestroïka le long de la rue – à moins que ce ne fût cette dernière, chargée des effets personnels de sa propriétaire, qui la tirât. D'autres veuves encore, avec d'autres affaires encore, escortées de cochons et de chèvres, de chats et de chiens, et même d'un vieux perroquet qui ferait tôt ou tard une soupe correcte, descendaient la rue d'un pas énergique, dans un adieu tapageur et coloré à Mariquita.

Au bout de la rue principale, la caravane obliqua, empruntant un chemin long et étroit qui menait en haut d'une petite éminence et se terminait à la « frontière », un bouquet d'arbres et d'arbustes presque impénétrable qui avait poussé là où se trouvait jadis la route du Sud, et qui servait à présent à séparer Mariquita du reste du monde, ou plutôt à le lui cacher. Mais alors que Santiago Marín et sa mère s'apprêtaient à entrer dans les épais fourrés, ils entendirent les voix impérieuses, reconnaissables entre toutes, de Rosalba et Cleotilde. « Halte-là ! Halte-là ! » criaient-elles. Les deux femmes essayaient de marcher vite, mais les semelles de leurs chaussures étaient si minces qu'elles leur faisaient l'impression de simples chaussettes, et les obligeaient à avancer lentement et laborieusement sur la chaussée en terre battue.

« Qu'est-ce qu'elles peuvent bien nous vouloir ? dit Aracelly viuda de Marín.

— Je crois que nous devrions continuer, suggéra l'une des filles Ospina. Le ciel se couvre.

— Attendons-les. Peut-être qu'elles veulent venir avec nous », lâcha Santiago en pouffant de rire.

Toutes tombèrent d'accord et posèrent à terre leurs ballots et leurs sacs.

Lorsqu'elles parvinrent à la frontière, Rosalba et Cleotilde se plantèrent côte à côte devant le groupe. « Tout d'abord, je veux vous remercier d'interrompre votre... voyage inopiné », commença Rosalba sur un ton conciliant. Elle tenait un gros livre serré contre sa poitrine. « Comme on dirait qu'il va pleuvoir, et que je sais que vous désirez rejoindre un lieu sûr avant la tombée de la nuit, je serai brève. Au début de l'après-midi, nous feuilletions, señorita Cleotilde et moi, un livre d'histoire quand nous sommes tombées sur un passage qui raconte un épisode très important dans l'histoire de notre village. N'est-ce pas la vérité, señorita Cleotilde ?

— Oui-oui », fit la maîtresse d'école, s'adressant aux femmes aussi bien qu'à leurs animaux, qui se tenaient tous debout sur la petite hauteur dans un désordre assourdissant. « C'est une histoire merveilleuse que toutes les Mariquiteña devraient connaître. Nous désirons vous la lire avant que vous ne quittiez le village. » Santiago et les femmes se regardèrent, montrant, par leurs expressions muettes, qu'elles ne resteraient pas à écouter encore une autre des assommantes leçons de Rosalba. « Je vous en prie », implora l'enseignante, fixant Santiago du regard. Elle savait qu'il ne pourrait pas refuser la requête d'une vieille dame, surtout si elle était formulée sur un ton suppliant.

L'air exaspéré, Santiago s'assit sur le gros sac de maïs qu'il avait transporté. Ce faisant, il incita les femmes à faire de même. Elles se mirent à s'installer sur des couvertures roulées, des marmites et des boîtes, finissant par se disposer en un demi-cercle approximatif avec leurs biens près d'elles. Perestroïka et les mules s'écartèrent sur les côtés pour brouter les hautes herbes et les feuilles. Rosalba tendit à l'enseignante le livre qu'elle tenait. « Je pense qu'il vaut mieux que vous commenciez, murmura-t-elle. Je suis un peu nerveuse. » Rosalba avait délibérément raconté toutes sortes de mensonges à toutes sortes de gens dans sa vie, mais elle n'arrivait pas à se rappeler qu'ait jamais dépendu d'une de ses inventions quelque chose d'aussi important que l'avenir de Mariquita. À cet instant, elle doutait de l'efficacité de la fiction que Cleotilde et elle s'apprêtaient à raconter, et elle regrettait de n'avoir pas imaginé quelque chose de bien plus spectaculaire.

Cleotilde attrapa ses lunettes, que depuis peu elle gardait suspendues à une chaîne en argent autour de son cou, les chaussa, s'éclaircit la gorge, ouvrit le livre (un atlas !) à une page au hasard, et se mit à raconter l'histoire :

« Il était une fois, dans un petit village nommé… Taribó, aujourd'hui connu sous le nom de Mariquita, une belle jeune fille nommée… Caturca, qui était l'enfant unique d'un célèbre chef indien. Un matin, après avoir fait tout le tour de son village, Caturca alla trouver son père pour lui demander : "Père, pourquoi est-ce que toi et moi, nous avons des restes sur notre table alors que certains de nos sujets n'ont rien à manger ?" Son père, quoique plein de bonnes intentions, n'était pas très malin, et il ne put donc répondre à la question de Caturca. La jeune fille la reposa aux conseillers de son père, mais ils n'étaient pas, eux non plus, très intelligents. »

Cleotilde s'était adressée toute sa vie à des assemblées petites ou grandes. Elle savait quand hausser ou baisser le ton de sa voix, quand marquer une pause, quand regarder son auditoire, sur quels mots mettre l'accent. Il n'était donc pas surprenant qu'à cet instant tout le monde parût captivé par son récit.

« Le lendemain matin, escortée d'un groupe de servantes, Caturca quitta Mariquita en quête de réponses. Elle visita des pays exotiques où elle étudia nombre de cultures, de coutumes, de croyances et de gouvernements différents.

Elle habita chez les très pauvres aussi bien que chez les très riches, passa des soleils chez les civilisés et chez les barbares, eut de longues conversations avec des intellectuels et des paysans ignorants. Quand elle retourna enfin à Mariquita, Caturca n'était plus une jeune fille ingénue mais une femme cultivée et sage. Son père, vieillard affaibli, abdiqua et fit d'elle le nouveau chef du village. »

À ce moment, Cleotilde s'arrêta. « Le maire va maintenant continuer », dit-elle. Rosalba prit l'atlas à deux mains, et tourna la page comme si elle espérait y trouver la suite de l'histoire. Face à la carte du nord de l'Europe centrale, elle n'avait pas d'autre choix que de poursuivre le récit.

« Pendant le règne de Turca…

— Caturca, l'interrompit l'institutrice. Son nom était Caturca. »

Rosalba feignit de sourire et reprit : « Pendant le règne de Caturca, son village devint la communauté la plus prospère de toute la région. Elle affranchit les esclaves et abolit la servitude, et bien qu'elle demeurât leur chef, elle proclama l'égalité de tous les villageois. Elle redistribua l'ensemble de la terre et les maisons de façon à ce que chaque famille disposât d'un foyer où habiter et d'une terre à travailler. On demanda aux femmes d'apprendre aux hommes à faire la cuisine, le ménage et d'autres tâches domestiques, et les hommes apprirent aux femmes à cultiver la terre, à chasser et à pêcher. Alors, hommes et femmes se relayèrent pour travailler la terre et tenir la maison, et les villageois se montrèrent plus prévenants les uns envers les autres. »

Les femmes donnaient des signes d'agitation et d'inattention. La veuve Sánchez avait remarqué une nouvelle ligne dans la paume de sa main gauche et se demandait ce qu'elle pouvait bien signifier quant à son avenir. Pendant ce temps, Ubaldina regardait, avec un intérêt croissant, un chien qui essayait de monter un de ses cochons.

« Seulement alors, Caturca prit la dernière mesure qui rendrait parfait son système de gouvernement : elle supprima la position de chef et devint une simple Indienne du village, et simple Indienne elle demeura jusqu'à un âge avancé. »

Rosalba ferma le livre d'un geste théâtral et, arborant une expression pleine d'entrain, demanda : « Est-ce que ce ne serait pas merveilleux si Mariquita revenait au système de gouvernement de Capurca ? » Elle passa la foule en revue, en quête d'une réponse. « Qu'en pensez-vous, toutes ?

— Je pense que vous avez *une fois de plus* mal prononcé le nom de l'Indienne, fit observer impitoyablement Santiago Marín. C'est Caturca, Ca-tur-ca. » Les deux sœurs Ospina attrapèrent le fou rire.

« Est-ce que vous pouvez songer à quelque chose de... mieux à dire ? demanda Rosalba sur le ton du défi.

— À coup sûr. Je songe qu'il va pleuvoir et que nous devrions nous mettre en route. » Il se leva, les femmes l'imitèrent, et elles se mirent en silence à ramasser leurs biens et à rassembler leurs animaux avec la claire intention de poursuivre leur voyage. Leur indifférence fit à Rosalba l'effet d'un crachat en pleine figure. Elle avait envie de leur lancer toutes sortes d'insultes – de leur dire qu'elles étaient des vautours cupides au cœur de pierre ; qu'elles étaient bien plus idiotes que le père de Caturca et ses conseillers ; que, au passage, c'étaient la señorita Cleotilde et elle qui avaient inventé cette histoire ridicule de Turca, Purca, Catapurca, ou peu importait le nom qu'elles avaient envie de donner à cette fichue Indienne ; et que, en ce qui la concernait, elles pouvaient aller au diable avec leurs poulets décharnés et leurs chèvres puantes, ces affreuses putes, égoïstes et rapaces... Mais elle avait promis à Cleotilde de rester calme et de se conduire dans cette circonstance particulière avec la maîtrise de soi et la grâce de la dame distinguée qu'elle aurait dû être.

Et donc la pauvre Rosalba resta plantée là un moment en silence. Son visage laissait paraître de la lassitude, conséquence perceptible à la fois de la tension produite par la confrontation avec les femmes et de la chaleur extrême. Son corps adopta une posture de détente confortable, comme si elle attendait que le vent la soulevât. Quand la troupe fut presque prête à reprendre sa marche, Rosalba se mit soudain à parler d'une voix douce mais résolue : « Est-ce que vous croyez vraiment que derrière ces montagnes vous allez trouver un paradis sans violence ni pauvreté, en train de vous attendre ? » Elle secoua plusieurs fois la tête. « Un endroit comme celui-là, vous devez le créer vous-mêmes. Et vous ne pouvez pas le faire avec seulement quelques personnes. Cela demande une communauté tout entière, telle que celle que nous avons imaginée, señorita Cleotilde et moi, pour Mariquita. Lorsque nous l'avons imaginée, nous comptions sur votre consentement à de petits sacrifices pour créer ici même, où vous et vos enfants sont nés, ce paradis dont vous vous figurez qu'il vous attend quelque part ailleurs.

» Si vous persistez à vouloir partir, je vous souhaite bonne chance, mais soyez conscientes que vous ne faites qu'échanger une sorte de misère contre une autre, et qu'à la fin choisir le genre de misère dans laquelle vous pouvez vivre sera la seule liberté qui vous restera. » Rosalba tendit l'atlas à Cleotilde et lui toucha doucement l'épaule, en une manifestation subtile de reconnaissance pour le mensonge auquel celle-ci avait consenti afin de lui faire plaisir. Là-dessus, elle se mit à descendre la colline, retournant à Mariquita, ravagée par la tristesse.

Cleotilde était émerveillée par ce qu'avait dit la première magistrate. Rosalba était renommée pour son incompétence, ses décrets excentriques et capricieux qui ne résolvaient rien et qui compliquaient tout, ainsi que ses longs discours vides de toute espèce de signification. Celui qu'elle venait de prononcer, cependant, émanait d'une autre Rosalba – une Rosalba plus âgée, plus expérimentée et intellectuellement plus mûre qui, sentait Cleotilde, prenait conscience de l'effet corrosif du passage des barreaux et des échelles sur sa chair, mais qui, au lieu de chercher du réconfort dans des dieux invisibles, se cramponnait avec force à la réalité, effectuant un travail qui justifiait son existence, mais qui, aussi, la rendait capable de continuer à vivre.

Une forte pluie dégringola soudain. Elle tombait vite et en énormes gouttes tandis que des éclairs blancs déchiraient le ciel. Les femmes se saisirent de leurs affaires et coururent s'abriter dans le bâtiment le plus proche, le bordel abandonné de doña Emilia.

C'est là qu'il se produisit quelque chose d'extraordinaire.

D'un mouvement brusque, Perestroïka se libéra de l'emprise de la veuve Solórzano pour dévaler la pente sur les traces du maire, traînant sur la chaussée une corde épaisse attachée autour de son cou, et meuglant à tout va. Alors, comme si le mugissement de la vache était un secret appel à la révolte, les mules, les cochons, les chèvres, les chats, les chiens, le perroquet et d'autres volatiles en liberté détalèrent de l'autre côté de la rue pour rejoindre Perestroïka et Rosalba. Les femmes quittèrent l'abri de l'ancien bordel pour courir après leurs animaux, leur criant de revenir. Seuls les chiens s'arrêtèrent, mais non en signe d'obéissance. Ils montrèrent les crocs, prêts à mordre les mollets de leurs maîtresses si elles s'approchaient davantage. Les autres créatures, celles qui étaient attachées, furent prises d'une agitation extrême. Elles grondaient, grognaient, aboyaient, hurlaient, ou émettaient le bruit qu'elles pouvaient pour afficher leur solidarité avec les autres. Le tumulte était tel que les femmes, redoutant que tout cela s'achevât en une malheureuse tragédie, relâchèrent les animaux protestataires. Qui rejoignirent aussitôt la caravane séditieuse conduite par la première magistrate.

Rosalba ne put s'empêcher d'être légèrement émue par cette manifestation de loyauté. Soudain, elle se rappela une célèbre histoire de la Bible qu'elle avait entendue maintes fois, et, bien qu'elle ne crût plus en Dieu, elle se laissa aller à se prendre pour Noé, menant les animaux vers un lieu sûr, à l'abri du Déluge qui engloutirait le monde. Elle continua d'avancer, avec à présent une assurance croissante et un sourire de jubilation qui étincelait dans la nuit à chaque éclair.

Entre-temps, la troupe des femmes avait rejoint la maîtresse d'école sous les gouttières du bordel. Elles se tenaient debout contre les murs en stuc décoloré, contemplant la pluie qui emportait sans pitié les feuilles, les branches et les troncs d'arbre mêlés à la terre, au gravier et aux pierres.

« Je n'ai jamais rien vu de pareil, dit la veuve Calderón. Ces chiens se comportaient comme s'ils étaient possédés.

— On ne peut pas partir sans nos animaux », déclara la veuve Solórzano. Elle s'interrompit pour essuyer l'eau qui inondait son front avec la manche en lambeaux de sa robe. « Ils sont la raison pour laquelle nous avons décidé de quitter Mariquita.

— Je ne sais pas en ce qui vous concerne, mais si Perestroïka veut rester ici, je resterai avec elle, déclara la veuve Solórzano. Mieux vaut partager son lait que la perdre. »

Le groupe se tut, mais après un long silence rempli uniquement par la pluie, la veuve Sánchez livra sa pensée : « Je pense qu'elle a raison. Si mes poules ne me suivent pas, c'est moi qui les suivrai. Tout ce que je demande, c'est qu'on me donne quatre œufs chaque soleil, un pour moi, un pour chacune de mes filles et un pour ma mère. Les autres, vous pouvez vous les partager entre vous.

— Ma sœur et moi, nous pouvons faire des arepas et des tamales pour tout le monde », déclara Irma Villegas. Elle regarda sa sœur afin d'avoir son approbation.

« Oui, bien sûr, répondit Violeta Villegas. À condition que nous puissions avoir assez de maïs et un peu de viande.

— Vous pourrez avoir autant de maïs que vous voudrez, affirma la veuve Ospina.

— Bon, en ce cas la même chose vaut pour mes cochons, dit Ubaldina avec une feinte timidité. Je crois que je préfère partager leur viande avec mes payses que la vendre à des étrangers.

— Si quelqu'une veut des tomates, des oignons, des yuccas ou des pommes de terre, s'il vous plaît, venez nous voir », proposa l'Autre Veuve.

L'esprit de partage parut contagieux. Chaque famille annonça quelle serait sa contribution : produits de la ferme et du jardin, cuisine familiale, marchandise manufacturée et effets tricotés. Elles se rendirent bientôt compte qu'il n'y aurait pas assez de tout pour chaque femme du village, ce qui, jugèrent-elles, n'était pas équitable. En conséquence, elles se mirent d'accord pour cultiver davantage de fruits, de légumes nourrissants et de céréales. « Nous aurons besoin de plus de monde pour travailler la terre », remarqua la veuve Ospina, et presque immédiatement deux jeunes filles robustes se portèrent volontaires. Les femmes s'accordèrent aussi pour augmenter la production d'animaux domestiques et de produits laitiers. Peut-être même créer une ferme où elles pourraient garder tous les animaux, ramasser les œufs, élever des poulets, des dindes et des cochons, traire Perestroïka et faire du beurre et du fromage. « Je serai heureuse de tenir la ferme, dit la veuve Solórzano. Mais je vais avoir besoin de… »

Regardez-les, songea Cleotilde. Parlant de créer une basse-cour communale, de partager leurs productions et de travail en commun comme si c'était leur idée à l'origine. Quels génies !

Mais, si pénible que cela lui fût, Cleotilde garda pour elle ses réflexions. Laissons-les croire que c'est entièrement leur idée, laissons-les s'en attribuer tout le mérite. C'est là, conclut-elle, ce que font des femmes avisées.

« Je pense que nous avons été un peu trop cupides, dit Ubaldina au groupe, la voix pleine de remords. Vous n'êtes pas de mon avis ? »

À cet instant, la foudre tomba à proximité de l'endroit où elles se trouvaient. L'éclair fut promptement suivi d'un coup de tonnerre assourdissant qui fit croire aux femmes que la nature, à sa manière déchaînée, venait de répondre à la question d'Ubaldina. Dans un silence absolu, elles rassemblèrent leurs affaires et commencèrent à descendre la pente glissante, marchant aussi vite qu'elles le pouvaient pour rattraper la longue caravane qui obliquait déjà dans la rue principale.

Cleotilde tenait fermement l'atlas au-dessus de sa tête et s'avançait sous la pluie de sa démarche caractéristique, plus lentement que les autres, mais toujours sûre et décidée. Elle projetait des éclaboussures le long du chemin boueux et accidenté qui mènerait bientôt les quatre-vingt-treize femmes au complet et Santiago dans un endroit extraordinaire : la communauté florissante de La Nouvelle-Mariquita.

Jacinto Jiménez Jr., 26 ans
Guérillero

NOUS PARCOURIONS LES MONTAGNES à la recherche de soldats paramilitaires quand nous sommes tombés sur une caravane d'Indiens déplacés. Les anciens marchaient devant, se traînant le long de la piste escarpée, certains se poussant et se tirant mutuellement. Ensuite venaient les enfants, tous nus ; une couverture roulée sur les épaules, ils menaient de petits troupeaux de cochons et de chèvres. Les femmes suivaient, leurs bébés dans les bras, des casseroles, des poêles et des chaises sanglées dans le dos au moyen de cordes en chanvre. Enfin, dans cette longue file se trouvaient des hommes, une dizaine environ. Ils portaient un chapeau conique en laine et de longues robes colorées, et ils charriaient sur leurs dos des fardeaux dans de grandes couvertures nouées sur le front.

« Où est-ce que vous vous rendez ? » leur cria de loin Cortéz, notre chef.

Les Indiens continuèrent, en silence, comme s'ils n'avaient pas entendu ou compris la question.

Cortéz leur hurla de s'arrêter. « Où foutre donc allez-vous ? » Il avait l'air en colère.

« N'importe où », répondit d'une voix faible un homme entre deux âges au visage triste et au regard vide, sans cesser de marcher ni même lever les yeux du sol. C'était leur chef. Son chapeau était plus grand et sa tenue blanche, et il était le seul à disposer d'une mule pour transporter sa charge.

« Halte ! » hurla de nouveau notre chef.

Les hommes s'arrêtèrent net.

Cortéz s'approcha du groupe de son pas nonchalant. « Est-ce que vous fuyez les paramilitaires ou les guérilleros ? » demanda-t-il, en s'adressant au chef indien.

Ce dernier se tenait immobile à côté de sa mule, fixant le sol comme s'il réfléchissait. Il savait qu'une mauvaise réponse pourrait entraîner la mort pour lui et les siens.

« Est-ce que vous fuyez les paramilitaires ou les guérilleros ? répéta Cortéz, plus fort cette fois, et il plaça l'extrémité de son revolver sur la tempe de l'homme. Les autres Indiens regardaient, terrifiés.

Le chef indien avala sa salive deux ou trois fois mais il ne put se résoudre à répondre. Le côté de son visage que j'apercevais était couvert de sueur.

Cortéz tira en arrière le cran de sûreté de son arme.

« La… la guerre, *monsieur,* bredouilla enfin l'homme. Nous fuyons la guerre. »

Cortéz attrapa d'un geste vif le chapeau du chef indien et le posa sur la tête de la mule. Puis il considéra les autres Indiens et découvrit quelques dents, comme en un sourire.

« Maintenant, vous pouvez y aller », dit enfin notre chef, rangeant son revolver.

12

Les veuves amoureuses

La Nouvelle-Mariquita, le 1 Ubaldina, échelle 1998

ELOÍSA VIUDA DE CIFUENTES SE LEVA AVANT L'AUBE, comme d'habitude, et, comme d'habitude, installa trois gros oreillers au milieu du lit, qu'elle dissimula sous les couvertures. Ainsi, de la porte et dans la demi-pénombre, si elle tournait légèrement la tête vers la droite, le renflement lui donnait l'illusion que Rosalba, le maire, était couchée sous ses draps parfumés à la lavande.

Elle se tenait, nue, dans l'embrasure, à contempler la forme qu'elle avait fabriquée, et imaginait qu'elle-même et la magistrate venaient juste de finir de faire l'amour. Il n'était pas rare qu'Eloísa voie le milieu du renflement se soulever, ou la forme tout entière se tourner sur le côté. Un moment plus tard, après réflexion, elle s'avouait à elle-même que ces mouvements n'étaient qu'une illusion d'optique. Mais le matin, avant de boire sa première tasse de café, il était impératif qu'elle vive ses fantasmes, aussi insensés qu'ils pussent paraître.

Eloísa était amoureuse de Rosalba, mais personne n'était au courant. Pas même la première concernée.

La cloche de l'église sonna dans le lointain : une seule série de cinq coups, qui indiquait aux villageoises qu'il était temps de se lever et de se préparer à partir au travail.

Dans sa cuisine, Eloísa posa quelques bûches sur les cendres de la cuisinière et installa la bouilloire. À cet instant précis, elle sentit quelque chose de tiède et d'humide qui dégoulinait le long de ses jambes. Elle glissa sa main sur la face intérieure de sa cuisse droite et eut confirmation qu'elle avait ses règles avec un soleil d'avance, ce qui l'inquiéta beaucoup.

Eloísa était membre du Comité du Temps. L'une de ses fonctions consistait à communiquer à Rosalba la date de sa première perte de sang tous les vingt-huit soleils, perte qui devait coïncider avec celle des quatre autres membres du comité. Après avoir bu une pleine tasse de café, Eloísa sortit dans le patio, une serviette sur l'épaule. Elle s'arrêta devant le gros tonneau qui lui servait à collecter l'eau de pluie et remarqua qu'il était vide. Elle se souvint qu'il était presque plein la veille. Sa logeuse, l'égoïste veuve Pérez, s'était levée avant elle, et avait tout utilisé pour sa toilette.

Eloísa devait, à son corps défendant, héberger la veuve Pérez depuis qu'une tempête, quelques barreaux plus tôt, avait détruit la cabane de la vieille femme. Il lui était très pénible de partager sa maison, en particulier avec la veuve Pérez, mais elle ne se plaignait pas parce qu'elle, Eloísa, avait signé ce foutu Pacte communal, et qu'elle était une femme de parole. « Personne n'est propriétaire de rien parce que tout le monde est propriétaire de tout », disait ce document, ou du moins était-ce là ce qu'Eloísa avait retenu du discours de Rosalba. Pour elle le fait de signer ce bout de papier signifiait aussi qu'elle devait, avec trois autres femmes, cultiver un lopin de terre laissé à l'abandon depuis le départ des hommes. Ce dur labeur à quatre assurait l'approvisionnement de la communauté en café, avocats, papayes et courges, et permettait même de faire quelques provisions, stockées avec les légumes secs et les fibres végétales pour couvertures dans un entrepôt que le maire avait fait construire sur les ruines d'une maison abandonnée. Mais tout n'était pas négatif dans le nouveau règlement. Eloísa, par exemple, n'avait plus besoin de surenchérir pour se procurer de la nourriture. Elle n'avait plus besoin de faire la cuisine. Chaque matin, trois responsables recevaient du maire un grand panier rempli de légumes frais, de fruits, de céréales, et, quand il y en avait, d'œufs et de viande. Elles préparaient le petit déjeuner et le dîner (on ne mangeait que des crudités au déjeuner).

Ayant maudit la veuve Pérez en son for intérieur, Eloísa regagna sa chambre. Elle humecta la serviette avec l'eau potable qu'elle gardait sur sa table de nuit, et s'en frotta le corps là où cela s'avérait nécessaire. Puis elle se mit en route, toute nue, pour signaler à la première magistrate qu'elle avait ses règles plus tôt que prévu.

Quelques barreaux auparavant, Eloísa était devenue la première veuve à apparaître en public nue comme un ver. Elle s'en était expliquée en affirmant : « Il a fallu des générations pour que le corps féminin atteigne la perfection. Pourquoi faudrait-il le cacher sous des vêtements ? »

Rosalba aurait pu la sanctionner pour exhibitionnisme, mais son propre corps était paralysé et sa bouche asséchée par l'admiration et le désir, depuis qu'elle avait vu les seins d'Eloísa. Rosalba les trouvait magnifiques, avec leur couleur ambrée, leur fermeté, leur taille, et leur forme qui évoquait un pamplemousse mûr coupé en deux. Ils étaient si extraordinaires qu'il avait peut-être bien fallu des milliers de générations pour atteindre un tel degré de perfection.

Une fois seulement, sous la pression des femmes les plus dévotes du village, Rosalba avait arrêté Eloísa dans la rue et lui avait clairement fait comprendre que certaines parties du corps féminin devaient être recouvertes, ne serait-ce qu'à cause de leur vulnérabilité. Mais Rosalba fut désarmée par la réponse d'Eloísa : « Je ne peux citer aucune partie du corps féminin moins sensible et plus maltraitée que le cul, et pourtant les femmes l'ont toujours caché au cours de leur histoire. »

Bientôt, le fait d'être habillé commença à paraître étrange, apprêté. Pour certaines, c'était juste une solution honorable et pratique au problème de la dépense d'énergie qu'il aurait fallu fournir pour tisser de nouveaux vêtements ; mais, pour d'autres, il n'était tout simplement plus concevable que les femmes soient les seules créatures dans le monde obligées de couvrir le haut et le bas de leur anatomie. Les femmes âgées restaient sur leurs gardes. Pour elles, la nudité était juste une mode (comme celle des minijupes), et elles n'étaient pas prêtes à devenir la risée du village, avec leurs postérieurs fripés et leurs seins flasques dont les mamelons se retrouvaient au même niveau que le nombril. Elles coupèrent les manches de leurs chemisiers et raccourcirent leurs jupes, mais refusèrent d'aller plus loin.

La cloche de l'église sonna de nouveau. Deux séries de cinq coups indiquant qu'il était temps pour les gens du village de rejoindre la cuisine communale dont ils dépendaient, afin de prendre leur premier repas de la journée.

C'était la maîtresse d'école qui avait mis au point la codification de la sonnerie des cloches et qui s'était portée volontaire pour les actionner, jusqu'au jour où le fait de tirer la longue corde attachée au battant l'avait totalement épuisée.

Ayant faim, Eloísa réfléchit qu'elle pouvait attendre pour faire part de la date de ses règles, et préféra rejoindre rapidement la cuisine des Morales. Elle y arriva en même temps que le maire, qui prenait alternativement ses repas dans chacune des trois cuisines communales afin de tester la qualité de la cuisine et la rapidité du service. Pour le plus grand plaisir d'Eloísa, et à sa grande surprise, la première magistrate apparut complètement nue, tout en cachant son entrejambe avec son carnet de rendez-vous. Eloísa travaillait pour Rosalba depuis des barreaux. Chaque fois que celle-ci la complimentait sur son teint d'Indienne aux nuances olivâtres, et les nombreux grains de beauté qui constellaient son corps, Eloísa répondait, provocante, qu'elle était sûre que Rosalba cachait sous ses vêtements des grains de beauté beaucoup plus beaux encore. Les vêtements de Rosalba avaient d'abord raccourci légèrement par-ci, par-là, puis elle s'en était tenue à ses seuls sous-vêtements.

« Votre corps fait pâlir le ciel bleu du matin, madame le Maire ! » dit Eloísa, enthousiasmée. Le même vers, ou une variante très proche, avait été utilisé par le mari d'Eloísa dans un poème qu'il lui avait dédié. Rosalba leva les yeux vers le ciel du matin. Il ne laissait rien apparaître, si ce n'est un soleil paresseux et une volée d'oiseaux blancs qui tournoyaient en permanence au-dessus du village. Puis elle baissa les yeux et rit nerveusement, avec l'impression que sa nudité était comme une éruption qui s'était mise brusquement à s'étendre sur son corps tout entier. Eloísa fit un pas sur le côté et un geste de son bras tendu : « Après vous », dit-elle. Rosalba franchit la porte latéralement, tenant le carnet serré sur son ventre, et s'assit à la première table qui se présenta, suivie de près par Eloísa.

La longue table était en partie recouverte d'un morceau de plastique blanc sur lequel plusieurs mouches noires paraissaient collées. Orquidea, la fille aînée de la veuve Morales, sortit de la cuisine vêtue d'une de ses austères chemises marron à manches longues et d'une jupe aux chevilles assortie, portant trois grands paniers remplis d'arepas. Elle s'arrêta brusquement devant Rosalba et secoua la tête d'un air désapprobateur. Elle déposa les paniers sur la table presque à égale distance les uns des autres, et disparut rapidement dans la cuisine. Un instant plus tard, ses sœurs Gardenia et Magnolia, accompagnées de leur mère, risquèrent un coup d'œil par la porte, et étouffèrent un rire. Cela échappa à Rosalba, qu'Eloísa avait entraînée dans une conversation ayant pour objet l'historique de la tache de naissance en forme de cœur qu'elle, Eloísa, avait sous le sein droit.

Un talon de beurre bringuebalant dans une assiette ébréchée et deux bols brûlants de soupe aux œufs furent placés sur la table du maire par Julia, la benjamine des filles Morales. Elle portait une robe rouge moulante avec un décolleté plongeant (bien qu'il n'y eût rien à voir) et une orchidée sauvage violette glissée derrière l'oreille. Après avoir déposé les deux bols sur la table, Julia tapota l'épaule de Rosalba, et, par gestes, lui fit comprendre qu'elle était superbe sans ses vêtements ; qu'elle-même, Julia, soutenait cette décision de tout son cœur ; et que Rosalba ne devait pas prêter attention à l'attitude de ses sœurs, parce qu'elles étaient de vieilles filles grosses, laides, méchantes et jalouses, ou quelque chose de ce genre.

La salle à manger ne tarda pas à se remplir. Contrairement à ce qu'avait pensé Rosalba, sa nudité passait assez inaperçue. Les femmes qui n'étaient pas arrivées assez tôt pour avoir une place à l'une des trois tables emportaient leur repas dehors, et se mettaient en quête de seaux et de pots de fleurs vides qu'elles transformaient en sièges. Le lait n'était pas au programme ce matin-là, et elles burent toutes leur café noir. Francisca fit semblant de faire entrer ses seins noirs dénudés dans sa tasse. C'était une vieille plaisanterie, mais qui suscita encore les rires de la foule.

Puis on entendit sonner trois séries de cinq coups, enjoignant aux villageoises de regagner leurs postes de travail. Les sœurs Morales commencèrent à débarrasser les tables, tandis que les femmes se levaient par vagues, sans interrompre leurs discussions à voix haute, ponctuées d'éclats de rire. Eloísa et Rosalba décidèrent de rester assises jusqu'à ce que la plus grande partie de l'assistance ait quitté les lieux. Eloísa saisit cette occasion pour annoncer à la magistrate, avec une pointe de regret, qu'elle avait ses règles ce matin-là. Le règlement stipulait que tout membre du Comité du Temps dont le cycle devenait irrégulier devait être immédiatement remplacé et jamais réintégré. Eloísa redoutait l'humiliation publique à laquelle elle aurait certainement droit quand on apprendrait son renvoi.

« Ne t'inquiète pas, chuchota Rosalba dans son oreille. Je vais transgresser le règlement, pour une fois seulement. »

Pendant que Rosalba parlait, l'une de ses mains desséchées et tavelées par l'âge atterrit sur la cuisse nue d'Eloísa et glissa rapidement jusqu'à son genou, puis, tout aussi rapidement, s'envola vers la table. C'était, dans son esprit, une caresse, mais Eloísa eut l'impression que le maire balayait des miettes sur ses jambes.

Enfermée dans son bureau, Rosalba faisait les cent pas, s'interrogeant sur ses penchants secrets pour Eloísa. S'agissait-il seulement d'une attirance physique ? Était-ce de l'amour ? En toute hypothèse, c'était blâmable. Rosalba était d'avis que les relations sexuelles entre femmes étaient contre nature. Elle savait que quelques veuves du village couchaient ensemble occasionnellement, et elle avait décidé que, tant qu'elles restaient discrètes, elle n'interviendrait pas. C'était avant qu'elle ait vu les seins d'Eloísa. Ces seins, pensait-elle, devraient être l'emblème de La Nouvelle-Mariquita. Ils devraient figurer sur son drapeau et ses armoiries. En fait, ils devraient être les armoiries à eux tout seuls. Point à la ligne. Peut-être avait-elle tort de se mettre martel en tête à cause de ses penchants pour Eloísa. Après tout, admirer le corps d'Eloísa, regarder la manière sensuelle dont elle mouillait ses lèvres avec sa langue en parlant, sentir la peau d'Eloísa frôler la sienne au petit déjeuner, ce n'était là que la source de menus plaisirs, c'était comme faire des nœuds sur un brin de laine avant de tisser un châle. Rosalba n'avait jamais tissé de châle, mais elle en avait commencé des douzaines. C'était la phase des nœuds qu'elle aimait : former les petites boules sur les longueurs de laine. En fait, le tissage pourrait gommer son plaisir. Peut-être était-ce ainsi qu'elle devait opérer avec Eloísa : continuer dans les petites choses qui lui procuraient du plaisir, mais s'abstenir de tisser.

Elle était perdue dans ses pensées quand Cecilia apparut dans le bureau. « La veuve Solórzano vient de passer, dit-elle. Elle est venue annoncer que l'une de ses chèvres a eu un beau petit chevreau ce matin. »

« Cilia, mon amie, j'ai quelque chose à vous demander, lança Rosalba sans prêter attention à la nouvelle. Si vous éprouviez un penchant pour quelqu'un, n'importe qui, mais que ce penchant était contre nature, que feriez-vous ?

— Vous avez le béguin pour Eloísa, n'est-ce pas ? »

Cela ne servait à rien de nier, devant une secrétaire aussi perspicace. « Oui, je crois bien. » La voix de Rosalba était empreinte de culpabilité, comme si elle avouait un crime.

« Eloísa semble une femme extrêmement passionnée et romantique », déclara Cecilia. Ensuite, elle donna des instructions à Rosalba : « D'abord, offrez-lui un bouquet de fleurs. Puis envoyez-lui un poème écrit sur du papier parfumé. Et enfin, le plus important, n'en soufflez mot à quiconque. »

Entre-temps, dans les champs, portant de larges paniers attachés à la taille, Eloísa et Francisca avaient entrepris la récolte du café. Eloísa était une cueilleuse expérimentée qui récoltait plus de soixante-dix livres de baies par soleil, deux fois plus que les autres.

« Tu ne me demandes rien, mais je crois que Rosalba est amoureuse de toi », dit Francisca à voix basse. Les deux femmes travaillaient sur des rangs parallèles, si bien que, séparées par les arbres, elles se voyaient à peine.

« Tu l'as dit : je ne te demande rien », répliqua Eloísa.

Francisca fit comme si elle n'avait pas entendu la réponse sèche. « Je me demande quel effet ça fait d'être amoureuse d'une autre femme, poursuivit-elle. Tu penses que c'est mal ?

— Non, L'amour est une chose belle qui ne peut jamais être mal, de la même façon que la haine ne peut jamais être bien. »

Francisca garda le silence. Elle resta tranquille un moment, puis, brutalement, lança : « Cecilia et moi sommes follement amoureuses. » Le fait de s'entendre le clamer à voix haute donna à Francisca le sentiment d'une libération. « Cecilia et moi sommes follement amoureuses, Cecilia et moi sommes follement amoureuses, répéta-t-elle, jusqu'au moment où elle vit Eloísa se dresser devant elle, en proie à un rire hystérique. Elles posèrent leurs paniers au sol, et Francisca se mit à raconter à Eloísa sa longue histoire d'amour avec la secrétaire de mairie. « Cela fait une échelle, six barreaux et treize soleils que nous sommes ensemble. » Tout avait commencé, expliqua-t-elle, avant La Nouvelle-Mariquita, quand elle faisait encore du ménage pour Cecilia, en échange du gîte et du couvert. « Un certain soleil, j'étais en train de démêler les cheveux de Cecilia quand le peigne s'est cassé, et une dent est tombée sur sa poitrine. J'ai éclaté de rire, et nous avons fait des plaisanteries idiotes sur le sujet. Après quoi, Cecilia m'a mise au défi de récupérer le morceau, et je lui ai dit : "D'accord, mais à condition que vous me laissiez l'attraper avec mes dents. Et depuis, nous sommes ensemble." Et quand le Pacte communal était entré en vigueur, ajouta Francisca, Cecilia et elle avaient demandé l'autorisation de rester sous le même toit, arguant qu'elles s'entendaient très bien, et pouvaient partager la maison et ses corvées de manière équitable. « Mais, conclut-elle, il y a un problème. Autant moi, j'ai envie de crier sur la place publique que nous nous aimons, autant Cecilia veut garder le secret. Elle pense que ce que nous faisons est un péché. »

Quand Francisca eut terminé son récit, Eloísa reconnut éprouver des sentiments profonds pour Rosalba. « Mais il n'y a pas d'histoire à raconter », dit-elle. Elles se promirent l'une à l'autre le secret, jusqu'au moment où les circonstances leur seraient favorables à toutes les quatre.

Le maire décida de suivre les conseils de sa secrétaire, à ceci près qu'elle inversa l'ordre des étapes. Un poème, pensait-elle, serait un moyen parfait pour faire la cour à Eloísa. Elle passa tout l'après-midi enfermée chez elle, à écrire et réécrire des vers enflammés. Avant d'aller se coucher, elle les relut, et jugea que c'était une liste, en rimes, de ce qu'elle aimait chez Eloísa. Elle essaya d'en écrire une nouvelle version, mais là encore elle se retrouva face à une liste, différente de la première, non sans une certaine musicalité, mais une liste malgré tout. Elle s'assit au bord de son lit, et tenta de se rappeler les poèmes qu'elle pouvait avoir appris ou entendu au cours de sa vie. Elle ne se souvenait que de deux textes patriotiques rabâchés qu'elle récitait à l'école.

Si elle s'était couchée plus tôt, elle n'aurait jamais pensé aux vers que son défunt mari lui avait écrits quand il avait commencé à la courtiser. Rosalba les avait gardés au milieu des vieilles lettres et des télégrammes qu'il lui avait envoyés les rares fois où il s'était absenté. Elle était persuadée que ces bouts de papier jaunis seraient la seule preuve montrant aux générations futures que des hommes avaient jadis habité le village qui aujourd'hui s'appelait La Nouvelle-Mariquita. Elle tira de sous son lit un lourd coffret, l'ouvrit et parcourut les différentes missives, prenant garde à ne pas froisser ou déchirer les précieux documents. Les lettres étaient ennuyeuses, mais les poèmes l'enchantaient encore. Ils lui donnèrent une envie dévorante d'aimer et d'être aimée. L'un d'eux, en particulier, retint son attention, car elle trouvait qu'il décrivait ses sentiments pour Eloísa avec beaucoup plus d'élégance et de clarté que tout ce qu'elle aurait pu écrire. C'était un poème de deux strophes intitulé « Dis oui », rédigé avec soin, d'une écriture cursive, et signé : « Bien à toi, Napoleón ».

Rosalba recopia le poème mot pour mot sur une feuille de papier parfumé à la lavande. Quand elle eut terminé, elle roula la feuille, l'attacha avec un ruban rouge et la mit dans un tiroir. Puis elle sombra dans un sommeil profond.

Ubaldina, premier soleil de la Transition

La sonnerie incessante de la cloche de l'église annonça le début de la période de quatre soleils appelée la Transition. Le temps féminin exigeait qu'au premier soleil de la Transition les femmes rédigent leurs objectifs personnels pour les prochains barreaux du calendrier et s'accordent du loisir pour une auto-évaluation.

Ce matin-là, Eloísa fut réveillée, non par la cloche, mais par des coups violents sur la porte de sa chambre. Avant qu'elle ait eu le temps de répondre, sa logeuse pénétra dans la pièce.

« Rosalba est passée il y a un moment, et m'a priée de vous donner ceci », dit la vieille femme, en jetant la feuille de papier roulée sur le lit. Puis elle claqua la porte et disparut rapidement pour éviter la réprimande quotidienne à laquelle elle avait droit quant au plaisir qu'elle paraissait prendre à claquer les portes.

Eloísa se hâta de défaire le ruban et de lire le poème :

DIS OUI

(Un poème dédié à la si gracieuse Eloísa)

Tes charmes m'ont vaincue,
Ma douce, j'ai besoin de savoir,

M'aimes-tu, m'aimes-tu
Autant que moi je t'aime ?

S'il te plaît, dis-moi oui
Dis que tu seras mienne à jamais,
Dis que tu m'aimes, dis que de moi tu as besoin,
Et nous atteindrons ensemble le firmament.

Bien à toi,
Rosalba viuda de Patiño
(Maire du village de La Nouvelle-Mariquita)

Eloísa le relut trois fois, et chaque fois avec des larmes de joie. Celle qui s'exprimait d'une manière aussi romantique devait être une amante merveilleuse. Comme le maire, Eloísa gardait les lettres et les poèmes que Marco Tullio, son défunt mari, lui avait écrits. Elle pensait que les lettres d'amour et les poèmes, comme les fleurs, ne devaient pas être jetés, mais remplacés par des écrits tout frais, et jusqu'à ce jour on ne lui avait envoyé aucune lettre d'amour ni aucun poème tout frais, encore moins un bouquet de marguerites pour remplacer les fanées.

Après avoir lu le poème, Eloísa décida que, ce matin-là, elle ne fabriquerait plus une Rosalba factice avec ses oreillers et ses couvertures. Elle sauta du lit et gagna le patio en dansant, s'accrochant à une cavalière invisible.

Plus tard, dans les champs de café, Eloísa parla à Francisca du poème que Rosalba lui avait envoyé. Elles rirent sous cape en plaisantant comme deux écolières. « J'ai toujours cru que notre maire était une femme sans cœur, reconnut Francisca, mais après avoir lu ce qu'elle t'a écrit, je ne doute pas qu'elle soit passionnée et romantique. » Et de dicter à Eloísa la conduite à tenir, en deux points : « D'abord, réponds à son poème en lui en envoyant un sur du papier parfumé. Ensuite, envoie-lui un bouquet de fleurs fraîches. »

Assise à sa table de travail dans son bureau, Rosalba avait commencé à écrire ses objectifs personnels pour le prochain barreau du calendrier : *1/ Qu'Eloísa soit la dernière chose que j'aperçoive en me couchant. 2/ Qu'Eloísa soit la première chose que je voie en me réveillant.*

Oh, mais c'était impossible ! Ses deux objectifs impliquaient qu'elle dorme avec Eloísa et, très probablement, qu'elles fassent l'amour, et ça, se souvenait-elle, c'était aussi mal que tisser un châle. À moins, bien sûr, qu'Eloísa et elle-même dorment ensemble sans se toucher. Ou peut-être pouvaient-elles se toucher à peine : le bras de l'une pouvait se frotter contre le bras de l'autre. Leurs jambes pouvaient se frôler. Leurs lèvres, légèrement pincées, pouvaient s'effleurer et se séparer immédiatement, sans émettre ce claquement annonciateur du baiser. *Baisers interdits*. Un baiser, cela revenait à mettre ensemble deux morceaux de laine, et Rosalba ne voulait pas entendre parler de tissage. *Merci bien.*

En réfléchissant à ses objectifs, Rosalba sentit son inquiétude et son trouble grandir. Eloísa ne lui ayant pas répondu, elle redoutait de plus en plus d'être rejetée, une expérience qu'elle n'avait pas eue depuis le temps où elle était jeune fille. Peut-être s'était-elle trop pressée d'envoyer le poème. Peut-être Cecilia avait-elle eu raison : elle aurait dû commencer par offrir les fleurs à Eloísa. Ou peut-être tout cela était-il une grossière erreur : jamais elle n'aurait dû se mettre en tête qu'Eloísa, une belle femme plus jeune qu'elle et dotée de seins splendides, pouvait avoir envie de coucher avec une créature plus âgée, sans grâce, aux cheveux grisonnants et clairsemés, et au gros derrière.

Elle se leva et resta devant la fenêtre, à regarder au loin les champs de maïs et de riz. Rien de tout cela n'existait deux échelles plus tôt. Elle se souvint que, pendant plusieurs Transitions, le seul objectif qu'elle avait inscrit sur sa liste était : *Voir de la fenêtre de mon bureau un champ rempli de gros épis de maïs dorés*, à une époque où les objectifs de la plupart des villageoises étaient de trouver la force de quitter Mariquita pour aller refaire leur vie ailleurs, ou retrouver leurs anciens maris, ou en trouver de nouveaux.

Tout ce dont Rosalba avait eu besoin pour réaliser ses objectifs jusqu'alors avait été deux mains robustes et de la volonté. Mais aujourd'hui, c'était différent. Pour arriver à ses fins, pensait-elle, elle aurait besoin d'une jeunesse et de charmes qu'elle n'avait plus. Comment pouvait-elle rivaliser avec la beauté et la grâce de femmes plus jeunes, comme Virgelina Saavedra ?

Elle pleurait près de la fenêtre quand elle entendit frapper à la porte de la mairie, un bruit suivi du grincement des paumelles rouillées, suivi d'un bruit de pas, suivi d'une question posée d'une voix hésitante que Rosalba ne reconnut pas. « Madame le Maire, est-ce que vous êtes là ? »

Rosalba essuya ses larmes du revers de la main. « Qui est là ?

— C'est Francisca, madame le Maire. Est-ce que je peux entrer ? » La dernière fois que Francisca était venue dans son bureau, c'était pour lui demander conseil après avoir découvert une fortune sous son lit.

« Qu'est-ce que je peux faire pour vous ? » cria Rosalba à travers la porte, mais Francisca était déjà en train d'ouvrir le battant. « Est-ce que vous ne devriez pas être en train de rédiger vos objectifs, Francisca ?

— Je suis simplement venue vous apporter ceci, dit-elle en tendant une feuille de papier pliée.

— Qu'est-ce que c'est ?

— C'est un mot d'Eloísa, madame le Maire, mais je n'en connais pas le contenu. »

Rosalba saisit la lettre et la jeta dans un tiroir. « Eh bien, merci beaucoup. Maintenant, je vous prie de m'excuser, mais j'ai mes objectifs à rédiger. »

Rosalba attendit le bruit de la porte qui se refermait, puis ressortit du tiroir le billet plié et se mit à le lire :

EMBRASSE-MOI DOUCEMENT

(Ce poème est dédié, de tout mon cœur, à la toujours belle et joyeuse Rosalba viuda de Patiño, maire du village de La Nouvelle-Mariquita)

La nuit dernière, j'ai rêvé de tes baisers,
Ah, tes baisers étaient si doux
Que quand j'ai ouvert les yeux
J'avais les lèvres sucrées.

Je ne peux attendre la nuit
Alors je vais m'assoupir maintenant.
Si seulement dans mes rêves tu m'embrasses,
Embrasse-moi doucement, ne me réveille pas.

Avec mes sentiments distingués,
Eloísa viuda de Cifuentes
(Carte d'identité n° 79.454.248 faite à Ibagué)

Rosalba lut le poème, et serra la feuille de papier contre son cœur avec tendresse. « Je lui plais, dit-elle. Bien sûr que je lui plais. Je suis quelqu'un. » Comment une femme aussi intelligente qu'Eloísa pourrait-elle résister au désir de passer une nuit avec Rosalba ? Comment pourrait-elle ne pas remarquer l'intelligence, le courage, la générosité et la tenue de la première magistrate ? Non, les seins de Rosalba n'étaient pas flétris à ce point, du moins pour son âge. Et, certes, elle avait un gros derrière, mais elle avait aussi un grand cœur.

Ubaldina, deuxième soleil de la Transition

Pendant le soleil suivant de la Transition, les femmes étaient censées exposer leurs objectifs à un sponsor choisi par elles, appelé madrina, qui était censé conseiller sa protégée et l'aider à atteindre ses objectifs.

Dans leur maison de deux pièces dont les fenêtres sur la façade étaient garnies d'épais rideaux tirés en permanence, Cecilia et Francisca étaient couchées sur leurs deux lits rapprochés, à partager leurs objectifs.

« Mon nouvel objectif est de rendre public notre amour », dit Francisca.

Cecilia se redressa et s'assit sur son lit, le visage tourné vers son amante. « Francisca, on a déjà abordé ce sujet, pas vrai ? Ce qui se passe dans cette maisonnée ne regarde personne. Si tu révèles notre secret à qui que ce soit, je jure devant Dieu que tu le regretteras. Je t'aurai prévenue, un point c'est tout ! »

Mais ce n'était pas tout. Francisca se leva et se planta devant Cecilia, les bras croisés sur la poitrine, la jambe droite légèrement en avant. « Je l'ai dit à Eloísa », lança-t-elle.

Cecilia se leva à son tour pour lui faire face, le souffle coupé. « Comment as-tu pu parler de nous à Eloísa, alors que je t'avais dit de ne pas le faire ? Maria Francisca Ticora Rodríguez viuda de Gómez, vous avez trahi ma confiance. » Elle se mit à faire les cent pas à travers la pièce, tenant sa tête dans ses mains. Puis, d'un coin de la pièce, elle ajouta : « Je ne te pardonnerai jamais. » Puis, quelques minutes plus tard, du coin opposé, sur un ton amer : « Et je ne masserai plus jamais tes pieds sales.

— Très bien ! » répliqua Francisca, les poings sur les hanches. « De toute façon, tu étais nulle pour les massages. Un point c'est tout », et elle quitta la pièce comme un ouragan.

Et, au moins ce soleil-là, ce fut réellement tout.

Eloísa et Rosalba étaient sorties, séparément, cueillir des fleurs l'une pour l'autre. Eloísa se souvenait que les marguerites que son mari fourrait entre ses seins venaient de la cour qui se trouvait devant la maison de la veuve Jamarillo, et revint donc sur place. En cueillant les fleurs, elle imaginait ses longs doigts effilés plaçant les corolles entre les seins du maire, avec la même tendresse que Marco Tulio quand il les avait glissées entre les siens. Quand elle eut suffisamment de marguerites, elle décida d'apporter elle-même le bouquet chez Rosalba.

Alors qu'elle cueillait des orchidées dans les bois, il apparut à Rosalba qu'Eloísa partageait peut-être le point de vue de son défunt mari, Napoleón. Il n'avait jamais cueilli de fleurs pour elle, mais, à la place, il lui offrait des pots de violettes en pleine floraison. « Si Dieu avait voulu que les fleurs soient des accesssoires, avait-il coutume de dire, Il les aurait fait pousser derrière les oreilles des femmes. » Dans sa cour, Rosalba avait des violettes, des camélias et des bégonias. Elle apporterait à Eloísa la plante la plus fleurie.

Vaca se tenait debout sous un aloès suspendu en permanence au-dessus de l'entrée comme porte-bonheur. Mis à part sa mâchoire proéminente, toujours en mouvement, elle était parfaitement immobile. Elle en était vraiment venue à incarner son prénom. Son véritable nom, d'origine indienne, était très long et impossible à prononcer. Les gens la connaissaient sous celui de Vaca, mais, en sa présence, ils s'adressaient à elle en l'appelant Doña.

« Buenas y santas, Doña. » Eloísa la salua d'une voix mélodieuse.

Vaca baissa ses grands yeux et les fixa sur le bouquet de marguerites qu'Eloísa serrait contre ses seins. « Qu'est-ce que je peux faire ?

— Je voudrais voir le maire.

— Le maire a un bureau et une secrétaire. Rosalba a une maison et une logeuse. Laquelle cherches-tu ?

— Je cherche Rosalba.

— Elle n'est pas là.

— Pouvez-vous lui donner ces marguerites de ma part ? »

Sans réponse audible, Vaca prit le bouquet des mains d'Eloísa, fit volte-face et pénétra dans la maison.

« S'il vous plaît, mettez-les dans de l'eau fraîche », cria Eloísa depuis le seuil, mais la silhouette massive avait déjà disparu.

La livraison par le maire de la plante au domicile d'Eloísa ne fut pas, elle non plus, une expérience agréable.

« Arrêtez de tambouriner à la porte, bon Dieu ! » gronda la veuve Pérez de l'intérieur avant d'apparaître sur le seuil. Rosalba était debout sur les marches, portant à deux mains un grand pot qui contenait un petit camélia en pleine floraison, couvert de fleurs jaunes spectaculaires. La veuve Pérez, habillée jusqu'au cou, toisa de haut en bas Rosalba toute nue et leva les yeux au ciel. « Oui ?

— Je viens voir Eloísa, señora Pérez. »

La señora Pérez planta ses poings au-dessus de ses hanches et jeta à Rosalba un regard désapprobateur. « C'est donc ça ? Vous m'avez dérangée dans mes prières parce que vous voulez parler à Eloísa ?

— En fait, je veux lui offrir ce camélia. Vous ne le trouvez pas beau ? »

La veuve Pérez poussa un soupir impatient. « Eloísa n'est pas là. Et vous pouvez aller la chercher ailleurs, vous et votre pot de fleurs.

— Je préférerais vous le confier. Si ça ne vous dérange pas, bien sûr.

— Si, ça me dérange, répondit la vieille femme d'un ton cassant. Portez-le vous-même à l'intérieur, et mettez-le où vous voulez. » Et elle rentra dans la maison, grommelant et se plaignant de peccadilles.

Rosalba posa le pot de fleurs dans l'entrée et s'en alla.

Ubaldina, troisième soleil de la Transition

Au début du temps féminin, le maire et la maîtresse d'école avaient insisté pour que, le troisième soleil de la Transition, chaque femme mette le doigt sur quelque chose qui la rendait malheureuse, et qu'elle travaille à y remédier. Mais les villageoises s'opposèrent à ce projet, annonçant qu'une femme n'avait qu'à s'accepter telle qu'elle était, sauf si ses traits de caractère affectaient ses relations avec les autres. Rosalba et Cleotilde en furent contrariées, mais puisque la majorité était d'accord sur ce point, elles renoncèrent. Le résultat de tout cela fut que, le troisième soleil de la Transition, les villageoises disposaient d'un demi-soleil de liberté.

Rosalba savait qu'à ses moments libres Eloísa aimait se baigner. Se dirigeant vers la rivière, elle l'imaginait en train de sortir de l'eau, le soleil illuminant sa peau humide, l'eau fraîche dégoulinant de ses longs cheveux noirs dans son cou. Une fois arrivée, Rosalba resta sur la rive, près d'un gros rocher, scrutant les eaux limpides à la recherche de la femme qu'elle souhaitait voir. Elle aperçut cinq têtes qui flottaient à la surface comme de grosses bulles, au-dessus de corps déformés par les flots. Mais il n'y avait pas d'Eloísa.

« Entrez dans l'eau, madame le Maire, lança Virgelina Saavedra. Elle est bonne et chaude. »

Rosalba lui fit un signe de la main, mais ne bougea pas. Virgelina, la petite fille maigrichonne qui autrefois avait mis un terme à la Campagne de Procréation du padre Rafael, était devenue la plus belle femme de Mariquita. Rosalba décida de rentrer chez elle, mais, au moment où elle faisait demi-tour, elle aperçut Eloísa qui descendait dans sa direction.

« Je ne savais pas que vous aimiez vous baigner, madame le Maire, dit Eloísa.

— Oh, j'adore me baigner. C'est juste que je n'arrive pas à m'y mettre.

— Eh bien, allons-y. »

Et Rosalba se retrouva très vite entourée de six femmes plus jeunes qu'elle, ce qui la mit très mal à l'aise. Elle gardait son corps aussi immergé que possible, ne sortant que la tête hors de l'eau – pas même les bras, parce que, brusquement, elle n'était que trop consciente des paquets de chair flasque qui pendouillaient obstinément en dessous. Son corps, se rappelait-elle avec nostalgie, était celui-là même qui avait enflammé jadis les trois célibataires de Mariquita, au point qu'ils avaient joué à pile ou face lequel d'entre eux serait le premier à tenter sa chance auprès d'elle. C'était ce même corps qui incitait Napoleón, son mari, à rester à la maison, alors que la plupart des hommes mariés allaient se saouler au El Rincón de Gardel, ou voir les prostituées de La Casa de Emilia. Ce corps maintenant vieilli, moins ferme, s'était épaissi et élargi du bassin. Quelle bêtise elle avait commise, en allant à la rivière ! Elle aurait voulu se dissoudre dans l'eau. Mais c'était impossible, et elle laissa donc le courant l'éloigner légèrement du groupe. Eloísa la suivit.

« Merci pour le beau camélia, madame le Maire. » L'eau claire montait juste sous ses seins, soulignant leur forme et leur couleur.

« Merci à toi pour le poème et les belles marguerites, Eloísa. Et, je t'en prie, appelle-moi Rosalba.

— J'aimerais vous appeler autrement. »

Rosalba rougit. « Et comment, alors ?

— Je ne sais pas. Peut-être Corazoncito ?

— Ah, ah ! » Rosalba essuya de ses mains l'eau qui lui inondait le visage. « Je crois que je préférerais que tu inventes un nom. Un nom rien que pour moi.

— Mais pourquoi ? Corazoncito doit être le mot le plus doux qui existe au monde.

— Dans le monde que tu avais créé avec Marco Tulio », répliqua Rosalba, un peu jalouse du défunt mari d'Eloísa.

Cette dernière réfléchit un instant. « Tu as raison, dit-elle. Et si on disait Ticú ? Non, Ticuticú ? Qu'est-ce que tu penses de Ticuticú ?

— Ticuticú ? Est-ce que ça veut dire quelque chose ?

— Je viens de l'inventer. Cela veut dire ma bien-aimée, Rosalba chérie.

— Alors, ça me plaît vraiment. »

Eloísa posa ses mains sur les épaules de Rosalba, et, ayant compté jusqu'à trois, elles plongèrent ensemble sous l'eau comme des gamines. Eloísa, arrondissant la paume de ses mains, les glissa doucement sous les seins de Rosalba qui flottaient, tout bombés et soyeux, et c'était un cadeau inestimable et extraordinaire que de voir comme les mains et les seins s'emboîtaient. Les doigts d'Eloísa appuyaient, sentant palpiter la chair de Rosalba, puis relâchaient la pression, laissant imprimées dix dentelures légères, prêtes à disparaître sur la peau claire.

Elles avaient maintenant la tête hors de l'eau, et leurs lèvres frémissaient tandis qu'elles se souriaient, fébriles. Dans le courant, leurs mains se rejoignirent, se relayant dans des caresses données et reçues, rapides, malhabiles, obéissant à une pulsion passionnée qu'elles ne pouvaient plus réfréner : Eloísa et Rosalba étaient deux veuves amoureuses.

Ubaldina, quatrième soleil de la Transition

Le dernier soleil de la Transition, personne ne travaillait. Pas même les cuisinières : les villageoises étaient invitées à se nourrir de fruits frais et de légumes crus. Au coucher du soleil, chacune était conviée à se rendre sur la place pour participer à une cérémonie célébrant la féminité.

Agitée dans son lit, Rosalba décida qu'elle n'était pas d'humeur à une cérémonie. Elle en était venue à constater que ses sentiments pour Eloísa était beaucoup plus ardents qu'elle ne pensait au début, et cela la remplissait de crainte et d'une certaine forme de colère. Depuis des échelles, l'obsession qui était la sienne et qui consistait à faire des nœuds dans une longueur de laine sans jamais tisser de châle avait parfaitement fonctionné, mais quand elle avait essayé d'appliquer le même principe avec Eloísa, elle avait découvert que se contenter de petits riens qui lui procuraient du plaisir sans vouloir aller plus loin était tout simplement impossible. Elle voulait maintenant faire l'amour en grand. Mais c'était contre nature. *Est-ce que ça l'est vraiment ?* Et puis elle était maire, un personnage public. *Mais j'ai des sentiments comme n'importe qui d'autre.* Elle passa le soleil tout entier au lit, cherchant une solution à son problème. Et elle finit par la trouver.

À chaque barreau, une famille différente était chargée d'organiser la cérémonie. Ce soir, c'était le tour des Ospina, et elles avaient réussi au-delà de toute espérance. La place était brillamment illuminée, ses quatre côtés entourés de chandelles et festonnés de guirlandes de fleurs : des orchidées mauves, des marguerites jaunes et des lis blancs pendaient aux branches basses des manguiers.

Quand les femmes arrivèrent, elles se séparèrent en quatre groupes, d'une manière qui, de prime abord, paraissait improvisée, mais qui, en réalité, avait été déterminée depuis longtemps par elles-mêmes, en fonction de leur âge et, plus rarement, du travail qu'elles assuraient, du fait qu'elles aimaient les pommes de terre ou qu'elles détestaient les oignons, du nombre et du type de maux dont elles souffraient de manière chronique, et de beaucoup d'autres facteurs.

On savait d'avance à quoi ressemblerait la cérémonie, et ce barreau n'avait rien d'exceptionnel. Elle commença, comme toujours, par un coup à boire. Les femmes firent la queue pour recevoir une pleine tasse de chicha des mains de la veuve Villegas. La veuve préparait la boisson à base de maïs fermenté au moins cinq soleils avant le grand jour pour qu'elle ait ce parfum fort et poivré caractéristique. Ensuite, comme toujours, la maîtresse d'école fit bâiller tout le monde en lisant des poèmes d'une certaine Alfonsina Storny. Quand Cleotilde eut terminé, l'attention se concentra sur Francisca, qui vint distraire l'auditoire avec ses plaisanteries et ses numéros d'imitation habituels. « Fais la maîtresse », demandait une femme, et Francisca se mettait à marcher lentement, le dos raide, le cou allongé vers l'avant, tortillant une moustache invisible avec deux doigts. C'est ainsi que Francisca fit la veuve Pérez, Vaca, Julia Morales, le maire et, bien que personne ne le lui ait demandé, une femme disparue depuis longtemps, doña Emilia, la Madame du village. La musique était assurée par l'« orchestre » des quatre sœurs Morales. Elles ne connaissaient qu'une demi-douzaine de morceaux, qu'elles jouaient en boucle sur leurs étranges instruments faits de vieilles casseroles, de poêles et de couvercles. Leur public les accompagnait en chantant et dansait sur le rythme endiablé de l'orchestre. Quand la musique s'arrêtait, les quatre groupes de femmes s'installaient vite pour écouter le discours traditionnel du maire. Celle-ci l'entamait toujours par la même phrase : « Un nouveau barreau va commencer, et, avec lui une nouvelle occasion de nous améliorer en tant qu'individus... » La plupart des femmes le connaissaient désormais par cœur.

Rosalba se leva au milieu de la foule et avança doucement jusqu'au premier rang, où elle devait faire son discours. Avant de partir de chez elle, elle s'était enduit le corps d'une huile parfumée à l'eucalyptus pour repousser les moustiques et autres insectes. Alors qu'elle traversait le groupe de femmes, la lueur des chandelles balaya sa peau luisante, lui donnant l'allure d'une déesse mythique prête à s'évanouir dans les flammes.

Elle se dressa face à la foule avec une expression bienveillante, et se mit à parler :

« Tout d'abord, je voudrais exprimer ma gratitude envers la famille Ospina pour le soin avec lequel elle a organisé cette cérémonie à la gloire des femmes. » Ce début de discours différent des précédents fit immédiatement penser aux villageoises que Rosalba mijotait quelque chose. « Je crois que notre place n'a jamais été aussi belle, et qu'on ne s'y est jamais senti aussi bien que ce soir. » Elle regardait autour d'elle, et souriait gracieusement aux guirlandes de fleurs assorties suspendues aux arbres. « Je voudrais aussi faire une annonce », continua-t-elle. Cette fois, les villageoises étaient sûres que Rosalba allait les surprendre avec une déclaration scandaleuse : peut-être un nouveau décret, révoltant. Elles retinrent leur souffle et tendirent l'oreille.

« Je suis amoureuse d'Eloísa », dit-elle, sans façons, gardant la tête haute. La foule la regarda fixement, dans un silence abasourdi, puis les femmes commencèrent à courber la tête, lentement, comme si elles étaient peu à peu envahies par la honte.

« Et je suis amoureuse de Rosalba », cria Eloísa du fond de la place. Les femmes tournèrent la tête, toujours lentement, dans la direction d'où venait la voix. Leurs yeux inquisiteurs accompagnèrent Eloísa, qui se dirigea vers Rosalba et lui planta un baiser sur la bouche.

« Je suis amoureuse de Cecilia », dit Francisca à voix haute.

Cette fois, les femmes tournèrent la tête non vers celle qui avouait son amour, mais vers celle qui en était l'objet. La pression était telle que Cecilia n'eut pas d'autre choix que de se lever et, les yeux rivés au sol, d'avouer son péché : « Je suis… amoureuse de… Francisca.

— Virgelina et moi sommes aussi amoureuses », déclara Magnolia Morales. Les deux femmes sautèrent sur leurs pieds et s'enlacèrent, un sourire aux lèvres.

« Erlinda et moi également », dit l'infirmière Ramírez. Elle tendit la main vers la veuve Calderón, et elles se levèrent toutes deux.

D'autres couples révélèrent timidement leurs secrets, et quand ce fut fini, quelques femmes seules commencèrent à se faire des déclarations d'amour. L'élan était si contagieux qu'à ce moment précis certaines décidèrent qu'elles étaient simplement amoureuses des femmes assises à côté d'elles, et le leur dirent. Même les très vieilles femmes, qui n'avaient pas aimé ou n'avaient pas été aimées depuis des lustres, sentirent de nouveau les feux de la passion dévorer leurs corps ratatinés.

Les nouveaux couples, comme les plus anciens, commencèrent à disparaître derrière les portes des maisons, ou à s'évanouir dans les ténèbres. Et les quelques femmes restées seules, volontairement ou non, regagnèrent leur logis, leur chambre au lit vide et aux draps propres qui ne seraient jamais tachés du sang ou de la sueur de qui que ce soit d'autre qu'elles-mêmes.

Seuls Santiago Marín et Julia Morales restèrent sur la place, cernés d'orchidées, de marguerites et de lis, entourés par la flamme mourante des chandelles. Ils s'étendirent sur le sol en regardant le ciel, attendant d'apercevoir le feu scintillant d'une étoile les invitant à faire un vœu. Et, quand les étoiles eurent enfin apparu, Santiago fit le vœu qu'un soleil, quelque part, il rejoigne Pablo. Julia souhaita connaître le soleil où il pourrait, comme les femmes l'avaient fait ce soir, crier qu'il était amoureux – mais d'un homme.

Les bougies allumées autour de la place s'éteignirent l'une après l'autre, avec un sifflement, dans une succession d'étincelles bleues et jaunes.

Le suif fondant se solidifia sur le sol, laissant derrière lui une odeur forte de graisse brûlée qui ne tarda pas à se dissoudre dans l'air léger.

Et la nuit, maintenant constellée d'étoiles, engloutit les gémissements sauvages des femmes passionnées de La Nouvelle-Mariquita et les tendres chuchotements de ses veuves amoureuses.

Gerardo García, 21 ans
Paramilitaire de droite

UN CHARNIER AVAIT ÉTÉ CREUSÉ, et la plupart des corps de nos ennemis y avaient été jetés. Seul un cadavre démembré gisait encore sur le sol, attendant qu'on lui règle définitivement son compte. J'étais à genoux à côté de lui. Un peu plus loin à ma droite, il y avait « Matasiete », un commandant renommé pour sa férocité. (C'était une machine de guerre, qui tuait les guérilleros et s'asseyait à côté de leurs cadavres pour manger sa ration.) Mon boulot consistait à dépouiller les corps de leurs habits, à relever les plaques d'identification ou les cartes d'identité, les taches de naissance, la couleur des yeux et des cheveux, ainsi que d'autres signes distinctifs, et à les rapporter à Matasiete, qui inscrivait ces constatations dans un grand carnet pour nos propres archives.

Le cadavre que j'avais à présent devant moi était de petite taille, et celui d'un très jeune homme. Il lui manquait les deux jambes à partir des genoux ainsi que le bras gauche, et je n'arrivais pas à voir grand-chose de son visage complètement fracassé. « Jeune, dis-je à Matasiete. Dix-sept ans, peut-être moins. » Les poches de la veste étaient vides, mais un couteau suisse caché dans la ceinture avait miraculeusement échappé à la fouille des soldats en quête d'objets de valeur. Je le glissai dans ma poche.

« Déshabille-le », ordonna Matasiete d'un air indifférent. J'ôtai la veste en lambeaux du garçon et ce qui restait de son pantalon. La majeure partie de son torse était barbouillée de sang séché. Une petite image plastifiée représentant l'Enfant Jésus était suspendue par une cordelette à son cou. Ce n'était pas inhabituel (nous autres soldats portions toutes sortes de porte-bonheur et d'amulettes), sauf que celle-ci ressemblait exactement à la mienne : même taille et même longueur, même cordelette en cuir marron, et, collée au dos, même photographie en noir et blanc de ma mère.

Quand nous étions plus jeunes, ma mère nous avait donné, à mon petit frère et à moi, des porte-bonheur identiques afin de nous protéger du mauvais sort. Je sentis brusquement ma gorge se nouer. Il venait d'avoir seize ans. (Quand avait-il rejoint les rangs de nos ennemis ? Pourquoi n'étais-je pas resté en contact avec lui ?) Je ne pouvais pas avouer à Matasiete qu'il était mon frère – j'aurais été étiqueté comme informateur des guérilleros et très vraisemblablement exécuté –, mais je ne pouvais pas non plus le laisser devenir simplement une « personne non identifiée » de plus sur notre liste sans cesse croissante.

« García Vidales, marmonnai-je, feignant de lire une plaque d'identification.

— Quoi ? Parle plus fort », ordonna Matasiete.

Je m'étouffai, attendis un moment, puis dis : « García Vidales Juan Diego. Né en 1982. » Ma voix tremblait un peu. Matasiete inscrivit l'information, se leva et me fit signe de balancer le corps dans la fosse. Je fus pris d'une envie soudaine de sentir une odeur de fleurs, de souci et d'œillet, car mon petit frère allait être mis en terre, et c'était à cela que ressemblait l'odeur des enterrements chrétiens.

« Pardonne-moi, Dieguito », murmurai-je. Je savais qu'il m'entendait. Je le traînai jusqu'au bord par son seul bras et le poussai doucement du bout des doigts. Je regardai son corps dégringoler en bas du mur et atterrir maladroitement sur ceux de ses camarades.

Alors je me mis à jeter des pelletées de terre sur sa tombe, récitant le Notre-Père dans ma tête.

13

Un gringo bien curieux

La Nouvelle-Mariquita, le 20 Francisca, échelle 1996

JULIA MORALES ÉTAIT RESTÉE ALLONGÉE TOUTE LA MATINÉE dans un hamac suspendu entre deux arbres au milieu de la place, à entortiller ses cheveux autour d'un de ses doigts, à respirer à fond, le regard dirigé vers le sud. Elle portait une robe moulante bleu délavé qui laissait voir ses cuisses. De temps à autre, elle se balançait, d'une poussée paresseuse donnée depuis le sol par l'un de ses pieds menus. À un moment donné, quand un rayon de soleil lui frappa le visage, elle se leva pour aller suspendre à un autre arbre un bout du hamac, puis s'allongea de nouveau, le regard tourné avec nostalgie vers le sud, dans la direction d'où venait l'odeur.

L'une après l'autre, ses trois sœurs aînées étaient venues lui dire de cesser de fantasmer et d'aller travailler. « L'odeur ? Quelle odeur ? avait demandé avec rudesse Orquidea, la plus âgée. La seule chose que je sens, c'est ta paresse. » Gardenia avait adopté une attitude plus agressive : « Lève-toi immédiatement, espèce de vache fainéante. Je vais te donner quelque chose à sentir. Tiens, sens ça », ajouta-t-elle, et elle lui montra son postérieur nu. Et Magnolia, qui avait le don de tout rapporter à elle-même, dit : « Je ne sens rien. S'il y avait quelque chose à sentir, j'aurais été la première à m'en rendre compte. »

Julia n'était pas le moins du monde troublée par les propos de ses sœurs. Elle savait ce qu'elle sentait, même si personne d'autre ne pouvait le détecter : un mélange puissant, légèrement âcre, attirant, piquant, de zeste de citron vert, de sels minéraux, de transpiration et de musc... de musc en grande quantité. L'odeur emplissait l'air, plus forte à mesure que le soleil avançait. Elle avait la certitude qu'un homme approchait, et elle avait la ferme intention d'être la première à l'accueillir dans le village de La Nouvelle-Mariquita.

Le reporter américain portait une chemise guayabera de couleur claire trop grande pour lui et un large pantalon kaki dont les ourlets découpés en dessous des genoux s'effrangeaient. Un bidon à moitié rempli d'eau était jeté sur son épaule gauche. Ses cheveux longs, jaunes et crasseux, étaient rassemblés en queue-de-cheval, et il arborait une barbe blondasse de deux semaines. Ses baskets étaient presque entièrement cachées sous des couches de boue plus ou moins anciennes qui rendaient impossible d'en reconnaître la couleur ou la marque. Il avait les pieds couverts d'ampoules, le gauche surtout, ce qui le faisait marcher en boitant. Il y avait du raffinement et de l'intelligence dans l'expression de son visage, un visage sévèrement brûlé par le soleil, aux yeux bleu ciel et au petit nez. Durant les six derniers mois, il avait parcouru le pays, interviewant les guérilleros, les paramilitaires et les soldats de l'armée gouvernementale aussi bien que des civils touchés par le conflit. Il avait trente et un ans et répondait au nom de Gordon Smith.

Devant lui marchaient un jeune garçon, pieds nus, et une mule efflanquée chargée d'un sac de paquetage jaune de taille moyenne. Le garçon aimait à se faire appeler Pito, et sa mule se nommait Pita. Pito portait un sombrero au bord tout mâché et un short en lambeaux. Rien d'autre.

« Moins vite, cria Gordon à Pito. S'il te plaît.

— On y est presque, don Míster Gordo », répondit le garçon. Il se tenait les jambes écartées, ancrées dans une boue orange et gluante, se demandant pourquoi le gringo au drôle de langage insistait pour qu'on l'appelle « Gordo » alors qu'il n'était pas gros.

Gordon regarda sa montre ; cela faisait presque sept heures qu'ils cheminaient. « Je t'ai déjà entendu dire ça trois fois », répliqua-t-il, dardant sur le garçon un regard soupçonneux.

Pito ne prêta attention ni à la remarque ni au regard. « Z'êtes sûr que vous ne voulez pas remonter sur Pita ? Elle est un peu vieille mais toujours très solide.

— Gracias. » Gordon secoua la tête. Chevaucher la bête l'avait mis mal à l'aise et lui avait donné le vertige, mais il était trop fier pour l'avouer. À la place, il avait dit au garçon que la mule n'avait pas l'air solide du tout et qu'elle lui faisait pitié, ce qui était assez vrai. Pita avait l'air affamée, peu assurée sur ses pattes et en manque d'eau, et elle avait un fer qui se détachait de son sabot arrière droit.

Ils poursuivirent leur route à travers les collines, au milieu de longues étendues de forêts et par des pistes étroites, peu fréquentées, qui s'entrecroisaient n'importe comment et viraient souvent au bourbier, rendant la randonnée encore plus imprévisible et déconcertante. De temps à autre, Gordon tirait de la poche de sa chemise un bout de papier sur lequel était médiocrement dessinée une carte de la région qu'ils traversaient. Il la contemplait, la tournait à l'envers, regardait alentour et la remettait dans sa poche.

Seulement deux jours auparavant, alors qu'il interviewait un déserteur de la guérilla communiste dans le village de Villahermosa, Gordon avait été présenté à un homme plus âgé, un névropathe au visage rose, qui prétendait connaître une tribu de guerrières féroces habitant un petit village au fin fond de la cordillère. Intrigué, Gordon avait accepté de lui payer quelques verres en échange du récit intégral.

« Ce sont des Amazones, raconta l'homme à l'air dérangé en se rongeant les ongles de manière compulsive. Écoutez donc : cochons, vaches et chevaux ont disparu, mais aussi les hommes comme vous et moi. Oui oui, tous évanouis de la surface de la terre après avoir été vus près de l'endroit où vivent ces créatures. Des tribus indiennes entières ont migré loin au sud pour les éviter. Même les guérilleros et les groupes paramilitaires ne s'en approchent pas. Croyez-moi quand je vous le dis, gringo : ce sont des descendantes en ligne directe des Amazones. » L'histoire devenait plus extravagante encore à chaque bière que l'homme buvait. Au moment où la rencontre s'acheva, Gordon, pas mal ivre, avait pris la décision de partir dans la cordillère à la recherche d'une tribu de femmes monstrueuses, androphobes, hérétiques, cannibales, aux proportions gigantesques.

Le lendemain, après avoir dessaoulé, Gordon reconnut que cette histoire était grotesque. Mais il y avait en elle un je-ne-sais-quoi qui le fascinait, quelque chose qui semblait parfaitement plausible dans un pays en guerre depuis près de quarante ans : l'existence d'un village peuplé uniquement de femmes. Il se rendit à la maison du vieux névropathe et le paya pour qu'il lui dessinât une carte de la région prétendument habitée par la tribu. Puis il loua les services d'un jeune garçon et d'une mule pour l'y conduire.

Après une randonnée de sept heures, Gordon trouvait que la carte avait le même aspect, sous n'importe quel angle. Heureusement, Pito n'avait pas besoin de carte. Il connaissait tous les sentiers et les raccourcis pour y avoir mené du bétail dès l'enfance, et pour avoir passé les quatre dernières années à porter les messages codés que les différents groupes de guérilleros disséminés dans toute cette région montagneuse s'envoyaient. Il avait été le coursier le plus rapide et le plus sûr qu'ils aient eu. Mais, récemment, la présence massive de l'Armée nationale avait contraint les rebelles à quitter la zone, laissant Pito sans emploi, raison pour laquelle il avait accepté d'emmener Gordon de l'autre côté des montagnes.

Ils avaient parcouru une bonne distance quand ils atteignirent une étendue de terrain plat. La mule hâta le pas et Pito vit bientôt pourquoi : un maigre ruisseau courait presque sans faire de bruit le long du plateau. Ils se lavèrent la figure et burent de l'eau, qui avait un goût métallique.

« Eh bien, nous y voici, dit Pito. Vous voyez ces bois par là-bas ? » Il montra du doigt un bouquet serré d'arbres et d'arbustes, tout en haut d'une pente impressionnante.

« Qu'est-ce que c'est ? demanda Gordon, plissant les yeux pour mieux voir ce que le garçon lui montrait.

— L'entrée ! L'homme a dit que c'était en haut de la première pente après le plateau de Tres Cruces. C'est ici le plateau de Tres Cruces, donc ce doit être l'entrée qu'on voit là-bas. »

Gordon contempla un moment le paysage. « On dirait qu'il va nous falloir des machettes ou quelque chose dans le genre pour traverser. Ça semble pratiquement impénétrable.

— Don Míster Gordo, dit Pito en adoptant un ton solennel, vous avez loué mes services pour vous amener entier à cet endroit-ci, pas pour vous aider à traverser. »

Le petit saligaud veut plus d'argent, pensa Gordon. De l'entrejambe de son pantalon, il sortit un petit sac en plastique où il gardait, roulée et bien attachée par un épais élastique, une liasse de billets de banque. Il se mit à défaire le paquet.

Quand il comprit ce que le gringo était en train de faire, le garçon secoua la tête. « Je n'irai pas là-bas, quel que soit l'argent que vous me donniez. On m'a raconté ce qui s'y passe. Ces femmes mangent des gens comme vous et moi pour leur dîner. »

Gordon partit d'un rire tonitruant.

« Ne me dis pas que tu crois tout cela !

— Si. Et vous feriez mieux de le croire vous-même. Vous ne connaissez rien du tout à ce pays. » Son petit visage d'Indien empreint d'une expression pleine de dignité, il déchargea Pita et tendit le sac de paquetage à Gordon.

Après des échanges de « muchas gracias » et de multiples poignées de main, Pito se mit à l'écart. Il regarda Gordon gravir lentement en boitant la pente escarpée, portant son sac sur le dos. « Dieu soit avec vous », murmura-t-il pour lui-même. Il rejoignit Pita et prit les rênes, mais ne monta point dessus. Il resta le regard rivé sur Gordon, espérant que le gringo se rendrait à la raison et déciderait de retourner au village. S'il le faisait, pensa Pito, il lui compterait demi-tarif pour le ramener.

Mais Gordon ne s'arrêta pas. Il n'était pas venu aussi loin pour flancher à la dernière minute. En outre, il avait besoin d'une nouvelle histoire, quelque chose d'intéressant et d'excitant. C'est avec cette idée en tête qu'il se mit à se tailler un chemin dans les broussailles, arrachant les lianes de ses mains larges et délicates, s'enfonçant dans l'enchevêtrement épais de feuilles, de branches et de matériaux ligneux jusqu'au moment où il y disparut.

Pendant le petit déjeuner ce matin-là, doña Victoria viuda de Morales avait excusé sa plus jeune fille auprès de Rosalba, disant que celle-ci ne se sentait pas bien. Ses trois autres filles, avait-elle promis, effectueraient le travail de Julia à la cuisine communale jusqu'à ce qu'elle fût remise.

Orquidea protesta en privé : « Alors, il faut que je peine toute la matinée à l'atelier de menuiserie, et que je vienne quand même pendant la pause faire le boulot de cette tire-au-flanc ?

— Parfaitement, confirma doña Victoria, et de poser alors bruyamment sur le comptoir un panier plein d'oignons rouges en ajoutant : Tiens, hache-les donc avant de partir. »

Orquidea avait récemment été transférée de la cuisine de sa mère à l'atelier de menuiserie, dans le cadre d'une nouvelle campagne initiée par le conseil de La Nouvelle-Mariquita, en vue de former toutes les travailleuses à l'accomplissement de plusieurs tâches différentes. Gardenia avait été envoyée dans les champs, et Magnolia affectée à l'équipe de réparation des toitures. Julia, cependant, avait été autorisée à rester à faire la cuisine, car doña Victoria avait convaincu les cinq membres du conseil que c'était le tour de main spécial de Julia qui rendait si succulents tous les plats sans exception sortant de sa cuisine.

Julia, la plus belle des quatre filles Morales, était méprisée par ses sœurs en raison de sa beauté. Elle avait de grands yeux ronds de couleur noisette mouchetée de gris, qui ressortaient, étincelants sur sa peau brune. Son nez était petit et légèrement retroussé au bout, comme celui d'une poupée, et ses lèvres charnues et bien dessinées. Sa démarche était si spectaculaire que la regarder marcher sans escorte autour de la place était souvent l'événement le plus attendu du soleil. Julia était plus grande que la plupart des femmes du village, et ses manières étaient des plus raffinées. Elle avait aussi de superbes cheveux noirs qui ondulaient en longues vagues jusqu'à sa taille, et un grand pénis qui lui pendait entre les jambes.

La transformation stupéfiante de Julia était le produit de sa propre autodiscipline, de sa persévérance et sa fidélité à ses objectifs. Elle avait passé des soleils entiers à suivre sa mère et ses sœurs, prêtant une extrême attention à la façon dont elles bougeaient, copiant et améliorant ce qu'il y avait de féminin dans leur comportement. Et bien qu'elle fût incapable d'articuler le moindre son, Julia écoutait avec une attention très vive les façons de parler de ses sœurs, qu'elle traduisait en une série de mouvements harmonieux et délicats de son corps. Le résultat était un langage des signes ravissant et précis qui, aux yeux d'un étranger, aurait pu donner l'impression que Julia Morales exécutait une danse mystérieuse, originaire d'un pays lointain.

De là où il se tenait, Gordon voyait un village de rêve, aux maisons blanches recouvertes de toits rutilants de tuiles orange et rouges, aux manguiers en fleur, aux rues peu nombreuses mais bien tracées, et doté d'une église dont seule la flèche brisait l'harmonie sans cela parfaite du lieu. Des collines verdoyantes s'élevaient à l'arrière-plan. Les champs qui s'étendaient sur leurs pentes étaient parsemés de plantations de maïs, de riz, de café, et de stolons de pommes de terre.

Il n'y avait pas d'Amazone en vue, ni de femmes, ni rien qui y ressemblât. Gordon regarda les paumes de ses mains : elles étaient en sang. Ses bras et ses jambes lacérés et son pantalon déchiré témoignaient également de son combat pour franchir les épais sous-bois. Il s'essuya les paumes sur le devant de sa chemise guayabera et sentit les plaies sanguinolentes le brûler au contact du tissu. Son visage était intact : il s'était servi de son paquetage pour le protéger des lianes hérissées de piquants acérés et des énormes feuilles couvertes de poils durs qui ne cessaient de lui revenir dans la figure.

S'avançant lentement, Gordon entendit des cris lointains et des rires féminins, mais il ne vit personne. Il remarqua que la hauteur des habitations était normale, ce qui excluait à l'évidence la moindre petite chance de tomber sur une géante. Il continua à descendre la colline, précautionneusement, réfléchissant à ce qu'il allait dire quand il rencontrerait le premier groupe de femmes, se demandant quel genre d'accueil elles lui réserveraient. Elles seraient certainement stupéfaites, mais lui souhaiteraient-elles la bienvenue ou lui manifesteraient-elles du mépris ? Et si elles lui demandaient la raison pour laquelle il était là ? Devrait-il avouer qu'il était reporter ? Cela pourrait les mettre sur la défensive. Peut-être devrait-il prétendre qu'il s'était perdu et leur montrer ses mains ensanglantées : elles ne feraient sûrement pas de mal à un homme blessé.

Tout en réfléchissant, il était entré dans le village et longeait en boitant une petite rue. Toutes les maisons devant lesquelles il passait étaient identiques : elles avaient des façades blanches percées d'une porte principale et d'une grande fenêtre au châssis peint en vert. Portes et fenêtres étaient ouvertes, et Gordon eut l'impression bizarre d'être observé à travers les rideaux. Il n'entendait plus les cris et les rires qu'il avait discernés plus tôt. Soudain, il vit quelque chose bouger plus loin en bas de la rue : un gros ballot suspendu entre deux arbres contenant quelque chose de vivant. Gordon continua d'avancer, avec un peu d'appréhension, regardant à maintes et maintes reprises derrière lui. Avant d'atteindre le carrefour, il se rendit compte que le ballot était un hamac, dans lequel dormait une belle femme. Gordon s'approcha d'elle, se déplaçant lentement et sans faire de bruit, car il ne voulait pas la réveiller. À cet instant, il entendit un cri puissant, derrière lui. Lorsqu'il se retourna, il vit une armée de femmes nues qui se ruaient hors de leurs habitations, poussant des hurlements furieux, et courant vers lui munies de bâtons et de pierres.

Quand il se réveilla, Gordon n'aperçut que le blanc aveuglant d'un plafond. Il crut qu'il était mort, son âme flottant dans l'air, au milieu des nuages. Petit à petit, il se mit à retracer dans son esprit la suite des événements qui menaient à sa situation présente. La femme dans le hamac. Le cri. L'armée de femmes nues poussant des hurlements. Et puis le noir.

Alors, où était-il à présent ? Il n'y avait qu'une réponse : les femmes l'avaient capturé, et il était en prison.

Une faible lumière perçait par deux petites fenêtres. Encore tout étourdi, Gordon se redressa pour s'asseoir et examina son corps. Elles ne lui avaient pas fait de mal : il n'avait ni plaies ni blessures nouvelles, et il pouvait remuer ses membres. Il regarda autour de lui et vit un grand espace vide. Cela ne ressemblait pas du tout à une prison. En fait, cela ressemblait davantage à une église, sans bancs, ni croix, ni statues, ni images religieuses d'aucune sorte. Les murs étaient totalement nus, et le sol en ciment, sur lequel Gordon était allongé, d'une propreté impeccable et sentant la lavande. Affalé là dans ses vêtements et ses chaussures crasseuses, avec ses plaies qui saignaient encore, Gordon pensa qu'il était le seul élément négligé de la pièce.

Se rendant compte qu'il était seul, il se leva et se dirigea vers la porte, s'appuyant aux murs pour ne pas vaciller. Il se pencha un peu pour regarder dehors par la petite ouverture grillagée, et ses yeux s'écarquillèrent à la vue d'un spectacle extraordinaire : un grand rassemblement de femmes nues debout de l'autre côté de la rue, qui jacassaient à mi-voix. Certaines se tenaient par la main comme des couples d'amoureux. Un groupe réduit de femmes plus âgées, dont quatre étaient nues, passait en revue le contenu du sac de Gordon. Il regarda l'une d'entre elles extraire un par un ses tee-shirts et les exposer à la lumière comme des négatifs de films, puis les passer aux autres femmes. Elles n'eurent pas l'air intéressées par son magnétophone miniature. Elles l'examinèrent sous toutes les coutures, haussèrent les épaules et le mirent de côté, incapables d'expliquer à quoi cela servait. Une cannette de Coca-Cola fit cependant sensation. Elles la tenaient horizontalement, à deux mains, et la faisaient rouler avec de grands sourires approbateurs. Gordon observa ce manège avec une authentique curiosité, et aussi circonspection.

Un cri assourdissant retentit, et toutes les têtes, y compris celle de Gordon, se tournèrent dans la direction d'où il provenait. Le rugissement était le fait de la jeune fille en robe bleue moulante qu'il avait vue plus tôt en train de dormir dans le hamac. Deux femmes l'empoignèrent tandis qu'une troisième essayait de la museler avec un mouchoir. La jeune fille se tortillait comme un ver, lançait des coups de pied et montrait ses dents en poussant des hurlements gutturaux, sauvages. Gordon la trouvait stupéfiante. Soudain elle arrêta de lutter, et sa colère se mua en une longue plainte désespérée. Fatiguées de la retenir, les deux femmes relâchèrent leur prise. La jeune fille se libéra sur-le-champ, ce qui eut pour conséquence de les jeter à terre. Puis elle s'élança vers la porte principale de l'église.

Gordon eut juste le temps de faire un pas de côté avant que la jeune fille n'ouvrît la porte d'une poussée violente. Elle lança un rapide coup d'œil dans la longue pièce vide et, quand elle le repéra, elle se jeta sur lui, cadenassa ses mains autour de son cou et l'embrassa sur la bouche avec passion. À cet instant, les autres femmes se mirent à entrer dans le bâtiment par petits groupes, se poussant et se bousculant pour voir en gros plan l'étranger aux yeux bleus, tandis que la fille rebelle se cramponnait à lui comme une bernique à son rocher.

« Julia Morales, tonna une matrone aux proportions majestueuses et aux hanches larges, qui se frayait un chemin à coups de coude dans la foule. Lâche le Míster et écarte-toi. Allons ! » La jeune fille fit les deux, non sans froncer les sourcils et faire la moue. La matrone se planta, les poings sur les hanches, devant Gordon, pétrifié.

« Qui êtes-vous d'où venez-vous qui vous a envoyé et qu'est-ce qui vous amène ici ? » demanda-t-elle d'un coup, comme si les quatre questions étaient d'une égale importance.

Gordon ne répondit rien. Trop stupéfait et décontenancé pour être capable d'articuler quoi que ce soit dans sa propre langue, et moins encore en espagnol, il observait avec curiosité la nudité harmonieuse des femmes, leurs seins hâlés aux larges mamelons couleur chocolat ; leurs longs torses et leurs ventres foncés, plats pour certains, proéminents pour d'autres ; leurs pubis à peine recouverts de poils courts et noirs, et leurs membres lisses et robustes. Il trouvait qu'il s'agissait d'une race extraordinaire.

« Eh bien ? dit la femme aux hanches larges, le visage tourné vers la foule, on dirait que notre ami ici présent est muet. »

Alors seulement, Gordon se rendit compte qu'elle était une des cinq femmes qui avaient passé en revue le contenu de son sac. Elle avait un air incontestable d'autorité et de détermination. Si elle était capable d'afficher ces qualités malgré sa nudité, raisonna-t-il, elle devait incarner la loi. « Je ne suis pas muet, répondit-il sur un ton conciliant.

— Ahhhh ! murmura la foule à l'unisson.

— Alors, qui êtes-vous ? demanda de nouveau la femme.

— Mon nom est Gordon Smith », répondit-il. Quelques gloussements se firent entendre.

« Venez avec moi à la mairie, señor Esmís, dit la même femme. Vous devez expliquer ce que vous faites à notre conseil communal. »

Elle s'avança, forçant les curieuses à dégager le passage. Gordon la suivit en boitant, les muscles, les articulations et les os endoloris. Cette fois, il remarqua, avec une admiration croissante, la petite place ombragée par d'énormes manguiers et entourée de bancs en bois, dont la moitié étaient orientés face à l'est et l'autre moitié face à l'ouest ; le style homogène des maisons, leurs façades chaulées et leurs garnitures de fleurs pimpantes suspendues aux fenêtres ; la propreté des trottoirs et des rues non pavées. Et, au milieu de ce spectacle presque utopique, apparut la jeune fille nommée Julia. Elle marchait de concert avec la foule, légèrement en avant de Gordon, jetant de temps à autre un coup d'œil par-dessus son épaule, aguichante. Ses traits, pensa-t-il, étaient raffinés et délicats, comme ceux des femmes de sa race. Mais il y avait quelque chose de sauvage, presque d'animal dans ses yeux ronds noisette mouchetés de gris, quelque chose de particulièrement attrayant dans son épaisse chevelure d'un noir bleuté et sa peau brune satinée. Il regrettait qu'elle ne soit pas nue, elle aussi.

Quand il entra dans la mairie, Gordon jeta un rapide coup d'œil à la ronde. Il y avait deux pièces, la première petite et vide, la suivante meublée d'une longue table rectangulaire et de quatre bancs, tous en bois brut avec son écorce. Une lampe était posée au milieu de la table. Les murs étaient nus hormis celui du fond. Il était à moitié couvert d'une grande tache humide, ce qui, expliqua la matrone, était un problème récurrent auquel les responsables de la plomberie ne s'étaient pas encore attaquées. « Est-ce que par hasard vous vous y connaîtriez en plomberie, señor Esmís ? » demanda-t-elle. Gordon répondit que non et s'en excusa. La pièce meublée avait aussi une seule fenêtre, à laquelle apparaissaient et disparaissaient déjà de jeunes minois, envoyant des baisers et pouffant de rire. Gordon reconnut celui de Julia parmi eux, et il lui adressa un galant signe de la main. La femme aux hanches larges se hâta d'aller fermer les volets, excluant les jeunes filles en mal de flirt mais aussi ce qui restait de soleil.

Elle empoigna la lampe et ôta son globe de verre pour allumer la mèche. « Je suis Rosalba, dit-elle tout à trac. J'étais jadis maire du village. La seule qui prenait des décisions. À présent, nous sommes cinq. Un conseil, nous appelons ça comme ça. » Elle alluma la mèche et remit le globe de verre en place. « Cette pièce était jadis mon bureau, simplement bien plus beau. Ma table de travail était cent pour cent en acajou. Vraiment jolie. Elle était par là-bas. » Elle leva la lampe d'une main et pointa de l'autre le mur taché d'humidité. Gordon regarda le mur et haussa les sourcils en une expression vague qui aurait pu être d'admiration comme d'indifférence pure et simple. Peu de temps après, ils entendirent frapper à la porte. « Ce doit être les autres », commenta Rosalba. Elle posa la lampe sur la table et alla ouvrir. Trois femmes entrèrent dans la pièce, deux d'entre elles transportant le sac jaune de Gordon, qu'elles lui tendirent. Une quatrième femme, âgée et habillée de la tête aux pieds, chaussée de lunettes et s'appuyant sur une canne, les suivait à son rythme. « Mesdames, prenez place, s'il vous plaît », dit Rosalba. Elles s'assirent deux par deux de chaque côté de la table. Rosalba s'installa à une extrémité et fit signe à Gordon de s'asseoir à l'autre, en face d'elle. « Señor Esmís, commença-t-elle, nous sommes le conseil de La Nouvelle-Mariquita : voici, ici, Cecilia ; là-bas, señorita Cleotilde ; voilà la brigadière Ubaldina ; ici, l'infirmière Ramírez, et je suis l'ancien maire, Rosalba.

— Enchanté », dit Gordon avec une feinte timidité, en les saluant de la tête. Ce geste de courtoisie sembla faire bonne impression à toutes, sauf à la femme à l'air indien nommée Ubaldina, la brigadière.

« Qu'est-ce qui vous a amené ici, señor Gordonmís ? » s'enquit justement Ubaldina en lui lançant un regard soupçonneux.

Il observa une ou deux secondes les visages des femmes et jugea qu'hormis la brigadière, elles paraissaient aimables. Il n'y avait pas de raison de leur mentir. « Je suis journaliste, dit-il. Je travaille comme correspondant, j'écris des reportages et des articles pour des magazines et des journaux. Cela fait à présent un certain temps que je couvre votre guerre. J'ai interviewé des guérilleros, des paramilitaires et des soldats de l'armée régulière aussi bien que leurs familles, et j'ai écrit des chroniques à leur sujet. Ces chroniques, je les vends à des quotidiens et des magazines, surtout aux États-Unis, mais aussi…

— Qui vous a envoyé ici ? l'interrompit Ubaldina. Et qu'attendez-vous de nous ?

— Il y a quelques jours, j'ai rencontré un homme, un fou, qui m'a raconté un tas de mensonges sur vous et votre village. Il disait que ce village était habité par des géantes qui haïssaient les hommes, des femmes masculines qui portaient barbe et moustache et qui étaient capables de se féconder elles-mêmes. Il disait que vous étiez des hérétiques qui aimaient torturer leurs ennemis avant de les manger tout crus. Je n'ai pas cru grand-chose, mais j'ai pensé de ce qu'il me racontait qu'un village peuplé uniquement de femmes devait exister vraiment. Et cela m'a paru un sujet très intéressant sur lequel écrire : un village de femmes dans un pays d'hommes. » Il s'interrompit un court instant, ménageant ses effets. « Je lui ai donc demandé de me dessiner une carte et de me donner des indications, et me voici. » Il s'arrêta, releva la tête et jeta un coup d'œil rapide aux cinq paires d'yeux rivés sur lui. « C'est l'entière vérité, mesdames », ajouta-t-il, la main droite levée comme s'il prêtait serment au tribunal.

Les cinq femmes ne parurent pas surprises par le récit de Gordon. Elles se regardèrent à plusieurs reprises, sans laisser paraître aucun sentiment sur leur visage, et sans rien dire.

« Donc… maintenant que ma présence ici se trouve expliquée, j'aimerais requérir de votre part l'autorisation de vivre dans votre communauté pendant une courte période, reprit Gordon. J'aimerais écrire une chronique sur votre village, et je suis prêt à travailler en échange du vivre et du couvert.

— Quel est le nom de l'homme qui vous a parlé de nous ? demanda Ubaldina, sans prêter attention à sa requête.

— Rafael. Rafael Bueno. Il disait qu'il avait été prêtre et que ce village avait été longtemps sa paroisse, avant que vous n'ayez essayé de le manger tout cru. »

Les femmes se regardèrent de nouveau. Elles arboraient à présent une expression de fureur sans partage.

« L'infâme scélérat ! s'écria la femme la plus âgée, frappant le sol de son bâton.

— Nous aurions dû lui flanquer une bonne correction.

— On aurait dû tuer ce salopard.

— Oui, et le donner en pâture aux chiens.

— Ou aux cochons. »

Il était évident pour Gordon que Rafael Bueno avait fait un mal extrême à ces femmes. Il ne demanderait pas quoi, cependant. Pas maintenant, en tout cas. À cet instant, tout ce qu'il pouvait espérer, c'était que sa requête avait bien été enregistrée par le conseil et que sa réponse serait positive.

« Il nous faut discuter de la requête de cet homme », dit Ubaldina. Puis, s'adressant à Gordon, elle ajouta : « En privé. » Il empoigna son sac et se dirigea vers la porte.

« Julia Morales va le manger tout cru là-bas dehors », fut la mise en garde de Rosalba au conseil. Gordon s'arrêta net et regarda derrière lui. « Je n'ai pas voulu dire de cette façon-là, señor Esmís. » Elle pouffa de rire. « Je vous assure que nous ne festoyons pas en mangeant des êtres humains. »

Après s'être rendu compte qu'envoyer le reporter dehors créerait encore plus d'émoi, les conseillères demandèrent à Gordon de rester dans la pièce, et sortirent elles-mêmes. Il les observa par une fente dans la porte. Elles se tenaient sous un manguier, entourées par la foule agitée, confrontant leurs points de vue et secouant leurs têtes comme des poulets perturbés. Au bout d'un moment, elles regagnèrent la mairie, arborant des mines solennelles, et s'assirent à leurs places respectives sans donner au reporter la moindre indication quant à la décision à laquelle elles étaient parvenues. Contrairement à ce à quoi il s'attendait, ce fut Ubaldina, et non Rosalba, qui, en fin de compte, se leva pour prendre la parole.

« Je serai brève et sans détours, señor Gordonmís. Je suis responsable du maintien de la paix et de la sécurité dans notre communauté. Votre présence sans invitation a causé beaucoup de désordre, et, très honnêtement, nous ne pouvons attendre rien de bon d'un individu envoyé par l'homme qui a tué quatre de nos enfants. Nous vous demanderions de partir dès maintenant, mais il commence à faire nuit, et quelqu'un d'aussi blanc que vous peut être facilement repéré par toutes sortes de créatures nocturnes dangereuses. Nous avons décidé de vous donner jusqu'au lever du soleil, demain, pour quitter notre communauté, et espérons ne plus jamais vous revoir.

— Señora Upaultina, je vous assure que je…

— Ubaldina, dit-elle. Je m'appelle Ubaldina.

— Je suis venu pacifiquement, señora. Ubaldina. Je suis un brave type.

— Rien de bon n'est jamais venu par ce fourré », rétorqua Ubaldina, et elle s'assit les bras croisés, mettant un point final à la discussion.

Avant que Gordon ait pu ajouter quoi que ce soit, la femme qu'elles appelaient l'infirmière Ramírez lui demanda de la suivre à l'infirmerie du village. « Je suis responsable du service médical de la communauté, et je vais donc nettoyer et panser vos plaies et vos blessures.

— Après cela, vous viendrez avec moi, dit la dénommée Cecilia. Je suis responsable de l'alimentation de la communauté, et je vous emmènerai donc dans une de nos cuisines communales, où vous mangerez un repas chaud.

— Je suis l'administratrice, dit Rosalba. Je supervise tout, mais en particulier l'agriculture et le logement de notre communauté. Je m'assurerai que vous disposiez d'une chambre propre pourvue de tout ce dont vous pourriez avoir besoin cette nuit.

— Et je suis responsable de l'école de la communauté ainsi que de la cloche du village, dit la vieille señorita Cleotilde. En d'autres termes, je suis l'horloge de La Nouvelle-Mariquita. Je veillerai à ce que vous soyez debout assez tôt pour quitter notre village avant le lever du soleil. »

Après avoir été relâché de l'infirmerie, Gordon fut conduit à la deuxième meilleure cuisine de la communauté : celle de Villegas. La cuisine Morales était classée numéro un, lui expliqua Cecilia, mais on lui avait donné instruction de le tenir à l'écart de Julia Morales.

Au moment où Gordon et Cecilia arrivèrent, seuls trois couples se trouvaient dans la salle à manger, se nourrissant mutuellement de ce qui restait de leurs repas. Portant des tabliers assortis sur leurs anatomies dénudées, Flor (l'ex-veuve Villegas) et sa compagne Elvia (l'ex-veuve López) accueillirent Gordon et le firent s'asseoir seul à une table dans un coin. Le reporter était fasciné par la communauté, son système d'exploitation, ses gens et ses coutumes. Comme Ubaldina lui avait interdit de parler plus qu'il n'était nécessaire aux villageoises, il dicta ses réflexions en anglais à son magnétophone miniature. Cecilia n'y fit point objection. Elle se montrait anormalement amicale et bonne envers lui, et Gordon comprit bientôt pourquoi :

« Señor Esmís, vous avez dit que vous aviez interviewé des guérilleros. Je me demandais si peut-être... s'il se pouvait que vous ayez croisé mon fils. Son nom est Ángel Alberto Tamacá, et il a rejoint les guérilleros il y a longtemps. Il est grand et...

— Est-ce que vous savez avec certitude s'il... s'il est vivant ?

— Mon cœur me dit qu'il l'est, répondit-elle. Est-ce que vous pensez qu'il y a un moyen pour moi de lui faire passer la nouvelle que je suis vivante moi aussi ?

— J'ai quelques relations. Écrivez-lui un mot et donnez-moi toutes les informations que vous avez sur lui. Je ferai de mon mieux pour le lui faire transmettre. S'il est dans les parages, bien sûr. »

Les quelques convives présentes regardaient Gordon avec curiosité, comme si elles étaient surprises de le voir manger la même nourriture qu'elles : un repas de riz, de yucca frit et un petit bout d'un truc rôti, à l'odeur forte, qui ressemblait à de la viande et dont il n'osa pas demander l'origine de peur de connaître la réponse. Quand il eut terminé, il complimenta les cuisinières. Elvia déclara que c'était un honneur d'avoir un gentleman aussi distingué à dîner dans leur humble cuisine.

Gordon et Cecilia s'apprêtaient à partir quand Julia Morales arriva. Elle portait à présent une robe à pois rouges. La robe était démodée et rapiécée de-ci de-là, mais elle était moulante à tous les bons endroits. La jeune fille se planta près de la porte, les mains sur les hanches, et lança à Gordon un regard audacieux suivi d'un sourire timide qui le déconcerta. Tout cela paraissait faire partie d'un plan de séduction bien organisé, qui marcha magnifiquement. La paupière de Gordon fut agitée d'un tic nerveux, et ce symptôme, ainsi qu'une érection invisible à cause de son pantalon flottant, indiquait clairement à quel point il la désirait. Cecilia se hâta de se placer devant le reporter, comme si sa petite silhouette pouvait empêcher l'homme aux longues jambes de voir quoi que ce soit. « Dépêchons-nous, mon petit, dit-elle à Gordon, bien que s'adressant à Julia. Rosalba nous attend à l'église. » Julia croisa les bras, et s'adossa au chambranle de la porte pour les laisser passer. Un clin d'œil fut tout ce que Gordon réussit à lui faire au passage. Il s'éloigna, serré de près par Cecilia, en songeant que Julia était la créature la plus exotique qu'il ait jamais rencontrée.

L'arrière de l'église avait été équipé d'un hamac et d'une couverture. Près du hamac, sur une caisse en bois retournée qui servait de table de nuit, reposait une lampe allumée, un chiffon et un morceau de savon.

« Est-ce qu'il y a une salle de bains ici ? demanda Gordon.

— Non, Míster Esmís. Pas ici, dit Rosalba. Nous n'avons qu'une seule salle de bains dans le village, communale, avec dix douches et dix latrines, si propres que vous n'en croiriez pas vos yeux.

— Super ! Vous pouvez me montrer où c'est ?

— Je suis désolée, Míster Esmís, mais vous n'êtes pas autorisé à l'utiliser. Une autre décision du conseil. Il faudra vous servir de ces seaux. » Elle montra du doigt deux seaux, dont l'un rempli d'eau, placés sur le côté. « Il y a d'autres couvertures dans ce coin si vous en avez besoin. Les nuits se font plus fraîches. J'espère que vous passerez une bonne nuit et ferez un bon voyage de retour demain. » Elle dit ces mots avec un long sourire. Ses lèvres s'entrouvrirent, comme si elle voulait ajouter quelque chose mais ne le pouvait pas. Elle attendit la réponse de Gordon – un sourire bouche cousue –, puis se dirigea vers la porte d'un air un peu triste.

Il la suivit des yeux tant qu'elle fut dans le bâtiment, et fut surpris de se rendre compte qu'il n'avait pas prêté attention à sa nudité. Étonnante, pensa-t-il, la rapidité avec laquelle l'œil humain s'habitue ; et, pendant un moment, il s'imagina lui-même ainsi que des centaines de gens descendant tout nus la Cinquième Avenue, s'arrêtant de temps à autre pour voir leurs parties génitales et leurs postérieurs réfléchis dans les grandes vitrines de boutiques de luxe vendant tout sauf des vêtements. Il gloussa, puis alla pisser dans le seau vide. Il ôta ensuite ses baskets et ses chaussettes sales, et s'installa dans le hamac, ses jambes pendant de chaque côté, avec un exemplaire en miettes de *Cent ans de solitude* de García Márquez qu'il lisait et relisait depuis un certain temps. Il était allongé là de tout son long, regardant le plafond blanc sur lequel la lumière de la lampe créait un soleil immense aux tons jaunes très doux. Il lut un petit moment avant d'éteindre la lampe, et, dans l'obscurité totale, se balança légèrement avec ses pieds jusqu'à ce que le mouvement l'amène peu à peu à s'endormir.

Gordon se réveilla en nage au milieu de la nuit, ôta ses vêtements instinctivement, puis, complètement nu, se tourna et se retourna dans le hamac, respirant à grand-peine, gémissant. Il était malade. Soudain, il sentit une petite main douce sur son front et ses joues brûlants. Après, un tissu mouillé lui tapota le visage, le cou, les bras, la poitrine. Ce doit être un rêve, pensa-t-il dans son délire fiévreux. Quelques gouttes d'eau lui tombèrent sur les lèvres, qui s'entrouvrirent pour les laisser entrer. Il sentit davantage de tapotements sur son visage et son cou, davantage d'eau sur ses lèvres, et puis un baiser : une bouche douce, pulpeuse, qui se pressait légèrement contre la sienne, voyageant jusqu'à son oreille et son cou, et revenant à ses lèvres, où elle s'attardait. Une senteur sauvage dans l'air le fit penser à Julia, et il se rendit vite compte qu'il ne rêvait pas. Elle sauta dans le hamac, et il sentit son corps nu, léger et lisse, se débattre pour s'installer au-dessus de lui. Elle tortillait ses hanches osseuses comme une chatte. Gordon tortilla lui aussi ses hanches, avec passion d'abord, avec violence ensuite – car il venait de constater un renflement aussi inattendu qu'importun au milieu du corps allongé sur lui. Ce fut une bataille furieuse que la leur, une bataille de hanches en délire dans laquelle Gordon, trahi par sa libido, finit par perdre tout pouvoir de résistance. Les petites mains douces qui, il y avait un instant seulement, lui avaient caressé le front se posaient à présent fermement sur sa poitrine pour trouver du soutien, tandis qu'une paire de mollets musclés lui ceignaient la taille, dans un mouvement de va-et-vient. Julia s'assit sur son entrejambe et se mit à danser de façon séduisante, l'attirant tout entier vers elle avec une force croissante, comme si quelque chose en elle le revendiquait. Et donc il pénétra en elle et elle gémit, et elle se trémoussa tant et plus, et ses mollets musclés lui étreignirent la taille tandis qu'elle s'enfonçait sur lui. Ils se mouvaient ensemble en un invisible mambo, le hamac oscillant sous le poids de leurs corps agités, lui gémissant, elle geignant ; enfin, ils explosèrent, lui en elle, elle sur son abdomen, et une puissante odeur féline envahit instantanément le vide de la pièce.

Julia se laissa doucement glisser sur le corps de Gordon et posa calmement sa tête sur la poitrine de l'homme, écoutant les battements de son cœur. Il passa ses doigts dans ses longs cheveux épais. « Quel est ton vrai nom ? » demanda-t-il. Elle ne répondit pas. Ou peut-être le fit-elle dans son propre langage de mouvements gracieux que Gordon ne put voir, car il n'y avait pas de lumière. Et donc ils restèrent étendus là dans un silence fiévreux, à écouter battre leurs cœurs, jusqu'à ce que Gordon sombre dans un sommeil profond qui l'empêcha d'entendre le léger claquement de la porte quand elle partit.

Avant le lever du soleil, l'institutrice Cleotilde trouva Gordon gisant nu à l'extérieur de l'église, secoué de frissons. Une armée de fourmis rouges cernaient son corps, bien décidées à le rapporter dans leur nid. La vieille femme s'agenouilla pour lui tâter le front : il était brûlant de fièvre. Ses lèvres tremblaient et il claquait des dents en marmonnant quelque chose d'incompréhensible. Elle le saisit par un bras avec l'intention de le traîner à l'intérieur de l'église, mais ses os à elle étaient trop vieux et ses os à lui trop lourds. Elle fronça les sourcils sous ses grosses lunettes, moins soucieuse de l'état du reporter que de l'impossibilité où il était de quitter le village au lever du soleil comme on lui en avait donné l'ordre. Elle entra dans l'église et sonna la cloche, donnant le signal du lever. Puis elle se rendit au domicile de Rosalba et d'Eloísa pour leur apprendre que le journaliste était malade. « Je suggère que nous réunissions le conseil pour décider que faire de lui, dit-elle.

— L'heure n'est pas aux réunions, répliqua Rosalba de son ton magistral de jadis, qui resurgissait involontairement de temps à autre, à la grande contrariété des autres membres du conseil. Eloísa et moi allons nous occuper de Míster Esmís. Vous, allez chercher l'infirmière Ramírez, ordonna-t-elle à Cleotilde. Et ne traînez pas. » Cleotilde n'avait plus assez de courage pour affronter Rosalba comme elle le faisait jadis. Elle s'en alla, tapant sa canne au sol et marmonnant une longue plainte incompréhensible. Devant l'église, Rosalba chassa les fourmis du corps de Gordon, puis l'empoigna par les jambes, tandis qu'Eloísa le saisissait par les bras. Ensemble, elles le transportèrent à l'intérieur de l'église, les deux femmes jetant à la dérobée des regards à ses parties génitales avantageuses, mais se comportant comme si, tous les soleils, elles voyaient des pénis et des testicules.

Ne pouvant pas hisser Gordon dans le hamac, elles empilèrent quelques couvertures dans un coin, l'étendirent dessus, et essayèrent de le couvrir d'un mince drap bleu, mais il transpirait abondamment et le rejeta. Il se plaignait d'un mal de tête atroce et de douleurs aux muscles, aux articulations et derrière les yeux.

Peu de temps après, Cleotilde arriva accompagnée de l'infirmière Ramírez, qui ne portait qu'un masque et une paire de gants qu'elle avait confectionnés il y avait longtemps dans une nappe mise au rebut, en matière plastique blanche décorée de motifs colorés de fruits et légumes. Elle transportait le vieux manuel de médecine et la sacoche d'instruments de son défunt mari, ainsi qu'un carnet dans lequel elle avait consigné ses propres découvertes et les herbes médicinales pour toutes les maladies qu'elle avait vues et traitées.

Quand l'infirmière vit l'homme nu allongé sur la pile de couvertures, elle fut intimidée. Le seul homme dénudé qu'elle eût jamais vu était feu son mari. En voir un autre après tant d'échelles émut soudain quelque chose en elle, une sorte de désir qui ressemblait – bien qu'il ne fût pas tout à fait le même – à ce qu'elle éprouvait de manière récurrente envers Erlinda, sa compagne actuelle. La différence résidait dans l'intensité. Le désir qu'elle ressentait à cet instant était bien plus fort, presque irrépressible, honteux. Elle fit un effort terrible pour ne pas le laisser voir aux trois autres femmes qui se trouvaient dans la pièce.

Le front dégoulinant de sueur et les mains tremblantes, elle s'agenouilla près de Gordon et l'examina minutieusement, au mieux de ses compétences, qui n'étaient pas grandes. Mais lorsqu'elle pressa son oreille contre la poitrine du reporter pour écouter ses battements de cœur, ses propres mamelons excités frôlèrent la peau brûlante, lui faisant perdre le contrôle de ses signes vitaux. Elle trouva que le pouls de l'homme était accéléré, sa tension basse, et qu'il avait une forte fièvre. (Elle ne pouvait pas dire exactement quelle était sa température, car l'usage et le temps avaient effacé du thermomètre de son mari toutes les lignes et tous les chiffres au-dessus de quarante degrés.)

Une fois son examen terminé, elle couvrit Gordon d'un drap de la taille aux pieds, et lui posa une série de questions, dont certaines n'avaient aucun rapport avec son mal, comme : « Est-ce que tout le monde dans votre pays est aussi pâle que vous ? » Elle consigna toutes les réponses dans son carnet, y compris : « Non, ils sont plus pâles », puis les compara à ses notes précédentes et au manuel de médecine. Finalement, à travers le morceau de plastique qui lui recouvrait la bouche, elle livra son diagnostic : c'était la dengue.

« Dites-moi s'il vous plaît que ce n'est pas contagieux », lança Rosalba.

L'infirmière répondit que ce ne l'était pas. Le virus de la dengue ne pouvait être transmis que par une piqûre de moustique, et un moustique ne pouvait attraper le virus qu'après avoir piqué un humain infecté. Par conséquent, la première précaution à prendre pour elles était de s'assurer que le Míster ne se fasse pas piquer par un moustique de quelque espèce que ce soit.

« Est-ce que c'est une dengue hémorragique ? » demanda Gordon d'une voix faible. Il savait que ce type de dengue était souvent fatal.

L'infirmière Ramírez dit que ce ne l'était pas, mais que cela pourrait le devenir si elles ne se montraient pas prudentes. Elle préparerait une potion pour atténuer l'intensité de ses symptômes, mais il devait savoir qu'il n'existait pas de traitement spécifique pour cette maladie. Il lui fallait se reposer et boire des liquides en quantité jusqu'à ce qu'il se rétablisse, ce qui prendrait dix à quinze soleils.

Rosalba ordonna à Cleotilde de demander à l'équipe de nettoyage et d'entretien de fermer les deux fenêtres de l'église et de tendre une grande moustiquaire au-dessus du matelas improvisé de Gordon. Eloísa s'excusa et partit travailler. Elle dirigeait une équipe de robustes plombières qui avaient entrepris la tâche presque impossible de restaurer l'ancien aqueduc. L'infirmière Ramírez demanda à Rosalba de bien vouloir veiller un moment sur le Míster. Il lui fallait aller cueillir toutes les herbes nécessaires pour sa potion et rendre visite à la veuve Pérez, qui avait envoyé un mot pour dire que, cette fois, elle était *vraiment* à l'article de la mort.

« Allez-y, Ramírez, dit Rosalba. Faites ce que vous avez à faire. Je prendrai soin de Míster Esmís jusqu'à votre retour. »

En apprenant les nouvelles concernant la santé de Gordon, Julia Morales se rendit à l'église avec une marmite de soupe et fit signe à Rosalba qu'elle se portait volontaire pour prendre soin de lui.

« Nous n'avons pas besoin d'aide, dit Rosalba à Julia par la petite grille en métal. Laisse la soupe sur les marches si tu veux. Je ferai en sorte que Míster Esmís sache que cela vient de toi. »

Julia secoua la tête. Elle voulait lui donner à manger la soupe elle-même, elle-même, elle-même. Par trois fois, elle se battit la poitrine de la paume de la main.

« Je te l'ai déjà dit, Julia : laisse la soupe sur les marches, et retourne travailler. »

La jeune fille rougit de colère. Elle se mit à faire une série de gestes rapides de sa main libre – en particulier avec son majeur – qu'elle compléta de toute une gamme de sons grotesques sur un ton insupportablement haut perché. À la fin, elle s'assit sur le trottoir avec le récipient de soupe entre ses jambes et enfouit son visage dans ses mains, pleurant à gros sanglots.

Radoucie par une scène aussi pitoyable, Rosalba lui offrit de la laisser entrer à la condition qu'elle s'en aille dès que Gordon aurait mangé la soupe. Julia acquiesça et entra, tout sourires après sa crise de colère. Elle étendit une couverture près de Gordon, sous la moustiquaire, et le nourrit très lentement afin de rester plus longtemps à le soigner. Elle lui fit boire tasse après tasse le jus de raisin noir que le couple López-Villegas avait apporté. « Un tueur de virus naturel », avait déclaré Flor Villegas. Gordon s'endormit, et quand il se réveilla, il regarda Julia d'un air indifférent, comme si elle était peinte sur le mur. Mais cela ne la découragea point ; elle continua à tapoter avec un chiffon mouillé son visage brûlé par le soleil, soulageant ainsi ses yeux rouges et gonflés, et ses lèvres desséchées et gercées.

Du coin opposé, assise sur une chaise pliante en bois, les bras croisés sur le ventre, Rosalba observait avec compassion la jeune ingénue. Pauvre bêtasse ! pensait-elle. Dès qu'il sera guéri, ce gringo s'en ira, et il te laissera le cœur brisé. Même si tu lui plais maintenant, une fois qu'il aura découvert ce que tu as entre les jambes, il te méprisera d'avoir la même chose que lui.

Avant de rentrer chez elle, Julia donna à Gordon un baiser passionné sur la bouche – un baiser perdu qui ne fut ni reconnu ni remarqué, car son destinataire délirait et Rosalba s'était endormie. Un peu plus tard, quand elle se réveilla, Rosalba trouva Gordon en train de se bagarrer à genoux avec la moustiquaire, bataillant pour se lever. Elle se précipita auprès de lui.

— Qu'est-ce que vous faites Míster Esmís ? Vous allez vous faire mal.

— Faut que je pisse, marmonna-t-il, une main masquant ses parties génitales.

— Voici, faites ici votre affaire. » Elle saisit le seau, qui empestait déjà l'urine de la veille au soir, souleva un coin de la moustiquaire et le lui tendit.

Il prit le seau d'une main, se tourna sur ses genoux et inspira à fond. Un bruit prolongé d'éclaboussures remplit la pièce.

« Il commence à faire nuit là-dedans, dit-il, plaçant le seau au pied du matelas, à l'intérieur de la zone protégée. Quelle heure est-il ? »

Cela faisait des échelles qu'on n'avait pas posé cette question à Rosalba. « C'est presque la fin de la journée de travail. » Elle remarqua que Gordon fouillait dans son sac. Il en sortit un short qu'il enfila promptement. Il avait un moment de lucidité, pensa-t-elle, mais avant la tombée de la nuit, il brûlerait de nouveau de fièvre.

Toujours à genoux, Gordon se mit à examiner tous les coins de la pièce spacieuse. « Qu'est-ce qui fait de ce bâtiment une église ? dit-il soudain. Il n'y a pas une seule chose ici qui me fasse penser à Dieu. »

Rosalba parcourut la pièce du regard et sourit, manifestement heureuse de prendre acte du vide qui s'offrait à sa vue. « C'est par habitude que nous l'appelons ainsi, dit-elle, car c'est ce qu'elle était jadis. Exactement de la même façon que nous appelions Dieu Dieu, et ciel le ciel.

— Comment appelez-vous Dieu maintenant ?

— Nous ne l'appelons pas du tout. Ce n'est qu'un mot vide, comme cette église.

— Et le ciel ?

— Vide également. Sans Dieu, il n'y a pas de ciel, ni d'enfer. La vie est bien mieux ainsi. »

Gordon la regarda avec curiosité. « Est-ce que vous croyez en quoi que ce soit ?

— En la nature. Nous avons appris à apprécier pleinement la beauté et les bienfaits de notre terre, de nos plantes et de nos animaux. »

Gordon s'assit sur le matelas, le dos contre le mur. Il était trop fatigué pour poursuivre la discussion sur la foi. « Où est-elle allée ? demanda-t-il.

— Qui ? » Rosalba tendit la main vers la lampe.

« La jeune fille qui était ici auparavant.

— Julia ? J'espère qu'elle est allée travailler. » Rosalba alluma la lampe et la posa sur la caisse retournée à côté de lui.

La proximité de la lumière réduisit le champ de vision de Gordon au-delà de la moustiquaire, mais en lui laissant une perception claire de tout ce qui se trouvait à l'intérieur. Il remarqua plusieurs trous dans le tissu. « Elle est muette, non ?

— Oui.

— Comment s'appelle-t-elle vraiment ? Je veux dire, comment s'appelle-t-*il* ? »

Rosalba dévisagea le journaliste à travers les mailles du tissu, comme si elle désirait voir ou apprendre quelque chose de personnel et d'unique à son sujet. Ainsi, il était au courant pour Julia, pensa-t-elle. Il se pourrait qu'il soit une sorte de gringo différent : un curieux, désireux d'expérimenter des choses nouvelles, de nouvelles sensations. Tous les gringos ne peuvent pas être bornés, matérialistes et imbus d'eux-mêmes.

« Julio, répondit Rosalba avec emphase. Il s'appelle Julio quelque chose. Je ne me souviens pas de son deuxième prénom. Nous l'appelons Julia depuis si longtemps que je…

— Combien de temps ?

— Hum. » Elle haussa les épaules. « J'en ai perdu la notion. Tout ce que je sais, c'est que tout a débuté le jour où les hommes disparurent. »

— Ah oui, les hommes. Comment ont-ils disparu ?

— Les guérilleros.

— Les guérilleros les ont tués ?

— Ils auraient pu tout aussi bien. »

— Ils les ont emmenés, c'est ça ?

— C'est une histoire trop longue à raconter », fit-elle, s'efforçant de paraître lasse et indifférente.

Elle se faisait prier, Gordon en était sûr. Il pouvait lui aussi jouer à ce petit jeu-là. « Ne vous en faites pas, dit-il. Une autre fois, peut-être. » Il se laissa glisser au bas du mur jusqu'à se retrouver allongé sur le matelas, son corps en partie recouvert par le mince drap bleu. Peu après, la cloche annonça la fin de la journée de travail : cinq coups retentissants qui, de l'intérieur de l'église vide, résonnaient davantage comme le commencement de la fin du monde.

Alors que l'écho du dernier carillon remplissait encore leurs oreilles, Rosalba cria : « Vous voulez vraiment savoir comment nos hommes ont disparu ?

— Uniquement si cela vous dit de le raconter », cria-t-il en retour, un sourire rusé aux lèvres.

Elle raidit son dos contre le dossier de la chaise, déplaçant son surpoids de matrone :

« Le jour où les hommes disparurent commença comme un dimanche matin ordinaire à Mariquita… »

Eloísa, l'infirmière Ramírez et sa compagne Erlinda Calderón s'arrêtèrent au passage après dîner. Elles portaient des ponchos en toile de sac que la vieille Lucrecia, la couturière du village, avait confectionnés pour tout le village en prévision des soirées fraîches. Eloísa embrassa sa Ticuticú, et lui tendit une assiette avec son repas et un poncho supplémentaire.

« Comment va le Míster ? » demanda l'infirmière. Elle tenait dans ses mains un petit récipient en terre.

« Il a été assez alerte durant une bonne partie de l'après-midi, dit Rosalba. Je lui ai même raconté une histoire, et il l'a adorée. Mais il délire de nouveau.

— C'est typique de la dengue », déclara l'infirmière. Elle se rendit auprès de Gordon, soulagée de voir qu'il portait à présent un short. Elle lui tâta le front et ausculta les rougeurs de son corps, lesquelles, expliqua-t-elle, étaient également caractéristiques de cette maladie. A-t-il vomi ? Non ? Excellent ! S'est-il plaint de maux de tête ? Bon, c'est normal. Douleurs musculaires ? Bien sûr, normal également. L'infirmière Ramírez versa dans une tasse un peu de la formule qu'elle avait préparée – une infusion de fleurs de chrysanthèmes et de chèvrefeuille, de marijuana et de feuilles de menthe, ainsi que de graines de bardane et d'anis – et fit ingurgiter de force à Gordon l'épaisse mixture. « Demain, je m'occuperai de lui, proposa-t-elle.

— Parfait, dit Rosalba. Je veillerai à ce qu'il ait plein de jus de fruits, peut-être même une bonne soupe de la cuisine Morales. Et je m'arrêterai au passage après dîner pour lui raconter une autre histoire. » Elle éteignit la lampe et chantonna : « Bonne nuit, Míster Esmís. » Bientôt, il n'y eut plus personne.

Après avoir entendu la première histoire, Gordon annonça à Rosalba qu'il aimerait écrire un livre sur La Nouvelle-Mariquita. Et ainsi, tous les soirs suivants, durant onze soleils consécutifs, Rosalba se fit un devoir de raconter à Gordon une histoire sur son village de veuves, tandis que lui s'en faisait un de l'écouter et de l'enregistrer, et aussi, quand il se sentait assez bien, de prendre des notes. Mais si la mémoire de Rosalba était exceptionnelle, ses récits étaient dans une certaine mesure sujets à caution : un mélange singulier de ses propres expériences s'ajoutait à plusieurs versions différentes, et – telle était la partie sujette à caution – à une succession d'hypothèses en l'absence de faits. Heureusement pour Gordon, il n'était pas difficile de deviner quand Rosalba se livrait à des spéculations : son ton passionné, le manque de détails, mais aussi le fait qu'elle trébuchait sur les mots (alors qu'elle était une conteuse pleine d'assurance), ou qu'elle détournait le regard quand elle les prononçait, la trahissaient. Chaque fois que Gordon était saisi d'un doute, il inscrivait discrètement un point d'interrogation en marge du témoignage litigieux, ou laissait un signal sur la bande magnétique lors d'un enregistrement. Il comptait confronter la version de Rosalba à celle de Julia – son amie très spéciale – quand il en aurait l'occasion.

Chaque soir, le récit de Rosalba était interrompu à maintes reprises. La conseillère Ubaldina, par exemple, s'arrêtait souvent à l'église, pour constater et évaluer l'amélioration de l'état du patient. Après le dîner, des femmes émoustillées de tous âges, dans l'espoir d'apercevoir l'homme à moitié nu, venaient aussi, chargées de présents : des fleurs, des mangues, des oranges, des bananes, des soupes copieuses ou du boudin noir – dont la seule vision donnait la nausée à Gordon. Lui-même interrompait souvent Rosalba pour lui faire répéter un mot qu'il ne connaissait pas ou n'avait pas saisi, lui demander des précisions, de clarifier une anecdote déroutante ou de répéter une partie du récit qui lui paraissait intéressante. Il n'était pas rare que Rosalba sautât d'une histoire à une autre, ou qu'elle s'écartât du sujet pour se lancer dans d'interminables débats sur elle-même. Quand cela se produisait, le reporter devait recourir à ses procédés subtils de journaliste pour la ramener au fait : « C'est très intéressant, señora Rosalba, mais vous disiez que… »

Et ce fut ainsi que Gordon apprit la façon dont les hommes avaient disparu et dont Julio en était venu à être Julia, mais aussi la crise qui s'ensuivit : la période de sécheresse prolongée et la coupure de l'électricité, la pénurie de nourriture et d'eau, l'épidémie de grippe qui avait tué dix personnes, et le départ progressif de presque la moitié de la population adulte et de ses enfants. Rosalba lui raconta le passage de la commission militaire qui l'avait désignée comme nouveau maire de Mariquita, et les tentatives tenaces de la Madame du bordel pour maintenir son affaire à flot dans un village de veuves et de vieilles filles. Elle l'instruisit du refus d'enseigner l'histoire de la mystérieuse maîtresse d'école et de la façon dont Santiago Marín était devenu l'Autre Veuve du village. De l'hypocrisie du prêtre, qui avait d'abord combiné un projet de procréation puis tué les quatre seuls garçons du village. De la veuve qui avait trouvé une fortune sous son lit au moment précis où ce village en revenait lentement à une économie de troc. Du jour où le temps s'était arrêté, et où le temps solaire était devenu féminin, et de la façon dont une vache nommée Perestroïka avait sauvé le plan de restructuration économique, politique et sociale qui avait transformé une maigre bourgade en voie de décomposition en une communauté prospère et autarcique.

De la même façon que Rosalba se faisait un devoir de raconter tous les soirs une histoire au reporter, Julia Morales s'en faisait un de créer, avec Gordon, une histoire de plus à écrire : la leur. Toutes les nuits, après que le village se fut endormi, Julia filait par les rues désolées en direction de l'église. Les premières fois, elle se contenta de promener le bout de ses doigts délicats sur tout le corps de Gordon, dans la parfaite obscurité de la pièce, pendant qu'il dormait sous l'effet narcotique de la décoction de l'infirmière. Mais à mesure que sa santé s'améliora, Julia exigea davantage des mains et des doigts de Gordon, de ses hanches, de sa langue et de ses lèvres. Et quand ils s'embrassaient et faisaient l'amour, elle l'aspirait, inspirait l'air qu'il expirait, et s'emplissait tout entière de lui, nuit après nuit après nuit.

Douze soleils plus tard, l'infirmière Ramírez informa les conseillères que Gordon était complètement remis de sa maladie. Elle fit cette annonce au petit déjeuner dans la cuisine communale des Morales.

« Eh bien, en ce cas, il vaudrait mieux que je l'escorte là-haut jusqu'au fourré dès maintenant, dit Ubaldina. Je veux m'assurer qu'il parte une bonne fois pour toutes. » Elle posa l'arepa qu'elle mangeait et se leva.

« J'ai une proposition à faire », lança soudain Rosalba. Elle regarda Ubaldina et montra du doigt le banc en bois, l'invitant à se rasseoir. Les trois autres femmes tournèrent vers elle un regard inquisiteur. « Comme nous le savons toutes, Míster Esmís est le premier homme véritable que nous ayons vu depuis maintes échelles. » Rosalba avança la tête et baissa la voix pour éviter que les convives à la table voisine l'entendent. « Naturellement, quelques-unes de nos plus jolies femmes ont manifesté leur intérêt à son égard. Je propose que nous mettions à profit sa présence ici pour en mettre enceinte deux ou trois. Je suis certaine que Míster Esmís ne verrait pas d'inconvénient à nous faire une faveur, après tout ce que nous avons fait pour lui. » Comme Ubaldina paraissait s'apprêter à soulever une objection, Rosalba continua à murmurer les raisons pour lesquelles le conseil devrait prendre en considération sa proposition. « Notre population vieillit. À chaque échelle qui passe, une autre femme de notre communauté perd son aptitude à procréer. Dans une quarantaine d'échelles, nos filles les plus jeunes seront ménopausées, et nous serons toutes mortes, et il n'y aura plus personne pour continuer ce que nous avons mis en route. » Une fois de plus, Ubaldina tenta d'exprimer sa désapprobation, mais Rosalba n'en avait pas terminé : « Qui plus est, imaginez quelle serait la beauté des enfants de Míster Esmís, avec ses cheveux d'or et ses yeux bleus ! Avec son tout petit nez et sa blancheur de peau ! Sa blancheur de peau en particulier. Ils seraient absolument superbes ! »

L'infirmière et Cecilia regardèrent la couleur de leurs propres membres et de leurs ventres et croisèrent maladroitement les bras, couvrant une petite partie de leur nudité brune d'une autre tout aussi brune. Cleotilde resta immobile : elle était dans sa peau depuis trop longtemps pour en avoir soudain honte. Mais Ubaldina, la plus foncée, la plus indienne d'apparence de toutes les cinq, parut insultée par le propos de Rosalba. « Je trouve que j'ai beaucoup de chance d'être comme je suis, lança-t-elle dignement, le menton levé juste assez pour montrer dans toute leur splendeur ses pommettes impressionnantes. Je pense que c'est une bénédiction des dieux, et je suis fermement convaincue que nos générations futures devraient nous ressembler : cheveux noirs et yeux marron, pourvues d'un nez busqué comme le nôtre ; et que leur peau devrait être foncée pour pouvoir supporter les ardeurs du soleil, et épaisse afin de durer plus longtemps. »

C'était à présent le tour de Rosalba de se sentir en butte à la discrimination, sa peau claire et ses yeux verts ne correspondant pas au prototype des futures habitantes de La Nouvelle-Mariquita selon Ubaldina. « Je n'ai mentionné Míster Esmís que parce que je le trouve bel homme, mais si vous n'êtes pas d'accord, je n'ai rien à y redire. Je continue à penser que l'une d'entre nous doit donner naissance à un ou deux enfants mâles, si nous voulons que notre communauté survive.

— Moi, je dis que nous devrions tenter de nouveau notre chance avec nos deux hommes », lança Ubaldina. Elle faisait référence à l'unique occasion, deux échelles auparavant, où Santiago Marín et Julio Morales s'étaient laissé convaincre de faire un effort pour féconder une femme de leur choix. Santiago avait opté pour Magnolia Morales, tandis que Julio, comme dans un échange de bons procédés, avait élu Amparo Marín, la plus jeune sœur de Santiago. Les deux jeunes femmes reçurent de leurs mères instruction de les traiter avec douceur, car Santiago et Julio ne seraient sensibles qu'à la tendresse et à l'amour. Les rencontres eurent lieu à la première lune décroissante de l'échelle, quand la probabilité pour les femmes de tomber enceintes était au plus haut. Magnolia et Amparo firent tout ce qu'elles pouvaient, et savaient, pour exciter leurs hommes respectifs, mais ni leur grâce ni leur gentillesse pour commencer, ni leur sensualité ni leur lubricité ensuite ne suscitèrent chez eux une quelconque réaction.

Rosalba rit avec affectation. « Allez-y, faites-le. Tentez de nouveau votre chance avec ces deux-là. » Elle écarta l'assiette qui contenait son petit déjeuner intact. À cet instant précis, Julia Morales s'approcha de leur table pour leur proposer une deuxième tournée de café frais.

« Le Míster doit partir aujourd'hui », déclara Cleotilde avec insistance. La main de Julia, celle qui tenait la cafetière, se mit à trembler, mais les conseillères étaient si absorbées dans leur discussion qu'elles ne remarquèrent même pas la présence de la jeune fille. « Mais nous devrions attendre le moment où les femmes seront au travail, après le petit déjeuner, faute de quoi son départ provoquera une émeute. »

L'infirmière Ramírez et Ubaldina indiquèrent d'un signe de tête qu'elles étaient d'accord avec Cleotilde. Cecilia resta immobile, neutre. « À vos risques et périls, en ce cas », dit Rosalba, levant les bras en l'air. Quant à Julia, elle disparut à toute vitesse par la porte de la cuisine.

Gordon leva les yeux et remarqua d'énormes nuages noirs qui envahissaient le ciel. Il était assis sur un banc de la place, son paquetage sur les genoux et ses bras posés dessus, comme un voyageur résigné qui attend l'arrivée du bus. Il s'était baigné et rasé, et il avait enfilé les vêtements propres que Julia lui avait lavés. Ses baskets aussi avaient été nettoyées par la diligente jeune fille, exhibant le logo Nike, une couleur bleu délavé et une usure considérable. Les cernes sombres sous ses yeux avaient disparu, et une saine couleur rose lui fleurissait les joues.

L'odeur de café fraîchement moulu persistait dans l'air, bien que le petit déjeuner fût terminé depuis longtemps. Le sien lui avait été livré de la cuisine Morales, et il était arrivé accompagné d'une petite surprise : un mot, plié avec soin, sous un gros pain de maïs. Le mot était de Julia. Il disait : « C'est aujourd'hui notre jour. »

Ainsi, quand Gordon vit Ubaldina apparaître à un coin de la place – son visage hostile empreint d'un sourire railleur –, avec à sa suite Rosalba, Cecilia, l'infirmière Ramírez et Cleotilde, il ne fut pas le moins du monde surpris.

« C'est l'heure, Míster ! » cria Ubaldina de loin. Elle lui fit signe de dégager avec le dos de sa main, de manière rapide et répétée. Gordon demeura immobile sur le banc, imperturbable, maître de lui, les yeux fixés sur la petite femme indienne tandis qu'elle approchait. Il savait que son sang-froid la mettrait mal à l'aise, et il décida donc que ce serait sa petite revanche, attendu l'hostilité continuelle et injustifiée qu'elle lui avait manifestée. Mais la femme, sentant que Gordon mijotait quelque chose, s'arrêta à quelques mètres de lui et lui fit la plus vilaine, la plus effroyable grimace dont elle était capable : ses yeux bridés jaillirent de leurs orbites ; sa bouche s'étira assez pour exhiber ses quatre ou cinq dents restantes – si pointues et séparées qu'elles paraissaient davantage destinées à servir d'armes qu'à mâcher – et sa longue langue sortit, se tordant de façon répugnante, rentrant et ressortant, comme celle d'un lézard.

Gordon trouva le spectacle amusant. « Je m'en vais maintenant, señora Ubaldina », annonça-t-il. Il posa son sac sur le banc et se leva. « Mais j'aimerais d'abord dire au revoir aux señoras derrière vous.

— Alors, vous feriez mieux de vous dépêcher, déclara Ubaldina sur un ton radouci. On dirait qu'il va pleuvoir. » Elle s'écarta et indiqua d'un geste poli à Gordon qu'il pouvait passer à côté d'elle sans crainte.

Il n'y eut rien d'extraordinaire dans les adieux du reporter. Il s'inclina respectueusement devant chacune des femmes, y compris Ubaldina, et leur fit un baisemain, en répétant « Gracias » à maintes reprises. Cecilia lui tendit une lettre qu'il était censée remettre à son fils, Ángel Alberto Tamacá, ainsi qu'un sac de nourriture aussi gros que sa tête. « Cela devrait vous faire deux ou trois jours. » Elle avait un ton et un air maternels. Gordon lui baisa la main une seconde fois. Il regagna le banc, empoigna son sac et se mit en route en direction de la colline. Les cinq femmes restèrent en bas. Avant d'entrer dans le fourré, Gordon regarda une fois de plus La Nouvelle-Mariquita, comme pour en fixer le souvenir dans sa mémoire et s'assurer qu'il ne l'avait pas rêvée. Sur le fond de ciel gris, le village ressemblait à une peinture multicolore. Il voyait chaque toit rouge, chaque maison blanche et chaque rue couleur de cendre, la place verte et l'église ivoire, les plantations de maïs, de riz et de café, et les femmes qui les cultivaient. Les branches des arbres les plus grands oscillaient dans le vent, et, un instant durant, Gordon crut voir chaque femme de La Nouvelle-Mariquita s'arrêter dans son travail pour agiter la main en signe d'adieu. Il agita la sienne en retour.

La pluie tombait à verse. Julia Morales releva sa robe ample au-dessus de ses genoux et traversa en pataugeant les eaux marron mêlées de feuilles et de branches que la pluie d'orage précipitait en bas de la butte. Elle transportait, attachés autour de la taille, un ballot de vêtements et un autre, plus petit, de nourriture qu'elle protégeait tous deux avec le bas de sa jupe retroussée. Elle portait aussi une machette dans son fourreau. Elle marchait vite, bien que personne ne fût à sa poursuite. Lorsqu'elle atteignit le sommet de la butte, Julia regarda derrière elle. Après cette journée, plus rien de ceci n'existerait ; elle ne monterait ni ne descendrait plus jamais les mêmes rues étroites bordées de simples manguiers. Au-delà du fourré, de l'autre côté du monde, il y aurait nombre de grandes villes aux milliers de larges avenues goudronnées, bordées de rangées d'arbres majestueux et d'édifices impressionnants. Ses sœurs, bien sûr, lui manqueraient, et sa mère surtout, cette femme aimante qui avait consacré la moitié de sa vie à veiller sur ses enfants. Mais Julia préférait qu'elles lui manquent affreusement plutôt que de finir comme ses sœurs, vieilles filles aigries vivant d'espoir en de meilleurs soleils, ou plutôt mourant avec eux.

La pluie tombait maintenant avec beaucoup de rapidité et de violence, lui cinglant le visage par à-coups. Julia se tourna face au chemin que Gordon avait taillé plus tôt ce matin-là. Si elle avait pu parler, elle aurait prononcé son prénom sur-le-champ. Elle l'aurait hurlé. Rien que pour l'entendre dire, une fois encore : « Je peux ouvrir un chemin pour toi, Julia, mais je ne peux pas t'aider à franchir le fourré. Cela, tu dois le faire toi-même. C'est seulement quand tu seras assez forte et courageuse pour passer de l'autre côté du monde que tu seras prête pour y vivre. » C'était un homme bon, Gordon. Un homme bon et honnête qui avait avoué ressentir quelque chose de très particulier pour Julia : une sorte d'amour impossible à décrire – même pour un écrivain comme lui – qu'il refusait d'étiqueter. Il avait promis à Julia d'offrir à leur relation une chance d'avenir, et de l'aider à commencer là-bas une nouvelle vie.

Avant de s'engager dans le chemin, elle regarda une dernière fois derrière elle : au milieu de la pluie torrentielle, son village s'était estompé et brouillé, indistinct désormais. Et à cet instant, devant ses yeux, La Nouvelle-Mariquita s'évanouit peu à peu, pour ne plus lui laisser voir que la flèche de l'église vide, qui bientôt disparaîtrait.

Julia pivota de nouveau, mais au lieu de suivre le chemin de Gordon, elle s'en écarta, vers la droite, jusqu'à ce qu'elle se trouve elle-même face au fourré, à ce bouquet dense d'arbres et d'arbustes qui, des échelles durant, lui avait barré le chemin d'une nouvelle vie. Elle tira alors la machette de son fourreau et en éprouva le tranchant sur le dos de sa main ; puis elle leva la longue lame au-dessus de sa tête, par-dessus son épaule droite, et s'attaqua résolument à la végétation hostile, ouvrant son propre chemin.

Germán Augusto Chamorro, 19 ans
Simple soldat de l'Armée nationale colombienne

JE ME CACHAIS EN FACE DE L'ARBRE, derrière les buissons, quand je vis un guérillero venir dans ma direction. Il avait une tête de plus que moi et il était musclé, c'était un dur. Il marchait lentement, regardant à droite et à gauche, comme s'il voulait assouplir sa nuque. Je pensai que c'était mon jour de chance, car l'homme était debout devant moi. Tout ce que j'avais à faire, c'était appuyer sur la détente, et ce pays compterait un guérillero de moins. J'attendis, cependant. Je voulais m'assurer que ce n'était pas un sale tour de la guérilla, et qu'il était vraiment seul. Soudain, l'homme fondit en larmes. Juste comme ça. Ce gros dur laissa tomber par terre son Galil, s'assit le dos contre un arbre et enfouit son visage dans ses mains, pleurant comme une femme. Je l'observais, en silence, me demandant pourquoi il s'était séparé de son escouade ou s'il avait simplement cherché un endroit assez sûr pour pleurer (cela nous arrive de temps à autre, à nous les hommes) ?

J'attendis assez longtemps et puis criai : « Haut les mains ! » Le guérillero leva les mains. Je m'approchai de lui avec circonspection. Il avait l'air terrifié. « Vous pleurez, criai-je avec dureté, comme si je l'accusais de quelque chose d'affreux. Pourquoi ? » Le guérillero ne répondit pas. Je reculai d'un pas et abaissai mon arme. « Pourquoi est-ce que vous pleurez ? » insistai-je, d'une voix étonnamment douce cette fois. Il me répondit que sa mère était morte. Il y avait trois mois, mais il venait seulement de l'apprendre. « Vous voulez que je croie à ces salades », rétorquai-je en levant mon fusil. Il secoua la tête et me demanda la permission de fouiller dans sa poche, où, disait-il, il avait une lettre de sa sœur. « D'accord », dis-je. Il lança à mes pieds un bout de papier plié, que je ramassai et lus. « Je suis désolé », fis-je. Puis je lui racontai que je n'avais pas connu ma mère, qu'elle m'avait abandonné sur un banc d'église quand j'étais âgé de trois jours. Il me dit que la même chose était arrivée à son père, et se mit à me relater cette histoire comme si nous étions de vieux amis. Bientôt je me retrouvai assis par terre, sous l'arbre, à côté de lui, à écouter son récit, et à lui narrer le mien. Nous avons ri de nous-mêmes, de la guerre, de la vie, de nos armes qui restèrent un moment oubliées sur l'herbe.

Soudain, nous avons entendu des pas approcher. Nous avons attrapé nos fusils. J'ai grimpé dans l'arbre, et il a été prompt à me suivre. Une fois seulement que nous nous sommes trouvés là-haut, nous nous sommes aperçus que nous n'étions pas seuls, qu'il y avait un autre homme, un paramilitaire. Pendant tout ce temps, il était resté caché dans son uniforme vert, sous son chapeau de ranger, à nous observer et à écouter nos récits. Il nous a souri, a baissé son fusil et posé la main sur son cœur en signe de paix. Il nous fallait faire confiance à ce sourire, à cette main, à ce geste. Nous ne pouvions rien faire d'autre.

Nous nous sommes figés tous les trois, retenant notre souffle, nos mentons juste assez rentrés dans la poitrine pour voir quatre hommes en uniformes verts crapahuter dans les broussailles en dessous de nous. Étaient-ce des soldats de l'armée régulière ? Des guérilleros ? Des paramilitaires ? Nous ne l'avons jamais su, et les avons laissés passer sains et saufs.

D'en haut, tout ce que nous voyions, c'étaient quatre hommes, des hommes comme nous, qui s'enfuyaient, en quête d'endroits assez sûrs pour pleurer.

14

Les hommes qui demandèrent une seconde chance

La Nouvelle-Mariquita, le 13 Eloísa, échelle 1993

L'AUBE SE DISSIPAIT LENTEMENT AU-DESSUS DE L'ÉTROITE VALLÉE, et la lune brillait encore au firmament. Dans la maison numéro un, qui occupe tout le pâté de maisons où la mairie et le poste de police se trouvaient autrefois, quinze couples féminins dormaient paisiblement dans l'intimité des compartiments qui leur avaient été alloués. Soudain, dans celui situé près de la porte, Virgelina Saavedra se réveilla, effrayée.

« Magnolia », dit-elle avec douceur à sa compagne, sa voix fraîche résonnant dans la pièce vide. Leur compartiment n'était meublé que d'un grand lit en planches, surmonté d'un matelas de fabrication artisanale, bourré de coton et de paille.

« Qu'est-ce qu'il y a ? répondit Magnolia ensommeillée.

— Tu n'as rien entendu ?

— Non. »

Virgelina alla à la fenêtre et scruta l'extérieur. « Je vois des ombres qui font le tour de la place.

— Ce doit être des chiens.

— Et j'entends des voix.

— Moi, je n'entends que la tienne. Recouche-toi.

— Des voix d'hommes. »

Effrayée, Magnolia se hâta de s'asseoir. Virgelina et elle, main dans la main, écoutèrent ensemble les bruits sourds, indistincts, portés par le vent.

Pendant ce temps, de l'autre côté, dans la maison numéro deux, où se trouvait autrefois l'infirmerie et le vieux salon de coiffure, trente et une femmes et Santiago Marín dormaient à poings fermés.

La maison numéro deux est une longue et immense pièce sans autres cloisons que quelques rares meubles. À l'arrière du bâtiment sont suspendus trois rangs de hamacs, légèrement espacés les uns des autres. Ces hamacs sont attachés à des pitons fichés dans de solides poteaux qui servent également à consolider l'ossature de la maison. Les pitons ont aussi un autre emploi : y sont accrochés les paniers ou les sacs qui contiennent les seuls effets personnels des villageoises – bracelets, colliers, pièces de tissu utilisées pendant la Transition, vêtements (le cas échéant), photos et autres souvenirs d'un autre temps qui évoquent aux femmes leurs chers disparus.

Les habitantes de la maison numéro deux étaient les plus jeunes de la communauté (toutes célibataires et chahuteuses), plus Santiago Marín et sa mère Aracelly, les responsables de la cuisine. Le dortoir avait été installé tout à fait à l'arrière du bâtiment, de façon à ce que le bavardage continuel des plus jeunes filles ne puisse être entendu depuis les deux autres maisons. Peut-être est-ce la raison pour laquelle, ce matin du 13 Eloísa 1993, personne dans la maison numéro deux n'entendit ni ne vit les hommes revenir.

Un peu plus tard, dans la maison numéro trois, en face de l'église, Cleotilde Guarnizo réveilla Ubaldina, qui dormait dans le hamac situé à côté du sien. Ubaldina grommela quelque chose d'inintelligible, et se retourna sur le côté. « Fais ton devoir envers la communauté. Lève-toi immédiatement, gronda Cleotilde.

— Ça va, ça va. Je me lève », répliqua Ubaldina. Elle bâilla et se gratta la tête. Huit petites photos encadrées de la même façon étaient accrochées au mur devant elle. C'était la famille d'Ubaldina : ses sept beaux-fils et son mari, tous emmenés par les guérilleros. Elle s'approcha de la première photo et poussa un soupir. En face d'elle, son plus jeune beau-fils, Campo Elías Restrepo Jr., souriait en découpant un gâteau tristounet. « Mon bébé joli, écoute-moi, murmura-t-elle. Ne va jamais te coucher sans réciter les prières indiennes que je t'ai apprises. » Elle longea lentement le mur, chuchotant un conseil maternel à chacune des sept premières photos. « Pense à te laver les dents. » « Mange des légumes. » « Ne te ronge pas les ongles. » « Dors suffisamment. » « Garde le sourire. » « Surveille tes frères. » Quand elle arriva à la dernière, la photo de son mari, elle dit : « Repose en paix. »

« Dépêche-toi ! hurla Cleotilde à l'autre bout de la rangée. Tu me mets dans une mauvaise position. » Cleotilde était maintenant trop âgée et trop faible pour actionner la cloche de l'église. Son horloge biologique, cependant, était restée intacte, et il lui incombait désormais de s'assurer que quelqu'un, n'importe qui, sonnerait la cloche en temps et en heure, tout le long du soleil. Ce jour-là, pour le troisième matin consécutif, Cleotilde avait choisi Ubaldina pour signifier, en carillonnant, à la communauté qu'il était l'heure de se lever et de se préparer à aller travailler.

Un court instant, Ubaldina eut envie de protester contre la manière injuste dont la vieille Cleotilde la traitait. Pourquoi est-ce qu'elle ne pouvait pas trouver quelqu'un d'autre pour sonner les cloches le matin ? « J'y vais », dit-elle calmement, puis elle enfila un poncho de grosse toile et attrapa une lampe. En marchant entre les deux rangées de hamacs occupés par des femmes qui dormaient en ronflant, Ubaldina fut soudain envahie par la nostalgie de sa propre maison, ou du moins de sa propre chambre. À la prochaine réunion, elle parlerait à la communauté tout entière de ce besoin de plus en plus grand d'intimité qu'elle avait. Elle pouvait presque entendre la réponse : « À quoi sert une maison coopérative, si ses habitantes vivent dans un espace individuel ? L'intimité n'est justifiée que pour les couples. » Si seulement son histoire avec Mariacé Ospina avait bien tourné, elles auraient toutes les deux partagé une chambre individuelle dans la maison numéro un. Mais après avoir essayé en vain à deux reprises de faire l'amour à Mariacé, Ubaldina avait décidé qu'elle était tout simplement incapable d'aimer une autre femme. Pas de la façon dont Eloísa et sa Ticuticú s'aimaient.

Elle traversa l'autre partie de l'énorme maison et ouvrit en grand la porte d'entrée. Il y avait, debout de l'autre côté de la rue, quatre silhouettes qui l'effrayèrent, on aurait dit des fantômes. Elle leva sa lampe d'une main tremblante. « Qui est là ?

— Bonjour, señora », répondit la silhouette sur la gauche, d'une voix masculine, gutturale. Il enleva ce qui se révéla être un chapeau, en signe de respect. « Désolé de vous déranger si tôt, mais…

— Si vous êtes des guérilleros ou des paras, vous vous trompez d'adresse, les interrompit-elle. Y a pas d'hommes ici. » Elle regretta immédiatement ces derniers mots. Pour des hors-la-loi, un village de femmes était certainement une cible facile.

« Nous ne sommes ni l'un ni l'autre, señora. Nous sommes de braves gens.

— Combien ça veut dire, "nous" ? Où se cachent les autres ? » Elle regarda derrière eux, clignant des paupières de manière répétitive.

« Y a que nous. Juste nous quatre.

— Oui, oui, marmonna-t-elle d'un air soupçonneux, continuant à regarder alentour. Qu'est-ce que vous voulez ?

— Nous nous sommes perdus, señora. Nous cherchons Mariquita. Est-ce que vous pouvez nous indiquer le chemin ? »

La question de l'homme lui fit peur et son cœur se mit à battre la chamade. « Non », dit-elle instinctivement, pensant qu'ils étaient sans doute envoyés par ce pervers de padre Rafael. « Et qui êtes-vous ?

— J'm'appelle Ángel Alberto Tamacá », répondit le même homme, le visage à peine visible. Le nom rappelait quelque chose à Ubaldina, mais avant qu'elle puisse le situer, un autre individu prit la parole d'une voix plus jeune, plus mélodieuse.

« David Pérez, dit-il, touchant de la main le bord de son chapeau.

— Moi, c'est Jacinto Jiménez Jr. », dit le troisième. Il se contenta de lever la main en l'air, pour montrer où il se trouvait.

« Et je suis Campo Elías Restrepo, votre serviteur », dit le dernier, inclinant sa tête coiffée d'un chapeau.

En entendant ce nom, Ubaldina sentit une décharge électrique lui traverser le corps. Elle écarquilla les yeux pour mieux voir, mais la lueur vacillante de sa lampe ne lui permit d'apercevoir qu'une mince silhouette. Ce n'est pas possible, pensa-t-elle. Ce doit être une coïncidence, une erreur. Elle traversa lentement la rue, tenant sa lampe en l'air, espérant bien ne rien reconnaître dans les quatre formes enveloppées par le brouillard matinal. À mesure qu'elle approchait, celles-ci prirent un aspect nettement humain. Un bras maculé de poussière apparut ici, une jambe là, puis des torses et des visages à demi éclairés qui présentaient une certaine ressemblance avec des hommes qu'Ubaldina avait connus autrefois. Elle obliqua légèrement vers la droite, en direction du dernier homme, voulant le voir nettement. Il était plus âgé que les autres, voûté et porteur d'une barbe blanche, la lèvre inférieure proéminente, les yeux enfouis sous d'énormes sourcils en broussaille. Et, malgré son chapeau enfoncé sur son front, on apercevait une cicatrice en forme de tilde au-dessus de son sourcil gauche. Une cicatrice ancienne, Ubaldina le savait, due à un jet de pierre dans une bagarre de rue quand il était plus jeune. Elle avait souvent entendu raconter cette histoire par le même homme qui se tenait maintenant devant elle, âgé et à moitié cassé, son mari.

La lampe lui échappa dans un bruit de verre et, tremblant de tous ses membres comme si elle avait froid, elle repartit à reculons, maladroitement, trébuchant sur des objets invisibles, ses pas lourds résonnant dans le silence de l'aube. Quand elle eut atteint la maison, elle prit appui sur la porte et dit d'une voix basse, suppliante : « S'il vous plaît, allez-vous-en. »

Troublés par son comportement, les quatre hommes ne répondirent pas.

« Allez-vous-en, s'il vous plaît. »

Ils restèrent immobiles.

« Allez-vous-en », répéta-t-elle inlassablement, d'une voix de plus en plus forte. Sa supplique se transforma en un cri strident qui réveilla la communauté tout entière, à l'heure pile.

La plupart des villageoises de Mariquita reconnaîtraient que, des treize barreaux de l'échelle, Eloísa était le plus agréable. La saison des pluies est passée, mais la saison sèche n'a pas encore commencé. Les températures sont d'une agréable douceur. Les feuilles des arbres sont d'un vert irrésistible. Le matin, l'air est plein de la fraîcheur de la rosée, et les senteurs d'herbe et de fleurs sauvages flottent sur le village. Pendant le barreau d'Eloísa, la cuisine, à La Nouvelle-Mariquita, se fait le plus souvent en plein air. Au lever du soleil, après que la cloche de l'église a sonné la première série de coups, trois grands feux de bois sont allumés au milieu de la place. Trois cuisinières (une pour chaque bâtiment) et leurs aides apportent à l'extérieur de la pâte à pain de maïs, des œufs, des oignons hachés et des tomates. De nombreuses casseroles et poêles sont placées sur le feu. On prépare du café, on façonne et on grille des arepas, on fait cuire des omelettes. Deux séries de cinq coups invitent les villageoises à venir prendre le petit déjeuner. Les quatre-vingt-treize personnes s'accroupissent autour des casseroles. Le petit déjeuner est servi dans de la vaisselle en terre artisanale de grande qualité. Certaines mangent avec les doigts, ou en portant leur assiette à leurs lèvres ; d'autres utilisent des ustensiles en bois sculpté. Certaines récitent un bénédicité à leurs dieux, d'autres se racontent le rêve qu'elles ont fait la nuit précédente. Certaines écoutent, d'autres rient. La cloche de l'église sonne une nouvelle fois, et les villageoises se mettent en route pour rejoindre leur poste de travail.

Le 13 Eloísa 1993, les trois feux destinés au petit déjeuner ne furent allumés que lorsque le soleil fut plus haut dans le ciel, et que le tumulte causé par le retour des quatre hommes se fut apaisé.

Tout de suite après avoir entendu les hurlements frénétiques d'Ubaldina, les villageoises s'étaient précipitées hors de chez elles. Tamacá, Pérez, Jiménez et Restrepo commencèrent par entendre leurs cris stridents, puis virent les femmes surgir des quatre coins de la place, nues, brandissant des gourdins et des foënes. Les hommes se rapprochèrent les uns des autres, chacun tourné dans une direction différente, faisant face à un groupe différent de créatures déchaînées, pour finalement se retrouver ahuris au milieu d'un grand cercle que ces femmes aux allures de sauvages avaient formé autour d'eux. Tamacá et Pérez se croyaient au milieu d'une authentique tribu d'Indiennes en colère. Jiménez pensait qu'il avait des hallucinations dues à son épuisement et à sa grande faiblesse. Restrepo était trop sous le choc pour penser quoi que ce soit.

Les villageoises se mirent à tourner autour des envahisseurs silencieusement et avec circonspection, scrutant leurs visages comme si ces hommes appartenaient à une race différente dont elles ignoraient l'existence. Soudain, Cecilia Guaraya, qui venait juste d'apercevoir Ángel Tamacá, laissa échapper sa foëne, et porta ses mains à son visage en un geste théâtral.

« Ángel ! » hurla-t-elle, faisant quelques pas vers lui. Elle l'avait reconnu au premier regard, malgré le creux profond, là où se trouvait autrefois l'œil droit d'Ángel, qui donnait maintenant à ce côté de son visage une allure squelettique. Il était devenu chauve, mis à part quelques cheveux qui frisottaient bizarrement sur ses tempes. Il portait de pauvres vêtements, en lambeaux, dégoûtants, mouillés d'un mélange de transpiration et de rosée nocturne. « Ángel Alberto ! » cria-t-elle une nouvelle fois, rien que pour s'assurer que toutes les femmes présentes entendaient la bonne nouvelle : qu'après autant d'échelles l'ancien instituteur de Mariquita, son fils, était revenu de la guerre. « C'est moi, ta mère ! Tu ne me reconnais pas ? »

Il secoua la tête et fit un léger mouvement en arrière. Qui était cette folle qui prétendait être sa mère ? Qui étaient ces Indiennes toutes nues qui se pressaient autour de lui ? Pourquoi avaient-elles l'air tellement surprises de le voir ? Où était-il donc ?

« Je suis ta mère, Ángel, répéta-t-elle, Cecilia Guaraya. »

Ángel inspecta avec soin son visage. Et puis soudain, il l'enlaça et fondit en larmes. « Je te demande pardon, mamá », dit-il en sanglotant, les larmes ruisselant de son œil unique. Cecilia ne pleura pas, ne répondit rien. Elle le tenait simplement serré contre elle, et le berçait tandis qu'il pleurait. Son pauvre fils avait passé la moitié de sa vie à se battre pour une cause perdue, et la seule relique qui en témoignait, c'était l'orbite de ce qui avait été son œil droit.

Les villageoises se rapprochèrent, témoignant un intérêt croissant.

« Jacinto Jiménez, c'est bien toi ? » demanda Marcela, après avoir regardé plus attentivement le fils de l'ancien maire de Mariquita. « Je suis Marcela, Marcela López. » Elle n'arrêtait pas de se frapper la poitrine avec la paume de la main, puis elle l'embrassa sur la bouche, comme si ses baisers étaient la seule chose qui puisse rappeler son souvenir à l'homme abasourdi. Quand Jiménez eut fini par comprendre qu'il était dans son village natal, et que la femme qui l'embrassait était en fait sa fiancée, son premier réflexe fut de couvrir le corps dénudé de Marcela avec sa chemise à lui. Il ne voulait pas que les trois autres hommes puissent voir les seins et les courbes avantageuses de sa chérie. Elle accepta la chemise de bon cœur, mais refusa de la boutonner. Cela contraria Jiménez et provoqua la première dispute du couple.

Marcela fut mécontente de constater que seul le physique de son fiancé avait changé : il avait grandi, son visage était plus émacié, et son corps paraissait plus robuse dans le tee-shirt sans manches qu'il portait. Ses cheveux étaient moins épais, il commençait à se dégarnir, et sa peau gardait les marques d'une surexposition au pernicieux soleil des tropiques. Mais le caractère de Jacinto était resté le même : il était toujours coléreux, jaloux et possessif.

Les villageoises identifièrent dans la foulée les deux autres hommes : David Pérez, le petit-fils de la vieille Justina Pérez, et Campo Elías Restrepo, le mari d'Ubaldina, l'un de ceux qui étaient autrefois les plus riches de Mariquita. Rosalba prit tout de suite les choses en main : « Bienvenue à Mariquita. Je suis Rosalba viuda de Patiño. Vous vous souvenez de moi ? J'étais l'épouse du brigadier Napoleón Patiño. » Quelques autres se présentèrent, mais la plupart choisirent de rester silencieuses. Les hommes se contentaient de hocher la tête, ayant le plus grand mal à relier les silhouettes nues bien en chair qu'ils avaient en face d'eux aux femmes dont ils avaient gardé le souvenir.

Après avoir renoué avec les hommes, les villageoises commencèrent à se sentir plus à l'aise dans leurs rapports avec eux ; et, au bout d'un moment, elles s'assirent par terre pour entendre certains récits émouvants que leurs visiteurs faisaient de leurs expériences, leur poser quelques questions et répondre aux leurs. Jiménez fut triste d'apprendre que sa mère et ses deux sœurs avaient quitté Mariquita peu après la disparition des hommes. Pérez fut heureux de découvrir que sa grand-mère Justina, la veuve Pérez, bien que terriblement âgée, handicapée par l'arthrite et frappée de démence sénile, était encore en vie. David Pérez, qui avait maintenant vingt-neuf ans, était devenu un bel homme : de haute taille, avec de grands yeux et un teint olivâtre. Son visage allongé et ses cheveux ondulés, plaqués en arrière, lui donnaient une allure certaine, presque élégante, qui le distinguait des trois autres.

À midi, on servit un repas consistant de légumes bouillis, de riz et de viande séchée. Jacinto Jiménez Jr. s'assit à côté de sa fiancée obstinée, ne lui adressant toujours pas la parole ; et David Pérez, à côté de sa grand-mère qui avait besoin qu'on la fasse manger à cause de ses doigts déformés. Ángel Tamacá s'installa auprès de sa mère, serrant ses genoux et les appuyant sur son torse étroit, fixant le sol avec l'œil triste qui lui restait. La nudité de sa mère le mettait mal à l'aise, amplifiée qu'elle était – gonflée, alanguie, poisseuse – par la chaleur. Cecilia, qui au départ n'avait pas prononcé deux mots, était devenue particulièrement bavarde et, à chaque phrase qu'elle prononçait, la bouche d'Ángel s'affaissait davantage : « ... et c'est comme ça que le padre Rafael a élaboré un plan absurde pour faire l'amour à toutes les jeunes femmes... Il a empoisonné les quatre jeunes gens en se réclamant de Dieu... Nous avons adopté le concept de temps féminin, et... » Ángel demeurait assis là, silencieux et impassible, pensant : Mais qu'est-il donc arrivé au Mariquita que je connaissais ? « ... Quand Francisca et moi, nous nous sommes rendu compte que nous étions amoureuses l'une de l'autre, nous avons décidé... » Mais qu'est-il arrivé à ma mère ?

Placé entre Rosalba et l'infirmière Ramírez, Campo Elías Restrepo se trouva submergé par l'odeur âcre que dégageait le corps des deux femmes. Certes, il ne sentait pas la rose lui-même, mais il avait fait un énorme trajet à pied, sous un soleil ardent, franchissant des pentes escarpées et des broussailles épaisses. Ces femmes venaient juste de commencer leur journée et sentaient déjà l'étable.

Restrepo était en colère. Sa femme s'était enfermée dans la maison, et refusait catégoriquement de sortir et venir le rejoindre. Il était pour elle un porteur de tristes nouvelles : son plus jeune beau-fils, Campo Elías Restrepo Jr., s'était noyé quelques années auparavant, le radeau sur lequel son ami et lui avaient fui la guérilla ayant chaviré après avoir été pris dans un tourbillon. Ubaldina n'était pas là quand il l'avait annoncé aux villageoises, un peu plus tôt. Restrepo pensait qu'Ubaldina l'avait appris par quelqu'un d'autre, et qu'elle le tenait pour responsable de la tragédie. Peut-être devrait-il entrer furtivement dans la maison et lui faire face. Ou peut-être devrait-il attendre, la laisser exprimer son chagrin, puis lui demander d'assumer à nouveau ses devoirs d'épouse.

À l'intérieur de la maison numéro trois, Ubaldina était couchée dans un hamac. Elle avait en effet déjà eu connaissance de la terrible nouvelle concernant son beau-fils, et contemplait la photo du jeune homme accrochée sur le mur en pleurant doucement. Pourquoi était-ce arrivé à son gentil petit garçon, et non à son mari ?

Le mariage d'Ubaldina avait été une imposture. Elle travaillait comme domestique chez les Restrepo quand la femme de Campo Elías était morte. Il l'avait trompée en l'épousant : il ne cherchait qu'à s'assurer les services d'une nounou, d'une bonne et d'une cuisinière. Ubaldina s'en était rendu compte très peu de temps après leur mariage, mais, au lieu de se lamenter, elle s'était dévouée à ses sept fils, qui tous avaient grandi en s'attachant à elle comme si elle était leur vraie mère. Campo Elías, quant à lui, se dévouait aux douze pensionnaires de La Casa de Emilia, où il passait la plupart de ses soirées. En fait, c'était là que les guérilleros l'avaient trouvé, le soleil fatal où les hommes avaient été emmenés.

Et maintenant, après toutes ces échelles, voilà qu'elle devait non seulement faire face à la mort de son beau-fils, mais aussi au retour de son mari.

Les quatre hommes passèrent leur première nuit dans l'ancienne église de Mariquita. Rosalba et sa compagne Eloísa leur donnèrent des hamacs, des couvertures, des chiffons, des seaux d'eau et une lampe. Elles expliquèrent aux hommes comment extraire une bûche chaude du feu qui brûlait sur la place et l'installer sous le hamac avant de se coucher, pour avoir chaud la nuit durant. Dès que les deux femmes eurent tourné les talons, les hommes échangèrent en toute franchise leurs premières impressions sur La Nouvelle-Mariquita.

« Bon Dieu, c'est vrai que je ne m'attendais pas à ce que toute une bande de femmes arrive à faire tourner le village, dit Restrepo d'un ton méprisant, mais je ne m'attendais pas non plus à ce qu'elles fassent de Mariquita un endroit sinistré et à ce qu'elles régressent à ce point. Elles vivent comme des sauvages. On va avoir du boulot, si l'on veut rendre cet endroit vivable.

— Tous ces changements ne m'emballent pas, dit David Pérez d'un ton tranquille. Mais je ne crois pas non plus que cela soit si catastrophique. Bien sûr, elles mènent une vie simple...

— Tu appelles ça une vie simple ? lança Jiménez, lui coupant la parole. Elles passent leur temps à se trimbaler à poil. Et tu les as vues se tenir par la main et se faire des câlins ? Foutues lesbiennes ! Je suis d'accord avec Restrepo : on a beaucoup à leur apprendre.

— Vous êtes dingues de penser qu'on peut leur apprendre quoi que ce soit, rétorqua Ángel Tamacá. Elles se débrouillent très bien sans nous. De plus, qui sommes-nous pour nous repointer au bout de seize ans, et leur demander de changer leur façon de vivre ?

— Qui sommes-nous ? jeta Jiménez d'un ton cassant. Nous sommes les seuls survivants mâles de ce foutu village. Voilà qui nous sommes ! Mariquita nous appartient, et il faut que nous reprenions les commandes.

— On n'a aucun autre endroit où aller, fit observer Pérez. Et on est considérés comme des criminels partout dans le pays. On ferait peut-être mieux d'essayer simplement de s'adapter à la vie d'ici.

— J'ai eu ma dose d'adaptation dans cette putain de guérilla, répliqua, furieux, Jiménez. C'est pas une femme qui va me donner des ordres. Je préférerais accepter l'amnistie du gouvernement. Au moins, comme ça, je pourrais apurer ma situation et vivre dans un lieu où les femmes respectent les hommes et leur obéissent !

— Vas-y. Accepte-la, l'amnistie, lança Tamacá avec un sourire forcé. Déménage à Bogotá, et laisse-toi fourrer dans un trou à rats. Laisse-les apurer ta situation, et puis te jeter à la rue pour que tu te fasses buter ou que tu meures de faim. Tu crois vraiment trouver à Bogotà quelqu'un prêt à te louer une chambre ? Ou à te donner du boulot ? Ou simplement à faire ami-ami ? Au moment où ils découvriront qu'il y a seulement quelques mois tu faisais sauter des ponts et des pipe-lines, que tu tuais les Indiens et les paysans qui soutenaient les paras, ils penseront que tu ne vaux guère mieux qu'une merde de chien.

— Le fond de l'affaire, c'est que nous sommes ici, dit Campo Elías Restrepo, en s'interposant. Et maintenant, qu'est-ce qu'on fait ? »

Cette question fut suivie d'un long silence contemplatif qui dura jusqu'au matin suivant.

Pendant ce temps, à l'arrière de la maison numéro deux, les villageoises s'étaient réunies pour soutenir moralement Ubaldina et échanger leurs premières impressions sur le retour des hommes.

— Je refuse absolument de le rencontrer, expliqua Ubaldina. C'était un mari et un père qui nous maltraitait. Il ne mérite ni moi-même ni aucun de ses fils. » Elle fondit en larmes.

« Mais tu ne lui as pas adressé la parole, Ubaldina, dit la veuve Morales d'une petite voix respectueuse. Peut-être est-il devenu un autre homme depuis qu'il a perdu un de ses fils. » Doña Victoria savait de quoi elle parlait. Le départ inattendu de sa fille l'avait transformée. Julia lui manquait beaucoup et elle continuait à pleurer toutes les nuits, comme si elle venait d'apprendre la nouvelle, mais cette absence, avait-elle coutume de dire, avait fait d'elle une meilleure mère pour ses trois autres filles.

« Mais je suis devenue une femme différente, moi aussi, rétorqua Ubaldina, sur le ton du défi.

— La question principale est de savoir combien de temps les hommes ont l'intention de rester ici, lança la vieille señorita Guarnizo, dans un souci d'apaisement.

— Non, répliqua Ubaldina. La question principale est de savoir combien de temps nous leur permettrons de rester ici.

— Tu peux souhaiter que ton mari s'en aille, Ubaldina, objecta Cecilia, mais je veux avoir mon fils auprès de moi. » Puis, s'adressant à Marcela López, elle demanda : « Est-ce que tu n'as pas envie que ton fiancé reste ?

— Attendez, s'il vous plaît ! » intervint Rosalba, avant que Marcela ait eu le temps de répondre. Pour l'instant, le débat n'a pas lieu d'être. On ne peut pas être sûres qu'ils aient l'intention de rester. D'abord, il faut leur montrer ce que nous sommes devenues. Nous avons notre organisation et nos règles à nous. Ils préféreront peut-être partir. »

Cecilia suggéra qu'on laisse aux hommes un barreau entier pour étudier la communauté. L'infirmière Ramírez parla, elle, de dix soleils, et Ubaldina, pour sa part, de seulement cinq. Mais ce fut Santiago Marín, lui qui d'ordinaire n'ouvrait pas la bouche, qui clôtura la réunion en convainquant l'assistance tout entière que trois soleils, un par maisonnée, étaient une durée suffisante pour permettre aux hommes de se familiariser avec la communauté, et réciproquement. Dans le cas où l'on constaterait un intérêt mutuel, les deux parties pourraient négocier une prolongation de séjour.

La communauté de La Nouvelle-Mariquita n'a ni chef ni conseil. Les principales décisions sont adoptées par consensus, selon un processus de démocratie participative globale qui accorde une voix à chacune des quatre-vingt-treize résidentes. Les décisions mineures sont prises par la responsable de chaque secteur. Par exemple, chaque maisonnée a une responsable des repas et une aide. Elles préparent les trois repas et s'assurent que leurs compagnes ont assez à manger. Les denrées alimentaires sont équitablement réparties entre chaque cuisine par la responsable de l'entrepôt, qui est également chargée de battre ou vanner les céréales, de sécher les surplus éventuels de viande et de poisson, et de stocker toutes sortes d'aliments dans de grandes jarres d'argile. Les produits fermiers sont collectés et apportés à l'entrepôt de la même manière par la responsable de la ferme. Celle-ci gère la ferme communale, les plantations et les récoltes, et, avec l'aval de la communauté, décide des produits à cultiver ou du type d'élevage à développer. Chaque poste de responsable, chaque tâche ou corvée, si minime soit-il, fait l'objet d'une rotation entre les villageoises chaque barreau. De la laine et du coton sont alloués aux femmes âgées, qui sont chargées du filage ou du tissage.

Chacun agit sous sa propre responsabilité, mais si une femme (ou Santiago Marín) a un problème, elle est incitée à faire appel à la procédure du consensus communautaire.

Les quatre hommes, réglés encore sur les horaires des guérilleros, se levèrent peu après l'aube. Ils utilisèrent les chiffons et l'eau pour se laver le visage et se nettoyer le corps, et, après avoir revêtu une fois de plus les habits malodorants qu'ils portaient depuis qu'ils s'étaient enfuis, s'assirent sur les marches de l'église, regardant en silence le village afficher des formes et des couleurs distinctes, à mesure que le soleil se mettait à briller.

La place était encore quelque peu obscure quand la porte d'une maison située juste en face des quatre hommes s'ouvrit, et une silhouette apparut. Une longue pièce de tissu blanc la recouvrait complètement, qui, vue de loin, la faisait ressembler à une apparition, et, telle une apparition, elle traversa la place à pas lents en direction de l'église. Comme elle s'approchait d'eux, elle baissa rapidement la tête, pressa le pas, et entra dans l'église par la porte de derrière. Les quatre hommes se regardèrent et haussèrent les épaules, incapables d'expliquer cette conduite étrange. La femme fit sonner la cloche de l'église, et ne tarda pas à réapparaître. Cette fois-ci, Restrepo se leva et la suivit, pensant qu'il s'agissait de sa femme. Elle marchait vite, mais Restrepo fut plus rapide et parvint à la rattraper. Il l'empoigna pour l'empêcher de se dégager, et tira violemment sur le tissu, la déshabillant de force. Mais ce n'était pas sa femme qui se tenait là, nue, devant lui : c'était la veuve Morales, et elle poussait des appels à l'aide hystériques.

Des femmes sorties des trois maisons se dépêchèrent de se porter au secours de la veuve déshonorée. Elles l'enveloppèrent promptement dans le tissu blanc dont elle était revêtue auparavant, et, tout aussi promptement, l'emmenèrent dans la maison numéro un, qui était la plus proche.

Peu après, la cloche de l'église se mit à sonner avec insistance, appelant à une réunion d'urgence. Les portes des trois maisons s'ouvrirent toutes grandes pour laisser passer trois bataillons de femmes nues qui se dirigèrent résolument, et dans un silence absolu, vers les hommes. Ce spectacle inattendu et menaçant les incita à se lever sur-le-champ et à faire bloc. Ils étaient là, parfaitement droits et muets, comme si on avait sonné le rassemblement, et regardaient, haletants, les femmes qui se rapprochaient de plus en plus, et finirent par s'arrêter à peine à quelques mètres d'eux.

« S'il vous plaît, laissez-moi expliquer ce qui s'est passé », se hâta de dire Restrepo. Il paraissait tendu et scrutait le groupe, cherchant Ubaldina. Elle ne pouvait guère avoir beaucoup changé.

« Ce n'est pas la peine d'expliquer quoi que ce soit, señor Restrepo », répliqua Rosalba, sûre d'elle. Elle se tenait au premier rang. « Nous savons exactement ce qui s'est passé et ce qui l'a provoqué. Cela dit, nous ne tolérerons pas qu'un étranger déshabille de force l'une d'entre nous, quelles que soient ses raisons. Le village dans lequel vous viviez autrefois n'existe plus, voyez-vous. Vous êtes maintenant à La Nouvelle-Mariquita, une communauté entièrement féminine, indépendante, qui a… des caractéristiques sociales, culturelles et économiques particulières et des liens étroits avec la nature. » C'était la définition qu'elle avait élaborée il y a peu, alors qu'elle essayait de s'expliquer à elle-même ce que le village était exactement devenu. Mais c'était la première fois qu'elle l'énonçait à voix haute. Il lui semblait qu'elle sonnait bien et ne manquait pas de relief. Rosalba n'aurait pas pu trouver une plus belle occasion de s'en servir. « Le fait est que nous n'envisagerons pas une seconde d'accueillir l'un de vous au sein de notre communauté si nous ne sommes pas certaines qu'il y a sa place et qu'il souhaite se conformer à nos usages, nos idéaux et nos règles. » Elle examinait chaque homme l'un après l'autre en parlant, s'efforçant de les considérer de la manière le plus neutre possible ; c'était une femme équitable. « Et si l'on commençait par vous, señor Jiménez ? Dites-nous ce qui vous amène, et ce que vous attendez de nous. »

Jacinto Jiménez Jr. fit un demi-pas en avant. Il était le plus grand et le plus musclé des quatre. Il regarda d'abord ses camarades, puis les villageoises, pour finalement décider de s'adresser à un pied de pissenlit que le vent matinal avait apporté d'un jardin voisin et qui gisait maintenant, à moitié écrasé, tout près des pieds nus de Rosalba.

« Je n'attends rien de vous, commença-t-il. Je suis ici pour me construire une nouvelle vie, et pour ça je n'ai besoin de la permission de personne. Je vais me mettre à rebâtir l'ancienne maison de mon père dès que possible. Puis je vais épouser Marcela, et nous allons emménager dans *ma* maison, sur *ma* propriété. » Il fit un demi-pas en arrière, rejoignant ses camarades.

Rosalba réfléchit un instant à cette déclaration brutale puis lança : « Señor Jiménez, est-il exact que vous désapprouvez la nudité de Marcela ? — Et comment ! répliqua-t-il, furieux. Ce que vous faites toutes, ça vous regarde. Vous pouvez toutes marcher sur vos tétons, si ça vous chante, mais il n'est pas question que ma femme soit vue nue par un autre que moi. » Et il croisa les bras, d'un air provocant. Les femmes fixaient Rosalba, attendant sa réponse ; cependant, à ce moment précis, Marcela s'avança, les mains sur les hanches. Elle enleva la chemise que Jiménez lui avait donnée le soleil précédent.

« Tu n'as pas changé d'un pouce, Jacinto, lui dit-elle avec mépris. Tu es toujours aussi arrogant et content de toi. Dommage que ce ne soit pas mon cas : j'ai fait du chemin depuis ton départ. Tu ne peux pas imaginer ce que j'ai vécu pour pouvoir aujourd'hui me tenir devant toi, face à face, et ne ressentir aucune culpabilité, aucune crainte. » Son visage s'empourpra quand elle ajouta : « Je préférerais rester vieille fille toute ma vie que d'être mariée avec toi un seul instant. » Elle jeta la chemise à ses pieds comme s'il s'agissait de sa bague de fiançailles et réintégra le groupe, poursuivie par le regard courroucé de Jiménez.

Avec un sourire satisfait, Rosalba appela le suivant.

David Pérez, sur un ton plus courtois que Jiménez, expliqua qu'il souhaitait récupérer le petit lopin de terre de ses grands-parents. « Je souhaite reconstruire ma maison pour ma grand-mère et pour moi. Vous vous en êtes toutes bien occupées, et je vous en remercie, mais me voilà de retour et je suis prêt à assumer mes responsabilités. » Il reconnut que certains des changements intervenus à Mariquita le mettaient mal à l'aise, et ajouta : « Je ne sais pas si oui ou non je saurai m'adapter à toutes vos "caractéristiques particulières", mais j'ai envie d'essayer. N'oubliez pas que nous sommes arrivés hier. Ça prendra un peu de temps. » Ah, et puis, au fait, il voulait fonder une famille. Est-ce que cela pouvait en tenter une d'épouser un gars courageux et affectueux ?

Personne n'était tenté pour l'instant. L'intervention de David fut néanmoins accueillie avec chaleur.

Campo Elías Restrepo s'avança avant que Rosalba ait prononcé son nom.

« Et vous, qu'est-ce que vous avez à dire, señor Restrepo ? lui demanda-t-elle.

— Comme vous le savez toutes, commença-t-il, je possédais autrefois plusieurs maisons dans le village, et des hectares de terrain. Eh bien, me voilà de retour, et je trouve normal que celui ou celle qui les travaille ou les utilise me les rende. Je promets de ne pas faire payer les loyers en retard. » Il rit tout seul de sa plaisanterie, puis continua : « De même que mes camarades Jiménez et Pérez, je veux reconstruire ma maison, et... vous savez, reprendre ma femme avec moi. Parce qu'elle est toujours ma femme, pas vrai ? À moins que vous, mesdames, alliez me dire qu'Ubaldina elle aussi est devenue une... Vous voyez ce que je veux dire... » Le groupe le regardait avec dédain.

« Pourquoi ne lui posez-vous pas vous-même la question, señor Restrepo ? » Rosalba formula sa proposition sur le ton de la dérision, désignant une petite Indienne plantée pendant tout ce temps au premier rang, le dos très droit et les mains nouées juste en dessous de son nombril.

Restrepo regarda la femme et fronça les sourcils. Perdu, il fixait alternativement Rosalba et celle qui était censée être son épouse. Celle-ci était debout sur des jambes bien galbées et, comme une statue, semblait coulée dans du bronze. Deux nattes grisonnantes entouraient son petit visage rond. Elle avait des yeux noirs en amande, des paupières lourdes, un nez épaté d'Indienne et des lèvres épaisses. Ses seins, pensa Restrepo, paraissaient menus, mais fermes et gracieux pour son âge.

« Ubaldina ? » demanda-t-il, incrédule.

Elle acquiesça.

« Tu as… changé. » Il hésita. « Bien, tu as l'air bien.

— Sais-tu que c'est la première fois que tu me regardes *vraiment*, Campo Elías ? jeta Ubaldina. Oh, j'oubliais, *don* Campo Elías. Excusez-moi de manquer à ce point de respect. » Et elle se mit à rire, moqueuse.

Il restait là, muet, à sonder ses souvenirs. Il avait épousé Ubaldina parce qu'il voulait une mère pour ses sept fils, et ceux-ci l'avait toujours considérée comme de leur famille. Leurs rapports maître-servante, cependant, avaient peu changé quand ils s'étaient mariés. Jamais Restrepo n'avait regardé Ubaldina avec d'autres yeux que ceux d'un employeur. Les rares fois où il lui avait fait l'amour, c'était parce qu'il était trop ivre ou trop fatigué pour aller au bordel. Elle ne lui avait pas manqué, toutes ces années passées. Les rares fois où il avait pensé à elle, il avait vu une femme quelconque, en tablier, en train de faire la cuisine ou le ménage en silence, les yeux toujours baissés. Mais l'épouse qu'il maltraitait avait depuis longtemps rendu son tablier. En la regardant à présent, il voyait une jolie femme épanouie, douce, qui s'était sentie trompée, bafouée et abusée par lui, et qui, à juste titre, le rejetait. Rien de ce qu'il pouvait dire ou faire aujourd'hui ne réparerait sa conduite passée.

« Tu n'as rien à ajouter ? » demanda Ubaldina, interrompant tout net sa recherche dans ses souvenirs.

Restrepo ne trouvait aucun mot susceptible d'exprimer les sentiments qui commençaient à l'envahir. Il secoua la tête.

« C'est mieux ainsi », déclara-t-elle.

Il fit un pas en arrière, la tête basse.

Après un silence bref et lourd de signification, Ángel Tamacá fut invité à exposer ses intentions aux villageoises. En voyant l'homme brisé s'avancer, Rosalba ne pouvait s'empêcher de penser à ce que lui (la seule personne à avoir rejoint la guérilla de son plein gré) pouvait attendre de leur communauté : il n'avait ni maison à reconstruire ni terre à réclamer. Peut-être son ancien poste d'instituteur ? Mais que diable pourrait-il leur apprendre ? Les vertus du socialisme ? Elles les vivaient déjà.

« Tout ce que je demande, c'est que me soit donnée une seconde chance, annonça Ángel humblement au groupe, sans regarder personne en particulier.

— Une seconde chance ? Pour faire quoi ? demanda Rosalba.

— Pour être humain », répondit-il.

Les villageoises hochèrent la tête avec bienveillance. La demande d'Ángel semblait sincère. Il méritait une seconde chance. Amparo Marín fut particulièrement sensible à la requête d'Ángel, à sa voix grave, sa correction et la tristesse qui se lisait sur son visage. Comment un homme pouvait-il exprimer ses sentiments de manière aussi touchante avec si peu de mots et un seul œil à faire briller ?

Avant de mettre fin à la réunion, Rosalba informa les quatre hommes de la suite des événements. « Nous avons eu des visites auparavant – surtout des voyageurs de passage, et des familles déplacées en route pour la ville. Personne cependant n'a essayé de rester. La situation est pour nous tout à fait nouvelle, et, bien entendu, le fait qu'on accepte que vous restiez au sein de notre communauté dépendra d'un éventuel consensus, après débat. C'est seulement quand on en sera là qu'on pourra vous donner une réponse.

— Une réponse à quoi ? hurla Jiménez. On n'a posé aucune question ni fait aucune demande, pas vrai ? On va rester ici, et on n'en a rien à foutre de votre consensus. Vous avez l'air d'oublier que Mariquita est aussi notre village.

— Señor Jiménez, répliqua calmement Rosalba, regardez autour de vous, et dites-moi si ce village est le même que celui dont vous vous réclamez. »

Il ne regarda que ses yeux à elle, ses lèvres à lui tremblant de rage. « Nous avons des biens ici. Pas question d'aller ailleurs. » Il chercha le soutien de ses trois camarades.

« Nous sommes des personnes pacifiques, señor Jiménez, mais ne vous méprenez pas : nous ferons ce qu'il faudra faire pour défendre notre communauté et ses principes face à des envahisseurs aussi mal élevés que vous. » La voix de Rosalba laissait maintenant percer un soupçon de menace.

Jiménez éclata d'un rire moqueur. « J'aimerais bien voir ça. Une poignée de faibles femmes en train de se battre avec quatre combattants impitoyables comme nous. Est-ce que vous savez combien d'hommes nous avons descendus ? Des centaines ! Des milliers ! Une bande de nanas comme vous en plus, ça ne changera rien à nos casiers judiciaires.

— Parle pour toi, Jiménez, intervint brusquement Ángel Tamacá. J'en ai par-dessus la tête de la bagarre. Et je croyais que tu étais du même avis. » Il fit un pas de côté, s'écartant de ses trois compagnons. David Pérez regarda d'abord Restrepo, ensuite Jiménez, puis finit par hausser les épaules et rejoignit Tamacá.

« Quelles foutues girouettes vous faites tous les deux, lança Jacinto à Tamacá et Pérez. Après le merdier que ç'a été pour nous tous d'échapper à la guérilla, vous voilà prêts à laisser une poignée de bonnes femmes vous traduire en cour martiale comme des criminels ? » Il secoua la tête plusieurs fois, puis, s'adressant à Restrepo, l'interrogea : « Toi aussi, tu te mets contre moi ? »

Restrepo posa les mains sur les épaules de Jiménez. « J'ai besoin de saisir ma chance dans ce village, petit, dit-il dans un souffle. Je suis trop vieux pour recommencer ailleurs.

— Les laisse pas te tourner la tête, lui chuchota Jiménez. Tu sais comment sont les femmes. Elles cherchent à se venger de notre si longue absence. Comme si on avait eu le choix ! »

Mais Restrepo avait pris sa décision. Il baissa la tête et rejoignit les deux autres. Jacinto resta là, tout seul, contemplant ses compagnons. Ses yeux se remplirent de larmes, et son expression s'adoucit. Mais alors que tout le monde pensait qu'il allait craquer et rallier les trois autres, il se mit à hurler : « Allez tous au diable, sales traîtres ! Restez donc ici à moisir dans ce trou merdique avec ces barbares de lesbiennes. Ça sera votre prison ! » Les larmes ruisselaient sur son visage, mais il continuait à crier, la gorge à présent nouée par l'émotion. « Moi ? Je vais apurer mon casier. Et je deviendrai un citoyen respectable. Et je serai bien plus riche que vous tous, espèce de traîtres ! » En disant cela, il se mit à descendre la route à reculons de façon à voir leurs visages devenir flous, s'amenuiser avant de disparaître, et il pleurait et hurlait sans cesse : « Espèces de traîtres », ses cris déments se mêlant aux croassements d'un vol de corbeaux qui passait à cet instant au-dessus du village.

Au-delà des trois grandes maisons communes de La Nouvelle-Mariquita se trouvent les vestiges du vieux village : maisons sans toit, ou plutôt rectangles en pisé sans toit, parce que tout ce qui en faisait des maisons (portes, encadrements et châssis de fenêtres, et même les sols) a été démonté pour être utilisé dans les nouveaux édifices. À l'origine, l'intérieur de ces rectangles vides était envahi de mauvaises herbes effrayantes qui prenaient des formes grotesques aux proportions extravagantes, comme des aberrations de la nature. Mais une fois que les femmes industrieuses eurent fini la construction des trois maisons principales, elles s'occupèrent de ce qui restait du vieux village. Ensemble, elles démolirent toutes les cloisons intérieures des anciennes constructions afin de transformer l'intérieur de chaque carcasse en parcelle cultivée. Les lopins de terre ainsi récupérés furent labourés et devinrent rapidement des jardins fertiles.

Si, un soleil donné, il vous arrive de contempler La Nouvelle-Mariquita du sommet d'une colline, vous aurez l'impression d'être au-dessus d'une immense couverture en patchwork faite avec de nombreuses chutes de tissu en camaïeu de verts.

Le soleil était déjà haut dans le ciel quand les feux de bois habituels furent allumés au milieu de la place. On prépara et servit le petit déjeuner, et dès que les villageoises eurent terminé, elles furent invitées à se rendre à l'église.

Les trois hommes restèrent sur la place, attendant qu'on décide de leur sort. Le terme de « traître » résonnait toujours aux oreilles de Tamacá, et cela lui rappela que c'était Jiménez qui avait eu l'idée de fuir les guérilleros. Il avait exposé son projet d'abord à Tamacá, puis à Pérez et enfin à Restrepo. Ils avaient juré tous les quatre de rester ensemble et de respecter leur plan, et, pendant plus d'un an, ils en avaient parlé en secret et séparément, passant en revue chaque étape, conscients des conséquences dramatiques que pouvait avoir la découverte de leur entreprise. Jiménez s'était arrangé avec un paysan du coin et un jour, avant l'aube, ils s'étaient retrouvés tous les quatre à la cabane du bonhomme, avaient revêtu des vêtements civils, mangé ce que la femme du paysan avait bien voulu préparer, emporté quelques provisions de route, et s'étaient mis à suivre la rive rocheuse du fleuve qui devait les mener à destination.

Peut-être Pérez et Restrepo, pensait Ángel, étaient-ils aussi mal à l'aise d'avoir laissé tomber Jiménez. Mais peut-être que le fait de constater ensemble les incroyables réalisations des villageoises au service de leur communauté (sa mère les lui avait décrites par le menu) les conforterait tous les trois dans leur décision. « Allons nous promener dans le village », suggéra-t-il.

En déambulant dans La Nouvelle-Mariquita, Ángel se sentait comme un gamin dans un parc d'attractions. Il montrait chaque jardin florissant, des deux côtés de la rue, avec un enthousiasme de plus en plus grand. « Regardez, des yuccas ! s'écriait-il. Et là ! Des courges ! » Il n'arrêtait pas, comme si le seul œil qui lui restait avait soudain eu la faculté d'apercevoir des choses que les autres ne pouvaient pas voir avec leurs deux yeux. Ce qui impressionna le plus Restrepo, ce fut l'aqueduc de la communauté : un chenal remarquablement conçu et créé artificiellement sur l'ancien emplacement de La Casa de Emilia, qui fournissait en permanence l'eau courante aux trois maisons communales, à la salle de bains communale et au petit lavoir. Il était si ingénieux que même l'eau sale était réutilisée pour les latrines construites sur des pilotis au-dessus de l'eau vive. Pérez fut stupéfié par la salle d'eaux communale : dix douches et latrines individuelles construites sur une plate-forme à la place de l'ancien marché. Tout l'édifice était construit dans un beau bois traité à la résine. Ils visitèrent l'infirmerie, la réserve de grains et le poulailler de la communauté, puis traversèrent des étendues de maïs, de riz et de café situées sur les collines qui se dressaient derrière le village.

Quand ils eurent terminé leur visite, ils revinrent sur la place et s'étendirent à l'ombre d'un manguier. Ils étaient fatigués et le soleil leur donnait envie de dormir, mais l'inquiétude les empêchait de céder au sommeil.

À l'intérieur de l'église, assises en un large cercle, les villageoises peinaient à parvenir à un consensus sur le premier point. « On ne peut pas discuter du cas de chaque homme pris isolément, affirma Cleotilde, la modératrice, tant que nous ne nous sommes pas mises d'accord sur le fait d'avoir des hommes dans notre communauté. » Dans le passé, toutes les décisions communautaires avaient fait l'objet d'un vote, ce qui permettait d'avancer rapidement, mais laissait toujours un certain nombre de femmes insatisfaites. Cleotilde avait introduit récemment l'idée de consensus. « Notre objectif ne devrait pas être de compter les suffrages, mais d'en venir à une décision unanime où tout le monde trouve son compte, après un débat citoyen », avait-elle proposé de ce ton docte qu'elle avait adopté en vieillissant. Ironiquement, la proposition de

Cleotilde fut mise au vote, mais rapidement adoptée à une large majorité.

Pour l'instant, une forte majorité se dégageait en faveur de l'ouverture à des hommes, mais deux femmes continuaient à s'opposer à cette idée : Ubaldina et Orquidea Morales.

« C'est peut-être notre dernière chance d'avoir une descendance et de préserver l'existence de notre communauté », expliqua Rosalba aux dissidentes. Elle rappela à Ubaldina que, longtemps auparavant, elle avait rejeté son projet de demander à don Míster Esmís de féconder quelques femmes sous le prétexte qu'il était blanc. « Ces hommes sont de la même couleur que toi, Ubaldina. Réfléchis. Ce ne sera pas forcément Campo Elías. »

Cecilia intervint auprès d'Orquidea Morales. « S'il te plaît, Orquidea, ne m'enlève pas la chance de retrouver mon fils », pleura-t-elle. Francisca, la compagne de Cecilia, adopta une stratégie plus offensive auprès de celle qui continuait à opposer son refus : « N'oublie pas que tu pourrais avoir besoin de notre accord si jamais ta sœur Julia voulait réintégrer nos rangs. »

Ubaldina finit par accepter. Orquidea, au contraire, dit que jamais, au grand jamais, elle n'accepterait qu'un homme rejoigne leur communauté, et pria les villageoises d'arrêter de faire pression sur elle, demandant qu'on mette un terme à la réunion, ou que l'on change de sujet. Orquidea était l'une des vieilles filles les plus âgées du groupe et indiscutablement la plus laide.

Mais lorsqu'une prise de décision hostile aux hommes de Mariquita parut imminente, l'Autre Veuve, une fois de plus, proposa une solution qui, après un débat plus poussé, plut à tout le monde. « Pourquoi ne pas aider les hommes à fonder à proximité une autre communauté, où les personnes qui veulent vivre avec eux auront la possibilité de le faire ? On peut leur faire cette offre à la condition qu'ils acceptent nos exigences. » L'idée fut accueillie par un silence profond et ambigu, qui pouvait être dû à de la stupéfaction pure ou à un scepticisme mordant.

« Et quelles seraient nos exigences ? s'enquit Ubaldina.

— Il nous faut les définir, répondit l'Autre Veuve.

— Qui aurait envie de vivre avec eux, de toute façon ? dit Orquidea Morales.

— Eh bien, il faut le déterminer, répliqua l'Autre Veuve. Est-ce qu'il y a des personnes qui accepteraient l'idée de vivre et de travailler dans une communauté intégrée hommes-femmes dont les caractéristiques seraient les mêmes que la nôtre ? »

En peu de temps, chaque femme se mit à fantasmer sur la communauté jumelle. Amparo Marín s'imaginait qu'elle y vivait, heureuse épouse d'Ángel Tamacá, enceinte de son enfant. Pilar Villegas allait un peu plus loin : elle s'imaginait en compagnie de David Pérez, entourés de leurs sept enfants. Cette pensée fit naître un sourire sur son visage. Cecilia se voyait escortée de Francisca, chacune portant un bouquet de fleurs, rendre visite à son fils Ángel et à son épouse. Rosalba était, elle, devenue responsable de l'entrepôt et négociait ses surplus d'orge avec son homologue de « l'autre Nouvelle-Mariquita ». Virgelina Saavedra essaya (exercice un peu risqué) de concevoir qu'elle vivait là-bas et partageait son lit avec un homme nu qui avait remplacé Magnolia, mais la seule image qui lui vint à l'esprit fut celle du padre Rafael en train de lui grimper dessus. Elle chassa vite cette pensée et, pleine de culpabilité, saisit la main de Magnolia et la porta à ses lèvres avec un bruit de baiser. Orquidea Morales elle-même laissa le champ libre à son imagination. Elle se voyait vivant au milieu de la nouvelle communauté, empêchant que l'on entérine la décision prise par toutes les autres de laisser les hommes circuler nus.

« Oui, moi, annonça brutalement Amparo Marín de sa voix grave.

— Moi également, dit Pilar Villegas, en levant l'index bien haut.

— Moi aussi », lança Cuba Sánchez de l'autre côté de la pièce.

L'idée de Santiago obtint un consensus au premier tour, de même que toutes les propositions qui l'accompagnaient et qui suscitèrent toutes un débat enthousiaste l'après-midi. Avant la fin du soleil, les trois hommes furent invités à entrer dans l'église pour connaître la décision prise.

Ángel Tamacá sourit, visiblement content ; David Pérez haussa les épaules avec résignation ; et Campo Elías Restrepo fronça les sourcils avec méfiance en direction de Santiago, tandis que ce dernier communiquait la décision par consensus. Les conditions, dit Santiago, en étaient expliquées dans un contrat que chaque homme devait signer avant la fin de la réunion.

« Quelles sont ces conditions ? demanda Restrepo.

— Eh bien, se hâta de répondre Rosalba, la première est l'égalité entre les individus et entre les sexes.

— Quoi d'autre ?

— La nouvelle communauté doit adopter la même organisation administrative que nous. Personne ne peut rien posséder individuellement ; l'entretien de chaque...

— Mais, et *mes* biens alors ? On devrait me donner au moins une forme de compensation. J'ai travaillé dur toute ma vie, et maintenant que je suis vieux...

— Votre entretien sera assuré jusqu'au jour de votre mort, señor Restrepo. Ce sera la compensation dont vous parlez.

— Hum... »

Santiago expliqua le projet en détail, répondit à toutes les questions que les hommes souhaitaient poser, et leur donna un essai de calendrier (que les hommes ne comprirent pas tout à fait, car il était en temps féminin). Les sourcils de Restrepo se détendirent un peu, et Pérez alla jusqu'à afficher un sourire. Les hommes et les femmes tombèrent d'accord pour résoudre leurs divergences, et travailler à la construction du nouveau village dès que possible.

Le matin suivant, les trois hommes se firent escorter chacun d'une villageoise pour partir en éclaireurs dans des directions différentes repérer l'endroit où fonder la nouvelle communauté. Ángel Tamacá offrit son bras à Amparo Marín, et ils prirent la direction du nord. Pilar Villegas saisit

David Pérez par la main et l'entraîna vers l'ouest. Campo Elías demanda à Sandra Villegas de l'accompagner (après qu'Ubaldina eut dit non à trois reprises), et ils marchèrent vers l'est. Il fallut douze expéditions successives pour qu'ils trouvent le site le plus approprié (une prairie fraîche et proche de la rivière, plantée d'arbres de loin en loin et qui se transformait peu à peu en zone boisée). Une fois déterminé, le site fut approuvé en un soleil et, le matin suivant, les villageoises et les hommes se mirent en marche, équipés de machettes et de couteaux, pour couper les mauvaises herbes et nettoyer le terrain sans abattre un seul arbre.

Deux soleils plus tard, une équipe d'ouvriers composée de douze femmes robustes et des trois hommes commençait à construire le nouveau village : la communauté de La Nouvelle-Nouvelle-Mariquita.

La Nouvelle-Nouvelle-Mariquita est une œuvre d'art, dont la construction a demandé une échelle et demie. Elle se compose de deux maisons coopératives, d'une salle à manger communale où l'on sert deux repas par soleil, d'une petite place plantée de jeunes araucarias et garnie de quatre bancs sculptés dans des troncs d'arbre, d'un aqueduc autonome, d'une grande salle de bains communale, d'une réserve à grains, d'une ferme communale et d'une petite basse-cour – avec six poulets, deux dindons, huit lapins et un jeune coq belliqueux qui chante sans discernement tout au long de la journée.

Les maisons jumelles se font face et, de l'extérieur, ressemblent à des temples rectangulaires aux plafonds hauts. Celle qui est compartimentée s'appelle Casa del Sol, celle qui ne l'est pas Casa de la Luna. Chacune a plus de quarante mètres de long sur neuf mètres de large. La structure est faite de poteaux en bois et de bambous liés ensemble avec des fils métalliques et de la corde. Les murs sont couverts d'écorce, et les toits pentus de chaume de palmier. À l'intérieur, chaque rebord de toit est un jardin suspendu : orchidées mauves, marguerites jaunes, lis blancs et violettes sont suspendus dans des pots en argile. Chaque bâtiment a deux portes : celle de devant mène à la place ; celle de derrière débouche sur les chemins qui dévalent vers la rivière, la zone boisée et la communauté de La Nouvelle-Mariquita, cette sœur aînée qui se trouve à seulement un kilomètre et demi de là.

Le matin du 7 Mariacé de l'échelle 1992, Ángel Tamacá fit prévenir que, pour sa compagne Amparo Marín, le travail avait commencé. Eloísa sonna la cloche, et un cri de joie se fit entendre dans toute la communauté et à travers l'étroite vallée. Les villageoises interrompirent leur travail pour se rassembler sur la place, chantant, dansant et se félicitant les unes les autres.

Rosalba et Cecilia se précipitèrent au magasin, et remplirent deux paniers des plus grosses oranges, des plus belles papayes, des mangues les plus rouges et des meilleurs morceaux de viande séchée. Puis, se joignant aux autres villageoises, elles se mirent en route pour La Nouvelle-Nouvelle-Mariquita.

Amparo Marín et Ángel Tamacá habitaient la Casa del Sol. Jusque-là, Amparo avait été la responsable communale des repas pendant deux barreaux consécutifs. Ángel était le responsable du poulailler communal. Ils partageaient la maison avec les deux autres couples : Pilar Villegas et David Pérez, qui venaient juste de décider de vivre ensemble après une cour de dix barreaux ; et Magnolia Morales et Virgelina Saavedra, qui, ayant envie de changement, avaient quitté La Nouvelle-Mariquita deux barreaux auparavant, après la mort de la grand-mère de Virgelina.

En face, dans la Casa de la Luna, vivaient six personnes : Campo Elías Restrepo, le responsable de la maintenance, qui rencontrait sa femme Ubaldina une fois par barreau et qui ne voyait toujours pas venir d'amabilité de sa part, mais qui ne désespérait pas de la reconquérir un jour ; Cuba et Violeta Sánchez qui avaient participé à la construction du nouveau village et s'occupaient dorénavant du nettoyage ;

et Sandra Villegas et Marcela López, deux grandes amies qui, en compagnie de Pilar, David, Magnolia et Virgelina, étaient responsables de la ferme communale, du potager et du verger. La sixième résidente était la grand-mère de David, la veuve Pérez. Elle passait ses journées assise à l'extérieur dans un rocking-chair, à réciter machinalement ses prières. Elle avait oublié depuis longtemps qui en étaient les bénéficiaires et le destinataire.

En longeant le sentier, tandis qu'elles traversaient un petit bois, les femmes commencèrent à chercher des prénoms pour le bébé. Elles comptaient bien les proposer à Amparo et Ángel.

« Si c'est une fille, il faudrait lui donner les prénoms de ses deux grands-mères, Cecilia Aracelly, dit Cleotilde, la señorita très âgée, presque sénile.

— Non, répliqua Cecilia, si c'est une fille, il faudrait l'appeler Mariquita. Après tout, ce sera le premier bébé de La Nouvelle et de La Nouvelle-Nouvelle-Mariquita.

— Je suis d'accord », déclara Aracelly.

Rosalba resta silencieuse. Jusque-là, elle n'avait même pas envisagé la possibilité que le bébé soit une fille. Dès qu'elle avait su qu'Amparo était enceinte, Rosalba avait décidé que ce serait un enfant de sexe masculin. Il fallait que ce soit un garçon pour que leur communauté ait une chance de survivre. Elle ne comprenait pas comment les villageoises pouvaient être inconséquentes à ce point. Le nouveau-né porterait le nom de ses grands-pères, ou de son père, ou de son oncle ou cousin, ou d'un autre homme. Cela importait peu, du moment que c'était un prénom masculin, parce que le bébé allait être un garçon. Dans un virage, juste avant d'entamer la descente qui menait au nouveau village, Rosalba finit par dire : « Et si c'est un garçon ?

— Ángel ! répondit immédiatement Cecilia. Il faudrait qu'on l'appelle Ángel, comme son père et son grand-père.

— Qu'est-ce que vous pensez de Gordon, demanda Rosalba, comme Míster Esmís ?

— Gordon Tamacá ? dit Francisca à voix haute. Ça sonne vraiment bizarrement. » Les femmes se mirent à rire comme des folles et ne tardèrent pas à hurler les noms qui leur venaient à l'esprit, ceux de leurs fils, maris, pères et autres disparus qu'elles voulaient immortaliser.

« Pourquoi pas Pablo ? » suggéra l'Autre Veuve. C'était la première fois que Santiago mentionnait en public le nom de son amant, depuis la mort de celui-ci. Les villageoises s'arrêtèrent et se turent, comme si le souvenir de Pablo imposait une minute de silence. Mais Rosalba était si occupée à chercher des prénoms masculins qu'elle n'entendit même pas. Elle continuait à marcher, le panier suspendu au bras, et ne s'arrêta que lorsqu'elle eut atteint la partie du sentier d'où l'on pouvait apercevoir le village de La Nouvelle-Nouvelle-Mariquita. Elle resta là, de plus en plus inquiète en pensant à l'annonce prochaine du sexe du bébé, contemplant avec tendresse le magnifique paysage de hautes montagnes, d'étendues qui paraissaient infinies, couvertes d'arbres et de végétation, les flancs des montagnes et les vallées inaccessibles, les vastes pâturages où poussaient une herbe épaisse et des fleurs sauvages, les champs labourés, les jardins, et le minuscule village qui sommeillait dans la chaleur. Puis elle aperçut au loin Ángel. Il faisait des bonds de joie, agitant ses mains en l'air. Le bébé était né. Rosalba appuya le panier fermement contre elle des deux mains et retint son souffle quelques secondes, jusqu'à ce qu'elle entende les cris d'Ángel : « C'est un garçon ! C'est un garçon ! » hurlait-il, et les mots résonnaient en écho dans toute la vallée.

À ce moment précis, toutes les hautes montagnes s'effacèrent devant les yeux de Rosalba. Les vastes étendues couvertes d'arbres et de végétation, les flancs des montagnes et les vallées intactes, tout s'évanouit comme par magie. Il n'y avait plus qu'un horizon dégagé, lumineux, entre La Nouvelle-Nouvelle-Mariquita et le reste du monde. Rosalba fixa avec intensité le spectacle, cette simplicité et cette ouverture extraordinaires. Elle savait qu'il ne s'agissait que d'une vision, que la vraie transformation n'était pas dans le paysage qui s'offrait à elle, mais en elle-même, et dans la façon dont elle voyait désormais le monde. L'univers lui avait donné des yeux neufs, et elle s'en était servie pour découvrir de nouvelles philosophies de la vie, du travail et de l'indépendance, de nouveaux paysages d'harmonie et d'ordre, où que se porte son regard. Elle comprenait maintenant que La Nouvelle-Nouvelle-Mariquita ne serait pas une extension géographique annexe de l'autre bout de l'étroite vallée, mais également l'extension philosophique des idées de la communauté, avec sa conception féminine du temps, son sens aigu de la justice et de la liberté ; et qu'elle marquerait le début d'un nouveau système de gouvernement communaliste, qui pourrait lui-même gagner la topographie montagneuse du pays, franchir les collines à la crête aplatie, les plaines, la forêt vierge, les péninsules, jusqu'à la fin des temps.

Rosalba essuyait les larmes qui coulaient sur ses joues quand les autres la rejoignirent. Elles aussi avaient entendu les cris d'Ángel, et couraient à sa rencontre, fêtant le nouveau petit garçon et ses parents, fêtant les deux Mariquita, fêtant la vie. Rosalba prit la main d'Eloísa, et ensemble elles suivirent à pas lents le groupe qui descendait la pente en direction de La Nouvelle-Nouvelle-Mariquita. Elles se sentaient comblées.

À leur race venait d'être offerte une seconde chance sur la terre.

Remerciements

Un tout premier et particulier remerciement doit aller à Hillary Jordan, une authentique amie et collègue, qui a lu ceci, quand ce n'était qu'une nouvelle en mauvais anglais, et qui m'a aidé à améliorer cette histoire et à l'enrichir de quelques autres, en me soutenant tout au long des étapes successives pour donner à ces histoires la forme du présent livre, sans jamais flancher, même quand cela m'arrivait. Hill : tes conseils et ton enthousiasme inestimables, ta foi et ton amour sans bornes ont été d'une importance vitale pour l'écriture de ce roman et pour ma propre santé mentale. Ce livre est le tien, le mien, le nôtre.

Des remerciements tout particuliers aussi aux personnes suivantes :

À Maureen Howard, pour sa perspicacité et ses conseils, et pour m'avoir posé sans répit la même question jusqu'à ce que je finisse par comprendre. À Magda Bogin, pour son jugement et ses suggestions, et pour m'avoir prêté sa ravissante maison à Tepoztlán où j'ai écrit un chapitre de ce livre. À Binnie Kirshenbaum, David Plante, Victoria Redel, Alan Ziegler et aux personnes du département d'écriture de l'université de Columbia, pour avoir accueilli mon travail à bras ouverts.

Aux amis et aux âmes sœurs qui ont lu cet ouvrage, ou des parties de celui-ci, à différents stades, et m'ont fait part de leurs précieuses observations : Allison Amend, Raul

Correa, Elizabeth Harris-Behring, Antonia Logue, Michele Morano, Amy Sickels et Scott Snyder.

Pour leur enthousiasme et leur confiance, et pour avoir vu ce que d'autres ne pouvaient pas voir, je suis particulièrement redevable à deux femmes hors du commun : mon agent, Lisa Bankoff, et mon éditrice, Claire Watchel. Je dois ajouter qu'une grande part du plaisir de travailler avec elles tient à l'aide formidable apportée par leurs assistantes hors pair : Tina Wexler à ICM, et Lauretta Charlton chez HarperCollins.

Pour leurs bourses et leurs allocations, j'aimerais remercier la Henfield Foundation for the Arts, la National Hispanic Foundation, la Rolex Mentor & Protégé Arts Initiative, le département d'écriture de Columbia University, la MacDowell Colony, la Corporation of Yaddo, le Blue Mountain Center, la Saltonstall Foundation for the Arts, la Millay Colony et le Hall Farm Center for Arts and Education.

Pour leur soutien moral et leur amitié, merci à Bogdan Apetri, Alejandro Aragón, Neilson Barnard, Patricia Cepeda, Kathryn et Gary DiMauro, Beth Dodd, Miguel Falquéz-Certain, René Jiménez, Jaime Manrique, Melissa Moran ; et au personnel du Hell's Kitchen Restaurant, Claudia et Alfredo Sanclemente, Sue Torres et Rob Williams.

Mon amour et ma plus profonde gratitude vont à ma mère et ma grand-mère pour l'inspiration qu'elles m'ont donnée ; à mes frères, Oscar, Hernán, Pepe et Carlos, et à ma sœur Margarita, ainsi qu'à toute ma famille pour leur amour et leur confiance en moi.

Enfin, pour avoir enduré de si bonne grâce mon labeur d'écriture insensé, pour ta foi, ton amour et ta compréhension infinis, et pour avoir créé pour moi une vie merveilleuse en dehors de mes histoires, *mil y mil gracias a ti*, José, avec tout mon amour.

Collection « Littérature étrangère »

AGUÉEV M.
Roman avec cocaïne
ALI Monica
Sept mers et treize rivières
Café Paraíso
ALLISON Dorothy
Retour à Cayro
ANDERSON Scott
Triage
Moonlight Hotel
ANDRIĆ Ivo
Titanic et autres contes juifs de Bosnie
Le Pont sur la Drina
La Chronique de Travnik
Mara la courtisane
AUSLANDER Shalom
La Lamentation du prépuce
BANKS Iain
Le Business
BAXTER Charles
Festin d'amour
BENEDETTI Mario
La Trêve
BERENDT John
Minuit dans le jardin du bien et du mal
BROOKNER Anita
Hôtel du Lac
La Vie, quelque part
Providence
Mésalliance
Dolly
États seconds
Une chute très lente
Une trop longue attente
Fêlures
Le Dernier Voyage
CONROY Pat
Le Prince des marées
COURTENAY Bryce
La Puissance de l'Ange
CUNNINGHAM Michael
La Maison du bout du monde
Les Heures
De chair et de sang
Le Livre des jours
DORRESTEIN Renate
Vices cachés
Un cœur de pierre
Sans merci
Le Champ de fraises
Tant qu'il y a de la vie
DUNANT Sarah
La Courtisane de Venise
EDELMAN Gwen
Dernier refuge avant la nuit
ELTON Ben
Nuit grave
FEUCHTWANGER Lion
Le Diable en France
Le Juif Süss
FITZGERALD Francis Scott
Entre trois et quatre
Fleurs interdites
Fragments du paradis
Tendre est la nuit
FLANAGAN Richard
La Fureur et l'ennui
FREY James
Mille morceaux
Mon ami Leonard
FRY Stephen
Mensonges, mensonges
L'Hippopotame
L'Île du Dr Mallo
GALE Patrick
Chronique d'un été
Une douce obscurité
GARLAND Alex
Le Coma
GEMMELL Nikki
Les Noces sauvages
Love Song

GILBERT David
Les Normaux
Les Marchands de vanité
GLENDINNING Victoria
Le Don de Charlotte
HAGEN George
La Famille Lament
HARIG Ludwig
Malheur à qui danse hors de la ronde
Les Hortensias de Mme von Roselius
HOLLERAN Andrew
Le Danseur de Manhattan
HOSSEINI Khaled
Les Cerfs-volants de Kaboul
Mille soleils splendides
JAMES Henry
La Muse tragique
JERSILD P. C.
Un amour d'autrefois
JOHNSTON Jennifer
Ceci n'est pas un roman
De grâce et de vérité
JULAVITS Heidi
Des anges et des chiens
KAMINER Wladimir
Musique militaire
Voyage à Trulala
KANON Joseph
L'Ami allemand
Alibi
KASHUA Sayed
Les Arabes dansent aussi
KENNEDY Douglas
La Femme du Ve
KENNEDY William
L'Herbe de fer
Jack « Legs » Diamond
Billy Phelan
Le Livre de Quinn
KNEALE Matthew
Les Passagers anglais
Douce Tamise
Cauchemar nippon
Petits crimes dans un âge d'abondance
KRAUSSER Helmut
Nouvelle de la douleur
KUNKEL Benjamin
Indécision
LAMB Wally
La Puissance des vaincus
LAMPO Hubert
Retour en Atlantide
LAWSON Mary
Le Choix des Morrison
L'Autre Côté du pont
LEONI Giulio
La Conjuration du Troisième Ciel
La Conspiration des miroirs
LISCANO Carlos
La Route d'Ithaque
Le Fourgon des fous
Souvenirs de la guerre récente
LOTT Tim
Lames de fond
Les Secrets amoureux d'un don Juan
L'Affaire Seymour
MADDEN Deirdre
Rien n'est noir
Irlande, nuit froide
Authenticité
MASTRETTA Angeles
Mal d'amour
MCCANN Colum
Les Saisons de la nuit
La Rivière de l'exil
Ailleurs, en ce pays
Danseur
Le Chant du coyote
Zoli
MCCOURT Frank
Les Cendres d'Angela
C'est comment l'Amérique ?
Teacher Man
MCFARLAND Dennis
L'École des aveugles
MCGAHERN John
Journée d'adieu
La Caserne
MCGARRY MORRIS Mary
Mélodie du temps ordinaire

Fiona Range
Un abri en ce monde
Une douloureuse absence
MILLER Henry
Moloch
MILLER Sue
Une invitée très respectable
MORGAN Rupert
Poulet farci
Une étrange solitude
MORTON Brian
Une fenêtre sur l'Hudson
Des liens trop fragiles
MURAKAMI Haruki
Au sud de la frontière, à l'ouest du soleil
Les Amants du Spoutnik
Kafka sur le rivage
Le Passage de la nuit
La Ballade de l'impossible
L'éléphant s'évapore
O'CASEY Sean
Une enfance irlandaise
Les Tambours de Dublin
Douce Irlande, adieu
Rose et Couronne
Coucher de soleil et étoile du soir
O'DELL Tawni
Le Temps de la colère
Retour à Coal Run
Le ciel n'attend pas
O'FARRELL Maggie
Quand tu es parti
La Maîtresse de mon amant
PARLAND Henry
Déconstructions
PAVIĆ Milorad
Paysage peint avec du thé
L'Envers du vent
Le Roman de Héro et Léandre
Le Rideau de fer
Les Chevaux de Saint-Marc
PAYNE David
Le Dragon et le Tigre : confessions d'un taoïste à Wall Street
Le Monde perdu de Joe Madden
Le Phare d'un monde flottant
Wando Passo
PEARS Iain
Le Cercle de la Croix
Le Songe de Scipion
Le Portrait
RAYMO Chet
Dans les serres du faucon
Chattanooga
Le Nain astronome
Valentin, une histoire d'amour
ROSEN Jonathan
La Pomme d'Ève
SALZMAN Mark
Le Verdict du soliste
SANSOM C. J.
Dissolution
Les Larmes du diable
Sang royal
SAVAGE Thomas
Le Pouvoir du chien
La Reine de l'Idaho
Rue du Pacifique
SCHWARTZ Leslie
Perdu dans les bois
SEWELL Kitty
Fleur de glace
SHARPE Tom
Fumiers et Cie
Panique à Porterhouse
Comment échapper à sa femme et ses quadruplées en épousant une théorie marxiste – Wilt 4
SHRIVER Lionel
Il faut qu'on parle de Kevin
SIMPSON Thomas William
Pleine lune sur l'Amérique
SOLER Jordi
Les Exilés de la mémoire
SOYINKA Wole
Isara
STEVANOVIĆ Vidosav
La Neige et les Chiens
Christos et les Chiens
SWARUP Vikas
Les fabuleuses aventures d'un Indien malchanceux qui devint milliardaire
T'HART Maarten
La Colère du monde entier
Le Retardataire

TOBIN Betsy
Dora
Nathan et les lions
TRAPIDO Barbara
L'Épreuve du soliste
TSUJI Hitonari
En attendant le soleil
UNSWORTH Barry
Le Nègre du paradis
La Folie Nelson
USTINOV Peter
Le Désinformateur
Le Vieil Homme et M. Smith
Dieu et les Chemins de fer d'État
La Mauvaise Carte
VALLEJO Fernando
La Vierge des tueurs
Le Feu secret
La Rambla paralela
Carlitos qui êtes aux cieux
VREELAND Susan
Jeune fille en bleu jacinthe
WATSON Larry
Sonja à la fenêtre
WEST Dorothy
Le Mariage
WIJKMARK Carl-Henning
Da capo
ZANIEWSKI Andrzej
Mémoires d'un rat
ZEH Juli
L'Aigle et l'Ange
ZHANG Xianliang
La mort est une habitude
La moitié de l'homme, c'est la femme
ZWEIG Stefan
La Guérison par l'esprit
Trois poètes de leur vie
Le Combat avec le démon
Ivresse de la métamorphose
Émile Verhaeren
Journaux 1912-1940
Destruction d'un cœur
Trois maîtres
Les Très Riches Heures de l'humanité
L'Amour d'Erika Ewald
Amerigo, récit d'une erreur historique
Clarissa
Un mariage à Lyon
Le Monde d'hier. Souvenirs d'un Européen
Wondrak
Pays, villes, paysages. Écrits de voyages
Hommes et destins
Voyages
Romain Rolland

Composé par Nord Compo
à Villeneuve-d'Ascq

Impression réalisée par Bussière
à Saint-Amand-Montrond (Cher) en février 2008.
N° d'édition : 4348. N° d'impression : 080420/1.
Dépôt légal : mars 2008.
Imprimé en France